HEYNE BÜCHER



SCIENCE FICTION

Herausgegeben
von Wolfgang Jeschke

Aus der Serie »Die Abenteuer des Raumschiffs ›Enterprise‹«
in der Reihe HEYNE SCIENCE FICTION & FANTASY
sind bereits erschienen:

Vonda N. McIntyre, *Star Trek II: Der Zorn des Khan* · 06/3971
Vonda N. McIntyre, *Der Entropie-Effekt* · 06/3988
Robert E. Vardeman, *Das Klingon-Gambit* · 06/4035
Lee Correy, *Hort des Lebens* · 06/4083
Vonda N. McIntyre, *Star Trek III: Auf der Suche nach Mr. Spock* · 06/4181
S. M. Murdock, *Das Netz der Romulaner* · 06/4209
Sonni Cooper, *Schwarzes Feuer* · 06/4270
Robert E. Vardeman, *Meuterei auf der Enterprise* · 06/4285
Howard Weinstein, *Die Macht der Krone* · 06/4342
Sondra Marshak & Myrna Culbreath, *Das Prometheus-Projekt* · 06/4379
Sondra Marshak & Myrna Culbreath, *Tödliches Dreieck* · 06/4411
A. C. Crispin, *Sohn der Vergangenheit* · 06/4431
Diane Duane, *Der verwundete Himmel* · 06/4458
David Dvorkin, *Die Trellisane-Konfrontation* · 06/4474
Vonda N. McIntyre, *Star Trek IV: Zurück in die Gegenwart* · 06/4486
Greg Bear, *Corona* · 06/4499
John M. Ford, *Der letzte Schachzug* · 06/4528
Diane Duane, *Der Feind — mein Verbündeter* · 06/4535
Melinda Snodgrass, *Die Tränen der Sänger* · 06/4551
Jean Lorrah, *Mord an der Vulkan Akademie* · 06/4568
Janet Kagan, *Uhuras Lied* · 06/4605
Laurence Yep, *Herr der Schatten* · 06/4627
Barbara Hambly, *Ishmael* · 06/4662
J. M. Dillard, *Star Trek V: Am Rande des Universums* · 06/4682
Della van Hise, *Zeit zu töten* · 06/4698
Margaret Wander Bonanno, *Geiseln für den Frieden* · 06/4724
Majliss Larson, *Das Faustpfand der Klingonen* · 06/4741
J. M. Dillard, *Bewußtseinsschatten* · 06/4762
Brad Ferguson, *Krise auf Centaurus* · 06/4776

STAR TREK: DIE NÄCHSTE GENERATION:
David Gerrold, *Mission Farpoint* · 06/4589
Gene Deweese, *Die Friedenswächter* · 06/4646
Carmen Carter, *Die Kinder von Hamlin* · 06/4685
Jean Lorrah, *Überlebende* · 06/4705
Peter David, *Planet der Waffen* · 06/4733
Diane Carey, *Gespensterschiff* · 06/4757
Howard Weinstein, *Macht Hunger* · 06/4771
John Vornholt, *Masken* · 06/4787

STAR TREK: DIE ANFÄNGE:
Vonda N. McIntyre, *Die erste Mission* · 06/4619
Margaret Wander Bonanno, *Fremde vom Himmel* · 06/4669
Diane Carey, *Die letzte Grenze* · 06/4714

DAS STAR TREK-HANDBUCH:
von Ralph Sander · 06/4670

Diese Liste ist eine Bibliographie erschienener Titel
KEIN VERZEICHNIS LIEFERBARER BÜCHER!

John Vornholt

# MASKEN

*Raumschiff ›Enterprise‹*

*Die nächste Generation*

Deutsche Erstausgabe

WILHELM HEYNE VERLAG
MÜNCHEN

HEYNE SCIENCE FICTION & FANTASY
Band 06/4787

Titel der amerikanischen Originalausgabe
MASKS

Deutsche Übersetzung von Andreas Brandhorst
Umschlagbild: Cintron / Paramount

Redaktion: Rainer Michael Rahn

Printed in Germany 1991
Umschlaggestaltung: Atelier Ingrid Schütz, München
Satz: Kort Satz GmbH, München
Druck und Bindung: Ebner Ulm

ISBN 3-453-04496-7

*Für meine wundervollen Eltern,*
*die nie ihre Begeisterung verlieren und mich*
*ständig unterstützen.*

*Ich möchte folgenden Personen danken:*

Nancy und Sarah, meiner Frau und meiner Tochter. Sie haben sich so rar gemacht, daß ich sie zu vermissen begann.

Ashley Grayson, der mir bei der Beschreibung des Planeten half.

Der Gruppe: Susan, Janie, Marily und Linda. Wann treffen wir uns wieder?

Und meinen Experten für STAR TREK – DIE NÄCHSTE GENERATION: Kevin J. Ryan, Barbara Beck sowie Andrea und Kevin Quitt.

# KAPITEL 1

Die Maske lag auf dem Tisch und glänzte selbst im trüben Licht, das die Schatten nicht ganz aus dem Gesellschaftsraum der *Enterprise* verbannte. Zehntausend Sterne schienen auf dem polierten Metall zu funkeln; dünne schwarze und marineblaue Borten reichten aus den Nasenlöchern, wirkten wie feine Spinnweben. Grüne und gelbe Edelsteine — Smaragden und Topasen ähnlich — säumten die Augenhöhlen. Die geschwungenen Brauen bestanden aus kleinen, rubinartigen Steinen, die dem starren Gesicht einen nachdenklichen Ausdruck verliehen. Einen Ausgleich schufen nachtschwarze Kristalle, die am Mund ein Oval bildeten und jeden Ausdruck einer Emotion verhinderten. Das Kinn war übertrieben dargestellt, ragte kühn nach vorn und wölbte sich dann in einem weiten Bogen nach unten, um die Kehle des Trägers zu schützen. Der äußere Rand formte elegante, mit lavendelfarbenen Federn besetzte Schwingen. Die handgearbeitete Maske kam gestaltgewordener Schönheit gleich.

»Sie ist wirklich prächtig«, murmelte Katherine Pulaski und streckte zögernd die Hand nach dem Artefakt aus. »Darf ich?«

Ein großer, athletisch gebauter Mann — er trug die lederne Kleidung eines Pioniers, und sein rotblondes Haar reichte bis auf die Schultern herab — griff nach ihrem Arm. »Nein, Sie dürfen nicht. Ich möchte vermeiden, daß die Maske beschädigt wird, bevor wir Lorca erreichen. In gewisser Weise ist sie meine Visitenkarte.«

Wesley Crusher bemerkte die Enttäuschung in Kates Zügen. Der Junge mochte die neue Bordärztin und ihre Offenheit. »Das Ding sieht schwer aus«, sagte er und versuchte damit, von Pulaski abzulenken.

»Dieser Eindruck täuscht«, erwiderte Lewis. »Die Maske besteht aus einer Legierung mit hohem Aluminium-Anteil. Auf Lorca gibt es jede Menge Aluminium.«

Wesley sah Guinan unter den Zuschauern, die bewundernde Blicke auf das Kunstwerk richteten. Doch im Gegensatz zu den anderen schien ihr Interesse in erster Linie Fenton Lewis zu gelten.

»Tragen Sie echte Tierhäute?« fragte die Humanoidin unschuldig.

Lewis musterte eine Guinan, die völlig ruhig und gelassen blieb. »Der Handel mit Tierhäuten ist in der Föderation verboten«, stellte er fest.

»Aber es gibt viele Planeten, die nicht der Föderation angehören.«

»Das stimmt«, räumte der Botschafter ein. »Und ich habe einige von ihnen besucht. Unerforschte Welten, die noch nicht von der Zivilisation berührt wurden. Wissen Sie, viele historische Forscher auf der Erde benutzten in der Wildnis Felle und tierisches Leder. Unter bestimmten Umständen sind solche Materialien strapazierfähiger als Kunstfasern, und außerdem verringern sie den typisch menschlichen Geruch.« Er lächelte und zupfte an einer dunklen, abgenutzten Manschette. »Diese Kleidung hat mir oft aus der Patsche geholfen. Ich bekomme alle Informationen, die ich für meine Arbeit brauche — ohne zu viele Fragen zu stellen.«

»Da wir gerade bei Fragen sind...« erwiderte Guinan fröhlich. »Was möchten Sie trinken?«

»Den komischen Ferengi-Saft«, knurrte Lewis.

»Ein Glas Synthehol. Wird prompt serviert.«

Guinan eilte hinter ihre Theke zurück, als sich die Tür öffnete. Jean-Luc Picard und William T. Riker traten ein. Riker war größer und kräftiger gebaut, aber trotzdem konnte kein Zweifel daran bestehen, wer das Kommando über die *Enterprise* führte. Eine Aura aus natürlicher, respektgebietender Autorität umgab den drahtigen und kahlköpfigen Picard. Die Menge im Gesellschaftsraum wich zur Seite, um dem Captain und seinem Ersten Offizier Platz zu machen.

»Botschafter Lewis?« fragte Picard und sah den exotisch

gekleideten Fremden an. In seinem würdevollen Gebaren kam es zu einer plötzlichen Veränderung, als er die glänzende Maske bemerkte. Fasziniert beugte er sich vor. »Ist sie echt? Stammt sie von Lorca?«

»Ja, Captain«, bestätigte Lewis und deutete auf das Artefakt. »Eine authentische lorcanische Botschafter-Maske. Und ich darf Ihnen versichern: Sie war alles andere als billig. Nehmen Sie sie ruhig in die Hand.«

Riker lächelte dünn, als er die ungewöhnliche Aufregung des Captains sah. »Wenn ich vorstellen darf...« sagte er. »Captain Jean-Luc Picard. Ich bin Commander William T. Riker, Erster Offizier der *Enterprise*. Wir hätten es vorgezogen, Sie im Beobachtungszimmer zu treffen. Der Gesellschaftsraum ist normalerweise für die Besatzungsmitglieder und ihre Angehörigen reserviert.«

Picard nickte kurz, ohne den Blick von der eindrucksvollen Maske abzuwenden. »Ich glaube, in diesem Fall können wir eine Ausnahme machen, Nummer Eins. Der Botschafter hat eine weite Reise hinter sich, und ihn erwartet eine überaus wichtige Mission.«

»Außerdem ist er sehr durstig«, fügte Lewis hinzu und nahm ein Glas von Guinan entgegen. Er leerte es in einem Zug und gab es zurück. »Hier, lassen Sie die Luft raus. Und hauen Sie einen Doppelten rein.«

Guinan zwinkerte Wesley zu. »Er kann von Glück sagen, daß Data nicht hier ist.«

»Data?« fragte Lewis.

»Unser Androide«, erklärte Wesley. »Er neigt dazu, alles wörtlich zu nehmen.«

Captain Picard griff mit beiden Händen nach der lorcanischen Maske, hob sie vorsichtig und starrte wie gebannt in das fast hypnotisch wirkende Gesicht. »Phantastisch«, murmelte er. »Einfach phantastisch.«

»*Ich* durfte sie nicht einmal berühren«, murmelte Katherine Pulaski.

»Sie haben keine Ahnung, wie kostbar diese Masken sind«, sagte Picard, als ob er ihre leise Bemerkung überhört hätte. »Ein Lorcaner gibt seine Maske nur im Tod preis. Habe ich recht, Botschafter?«

»Nicht ganz«, erwiderte der langhaarige Zivilist. »Manchmal muß man einen Lorcaner im Zweikampf besiegen, um seine Maske zu bekommen, aber selbst in solchen Fällen führt das Duell nicht unbedingt zum Tod eines Kontrahenten. Dieses Kunstwerk hier gehört zu den wenigen Masken, die den Planeten verlassen dürfen und von Außenweltlern getragen werden können.«

Guinan reichte Lewis einen zweiten Drink, und er trank einen großen Schluck. »Captain, ich bin überrascht und erleichtert, daß Sie so gut über Lorca Bescheid wissen«, sagte der Botschafter.

»Eigentlich weiß ich nur wenig über den Planeten«, entgegnete Picard, drehte die Maske herum und betrachtete die ledernen Schnüre. »Aber ich bin unheilbar romantisch, wenn es um Welten geht, auf denen es nach wie vor Ritter gibt, deren gefährlichste Waffen Schwerter sind. Nun, ich habe meine Informationen aus der Computerbibliothek, und vielleicht ist daraus ein zu idealisiertes Bild entstanden.«

»Wir lernen die Wahrheit bald kennen.« Fenton Lewis lächelte. »Wenn Sie mich bei meiner Mission begleiten möchten...«

Commander Riker räusperte sich demonstrativ. »Eigentlich werden Landegruppen vom Ersten Offizier geleitet. Der Captain darf auf keinen Fall sein Leben riskieren.«

»Es ist eine einzigartige Chance«, sagte Lewis und hob bedeutungsvoll die Brauen. »Der Captain wies selbst darauf hin: Die gefährlichsten Waffen der Lorcaner sind Schwerter.«

»Auch Schwerter können töten«, wandte Riker ein.

Picard starrte noch immer auf das silbrig schimmernde, mit Edelsteinen und Federn geschmückte Metall herab. »Wie gefährlich können Leute sein, die etwas so Wundervolles herstellen?«

Widerstrebend gab er Lewis die Maske zurück. »Wir erreichen Lorca in achtzehn Stunden und schwenken dann in einen Standard-Orbit. Um vier Uhr Bordzeit findet eine Einsatzbesprechung im Beobachtungsraum statt. Dann entscheiden wir, wer Botschafter Lewis begleitet.«

Einige Stunden später streckte sich Will Riker auf der Koje in seiner Kabine aus und schloß die Augen, doch seltsamerweise fand er keine Ruhe. Die vage Besorgnis in ihm verdichtete sich langsam. Seiner Ansicht nach hatte sich Fenton Lewis zuviel herausgenommen, indem er den Captain aufforderte, sich der Landegruppe anzuschließen. Picard war in barbarische Kulturen vernarrt, und vielleicht gaben die Worte des Botschafters den Ausschlag – vielleicht ließ er sich wirklich dazu hinreißen, die *Enterprise* zu verlassen. Riker hoffte auf die Unterstützung des Sicherheitsoffiziers. Wenn sich Worf ebenfalls dagegen aussprach, daß der Captain das Schiff mit einem Narren wie Fenton Lewis verließ... Der Botschafter mochte eine bunt schillernde Persönlichkeit sein, aber dadurch bekam er nicht das Recht, die Bordtraditionen seinen Wünschen anzupassen und Standard-Prozeduren zu verändern, deren Sinn darin bestand, die Sicherheit des Schiffes zu gewährleisten. Hinzu kam: Riker mißtraute Lewis.

Er zog den Uniformpulli aus, und darunter kamen breite, muskulöse Schultern zum Vorschein. Mit einem Tastendruck aktivierte er das Terminal auf dem Tisch.

»Computer?«

»Ja, Commander?«

»Gib mir Auskunft über Botschafter Fenton Lewis.«

»Einen Augenblick.« Einige Sekunden lang blieb alles still, und dann hörte Riker erneut die sanfte, weiblich klingende Sprachprozessor-Stimme. »Botschafter Fenton Lewis. Alter: sechsundvierzig. Geburtsort: Alpha Centauri IV, Lewis-Kolonie.«

»Lewis-Kolonie«, wiederholte der Erste Offizier und

schnitt eine Grimasse. *Das hätte ich mir denken können.*
»Benötigen Sie weitere Angaben?« fragte der Computer.

»Ja.«

»Seine Ausbildung fand auf der Erde statt. Er beendete sein Studium an der Universität Oxford mit Auszeichnung und promovierte in Anthropologie und Soziologie. Anschließend bot man ihm eine Zulassung für die Starfleet-Akademie an, doch er lehnte ab, um an einer zivilen Handelsmission im klingonischen Imperium teilzunehmen. Die *Nystrom Egbert,* ein interstellarer Frachter, stürzte auf Orestes VII ab, und Fenton war einziger Überlebender der Bruchlandung. Drei Jahre verbrachte er ganz allein in der Wildnis des Planeten und nutzte die Zeit, um achttausend Quadratkilometer seiner Oberfläche zu kartographieren. Nach seiner Rettung schloß er sich als Vermittler Erster Klasse dem Diplomatischen Dienst an. Zweimal erhielt er die Ehrenmedaille der Föderation, weil er sein Leben riskierte, um bei bewaffneten Konflikten als Schlichter aufzutreten. Vor sechs Jahren verlieh man ihm den derzeit noch immer aktuellen Rang: Er wurde Sonderbotschafter für spezielle Einsätze. Er hat drei Bücher verfaßt, und dabei geht es um das Überleben unter primitiven Bedingungen.«

»Hmm«, machte Riker und schürzte die Lippen. Fenton Lewis war zwar als Kind reicher Eltern geboren, aber ganz offensichtlich scheute er nicht vor Problemen und Unannehmlichkeiten zurück. Er hatte viele Verdienste erworben und konnte sich daher sein manchmal recht großspuriges Gebaren erlauben.

»Das ist die Kurzbiographie des Botschafters Lewis«, verkündete der Computer. »Es stehen weitere Daten zur Verfügung. Möchten Sie einen detaillierteren Bericht?«

»Nein«, antwortete Riker. »Sag mir nur eins: Hat er sich irgend etwas zuschulden kommen lassen? Gibt es weniger positive Episoden in seiner Vergangenheit?«

»Gewisse Abschnitte der Personaldatei sind vertraulich«, sagte der Computer. »Aber es läßt sich folgendes feststellen: Die Ferengi-Allianz hat ihn in Abwesenheit wegen Mordes verurteilt.«

»Mord?« Riker wölbte die Brauen. »Das klingt nicht sehr diplomatisch.«

»Ich verstehe nicht...« erwiderte der Computer.

»Schon gut. Was ist zwischen Lewis und den Ferengi geschehen?«

»Die entsprechenden Daten wurden auf Antrag des Botschafters gelöscht.«

*Offenbar hat Lewis gute Beziehungen in der Föderation,* dachte Riker. Er schaltete das Terminal aus und betätigte den Dimmer, woraufhin sich das Licht in seiner Kabine auf ein warmes, goldenes Glühen reduzierte.

Der Erste Offizier suchte kurz das Bad auf, kroch dann unter die Decke und schlief ein.

Drei Brückenoffiziere vom Bereitschaftsdienst traten aus dem rückwärtigen Turbolift und nahmen Haltung an. Jean-Luc Picard nickte knapp und erhob sich. Riker stand bereits und verlagerte das Gewicht unruhig vom einen Bein aufs andere. Der Captain hatte ihn nur selten so nervös gesehen und lächelte dünn, als er sich in die Lage seines Stellvertreters versetzte. Zu Rikers Pflichten gehörte es, den Captain vor allen Gefahren zu schützen, auch vor sich selbst. Ein guter Erster Offizier – *und das ist er zweifellos,* dachte Picard –, hielt den Kommandanten für ebenso unersetzlich wie die Materie-Antimaterie-Wandler, das Computersystem und alle anderen integralen Bestandteile des Schiffes. Doch im Gegensatz zum Computer zeichnete sich der Captain durch einen eigenen Willen aus.

»Fähnrich Crusher, bleiben Sie auf Kurs und setzen Sie den Warptransfer fort«, sagte Picard.

»Ja, Captain«, erwiderte der Junge sofort.

»Nummer Eins, Worf, Data, LaForge – bitte kommen Sie ins Beobachtungszimmer.« Picard wandte sich erneut an Wesley. »Bitten Sie Botschafter Lewis, Counselor Troi und Dr. Pulaski, uns dort Gesellschaft zu leisten.«

»Sie warten bereits«, lautete die Antwort.

»Gut.«

Die genannten Personen — zwei Menschen, ein Androide und ein Klingone — folgten Picard, als der Captain den Kontrollraum verließ. Die drei eben eingetroffenen Offiziere des Bereitschaftsdienstes nahmen ihre Plätze an den Konsolen ein.

Jean-Luc Picard spürte, daß ihm sein Erster etwas mitteilen wollte, aber Riker schwieg. *Ich weiß schon jetzt, welche Worte er an mich richten wird,* dachte der Captain. *Aber dazu bekommt er erst Gelegenheit, nachdem wir Botschafter Lewis' Mission auf Lorca besprochen haben.*

Kurz darauf erreichten sie den Beobachtungsraum und sahen Deanna Troi und Katherine Pulaski, die das lorcanische Artefakt bestaunten. Offenbar nahm Lewis die Maske immer mit. Der Botschafter stand am breiten Backbord-Fenster und genoß einen spektakulären Anblick: Die *Enterprise* flog mit hoher Warpgeschwindigkeit, und Tausende von Sternen bildeten bunte Streifen. In seiner Lederkleidung und mit dem langen Haar wirkte Lewis wie jemand aus dem Wilden Westen des achtzehnten oder neunzehnten Jahrhunderts. *Fehlt nur der Colt im Gürtelhalfter,* fuhr es Picard durch den Sinn. Er lächelte amüsiert.

»Es sieht toll aus«, sagte Lewis leise. »Dort draußen gibt es so ungeheuer viel, daß man sich einen winzigen Teil davon wünscht. Als Heimat.« Er drehte sich zu den anderen um und schmunzelte. »Natürlich ist ein solcher Begriff für Berufsdiplomaten völlig bedeutungslos. Wir befinden uns immer auf fremdem Boden.«

»Boden?« fragte der Androide verwirrt. »Meinen Sie damit die Oberfläche eines Planeten?«

»Ah, Sie müssen Data sein«, erwiderte Lewis. »Der Junge hat Sie erwähnt.«

»Botschafter...« sagte Picard und deutete auf seine Begleiter. »Ich möchte Ihnen unseren Chefingenieur Lieutenant LaForge und den Sicherheitsoffizier Lieutenant Worf vorstellen.«

Fenton Lewis nickte dem blinden Geordi zu — er trug sein Visor —, und diesmal blieb der sonst so humorvolle LaForge erstaunlich ernst. Dann wandte sich der Botschafter an Worf und formulierte unverständliche Worte in einer Sprache, die nur aus Knurr- und Klicklauten zu bestehen schien. Der Klingone erholte sich schnell von seiner Überraschung und antwortete höflich.

Riker klopfte ein wenig verärgert auf seinen Insignienkommunikator. »Ich glaube, mein Übersetzungsmodul funktioniert nicht richtig.«

»Entschuldigen Sie, Commander«, brummte Worf und gestikulierte verlegen. »Der Botschafter sagte nur, es sei ihm eine Ehre, mich kennenzulernen.«

»Das gilt für Sie alle«, fügte Lewis gönnerhaft hinzu. »Leider bleibe ich nicht lange an Bord, und daher gibt es kaum Gelegenheit, unsere Bekanntschaft zu vertiefen. Wir erreichen Lorca in einigen Stunden, nicht wahr, Captain?«

»Ja.«

»Dann sollten wir keine Zeit verlieren.« Lewis zeigte auf den Konferenztisch, und die Offiziere der *Enterprise* nahmen Platz. »Der Bordcomputer könnte Ihnen sicher viele Informationen über Lorca zur Verfügung stellen, aber ich habe besondere Nachforschungen angestellt und mit Föderationsbürgern gesprochen, die den Planeten besuchten. Wahrscheinlich ist im ganzen Völkerbund niemand besser als ich mit den lorcanischen Bräuchen vertraut.

Vor etwa zweihundert Jahren wurde Lorca von zwei verschiedenen terranischen Gruppen besiedelt. Die eine bestand aus den Angehörigen einer Wanderbühne; in diesem Zusammenhang sollte ich vielleicht darauf hinweisen, daß der Planet nach einem irdischen Dichter benannt ist. Nun, die Schauspieler richteten eine Basis auf Lorca ein, um dort ihren Urlaub zu verbringen, neue Stücke zu proben und gelegentliche Festivals zu veranstalten. Außerdem diente der lorcanische Stützpunkt den übrigen Familienmitgliedern, die nicht an den interstellaren Reisen teilnahmen, als fester Wohnort. Der anderen Gruppe gehörten

Männer und Frauen an, die alles Technische verabscheuten und sich ein Paradies erhofften, um dort ein einfaches, schlichtes Gemeinschaftsleben zu führen. Die Zurück-zur-Natur-Typen charterten das Theater-Schiff, brachen auf und ließen nichts mehr von sich hören.

Vor zwei Jahrhunderten gab es noch keine so ausgefeilten Kommunikationssysteme wie heute«, fuhr Fenton Lewis fort. »Auf der Erde glaubte man, das Raumschiff sei unterwegs in einen Ionensturm geraten und habe das Ziel nie erreicht. Aber wie sich später herausstellte, gelangten die Siedler auf den Planeten, und etwa tausend von ihnen überlebten einen Kataklysmus, der durchaus mit einem globalen Atomkrieg verglichen werden kann. Hunderte von Vulkanen brachen aus, und aus dem Paradies namens Lorca wurde eine Hölle. Bei den Eruptionen geriet soviel Asche in die Atmosphäre, daß die Oberflächentemperatur drastisch sank. Was sich an moderner Technik auf dem Planeten befand, wurde zerstört. Trotzdem: Zehnmal hundert besonders zähe Kolonisten kamen mit dem Leben davon, und im Laufe der Zeit entwickelte sich eine von Kriegern bestimmte Feudalgesellschaft ohne Technologie.«

Lewis hob die prächtige Botschafter-Maske und drehte sie mehrmals hin und her. »Eins vergaßen die Lorcaner nie: ihr Theater-Erbe und die Benutzung von Masken. Genau das spielt die zentrale Rolle in ihrem Leben. Die Ränge einzelner Personen hängen von den jeweiligen Masken ab, und daraus ergeben sich klare Befehlsstrukturen. Leibeigene benutzen einfache Tonmasken und gehorchen den Edelleuten, deren Masken aus erlesenen Federn, Edelsteinen und Metall bestehen. Ich möchte hier noch einmal ausdrücklich darauf hinweisen, daß die Masken nicht nur bei besonderen Anlässen getragen werden, sondern *immer.* Wer auf Lorca sein Gesicht zeigt... Genausogut könnte man bei uns in aller Öffentlichkeit splitterfasernackt herumlaufen.«

Deanna Troi hob die Hand, und Lewis nickte der exotisch-attraktiven Betazoidin zu.

»Brauchen die Bewohner des Planeten nur andere Masken zu tragen, um ihre sozialen Ränge zu verändern?« erkundigte sich Troi.

»Eine gute Frage«, lobte Lewis. »An dieser Stelle kommt die Krieger-Mentalität ins Spiel. Jeder Lorcaner kann einen Mitbürger herausfordern und sein Recht in Frage stellen, eine bestimmte Maske zu tragen. Wenn Worte und Hinweise auf Reichtum und Größe des Gefolges nicht genügen, um Ansprüche durchzusetzen, so folgt ein Duell. Die meisten Schwertkämpfe stellen nur ein Ritual dar: Der Gewinner verzichtet darauf, den Verlierer zu töten, nimmt seine Maske als Trophäe. Wenn sie wertvoller ist als die eigene, so trägt er sie und erhöht dadurch seinen Status in der Gesellschaft.«

»Faszinierend«, kommentierte Kate Pulaski und beugte sich interessiert vor. »Also kann man rein theoretisch jede beliebige Maske tragen, nicht wahr?«

Lewis nickte. »Solange man in der Lage ist, das Recht darauf zu verteidigen.«

Will Riker kniff die Augen zusammen. »Und die Duelle bleiben immer harmlos?«

»Im großen und ganzen«, sagte der Botschafter.

»Wie meinen Sie das?« fragte Riker.

Fenton Lewis lächelte. »Wir haben es mit einer nach unseren Maßstäben primitiven Kultur zu tun, in der das Recht des Stärkeren gilt. Das dürfen wir nie vergessen. Andererseits: Viele unsere Informationen sind noch nicht verifiziert.« Er trat näher an den Tisch heran. »Aus diesem Grund statte ich Lorca einen Besuch ab — um Antworten auf alle unsere Fragen zu finden. Die jüngsten Berichte deuten darauf hin, daß es auf dem Planeten erneut zu kataklysmischen Eruptionen kommen könnte. Vielleicht steht wieder ein katastrophaler vulkanischer Winter bevor. Später werden wir mehrere Geologen schicken, die alle notwendigen Untersuchungen vornehmen sollen, aber zuvor müssen diplomatische Beziehungen hergestellt werden. Wir sind verpflichtet, den Lorcanern zu helfen. Immerhin stammen sie von der Erde — auch wenn sie sich kaum mehr an ihre Herkunft erinnern.«

Fenton Lewis ging langsam auf und ab. »Die Föderation ist auch besorgt, weil bei einigen von den Ferengi veranstalteten Kunstauktionen lorcanische Masken aufgetaucht sind. Nun, wir kennen die Ferengi; vielleicht beabsichtigen sie, den Planeten in eine ihrer berühmt-berüchtigten Bergbaukolonien oder etwas noch Schlimmeres zu verwandeln. Wenn die Lorcaner um unseren Schutz bitten, so dürfen wir nicht zögern, sofort zu handeln.«

Der Botschafter zögerte kurz. »Allerdings ... Möglicherweise sind Lorcas Bewohner zu kriegerisch, um uns einen längeren, dauerhaften Kontakt mit ihnen zu erlauben. Eine der großen Schwierigkeiten besteht darin, daß es keine zentrale Regierung gibt. Nominelles Staatsoberhaupt ist eine fast schon mythologische Gestalt namens Allmächtiger Töter.«

»Allmächtiger Töter?« wiederholte Geordi ungläubig und grinste breit.

»Ich hoffe, daß es ihn wirklich gibt«, sagte Fenton Lewis. »Weil es meine Aufgabe ist, ihn zu finden.«

Stille schloß sich an. Captain Picard und seine Offiziere dachten darüber nach, wie schwer und gefährlich die Mission des Botschafters sein mochte.

Schließlich erklang Worfs Stimme. »Ich gebe Ihnen den guten Rat, sich von einer voll ausgerüsteten Sicherheitsgruppe begleiten zu lassen.«

»Nein, nein.« Lewis schüttelte den Kopf. »Ich will dort nicht mit einer Streitmacht erscheinen — um Provokationen zu vermeiden. Die Lorcaner sind schon so kampfeslustig genug. Nun, Masken dieser Art ...« — er deutete auf das lorcanische Artefakt — » ... bieten einen unbestreitbaren Vorteil: Wir können uns unter die Einheimischen mischen, ohne als Außenweltler erkannt zu werden.«

Die Anwesenden richteten ihre Aufmerksamkeit auf den Captain, der bisher kein Wort gesagt hatte und sich nachdenklich das Kinn rieb. »Botschafter Lewis ...« begann er.

»Ihre Mission konfrontiert die *Enterprise* mit einigen Problemen. Zunächst einmal: Wir wissen so wenig über Lorca, daß wir vielleicht Wochen oder gar Monate brauchen, um geeignete Verhandlungspartner zu finden. Derzeit haben wir keine anderen dringenden Pflichten wahrzunehmen, aber Starfleet läßt sicher nicht zu, daß wir längere Zeit im lorcanischen Orbit bleiben.«

»Das ist mir klar«, sagte Lewis. »Daher bin ich auch bereit, mich allein auf den Planeten zu beamen. Es geschähe nicht zum erstenmal. Die *Enterprise* oder ein anderes Schiff könnte nach einer vorher festgesetzten Frist zurückkehren und sich mit mir in Verbindung setzen.«

»Nein, ausgeschlossen«, widersprach Picard. »Unser Befehl lautet, Sie zu Ihrem Ziel zu bringen und zu *schützen.* Ich finde nur wenig Gefallen an der Vorstellung, dem Diplomatischen Dienst zu berichten, den Sonderbotschafter namens Fenton Lewis auf einer kriegerischen Welt abgesetzt und im Stich gelassen zu haben. Wir können Lorcas Umlaufbahn erst verlassen, wenn feststeht, daß Sie nicht in Gefahr sind.«

»Ich würde mich gern von Ihnen begleiten lassen«, erwiderte Lewis und winkte großzügig.

»Erst sollten Sie sich meine Bedingungen anhören«, sagte der Captain. »Es muß ein Zeitlimit für den Einsatz auf Lorca gesetzt werden – ich schlage dreißig planetare Tage vor. Darüber hinaus fällt es in *meinen* Zuständigkeitsbereich zu entscheiden, wann das Risiko zu groß ist, um die Mission fortzusetzen.«

Tiefe Falten gruben sich in die Stirn des Botschafters, und er setzte zu einem Einwand an. Doch dann überlegte er es sich anders, nahm Platz und trommelte mit den Fingern auf den Tisch. »Solange Sie sich nicht in diplomatische Dinge einmischen, beuge ich mich Ihrer Erfahrung in Sicherheitsfragen. Aber um derartige Entscheidungen zu treffen, haben Sie gar keine andere Wahl, als mit mir zu kommen.«

Will Riker beugte sich vor und richtete einen strengen

Blick auf den langhaarigen Zivilisten. »Wie ich schon sagte, Botschafter: Die Standard-Prozeduren verlangen, daß der Captain an Bord bleibt und die Leitung von Landegruppen seinem Ersten Offizier überläßt.«

»Trotzdem bestehe ich darauf, daß Captain Picard zusammen mit mir den Planeten aufsucht«, entgegnete Lewis und hielt Rikers Blick stand. »Nur auf Lorca kann er feststellen, ob irgendwelche Gefahren drohen.«

»Ich nehme an der Mission teil«, sagte Picard langsam. Und als Riker ihn groß anstarrte, fügte er hinzu: »Ich weiß, was Sie jetzt denken, Nummer Eins, und ich höre mir Ihre Einwände gern an, wenn diese Besprechung beendet ist. Wir schicken nur eine kleine Gruppe auf den Planeten, und ihr werden folgende Personen angehören: ich selbst, Botschafter Lewis, Sicherheitsoffizier Worf und Deanna Troi. Mit ihren empathischen und telepathischen Fähigkeiten ist die Counselor in der Lage, zwischen freundlich und feindlich gesinnten Lorcanern zu unterscheiden.«

Der Captain wandte sich an Worf. »Lieutenant, beraten Sie sich mit Botschafter Lewis und stellen Sie anschließend eine Liste aller benötigten Ausrüstungsgegenstände zusammen.«

»Zumindest Worf kann auf eine Maske verzichten«, warf Geordi ein.

Der Scherz lockerte die angespannte Atmosphäre im Zimmer, und selbst Riker rang sich ein schiefes Lächeln ab.

»Eigentlich hatte ich die Absicht, allein nach dem Allmächtigen Töter zu suchen«, sagte Fenton Lewis. »Deshalb habe ich keine anderen Masken mitgebracht. Aber Sie *brauchen* welche.«

»Wir geben uns keineswegs als Lorcaner aus«, erwiderte Picard.

»Darum geht es nicht.« Der Botschafter suchte nach den richtigen Worten. »Die Bewohner des Planeten könnten an Ihren nackten Gesichtern Anstoß nehmen. Das Tragen von Masken ist nicht etwa ein zeremonieller Brauch, sondern gehört zum täglichen Leben.«

Jean-Luc Picard runzelte nachdenklich die Stirn. »Ich bezweifle, ob das Programm des Replikators in dieser Hinsicht eine breite Auswahl bietet. Wahrscheinlich sind nur Halloween-Masken gespeichert. Läßt sich damit etwas anfangen?«

»Oh, ich glaube schon«, sagte Lewis. »Sie wären sogar ideal, weil bestimmt niemand Anspruch darauf erhebt.«

Picard sah Deanna Troi an. »Counselor, sprechen Sie mit dem Leiter der Unterhaltungssektion und stellen Sie fest, welche Masken er uns geben kann. Wählen Sie einige geeignete Exemplare aus.«

Er stand auf. »Die Besprechung ist hiermit beendet. Beginnen Sie mit den Vorbereitungen für die Mission auf Lorca.«

»Captain?« ertönte Rikers Stimme, als die anderen den Raum verließen.

»Ich habe Sie nicht vergessen, Nummer Eins.«

Der Commander wartete, bis er mit Picard allein war. Geistesabwesend beobachtete er die Sterne jenseits der breiten Panoramafenster. Ihr Licht kündete von fernen Welten und weckte häufig Aufregung und Ehrfurcht in dem Ersten Offizier, doch diesmal spürte er nur vage Furcht. Er hatte nichts dagegen, das Kommando der *Enterprise* zu übernehmen, wenn Picard nicht an Bord weilte. Aber die Vorstellung, daß sich der Captain in Gefahr begab, behagte ihm überhaupt nicht.

Vorbei waren die Zeiten, als Raumschiffkommandanten verwegene Helden sein durften, die das Universum herausforderten. Zu oft nahm der Weltraum die Herausforderung an, und dadurch hatte Starfleet viele gute, fähige und kompetente Offiziere verloren. Inzwischen galt der Tod oder die schwere Verletzung eines Captains als ebensoschlimm wie der Verlust eines Raumschiffs. Riker glaubte manchmal, seine Sorge um Picards Sicherheit grenze ans Irrationale, aber diesen Beschützerinstinkt hatte man ihm und allen anderen Kadetten an der Starfleet Akademie eingehämmert.

Er versuchte, dem emotionalen Chaos in seinem Innern keine Beachtung zu schenken und taktvoll zu sein. »Ich kann durchaus verstehen, daß Sie Lorca besuchen möchten«, sagte Riker leichthin. »Scheint ein faszinierender Planet zu sein.«

»Dennoch begrüßen Sie meine Entscheidung nicht«, gab Picard zurück. »Sie würden jede Möglichkeit nutzen, um mich umzustimmen, nicht wahr?«

»Ich glaube, mit Worfs und Deannas Hilfe kann ich feststellen, wann die Gefahr zu groß wird«, sagte Riker gelassen.

»Daran zweifle ich nicht.« Picard nickte. »Aber wären Sie auch imstande, Fenton Lewis zur Rückkehr zu bewegen, wenn das ein Scheitern seiner Mission bedeutete? Bisher kamen Sie nicht besonders gut mit ihm zurecht.«

»Aus irgendeinem Grund mißtraue ich ihm«, brummte Riker. »Wußten Sie, daß er wegen Mordes verurteilt wurde?«

»Von den Ferengi«, fügte Picard hinzu. »Die von der Föderation ihre Geschäfte bedroht sehen. Vielleicht legen die Ferengi auch uns beiden Verbrechen zur Last.« Der Captain lächelte. »Möglicherweise stehen unsere Namen auf ihren Fahndungslisten.«

»Mag sein. Aber das ändert nichts daran, daß mir Lewis Unbehagen bereitet.«

»Er erscheint mir ebenfalls unorthodox – wenn Sie das meinen«, sagte Picard. »Aber Starfleet hat ihm diesen Auftrag gegeben. Ich nehme an, Sie haben sich mit seiner Personaldatei beschäftigt – ebenso wie ich. Lewis bringt alle notwendigen Voraussetzungen mit, um das Staatsoberhaupt Lorcas zu finden und diplomatische Beziehungen herzustellen. Er hat einen Punkt seiner Karriere erreicht, an dem er sich ein wenig Exzentrik erlauben kann.« Picard begegnete dem durchdringenden Blick seines Ersten Offiziers und lächelte. »Das gilt auch für mich.«

»Dann halten Sie also an der Absicht fest, die Landegruppe zu leiten?« fragte Riker. In seiner Stimme ließ sich eine gewisse Resignation vernehmen.

Picard nickte. »Es liegt mir fern, den Spaß allein Ihnen zu überlassen. Sie haben natürlich das Recht, Ihre Bedenken im Logbuch festzuhalten...«

»Das ist nicht nötig«, sagte Riker. Er kam sich allmählich wie ein egoistischer Griesgram vor, der dem Captain die Chance vorenthalten wollte, sich einen großen persönlichen Wunsch zu erfüllen. »Versprechen Sie mir nur, vorsichtig zu sein.«

»Machen Sie sich keine Sorgen, Nummer Eins. Mir liegt etwas an meinem Leben.«

Drei Halloween-Masken ruhten in einem Regal des Transporterraums, zusammen mit der übrigen Ausrüstung für Lorca: schwere Stiefel, dunkelblaue Parkas (es war recht kalt auf dem Planeten), die Botschafter-Maske, Feldflaschen, Kochgeschirr, gefriergetrocknete Lebensmittel, mehrere Scanner, Kleidung, Toilettenartikel und Rucksäkke, die genug Platz für alles boten. Hinzu kamen große Phaser in speziellen Schulterhalftern. Picard betrachtete die verschiedenen Gegenstände und wirkte ebenso unglücklich wie ein Ausbilder, der neue Rekruten inspiziert. Dann fiel sein Blick auf die Halloween-Masken, und er schmunzelte unwillkürlich.

Picard musterte ein grinsendes, weißes Gesicht: Harlekin beziehungsweise Arlecchino, Clown der italienischen Commedia dell'arte des sechzehnten Jahrhunderts. Die zweite Maske zeigte aufgeblähte rosarote Wangen, eine dicke Nase und spitze Schweinsohren; oben war ein kleiner grüner Hut befestigt. Die dritte schließlich bot sich als rote Teufelsfratze mit Spitz- und Schnurrbart sowie kurzen gelben Hörnern dar. Die Masken schienen stabil genug zu sein — obgleich ihre dünnen Gummibänder den Eindruck erweckten, als könnten sie jederzeit reißen.

Picard wandte sich an Deanna — sie hatte die Auswahl getroffen —, und in seinen Augen funkelte es humorvoll. »Counselor, glauben Sie wirklich, daß wir mit diesen Masken unauffällig bleiben?«

»Entschuldigen Sie bitte, Captain«, erwiderte Deanna verlegen. »Aber andere Masken, die das ganze Gesicht bedecken, stehen uns leider nicht zur Verfügung. Der Datenspeicher des Replikators enthielt einige weitere, aber sie waren noch häßlicher als diese. Halloween ist ein ziemlich... bizarres Fest.«

»Ja, in der Tat«, pflichtete ihr Picard bei. Er sah Fenton Lewis an. »Was halten Sie davon?«

Der Botschafter betrachtete die Masken und nickte. »Wie ich schon sagte: Sie sind ideal.«

Picard preßte kurz die Lippen zusammen und richtete seinen Blick auf Worf. »Lieutenant, mit der von Ihnen zusammengestellten Ausrüstung bin ich nicht ganz einverstanden. Die schweren Phaser hier...« Er deutete auf die Strahler. »Es kann wohl kaum unsere Absicht sein, auf Lorca in den Krieg zu ziehen. Auf Betäubung justierte Handphaser genügen völlig.«

Worf setzte zu einer Antwort an, aber Fenton Lewis kam ihm zuvor. »Da muß ich Ihnen widersprechen, Captain. Vielleicht brauchen wir die Feuerkraft. Immerhin wissen wir nicht genau, was uns auf dem Planeten erwartet.«

»Es ist bereits eine Verletzung der Ersten Direktive, auf einer fremden Welt Phaser einzusetzen«, stellte der Captain ernst fest. »Die Lorcaner haben aufgrund besonderer Umweltbedingungen eine feudale Gesellschaft entwickelt, und wir dürfen keinen Einfluß darauf nehmen. Ich möchte nicht, daß sie Strahlwaffen oder andere Beispiele moderner Technik sehen, die ihre Neugier wecken. Haben Sie verstanden?«

»Ja, Captain«, bestätigte Worfs Baß.

Lewis lächelte wehmütig. »Es liegt keineswegs in meiner Absicht, Lorca zu verändern. Mir gefällt der Planet so, wie er ist.«

»Das hoffe ich.« Picard nickte erneut und drehte sich zu Lieutenant Data um, der am Transporterpult stand. »Sind die Koordinaten bereits eingegeben?«

»Ich bin noch immer mit der Sensorerfassung beschäftigt«, erwiderte der Androide und blickte weiterhin auf die Anzeigen der Konsole. »Es gibt praktisch keine nennenswerten Bevölkerungszentren, und die energetischen Emissionen sind außerordentlich schwach.«

»Auf Lorca wird nicht einmal Elektrizität verwendet«, warf Lewis ein.

»Ich sehe mich außerstande, irgendwelche Städte zu orten, Captain«, sagte Data. »Ich kann nur dafür sorgen, daß der Retransfer in unmittelbarer Nähe einiger Lebensformen stattfindet.«

»Nein«, widersprach Picard sofort. »Setzen Sie uns mehrere Kilometer entfernt ab, so daß wir zunächst Gelegenheit erhalten, Eindrücke von der allgemeinen Situation zu gewinnen.«

Der Botschafter stimmte ihm zu. »Eine kluge Strategie.«

»Wir sind soweit, Captain«, meldete Worf, nachdem er alle Gegenstände in den Rucksäcken verstaut hatte.

Picard hob einen dicken Kapuzenparka. »Sind solche Kleidungsstücke wirklich notwendig?«

»Ich fürchte ja«, sagte der Klingone. »Am Rematerialisierungsort betragen die heutigen Höchsttemperaturen nur rund vier Grad.«

»Na schön.« Picard seufzte, nahm den Insignienkommunikator vom Uniformpulli und befestigte ihn am Parka. Dann überprüfte er seinen Phaser und vergewisserte sich, daß er auf Betäubung justiert war. »In dieser Aufmachung sehen wir nicht wie Starfleet-Repräsentanten aus.«

»Was uns nur zum Vorteil gereichen kann«, bemerkte Fenton Lewis.

Die vier Angehörigen der Landegruppe zogen Stiefel und Parkas an, ließen die Kapuzen jedoch zusammengefaltet. Worf schlang sich die Riemen seines Rucksacks über die Schultern und half den anderen. Picard hatte recht: Die Uniformen der drei *Enterprise*-Offiziere verschwanden völlig unter der dicken Winterkleidung.

»Auf das große Abenteuer!« rief Lewis und hob die geballte Faust. »Auf die Lewis-und-Picard-Expedition!«

»Wie bitte?« Der Captain blinzelte verwirrt.

»Einer meiner Vorfahren war Meriwether Lewis«, verkündete der Botschafter stolz. »Zusammen mit William Clark kartographierte er den amerikanischen Westen. Außerdem: Die erste zivile Siedlung im Alpha Centauri-System hieß Lewis-Kolonie. Forscherblut fließt in meinen Adern.«

»Wollen wir hoffen, daß wir bei unserer Mission auch nur halb so erfolgreich sind wie Ihre Ahnen«, sagte Picard und schritt zur Transporterplattform. Botschafter Lewis, Lieutenant Worf und Deanna Troi folgten ihm. Als der Captain feststellte, daß seine Begleiter auf den Transferfeldern standen, nickte er Data zu.

»Energie.«

# KAPITEL 2

Die Landegruppe rematerialisierte in einer weiten Steppe. Eine ferne, bernsteinfarbene Bergkette dominierte den Horizont, und ihre Gipfel kratzten am lachsroten Himmel. Die lorcanische Sonne war nur als loderndes Zentrum einer roten Wolke zu erkennen, die den ganzen Planeten zu umhüllen schien. Ockergelbe Pflanzen wuchsen aus dem orangefarbenen Boden, bildeten knorrige Ansammlungen. Hier und dort glänzten Lachen aus blauschwarzem Wasser. Heißer Dampf zischte über verborgenen Geysiren, und der kalte Wind trug ihn sofort davon. Picard und seine Gefährten zogen sich ihre Parkas enger um die Schultern und schlossen die Reißverschlüsse bis zum Kinn. Doch die eisigen Böen schienen den dicken Stoff mühelos zu durchdringen, stahlen kondensierenden Atem von den Lippen.

Fenton Lewis blickte sich begeistert um, als er einige Schritte weit ging und die Riemen des Rucksacks festzurrte.

»›Für unser Handeln sind wir selbst verantwortlich – die Konsequenzen gehören dem Himmel‹«, zitierte der Botschafter feierlich. »Der heilige Franz von Assisi«, fügte er hinzu.

»Vielleicht brauchen wir einen Heiligen, um diplomatische Beziehungen mit den Lorcanern herzustellen«, sagte Jean-Luc Picard. »Haben Sie irgendwelche Lebensformen entdeckt, Worf?«

»Dort drüben, Captain«, antwortete der Klingone und deutete zum Wald hinter ihnen. Im Süden hatte sich dichte braune Vegetation einen Platz in der öden Ebene erobert, und einige rote, pelzige Wesen hockten dort auf dem Boden. Gelegentlich hob eins der Geschöpfe erstaunlich lange Arme, griff nach Ästen, hangelte sich mühelos hoch und verschwand im Dickicht. Ihr lakonisches Gebaren täuschte nicht darüber hinweg, daß sie die Neuankömmlinge wachsam beobachteten und eine sichere Distanz wahrten.

»Also hat man uns bereits entdeckt«, brummte Picard.

Deanna Troi behielt die langarmigen Lebewesen eine Zeitlang im Auge. »Ich spüre nur geringe Intelligenz.«

Worf paßte die Helligkeit der Scanner-Anzeigen dem roten Glühen des Himmels an. »Keine Korrelationen mit anderen Spezies in der Föderation.«

»Wir haben noch Zeit genug, um uns eingehender mit der hiesigen Flora und Fauna zu befassen«, sagte Lewis. »Ich schlage vor, wir machen uns auf die Suche nach Lorcanern.« Er hob die Botschafter-Maske und setzte sie mit einer fließenden Bewegung auf, die sowohl angeberisch als auch elegant wirkte.

Picard trat vor, setzte dabei ganz behutsam einen Fuß vor den anderen. Angesichts der vielen runden Pfützen verglich er die Planetenoberfläche mit einem Schweizer Käse. Es knirschte leise unter seinen Stiefeln, und der Captain vermutete, daß es sich um Dauerfrostboden handelte. Er schien nicht besonders stabil zu sein.

»Geologische Daten?« fragte er, verlagerte vorsichtig sein Gewicht und lauschte einem dumpfen Knacken.

Worf sah wieder auf seinen Scanner. »Hohe Bestandteile an Eisen, Ton und Wasser. Die obersten Schichten enthalten fast nur Lehm, und das Grundgestein ist Schiefer. Direkt unter uns befindet sich feste Tonerde, die viele mit Wasser gefüllte Hohlräume enthält.«

»Unterirdische Bäche«, kommentierte Lewis. »Wenn Sie die Ohren spitzen, können Sie das Rauschen hören.«

Picard horchte, vernahm jedoch nur das Krächzen eines Aasvogels, der mit breiten Flügeln hoch über ihnen kreiste. Hinzu kam das Fauchen und Zischen vieler Geysire. *Wilde, ungezähmte Natur,* dachte er.

»Hier haben wir die ersten Planetenbewohner«, sagte Fenton Lewis. Er grub die Finger seines Handschuhs in den Boden und zeigte Lehm, in dem sich etwas bewegte. »Würmer. Beziehungsweise Larven. Ich bin mir nicht ganz sicher.«

Picard betrachtete die wimmelnde Masse und versuchte, Lewis' Maske zu ignorieren, die ihm jetzt viel zu protzig erschien. »Wir schicken später ein biologisches Team. Möchten Sie die Führung übernehmen, Botschafter?«

»Oh, sicher, vertrauen Sie mir«, erwiderte Lewis selbstbewußt. Er setzte sich in Bewegung und vollführte eine umfassende Geste, die allen Bergen, Wäldern und Ebenen Lorcas galt. »Ich schlage vor, wir wenden uns nach Süden, in Richtung der roten Geschöpfe«, sagte er. »Vielleicht finden wir dort eine Siedlung.«

Er trat nach einem kleinen Stein, der über Lehm und dünnes Gras rutschte, bevor er in eine der dunkelblauen Lachen fiel. Nur einige dicke Blasen stiegen auf und zerplatzten. »Schlundlöcher«, erklärte Lewis. »Und sie könnten ziemlich *tief* sein. Ich rate Ihnen, einen weiten Bogen darum zu machen.«

Picard sah Worf und Deanna an, die recht angespannt wirkten. »Verstanden?« fragte er.

»Ja«, bestätigte der Klingone. Die Counselor nickte nur und lächelte gezwungen. Picard fühlte sich versucht, der zarten, sanftmütigen Betazoidin zu sagen, daß sie besser an Bord der *Enterprise* geblieben wäre, daß auf diesem Planeten zu viele, noch uneinschätzbare Gefahren drohten. Aber Troi gehörte zur Besatzung seines Schiffes, und mit ihren empathischen Fähigkeiten konnte sie sofort feststellen, welche Absichten die Lorcaner verfolgten.

Der Captain blickte über die weite Landschaft. Nichts deutete darauf hin, daß diese Welt schon vor zweihundert Jahren besiedelt worden war. Lorca schien urzeitlich und noch nicht bereit zu sein, menschliche Kolonisten aufzunehmen.

Kurz darauf wurden Picards Überlegungen bestätigt: Einer der fernen Berge explodierte plötzlich, schleuderte eine rote, feurige Wolke gen Himmel. Der Boden erbebte, und in den nächsten Schlundlöchern brodelte es.

»Ein Vulkanausbruch!« entfuhr es Worf. »Das Gesicht bedecken!«

»Die Masken!« rief Deanna.

Picard, Worf und Troi holten ihre Halloween-Masken hervor, die sich von einem Augenblick zum anderen in überaus nützliche Schutzvorrichtungen verwandelten. Wenige Sekunden später trug der eiskalte Wind rote Asche und schwarzen Sand herbei. Deanna sank auf die Knie, und Worf beugte sich über sie, um die Counselor abzuschirmen. Captain Picard und Botschafter Lewis blieben Seite an Seite stehen, als wollten sie den jähen Sandsturm herausfordern. Wie trotzig stemmten sie sich den Böen entgegen und hoben ihre Hände vor die Augen.

»Die Masken dienen nicht nur dekorativen Zwecken«, sagte Lewis laut genug, um das Heulen zu übertönen.

»Und dieser Planet kann nicht gerade als Paradies bezeichnet werden!« erwiderte der Captain. »Er ist höchst instabil.«

»Pure Kraft und Sicherheit stehen in einem direkten Gegensatz zueinander«, behauptete Lewis.

Schon nach kurzer Zeit ließ der Sturm nach, und Picard hob den Kopf, blickte zum Horizont. Über den Bergen glühte es nun in einem dunkleren Rot, so als blute der Vulkan gen Himmel. Scharlachfarbene Wolken wogten, und der Captain dachte erleichtert daran, daß in dieser Region gerade der Morgen begonnen hatte. Wenn die Sonne höher stieg, wurde es sicher etwas wärmer — und vielleicht zerriß ihr Licht auch den Schleier der Düsternis.

*Wir sollten zum Wald gehen,* dachte Picard. *Dann haben wir das Gebirge im Rücken, falls es zu einem neuerlichen Vulkanausbruch kommt.* »Zu den Bäumen dort drüben!« befahl er. »Und zwar schnell!«

Die Angehörigen der Landegruppe liefen sofort los und näherten sich der Oase aus brauner Vegetation. Worf schob die Schweinemaske hoch, so daß sie wie ein rosarotes Barett auf seinem Brauenhöcker ruhte. Deanna ließ ihre Maske vor dem Gesicht, und nach Picards Ansicht standen die weißen Harlekin-Züge in einem krassen Gegensatz zu der ernsten, dunkelhäutigen Betazoidin darunter. Mit einer gewissen Befangenheit nahm er die hämisch grinsende Teufelsmaske ab und verstaute sie wieder im Rucksack – er hielt nichts von Tarnungen irgendeiner Art. Fenton Lewis hingegen trug seine Botschafter-Maske voller Stolz und hatte sich offenbar an ihr Gewicht gewöhnt.

»Wir brauchen jetzt nicht mehr zu laufen«, sagte der Captain nach einer Weile. »Normales Marschtempo genügt.« Er ging mit langen Schritten und sah, daß die anderen seinem Beispiel folgten.

Picard wollte es genießen, unter dem zornigen roten Himmel Lorcas zu wandern.

Sie achteten sorgfältig darauf, den Schlundlöchern aus dem Weg zu gehen. Als sich der Captain und seine Begleiter dem Wald näherten, nahm die Anzahl der vermeintlichen Pfützen ab, und ihr Blubbern und Zischen wurde leiser. Die seltsamen Pelzwesen hockten nicht mehr vor den Bäumen – wahrscheinlich waren sie beim Vulkanausbruch geflohen. Picard hatte Lewis gebeten, die Gruppe anzuführen, aber er übernahm nun selbst die Spitze, und Worf hielt sich dicht neben ihm. Sein Verhalten überraschte Deanna Troi nicht. Sie nahm ihre Maske ab und sah Fenton Lewis an, der nach wie vor die Botschafter-Maske trug. Diese schränkte sein Blickfeld ein, und daher konnte ihn die Counselor mustern, ohne daß er etwas davon bemerkte. Die edelsteinbesetzte, mit bunten Farben verzierte Maske stand ihm gut, fand Deanna.

Sie hatte noch nie einen Menschen kennengelernt, der seine Gefühle so gut zu kontrollieren verstand wie Lewis. Mit seinem natürlichen Charme fiel es ihm leicht, Sympathie zu gewinnen, aber Troi erkannte ihn trotzdem als einen energischen, entschlossenen Mann. Man mochte ihn selbstsüchtig nennen, aber Egoismus war nicht der Grund, warum er als Diplomat arbeitete – als Botschafter, dessen

Überzeugungskraft ausreichte, um Kriege zu beenden. Deanna spürte Mitgefühl und Engagement in ihm, doch ganz offensichtlich hütete er sich davor, seine Rationalität von Emotionen beeinträchtigen zu lassen. Darüber hinaus versuchte er ständig, die eigenen Gefühle zu verbergen, und mit der lorcanischen Maske fiel es ihm leicht, über sein wahres Selbst hinwegzutäuschen.

»Ich weiß, daß Sie mein Wesen ergründen wollen«, sagte Lewis wie beiläufig und überraschte Deanna. »Deshalb lege ich die Maske nicht ab.«

»Sie steht Ihnen«, erwiderte Troi und lächelte sanft. Nicht nur Fenton Lewis konnte charmant sein.

»Nun, ich glaube, dann brauche ich sie nicht mehr.« Der Botschafter griff nach dem Kinn der Maske und zog sie über den Kopf. Rotblondes Haar fiel auf das Leder herab, das breite Schultern bedeckte. Deanna stellte fest, daß Lewis' Farben denen des Planeten entsprachen. Ihr Spektrum reichte vom dunklen, beigefarbenen Ton der Wangen über das klare Blau der Augen bis hin zu einigen silbernen Strähnen im Haar.

Er hob die Brauen, sah die Counselor an und schmunzelte. »Ich vermute, die Erforschung fremder Planeten ist ein alter Hut für Sie.«

»Oh, ich habe an vielen planetaren Missionen teilgenommen«, entgegnete Troi und versuchte, ebenso beiläufig zu klingen wie der Botschafter.

»Für gewöhnlich begleiten Sie den eindrucksvollen Ersten Offizier, stimmt's? Wie heißt er noch? Riker, nicht wahr?«

»Ja, so lautet sein Name«, sagte Deanna kühl. Der Spott in Lewis' Stimme gefiel ihr nicht.

»Dabei ergeben sich bestimmt gute Gelegenheiten«, fügte Fenton offen hinzu. »Ich meine, immerhin sind Sie ein Liebespaar. Habe ich recht?«

Deannas Verblüffung dauerte nur wenige Sekunden, aber sie fühlte, wie sich rote Flecken auf ihren Wangen bildeten.

»Das war einmal«, sagte sie knapp und wahrheitsgemäß. »Ich wußte nicht, daß der Diplomatische Dienst so gut informiert ist.«

Lewis zuckte mit den Achseln und zeigte ein besonders galantes Lächeln. »Ich wollte keineswegs respektlos sein, Counselor Troi, bitte glauben Sie mir. Es ging mir darum, ganz persönliche Neugier zu befriedigen.«

»Ich verstehe. Auch ich bin eben neugierig gewesen.«

»Dann sind wir quitt«, sagte der Botschafter.

Worf wich ein wenig beiseite und rückte seinen Rucksack zurecht. Der nahe Wald schützte vor dem Wind, und die Böen erschienen wärmer und nicht mehr ganz so heftig. Knorrige Gewächse, widerstandsfähige Reben und Ranken wuchsen vor den Bäumen, fungierten als natürlicher Filter, der Sand und Asche fernhielt. Kahle, teilweise geborstene Stämme ragten aus dem rötlichen Boden und deuteten darauf hin, daß die Pflanzen des Waldes langsam starben.

»Erosion bringt die Vegetation um«, stellte Deanna fest. »Die Sieger bei diesem natürlichen Kampf heißen Wind und vulkanische Asche.«

»Aber er findet nur hier statt«, warf Fenton Lewis ein und erreichte den Rand des scheinbar endlosen Waldes. »Auf dem Rest des Planeten sieht es völlig anders aus.«

»Lieutenant Worf, stellen Sie eine Verbindung zur *Enterprise* her«, wandte sich Picard an den Klingonen. »Vielleicht kann uns die Sensorerfassung vor weiteren Vulkanausbrüchen warnen.«

»Ja, Captain.« Worf berührte seinen Insignienkommunikator, doch es drang kein Antwortsignal aus dem winzigen Lautsprecher. Er klopfte ein zweites Mal auf das Gerät und betrachtete seine Fingerspitzen, als er die Hand zurückzog. Feine schwarze Körnchen hafteten an ihnen fest. Sie sahen aus wie Eisenspäne und waren klein genug, um in elektronische Instrumente einzudringen und ihre Schaltkreise zu beschädigen.

Picard versteifte sich unwillkürlich und versuchte es mit

seinem eigenen Kommunikator. Nichts. Keine Reaktion. »Was ist mit Ihrem Gerät, Counselor?«

Deanna berührte es – ebenfalls ohne Erfolg. Auch an ihren Fingerspitzen klebte dunkler Staub. Sie stellte fest, daß die einzelnen Körner magnetisch geladen waren, in Haaren und an der Kleidung Klumpen bildeten. Verwirrt sah sie Picard und Worf an.

Fenton Lewis lachte schallend, als er die ernsten Mienen der Starfleet-Offiziere bemerkte. »Wissen Sie, ich habe nie was davon gehalten, Kommunikatoren an Hemden, Pullis und so weiter zu befestigen. Mir gefielen die alten Modelle, die man einfach einsteckte.« Er lachte erneut.

»Ich verstehe nicht ganz, was Sie an unserer Situation so lustig finden«, sagte Picard scharf.

»Die jüngsten Ereignisse sollten uns eine Lehre sein«, erwiderte Lewis und klopfte dem Captain auf die Schulter. »Selbst die modernste Technik nützt nichts, wenn man bei ihrem Einsatz von falschen Voraussetzungen ausgeht.«

»An Bord der *Enterprise* macht man sich bestimmt Sorgen um uns«, brummte Worf.

»Warum?« Lewis winkte ab. »Unsere Retransfer-Koordinaten sind bekannt. Wir brauchen nur jenen Ort aufzusuchen, wenn wir zurückgebeamt werden sollen. Das stimmt doch, Captain, oder?«

»Ja, zumindest rein theoretisch«, bestätigte Picard. »Was jedoch nichts daran ändert, daß Riker besorgt ist. Wir hätten uns längst melden sollen.«

Plötzlich erzitterte der Boden, und die Angehörigen der Landegruppe drehten sich rasch um. Sie beobachteten den fernen Vulkan, der erneut Rauch und Asche spie. Es war nicht nötig, daß Picard einen Befehl erteilte. Deanna und die anderen setzten wieder ihre Masken auf und gingen weiter. Kurze Zeit später verschwanden Troi, Picard, Worf und Lewis im lorcanischen Wald.

»Der Kontakt ist unterbrochen?« fragte Riker. »Was soll das heißen?«

»Daß keine Verbindung mehr zur Landegruppe besteht«, antwortete Data. Sein munterer Tonfall gab den möglichen Geschehnissen auf Lorca nicht mehr Bedeutung als einem eventuellen Mangel an Schlagsahne im Gesellschaftsraum.

»Was ist mit den Sensoren?«

»Damit können wir nicht viel anfangen«, sagte der Androide. »Im Retransfer-Bereich herrscht starke vulkanische Aktivität. Die dabei freigesetzte Asche ist magnetisch und führt zu erheblichen Interferenzen. Selbst wenn der Captain und seine Begleiter am Rematerialisierungsort bleiben – wahrscheinlich können wir erst dann einen stabilen Transporterfokus auf sie richten, wenn die Vulkanausbrüche nachlassen.«

»Verdammt!« fluchte Riker leise. »Das gefällt mir überhaupt nicht.«

Geordi LaForge wandte sich von der technischen Station ab und sah den stellvertretenden Captain an. »Dies ist das schlimmste mir bekannte Beispiel für Murphys Gesetz.«

»Murphys Gesetz?« wiederholte Data. »Handelt es sich dabei um ein neues physikalisches Theorem? Erklärt es die offensichtliche Fehlfunktion der Kommunikatoren?«

»Es erklärt alles«, sagte Geordi und seufzte.

Riker kochte innerlich. »Doch es gibt uns keine Antwort auf die Frage, warum wir zugelassen haben, daß sich der Captain in Gefahr begibt. Hinzu kommt: Warum fand der Retransfer in der Nähe eines aktiven Vulkans statt?«

»Es ist fast unmöglich, auf Lorca eine Region ohne jede vulkanische Aktivität zu finden«, entgegnete Data. »Der Captain und Botschafter Lewis baten darum, zu einigen planetaren Lebensformen gebeamt zu werden, und diesem Wunsch habe ich entsprochen. Vielleicht hätte ich mich nicht auf routinemäßige Sondierungen mit den Sensoren beschränken und eine genauere Kontrolle vornehmen sollen, aber ich hielt es für unnötig, das Szenario des schlimmsten Falls zu berücksichtigen.«

Data klang weiterhin ruhig und gelassen, aber man

konnte ihm die Besorgnis deutlich ansehen. Commander Riker legte ihm die Hand auf die Schulter.

»Es ist nicht Ihre Schuld«, sagte er freundlich. »Die Mission wurde von Anfang schlecht geplant. Nun, jetzt gibt es eine neue Aufgabe für uns: Wir müssen den Captain, Deanna und Worf zurückholen. Fenton Lewis kann meinetwegen auf Lorca bleiben.«

Der Erste Offizier schob entschlossen das Kinn vor und hob die Stimme. »Riker an Krankenstation.«

»Hier Dr. Pulaski«, tönte es aus dem Lautsprecher der internen Kommunikation.

»Können Sie in zwanzig Minuten alle Vorbereitungen treffen, um sich auf den Planeten zu beamen?«

»Ja, natürlich. Was ist passiert?«

Riker schluckte, bevor er antwortete: »Wir haben den Kontakt zur Landegruppe verloren.«

»Wo treffen wir uns?«

»Im Transporterraum Eins.«

»Bin schon unterwegs.«

Der Erste Offizier räusperte sich und sprach noch etwas lauter. »Riker an Sicherheitsabteilung.«

»Ja, Sir«, antwortete ein junger und aufgeregt klingender Mann. »Hier ist Fähnrich Salinger.« Er korrigierte sich sofort: »Äh, stellvertretender Sicherheitsoffizier Salinger.«

»Ich bin der stellvertretende Captain Riker. Schicken Sie zwei Sicherheitsbeamte in den Transporterraum Eins — in zwanzig Minuten wird noch eine Landegruppe auf den Planeten gebeamt. Es handelt sich um eine gefährliche Mission mit möglichem Kampfeinsatz. Ich brauche also Leute, die gut auf sich achtgeben können.«

*»Ja, Sir«*, erwiderte Fähnrich Salinger zackig.

»Bitte um Erlaubnis, Sie begleiten zu dürfen, Sir«, sagte LaForge und nahm Haltung an.

»Ich würde Sie gern mitnehmen, Geordi, aber ich brauche Sie hier«, gab Riker zurück. »Jemand muß sich um das Schiff kümmern.«

»Entschuldigen Sie, Commander...« LaForge zögerte kurz. »Wie soll ich mich verhalten, wenn...«

»Schicken Sie keine weiteren Leute auf die Planetenoberfläche«, schärfte ihm Riker ein. »Das ist ein Befehl. Wenn Sie achtundvierzig Stunden lang nichts von uns hören, so erstatten Sie Starfleet Bericht und bitten um neue Anweisungen.«

»Ja, Sir«, erwiderte Geordi. Er drehte sich um und betrachtete den Befehlsstand. Der Sessel des Captains sah aus wie alle anderen im Kontrollraum, doch die Aura der Autorität schien ihn anschwellen zu lassen, bis er so groß wurde wie der Königsthron, den LaForge einmal im Windsor Castle auf der Erde gesehen hatte. *Vielleicht muß ich dort stunden- oder gar tagelang sitzen,* dachte Geordi. *Und dabei habe ich es bestimmt nicht sonderlich bequem.*

»Bleibt Fähnrich Crusher ebenfalls an Bord?« fragte er.

»Natürlich«, sagte Riker. »Es hat keinen Sinn, auch sein Leben aufs Spiel zu setzen.«

»Commander?« Data sah auf. »Darf ich mich Ihrer Gruppe anschließen? In gewisser Weise fühle ich mich verantwortlich für die derzeitige Situation des Captains.«

Will Riker nickte. »In Ordnung, Sie können mitkommen.«

Es fiel Picard und seinen Gefährten erstaunlich leicht, im lorcanischen Wald voranzukommen. Das kühle Klima und der fast immer starke Wind erlaubten es nur den widerstandsfähigsten Pflanzen, zu gedeihen und zu überleben. Es gab kein dichtes Unterholz, und deshalb konnte die Landegruppe darauf verzichten, sich mit den Phasern einen Weg durchs Dickicht zu brennen. Fenton Lewis fand eine Art Pfad und führte nun die Marschkolonne an. Picard, Deanna und Worf folgten ihm. Der hochgewachsene, kräftig gebaute Klingone bildete den Abschluß und behielt die Umgebung im Auge.

Die Schlundlöcher wurden immer seltener — vielleicht beanspruchten Bäume und Sträucher das ganze Wasser und verhinderten somit, daß sich sumpfige Lachen bildeten. Die hohen Stämme wirkten seltsam kahl, sah man einmal von langen Nadeln und einer braunen Masse ab, die jeden Quadratzentimeter der Borke und selbst die Blätter bedeckte. *Vielleicht sind die Blätter unter dem dunklen Moos grün,* dachte Worf. Es blieb jedoch nicht genug Zeit, um den sonderbaren Belag abzukratzen und nachzusehen.

Sie gingen ziemlich schnell und hofften, vor Einbruch der Nacht Lorcanern zu begegnen. Ihr Plan bestand darin, das legendäre Staatsoberhaupt namens Allmächtiger Töter zu finden, dann wieder die weite Asche-Ebene aufzusuchen und sich an Bord der *Enterprise* beamen zu lassen. Mit genauen Koordinaten konnten sie später nach Lorca zurückkehren, um der eigentlichen Aufgabe des Botschafters gerecht zu werden und diplomatische Beziehungen herzustellen. Captain Picard war entschlossen, Commander Riker nicht länger als unbedingt notwendig im Ungewissen zu lassen. Worf erinnerte sich daran, daß Commander Riker Einwände gegen Picards Teilnahme an der Mission erhoben hatte. Vermutlich fühlte sich der Captain schuldig — und angesichts der jüngsten Ereignisse auch ein wenig bedrückt.

Nur Fenton Lewis schien in guter Stimmung zu sein. Der Umstand, daß keine Kom-Verbindung zum Raumschiff im Orbit bestand, daß sie praktisch auf Lorca festsaßen und nicht mit Hilfe rechnen konnten, gefiel ihm offenbar. Worf rang sich ein wenig Respekt für den Botschafter ab. In seiner Furchtlosigkeit kam Lewis einem Krieger gleich und unterschied sich somit von den meisten Menschen. Selbst die tapfersten Vertreter der Gattung Homo sapiens fielen manchmal Angst und Unsicherheit zum Opfer. Doch Fenton Lewis marschierte dem Unbekannten mit einem zufriedenen Lächeln entgegen, offenbarte damit eine Verhaltensweise, die nur Klingonen verstanden.

Plötzlich blieb Picard stehen und hob die Hand. »Halt.«

Deanna und Worf gehorchten der vertrauten Stimme sofort, aber Lewis ging noch einige Schritte, bevor er ebenfalls verharrte. »Was ist denn?« fragte er ungeduldig, ohne sich umzudrehen.

»Wir sind schon seit einem halben Tag unterwegs«, sagte der Captain und schnappte nach Luft. Er deutete nach oben. »Die Sonne ist jetzt genau im Zenit. Wenn wir nicht bald auf Lorcaner stoßen, dürfte es problematisch werden, bis zum Einbruch der Nacht zur Ebene zurückzukehren.«

»Wer will denn zurück?« erwiderte Lewis und schüttelte sich mit übertriebener Abscheu. »Ich bezweifle, ob wir im Bereich der Vulkane irgendwelche Menschen finden.«

»Er hat recht, Captain«, sagte Deanna Troi. »Ich habe dort keine Intelligenz gespürt.«

»Wir müssen an die Crew der *Enterprise* denken«, erwiderte Picard. »Bestimmt hält sie am Retransfer-Punkt nach uns Ausschau.«

Fenton Lewis rollte wie verzweifelt mit den Augen. »Captain...« sagte er betont geduldig. »Die Kommunikatoren waren nur eine Nabelschnur, die uns mit dem Schiff verband. Eigentlich sind sie gar nicht wichtig. Die *Enterprise* kann uns hier unten wohl kaum helfen, und umgekehrt verhält es sich ebenso. Sie haben mir einen Monat Zeit gegeben, um meine Mission zu erfüllen. Ich schlage vor, Sie entspannen sich und genießen das Abenteuer. Es liegt mir nichts daran, den ganzen Ruhm für mich zu beanspruchen. Meiner Ansicht nach ist dies nach wie vor die Lewis-und-Picard-Expedition.«

Der Captain versuchte, seinen Ärger zu unterdrücken. »Ruhm interessiert mich nicht, Botschafter. Für Sie gibt es nur eine Aufgabe, aber ich bin auch noch für die Sicherheit eines Raumschiffs und seiner Besatzungsmitglieder verantwortlich. Ohne die *Enterprise* wären Sie überhaupt nicht hier — und ohne sie gibt es keine Möglichkeit, den Planeten wieder zu verlassen. Ob es Ihnen gefällt oder nicht: Mein Schiff und seine Crew sind Teil Ihrer Mission.«

»Na schön«, erwiderte Lewis in einem beschwichtigenden, versöhnlichen Tonfall. »Wir sind also voneinander abhängig. Die Kommunikatoren funktionieren nicht, aber was soll's? Welchen Sinn hätte es, zur Ebene zurückzukehren und dort zu warten, daß man einen Transporterfokus auf uns richtet? Himmel, wir befinden uns hier auf einem Fußweg, und ich wette, früher oder später begegnen wir den ersten Lorcanern. Vielleicht heute abend, spätestens morgen früh. Wir brauchen nur ein wenig Geduld, Captain.«

Fenton Lewis lächelte entwaffnend. »Denken Sie an die europäischen Abenteurer, die Forschungsreisen in der Neuen Welt unternahmen. Oder an meine Verwandten, die eine erste Kolonie im Alpha Centauri-System gründeten. Sie waren jahrelang unterwegs, um ihr Ziel zu erreichen – und dabei völlig auf sich allein gestellt. Es befand sich kein riesiges Raumschiff in der Nähe, um sie bei den geringsten Anzeichen von Schwierigkeiten an Bord zu beamen. Dies ist das wahre Leben, Captain. Kosten Sie es aus.«

Picard seufzte. Ein Abenteuer, ja. Es begann erst ganz harmlos, doch durch den Ausfall der Kommunikatoren kamen Risikofaktoren hinzu, die ihm immer mehr Unbehagen bereiteten. Die Aufregung der ersten Stunden wich zunehmender Besorgnis und neuer Entschlossenheit. Picard dachte nach und glaubte, Rikers Stimme zu hören: »Der Captain bleibt an Bord des Schiffes. Landegruppen werden vom Ersten Offizier geleitet.« Wo lag das Problem? Eine Frage, die sich einfach beantworten ließ: Es bestand darin, daß kein Kom-Kontakt mit dem Schiff hergestellt werden konnte. Wenn die Rollen vertauscht wären, wenn sich Picard an Bord der *Enterprise* befände und danach trachtete, Commander Riker auf dem Planeten zu lokalisieren... *Ich würde nicht in Panik geraten. Nach einem halben Tag ist Panik wohl kaum angemessen.* Er hoffte, daß Riker diese Einstellung teilte.

»In Ordnung«, sagte er laut. »Wir setzen den Weg fort, bis wir Lorcaner treffen. Wenn dann keine Gefahr besteht, kehren Counselor Troi und ich zum Retransfer-Ort zurück.«

»Ausgezeichnet!« donnerte Lewis und klopfte dem Captain begeistert auf den Rücken. »Und nun... Lassen Sie uns Geschichte machen.«

Will Riker ging nervös im kleinen Transporterraum Eins auf und ab. Er hatte so schnell wie möglich aufbrechen wollen, aber seit seinem Befehl waren bereits dreiundzwanzig Minuten verstrichen. Kate Pulaski saß ruhig auf einer Kiste hinter der Konsole und überprüfte ihre medizinische Ausrüstung. Die beiden Sicherheitsbeamten Whiff und Greenblatt standen an der Tür und schienen sich in den dicken Parkas nicht ganz wohl zu fühlen. Abgesehen von ihren Schulterhalftern sah die zweite Landegruppe genauso aus wie die erste.

Whiff, ein großer Humanoide mit haarloser, rosaroter Haut, stammte aus dem Antares-System und gehörte erst seit kurzer Zeit zu Starfleet. Die blonde Frau namens Greenblatt wirkte täuschend zart. Riker kannte sie vom wöchentlichen T'ai Chi-Unterricht und wußte daher, daß sie selbst den riesenhaften Whiff quer durchs Zimmer schleudern konnte. Der Transportertechniker prüfte noch einmal alle Kontrollen und wartete ebenso wie die anderen.

Wo blieb Data?

»Commander«, sagte Pulaski in einem Tonfall, der von gesunder Skepsis kündete. »Haben wir jemals eine Nachricht von der Landegruppe erhalten?«

»Sie hat sich nicht direkt mit uns in Verbindung gesetzt«, antwortete Riker. »Aber Data überwachte ihre Position, und daher wissen wir, daß die Kommunikatoren bis zur Eruption funktionierten.«

»Glauben Sie, Picard und die anderen könnten unter vulkanischer Asche begraben liegen?« fragte die Ärztin sanft.

In Rikers Stimme kam mehr Sicherheit zum Ausdruck, als er empfand. »Nein. Glücklicherweise rematerialisierte die Gruppe nicht etwa am Hang des Vulkans, sondern einige Kilometer davon entfernt. Außerdem zeigten Datas Indikatoren Leben vor und auch nach der Eruption an. Die magnetischen Wolken hindern uns allerdings daran, genaue Informationen zu gewinnen. Wir wissen nicht genau, wie es jetzt in der betreffenden Region aussieht.«

»Demnach könnte mit der Landegruppe alles in bester Ordnung sein«, schloß Kate.

»Ja, das ist möglich«, räumte Riker ein.

»Dann frage ich mich, warum wir uns auf den Planeten beamen.«

Der Erste Offizier dachte an Fenton Lewis' Schilderungen, bei denen es um Barbaren ging, die mit Schwertern gegeneinander kämpften, um neue Masken zu erbeuten. Lorca entsetzte ihn – und Rikers Argwohn dem Botschafter gegenüber nahm immer mehr zu.

»Es geht nur darum, den Status der ersten Landegruppe festzustellen«, sagte er ernst.

Kate Pulaski musterte ihn einige Sekunden lang. »Aber es gibt auch noch einen anderen, vielleicht sogar wichtigeren Grund. Sie sind ein Mann der Tat und können es nicht ertragen, hier an Bord herumzusitzen und die Hände in den Schoß zu legen.«

»Ich wußte nicht, daß Sie auch Psychologin sind«, erwiderte Riker sarkastisch.

»Offiziell bin ich Erster Medo-Offizier dieses Schiffes.« Die Ärztin lächelte. »Psychologie ist nur ein Hobby von mir.«

Die Tür öffnete sich, und Data trat ein. Er eilte an den beiden Sicherheitsbeamten vorbei und blieb neben dem Transportertechniker hinter der Konsole stehen. »Gestatten Sie mir, die Koordinaten einzugeben?« fragte er höflich.

»Selbstverständlich.«

»Data!« rief Riker. »Wo waren Sie so lange?«

»Ich hielt es für besser, noch eine gründliche Sensorerfassung durchzuführen«, antwortete der Androide und beobachtete die matt leuchtenden Anzeigen des Pults. »Diesmal habe ich einen optimalen Retransfer-Ort gefunden. Er ist weit genug von vulkanischen Aktivitätszentren entfernt, um das einwandfreie Funktionieren unserer Scanner und Kommunikatoren zu gewährleisten, und gleichzeitig beschränkt sich die Distanz zu georteten Lebensformen auf ein notwendiges Minimum.«

»Rematerialisieren wir in der Nähe des Captains und *seiner* Gruppe?« fragte Riker.

»Das weiß ich nicht, Sir«, entgegnete Data. »Leider ist mir nicht bekannt, wo sich Captain Picard derzeit aufhält.«

Der Erste Offizier schüttelte den Kopf. »Wir kennen zumindest seinen *mutmaßlichen* Aufenthaltsort. In welcher Entfernung dazu findet unser Retransfer statt?«

»Kommt ganz darauf an«, erwiderte der Androide ausweichend. »Wenigstens wissen wir, in welche Richtung wir uns wenden müssen, um den Captain zu finden.« Er sah den Techniker an und nickte. »Alles klar.«

Data schritt zur Plattform, während Riker, Pulaski und die beiden Sicherheitsbeamten nach der Ausrüstung griffen. Als sie ebenfalls auf den Transferfeldern standen, fiel der Ärztin plötzlich etwas ein.

»Masken!« platzte es aus ihr heraus. »Wir brauchen Masken!«

»Dafür haben wir jetzt keine Zeit mehr«, sagte Riker. Er vergewisserte sich, daß sein schwerer Phaser im Schulterhalfter steckte, winkte dann dem Mann an der Konsole zu. »Energie!«

# KAPITEL 3

Rikers Gruppe materialisierte in einem Wald, und auf allen Seiten ragten große braune Bäume in die Höhe. Sie wirkten so beeindruckend, daß die beiden Sicherheitsoffiziere aus einem Reflex heraus ihre Waffen zogen, um Riker, Data und die Ärztin zu schützen.

»Phaser auf Betäubung justieren«, sagte der Erste Offizier.

Whiff und Greenblatt kontrollierten die Strahler rasch und starrten voller Ehrfurcht an den braunen Riesen hoch. Kate Pulaskis Blick erreichte schließlich den Wipfel eines Baums, und sie betrachtete einige rosarote Wolken, die wie Wattefetzen darüber schwebten. Plötzlich bemerkte sie ein haariges Wesen, das auf einem breiten Ast hockte und herabstarrte.

»Commander«, flüsterte sie, schob sich etwas näher an Riker heran und hob die Hand. »Dort oben sitzt etwas Lebendiges.« Das mit langen Gliedmaßen ausgestattete Geschöpf schnatterte schrill und warf eine Samenkapsel.

Der betreffende Baum rückte in den Mittelpunkt des allgemeinen Interesses; Whiff und Greenblatt richteten ihre Phaser nervös auf das lange, dünne Wesen. Mit routiniertem Geschick sprang es von Ast zu Ast – Arme, Beine und der Schwanz bewegten sich dabei so schnell, daß man die einzelnen Extremitäten nicht mehr voneinander unterscheiden konnte. Nach einigen Sekunden hielt es wieder inne, hing an seinem Greifschwanz und pflückte Schoten. Es betrachtete sie nacheinander, ließ mehrere fallen, öffnete die anderen und verspeiste ihren Inhalt.

Das Geschöpf saß nun still, und Pulaski nutzte die gute Gelegenheit, sah es sich genauer an. Sie hatte es zunächst für eine Art Affen gehalten, doch jetzt stellte sie fest, daß es eher wie ein Faultier aussah: Arme und Beine waren gleich lang und ebenso behaart wie der schlanke Leib.

Wahrscheinlich war es gar nicht imstande, aufrecht zu gehen wie ein Primat. Wozu auch? Mit solchen Gliedmaßen konnte es sich mühelos durch die Baumwipfel schwingen. Der gelbrote Pelz des Tiers wäre sicher sehr hübsch gewesen — nach einer ordentlichen Wäsche.

»Ganz ruhig«, sagte Riker und lächelte. »Es besteht keine Gefahr. Data, ist das eine der Lebensformen, die wir an Bord der *Enterprise* geortet haben?«

»Möglich«, antwortete der Androide.

»Es zeigt keine Furcht vor uns«, sagte Dr. Pulaski. »Offenbar sieht es nicht zum erstenmal Menschen.«

»Eine durchaus plausible Annahme«, pflichtete ihr Data bei. »Ob es intelligent ist?«

Riker seufzte. »Wohin jetzt, Data?«

Der Androide sah auf seinen Tricorder. »Die Gruppe des Captains ist nordwestlich von hier rematerialisiert. Allerdings stelle ich im Westen erhebliche Ansammlungen von Lebensformen fest.«

»Handelt es sich um solche Geschöpfe?« Riker zeigte nach oben.

»Nein«, sagte Data. Es klang ein wenig überrascht. »Eins der Wesen ist ziemlich groß.«

»Also los.« Der Commander deutete auf einen Pfad zwischen den Bäumen. »Sie übernehmen die Führung, Greenblatt. Übrigens: Sie brauchen den Phaser nicht ständig in der Hand zu halten.«

»Ja, Sir«, gab die kleine Frau zurück.

Zweige knackten, und Riker hob abrupt den Kopf. Das haarige Tier — oder ein anderes Exemplar, das genauso aussah — hockte nun direkt über ihnen. Es schnatterte erneut, schien die Landegruppe aufzufordern, den Weg fortzusetzen.

»Allem Anschein nach folgt es uns«, sagte Data verwundert.

»Das hat uns gerade noch gefehlt«, brummte der Erste Offizier. »Eine Eskorte.«

»Oder ein Maskottchen.« Pulaski lächelte.

Der Antarer Whiff hatte offenbar kein Interesse an pelzigen Wesen: Er zuckte kurz mit den Schultern und ging weiter.

»Commander!« rief er mit unüberhörbarem Akzent. »Weiter vorn sehe ich eine Straße.«

Kurz darauf verließen sie den Wald und blieben am Rand der ›Straße‹ stehen. Baumstümpfe deuteten darauf hin, daß man den Weg irgendwann verbreitert hatte. Riker bemerkte tiefe Furchen und halbmondförmige Hufabdrükke im roten Lehm. Data bückte sich, um sie aus der Nähe zu betrachten.

»Diese Spuren stammen von einem einfachen Transportmittel«, sagte er.

»Wahrscheinlich von Wagen oder Karren.« Riker nickte. »Wenigstens gibt es hier eine — wenn auch primitive — Infrastruktur.«

Fähnrich Greenblatt neigte den Kopf zur Seite und versteifte sich. »Hören Sie das?« flüsterte sie.

Kate Pulaski rechnete mit einem neuerlichen Schnatter-Konzert ihres namenlosen Maskottchens, aber statt dessen vernahm sie etwas, das nach echtem Gesang klang. Als die Sekunden verstrichen, erkannte sie eine disharmonische männliche Stimme, deren Lied von rhythmischem Klappern untermalt wurde. Riker ging in die Hocke und forderte seine Begleiter mit einem Wink auf, sich zu verstecken.

Die Ärztin sprang hinter einen umgestürzten Baumstamm und duckte sich neben Fähnrich Greenblatt. Die junge Sicherheitsbeamtin beherzigte den Rat des Ersten Offiziers und ließ den Phaser im Halfter. Ihr wachsamer Blick galt dem Teil des Weges, der sich hinter den hohen Stauden einiger bambusähnlicher Pflanzen verbarg. Kate bewunderte das gute Gehör der kleinen Frau — für sie selbst schien das nicht besonders melodische Trällern aus allen Richtungen zu kommen, auch von oben. Doch schon bald stellte sich heraus, daß Greenblatt recht hatte. Ein zotteliges, tropfnasses und verdrecktes Pony kam zum Vorschein und zog einen kleinen, bunt bemalten Wagen.

Auf dem Kutschbock schien eine große Sonnenblume zu sitzen, und Pulaski begriff plötzlich, daß sie den ersten echten Lorcaner sah. Seine Maske weckte sofort ihre Aufmerksamkeit, und sie überhörte fast die dahinter erklingende, rauhe Stimme. Es handelte sich um eine völlig runde und überwiegend gelbe Maske, die auf Stirn und Wangen seltsame Symbole zeigte. Diese wiederholten sich am Karren, dessen goldene Seitenflächen blaue Beschriftungen aufwiesen. Rote Filigranarbeiten schmückten das Dach. Kate Pulaski fühlte sich an ein Artefakt aus der irdischen Vergangenheit erinnert, das sie einmal in der Washingtoner Smithsonian Institution gesehen hatte. Ein Zirkuswagen? Selbst das Pony trug eine blaue Maske, und dadurch wirkte alles noch festlicher.

Kate wollte gerade Commander Riker ansehen, um herauszufinden, was er zu unternehmen gedachte — als sich *etwas* vom nächsten Baum löste und mit einem dumpfen Pochen auf dem Karren landete. Die Ärztin erkannte das haarige, faultierartige Wesen; außerhalb seines natürlichen Lebensraums wirkte es bemerkenswert unbeholfen. Es stemmte sich auf den Beinen in die Höhe und gab einen Schrei von sich, der Synthehol gerinnen lassen konnte.

»Heda!« rief der Kutscher und zog die Zügel des Ponys an. »Was ist denn los, Reba? Warum bist du so aufgeregt?«

Das Tier sprang auf dem Dach umher, gestikulierte mit seinen unglaublich langen Armen und deutete in Richtung der versteckten Außenweltler. *Wir sind entdeckt,* dachte Pulaski.

Commander Riker kam zu dem gleichen Schluß und erhob sich. »Wir kommen in Frieden!« rief er.

»Aaaagh!« heulte der Mann mit der Sonnenblumen-Maske und schlang die Arme um den Kopf. »Ungläubige! Heiden!« Er kehrte Riker den Rücken zu und kauerte sich zusammen. »Verschont mich, Dämonen! Tut mir nichts zuleide! Ich bin doch nur ein armer reisender Händler!«

»Wir sind keine Dämonen, sondern Besucher«, erwiderte der Erste Offizier und warf seinen Begleitern, die nun ebenfalls ihre Verstecke verließen, einen warnenden Blick zu.

»Dämonen!« kreischte der Lorcaner. »Ich flehe euch an: Gewährt mir einen raschen, schmerzlosen Tod! Und verzichtet darauf, meine Seele zu stehlen.« Das Faultier namens Reba kletterte vom Wagendach herunter, klammerte sich an seinen Herr und heulte mit ihm zusammen. Beide schienen mit dem Leben abgeschlossen zu haben.

*Das sind die kriegerischen Lorcaner?* dachte Riker. Mit einem Wink bedeutete er den anderen, am Straßenrand stehenzubleiben, als er sich langsam dem Wagen näherte. »Bitte glaub mir, daß wir in Frieden kommen«, sagte er möglichst ruhig. »Wir sind keine Dämonen, sondern Besucher aus einem fernen Land.«

»Und wo habt ihr eure Masken gelassen?« fragte der reisende Händler.

»Wir tragen keine«, antwortete Riker.

Der Mann drehte sich ruckartig um. Seine Züge blieben verborgen, doch in der Stimme vibrierte Ärger. »Ihr tragt *keine Masken?*« entfuhr es ihm verblüfft. »Eine derartige Unanständigkeit sollte mit dem Tod bestraft werden!«

Riker lächelte dünn. »Hast du andere Leute wie uns gesehen oder von ihnen gehört? Von drei Männern und einer Frau, die ebenfalls aus einem fernen Land stammen?«

»Wenn das der Fall wäre, so lägen die Betreffenden bereits in ihren Gräbern!« Der Lorcaner griff in den Wagen und holte ein langes, doppelschneidiges Schwert hervor. Edelsteine glänzten am Heft. »Betet zu den Göttern, auf daß sie eure heidnischen Seelen in Empfang nehmen!«

Whiff und Greenblatt traten vor und hoben die Hände zu den Phasern. »Weg mit dem Ding«, knurrte der hünenhafte Antarer.

»Einen Augenblick!« rief Kate Pulaski streng. Sie verharrte zwischen den beiden Sicherheitsbeamten und wandte sich an den Lorcaner. »Wenn wir bereit sind, Masken zu tragen — hilfst du uns dann bei der Suche nach unseren Freunden?«

Der reisende Händler neigte den Kopf zur Seite und ließ die Schwertklinge einige Zentimeter weit sinken. »Versprecht ihr mir, meine Vasallen zu sein und mir zu gehorchen?«

»Vasallen?« knurrte Riker, drehte das Wort mehrmals im Mund herum und spuckte es aus.

»Nur bis nach dem Markt«, sagte der Lorcaner hastig. »Ein so großes Gefolge gibt mir das Recht, die Besitzer-Maske zu tragen und damit mehr Platz für meine Waren zu beanspruchen. Außerdem kann ich höhere Preise verlangen!«

»Was für eine Maske trägst du?« fragte Data. Er verzichtete ebenfalls auf das bei den Lorcanern ungebräuchliche Sie.

»Meinst du diese hier?« erwiderte der Mann zerknirscht. »Ach, es ist nur eine armselige Händler-Maske. Eine andere kann ich nicht rechtfertigen.«

Datas Faszination war offensichtlich. »Und welche Masken stellst zu uns zur Verfügung?«

Der Lorcaner holte tief Luft. »Na schön«, sagte er und seufzte, als ringe er sich gerade zu einem wichtigen Zugeständnis durch. »Ihr tragt keine Vasallen-, sondern Lehrlings-Masken. Aber ihr müßt mir gehorchen — zumindest in der Öffentlichkeit.«

Die Ärztin trat zu Riker. »Ich glaube, ohne Masken kommen wir auf diesem Planeten nicht weit«, flüsterte sie.

Der Erste Offizier nickte und betrachtete den Wagen. Er sah ein altersschwaches Pony, ein dünnes, langes und haariges Wesen, das einem Faultier ähnelte — und einen Mann, der sein Gesicht hinter einem tellerartigen Ding verbarg. Nur mit Mühe widerstand er der Versuchung, sich mit Geordi LaForge in Verbindung zu setzen und ihn zu bitten, sie alle an Bord zu beamen.

»Nun gut, wir sind mit den Lehrlings-Masken einverstanden«, sagte er schließlich. »Aber wie lange dauert der

Markt? Wir müssen so schnell wie möglich unsere Freunde finden.«

Der Händler zuckte mit den Schultern. »Wahrscheinlich sind sie ebenfalls zum Markt unterwegs. Allerdings ist es keine kurze Reise. Sie dauert mindestens vierzehn Tage.«

»Das sind zwei Wochen«, warf Data hilfreich ein.

»Vorausgesetzt natürlich, es kommt zu keinen Schrekkern«, fügte der Lorcaner hinzu und warf sein Schwert in den Karren.

»Schrecker?« fragte Pulaski verwirrt.

»Feuerstürme«, erklärte der Händler. »Sie können Menschen und Tiere töten. Wenn wir in einen besonders schlimmen geraten, muß ich meinen Wagen neu bemalen.«

»Was geschieht während solcher Stürme?« erkundigte sich Riker und kniff die Augen zusammen.

Der Mann schüttelte den Kopf. »Ihr kommt wirklich von weit her, nicht wahr? Habt ihr nie gesehen, wie sich der Boden öffnet und Feuer gen Himmel spuckt? Habt ihr noch nie den Odem des Drachen gespürt, der im Zentrum der Welt lebt?«

»Vulkane«, sagte Data kummervoll.

»Warum mußt du deinen Wagen neu bemalen?« fragte die Ärztin.

»Weil die Farbe verbrennt und alles schwarz wird. Wer kauft von einem reisenden Händler, dessen Karren ganz schwarz ist?«

Riker nahm seinen Insignienkommunikator und löste ihn vom Parka. »Wir sollten die empfindlichen Instrumente sicher verstauen. Das gilt auch für die Scanner und Phaser.«

»Legt eure Habseligkeiten in den Wagen«, sagte der Lorcaner und sprang zu Boden. Die Stimme klang alt, aber Riker stellte überrascht fest, daß der Händler groß und recht kräftig war. Die Maske hatte zunächst darüber hinweggetäuscht.

»Ich bin Tagesfleiß«, brummte der Mann und schloß seine Hand um den Unterarm des Starfleet-Offiziers.

Der Commander griff ebenfalls zu. »Will Riker.«

»Nun, Will Riker... Sag deinen Vasallen, daß sie mir beim Sammeln von Lehm helfen sollen.«

»Es sind nicht meine Vasallen, sondern Gefährten. Und warum willst du Lehm sammeln?«

»Damit ihr möglichst bald Masken tragt«, sagte Tagesfleiß bedrückt. Er drehte sich um und richtete seine Aufmerksamkeit auf Fähnrich Greenblatt. Sie senkte verlegen den Kopf, als sie den Blick des Händlers spürte.

»Sechs Jahre sind vergangen, seit ich zum letzten Mal das nackte Gesicht einer Frau sah«, sagte der Lorcaner, und seine Stimme klang seltsam heiser. »Wenn du ihr Herr wärst, Will Riker, könntest du mich auf der Stelle töten, weil ich sie angestarrt habe.«

Kate Pulaski verzog das Gesicht. »Ich schlage vor, wir graben nun nach Tonerde.«

Als die lachsfarbenen Wolken tiefer herabsanken und über die Baumwipfel strichen, begann es zu regnen. Fenton Lewis blieb stehen und zog die Botschafter-Maske vors Gesicht. Ihr glänzendes Metall beschlug zunächst, und innerhalb kurzer Zeit bildeten sich Hunderte von winzigen, perlenartigen Tropfen auf ihr. »Sie sollten jetzt ebenfalls Ihre Masken aufsetzen«, sagte er. »Es regnet aus den vulkanischen Wolken, und in dem Wasser sind vermutlich viele ätzende Substanzen gelöst.«

Deanna und Worf sahen den Captain an, warteten auf seine Entscheidung. Als er nickte, griffen sie nach den Masken und banden die Halteschnüre fest. Sie wußten natürlich, wie lächerlich sie in dieser Aufmachung wirkten — und waren dankbar dafür, daß es im lorcanischen Wald niemanden gab, der das Schwein, den Harlekin und die Teufelsfratze in Begleitung der silbernen Erhabenheit beobachten konnten.

Picard blickte nervös zum dunkler werdenden Himmel empor. »Wir müssen bald das Nachtlager aufschlagen. Haben Sie eine Ahnung, wie weit wir gekommen sind, Botschafter?«

»Wenn wir den Weg durch die Ebene mitzählen...« Lewis überlegte kurz. »Ich schätze, wir sind jetzt zehn Kilometer vom Retransfer-Punkt entfernt. Aber der Pfad wird allmählich breiter. Bestimmt finden wir bald eine Straße oder gar ein Dorf.«

Worf hantierte mit einem Scanner, knurrte mehrmals und schüttelte das Gerät wie eine Baby-Rassel. »Auch dieses Ding funktioniert nicht mehr!« brummte er. »Alle unsere elektronischen Instrumente sind ausgefallen!«

»Was ist mit den Phasern!« fragte Deanna Troi. »Sie sind dem vulkanischen Staub nicht ausgesetzt gewesen.«

»Ja, das stimmt«, pflichtete ihr Lewis bei. »Der Captain traf eine kluge Entscheidung, als er anstatt der schweren Modelle kleine, handliche Strahler wählte. Wir sind nicht nur vom Pech verfolgt.«

Picard nickte. Er spürte klamme Feuchtigkeit auf den Wangen und hätte die Teufelsmaske am liebsten abgenommen, um den Regen auf sein Gesicht herabprasseln zu lassen. »Angesichts der heutigen Ereignisse kann ich gut verstehen, wie es damals den lorcanischen Kolonisten ergangen sein muß.«

»Mir ergeht es ebenso«, sagte Deanna.

Picard nahm den nutzlosen Insignienkommunikator vom Parka und betrachtete ihn. »Die Menschen, die sich vor zweihundert Jahren auf dieser Welt niederließen... Sie waren an interstellare Raumfahrt gewöhnt und hingen genauso von Technik ab wie wir. Eine plötzlich zunehmende vulkanische Aktivität hüllte den Planeten in dichte Wolken, und dadurch sanken die mittleren Temperaturen. Und was unsere Instrumente betrifft — sie erlitten das gleiche Schicksal wie die technischen Ausrüstungen der damaligen Siedler.

Wir sind erst seit einem Tag hier, aber ich komme mir schon wie ein Primitiver vor, der sich auf seine Instinkte verlassen muß, um zu überleben. Die lorcanische Kultur ist zweihundert Jahre lang von den hiesigen Bedingungen geprägt worden. Ganz gleich, welche Bräuche und Traditionen mit dem Tragen der Masken verbunden sind – wir wissen inzwischen, daß sie auch einem sehr praktischen Zweck dienen.«

Picard schürzte nachdenklich die Lippen. »Seltsam: Wir sind noch keinem Lorcaner begegnet, aber ich fühle mich bereits wie ein Bürger dieses Planeten.«

»Damit bringen Sie genau das zum Ausdruck, was auch ich empfinde«, sagte Deanna Troi. »Vielleicht wollte uns Lorca auf diese Weise willkommen heißen.«

Der Captain und seine Begleiter standen in einem schier endlosen Wald, umgeben von riesigen Bäumen, deren Wipfel sich in den Wolken verloren. Unter dem langsam dunkler werdenden Dach aus scharlachfarbenem Dunst herrschte eine ehrfurchtgebietende Stille, und selbst der Regen senkte seine Stimme, flüsterte nur.

Riker kroch unter den Wagen des reisenden Händlers, um dem Nieseln zu entgehen. Dr. Pulaski und Fähnrich Greenblatt saßen im Karren und sahen Tagesfleiß und Data zu, die unter einem gewaltigen Nadelbaum hockten und Vorbereitungen für ein Feuer trafen. Geduldig kratzten sie braunes Moos von Ästen und Zweigen.

Es war nicht weiter schwer gewesen, Lehm zu finden – fast die gesamte obere Bodenschicht bestand aus Tonerde. Sie zogen Würmer und Larven aus der weichen Masse und gaben anschließend Regenwasser hinzu, wodurch ein zäher, klebriger Schlamm entstand, den Tagesfleiß sofort zu formen begann. Er stellte fünf schlichte, runde Masken her, die ein wenig kleiner waren als seine eigene. Er meinte, Öffnungen für Augen, Nase und Mund wolle er später hinzufügen, bevor der Ton hart würde.

Derzeit lagen die noch unvollständigen Masken bei Dr. Pulaski und Fähnrich Greenblatt im Wagen; die beiden Frauen mußten im Karren bleiben, um zu vermeiden, daß der Lorcaner an ihren nackten Gesichtern Anstoß nahm. Tagesfleiß wies darauf hin, er zöge hellen Sonnenschein vor, um die Tonmasken zu trocknen, aber ein großes

Feuer könne bis zum nächsten Morgen den gleichen Zweck erfüllen.

Riker sah zum dunklen, bernsteinfarbenen Himmel empor. Der stille Wald verwehrte den Blick auf die Sonne, und daher ließ sich nicht erkennen, ob sie schon hinter dem Horizont versank. Aber eins stand fest: Lorcas Dämmerung dauerte ziemlich lange. Der Erste Offizier holte den Insignienkommunikator aus der Innentasche des Parkas und übte sanften Druck darauf aus. Ein beruhigendes Piepen erklang.

»Riker an *Enterprise*.«

»Hallo, Commander Riker«, erklang eine nervöse Stimme. »Hier ist Geordi. Haben Sie schon was entdeckt?«

»Leider nicht«, brummte Riker und gab sich keine Mühe, seine Enttäuschung zu verbergen. »Konnten Sie schon einen Kontakt mit der ersten Landegruppe herstellen?«

»Nein«, erwiderte LaForge. »Die Sensorerfassung gilt nach wie vor ihren letzten Koordinaten, doch die starken magnetischen Interferenzen haben kaum nachgelassen. Sie hindern uns daran, genaue Daten zu gewinnen.

Commander, Wesley hat sich mit der Geologie des Planeten befaßt, und die Ergebnisse seiner Analysen sind nicht besonders positiv. Lorca hat keine Ozeane und nur wenige Seen an der Oberfläche, aber es existieren viele unterirdische Meere, und die Temperaturunterschiede zwischen den einzelnen Strömungen sind erheblich. Wo sich kein Wasser befindet, wartet Lava darauf, die dünne Kruste zu durchstoßen. Die Welt ist wie eine riesige, mit Sprengstoff gefüllte Wabe.«

»Vulkanausbrüche scheinen hier recht häufig zu sein«, sagte Riker. »Man nennt sie ›Schrecker‹.«

»Diese Namen haben sie auch verdient. Seien Sie auf der Hut, Sir. Ich nehme an, die kühleren Bereiche des Planeten sind sicherer.«

»Bleiben Sie weiterhin in Bereitschaft, damit wir jederzeit an Bord gebeamt werden können, Geordi. Richten Sie sofort den Transferfokus aus, wenn Sie ein entsprechendes Signal von uns empfangen.«

»Der Alarmstatus für die Transporterräume gilt rund um die Uhr«, entgegnete Geordi zuversichtlich. »Die Konsolen sind immer besetzt, und ein Knopfdruck genügt, um Sie zurückzuholen. In dieser Hinsicht brauchen Sie sich also keine Sorgen zu machen. Ich hoffe nur, daß Sie den Captain und seine Begleiter finden.«

»Das haben wir vor«, bestätigte Riker. »Sonst noch was?«

»Nein, Sir.«

»Danke, Mr. LaForge. Riker Ende.«

Der Commander verstaute seinen Insignienkommunikator wieder in der Innentasche und zog den Reißverschluß zu. Er verdrängte die Gedanken an Captain Picard und das Schicksal der ersten Landegruppe, als sein Magen knurrte. Er hatte Hunger – aber nicht auf die Nahrungskonzentrate im Rucksack. Der lorcanische Händler schien gut genährt und rüstig zu sein; vielleicht konnte er seinen ›Lehrlingen‹ eine ordentliche Mahlzeit anbieten.

Riker rollte sich unter dem Wagen hervor und stand auf – aus dem Regen war ein unangenehm kalter Nebel geworden. Er strich sich roten Lehm von der Kleidung und schritt zu Tagesfleiß, Data und Worf, die überraschend gut zusammenarbeiteten und Äste eines immergrünen Baums verwendeten, um einen Unterstand zu bauen. *»Immerbraun« wäre eine bessere Bezeichnung gewesen,* dachte der Erste Offizier, obgleich ihm einige grüne Blätter im Brennholz auffielen.

»Wollen Sie hier wirklich ein Feuer entzünden?« fragte er skeptisch.

»Erstaunlich, nicht wahr?« erwiderte Data und hob einen völlig mit brauner Masse bedeckten Zweig. »Tagesfleiß meint, dieses Moos sei selbst dann feuerresistent, wenn es zusammen mit dem Baum abstirbt. Es handelt sich um einen Parasiten, der die befallene Pflanze schließlich umbringt, aber er schützt sie vor Flammen. Eine sonderbare Symbiose.«

»Und gleichzeitig eine notwendige«, sagte Riker. »Der Wald ist von Vulkanen umgeben. Wie lange würde es normalerweise dauern, bis er einem Feuer zum Opfer fiele? Die Größe einiger Bäume deutet darauf hin, daß sie Jahrhunderte alt sind.«

»Aufgepaßt«, sagte der Lorcaner und zog eine eigentümliche Vorrichtung aus der großen Hosentasche. Sie bestand aus einem dicken, verknoteten Strick, dessen eines Ende durch einen bronzenen Feuersteinhalter reichte, während am anderen ein schlichtes Kratzrad befestigt war. Tagesfleiß drehte es mit einem dicken Daumen, und Funken sprühten, entzündeten das Seil. Vorsichtig blies er auf die glühende Stelle, bis eine kleine Flamme züngelte, mit der er das Holz in Brand setzte.

»Ich verkaufe diese Apparate«, verkündete der Händler stolz. »Sie sind sehr beliebt.«

»Willst du das Feuer auch nutzen, um etwas zu kochen?« fragte Riker hoffnungsvoll.

Tagesfleiß lag auf dem Bauch und pustete immer wieder. »Essen maskenlose Leute Fisch?«

»Oh, ja.« Riker lächelte angenehm überrascht. Das Wasser lief ihm im Mund zusammen, als er sich gebratenen Fisch vorstellte. »Kann man hier irgendwo angeln?«

»Angeln?« wiederholte der Lorcaner spöttisch. »Meine Güte, woher kommt ihr eigentlich? Ihr wißt ja *überhaupt* nichts. Euch sind nicht nur Masken fremd, sondern auch Werjuns.«

»Werjuns?« fragte der Commander.

»Wie jenes Geschöpf dort«, sagte Data und deutete auf das faultierartige Wesen. Es hatte seinen langen Schwanz um einen Ast geschlungen und hing mit dem Kopf nach unten. Als Reba merkte, daß die Menschen über sie sprachen, schwang sie nicht mehr hin und her, hörte aufmerksam zu.

Tagesfleiß blickte weiterhin ins Feuer. »Besorg uns Fisch, Reba«, sagte er. »Zeig den Fremden ein Wasserloch.« Die Sonnenblumen-Maske wandte sich Riker zu.

»Dieser Mann hier erweckt den Eindruck, als biete sein Magen für ein ganzes Scheffel Platz.«

»Das stimmt auch«, gestand der Erste Offizier ein. »Wie können wir helfen?«

»Indem ihr einfach Reba folgt«, antwortete der Lorcaner. »Und nehmt die Frauen mit; ich habe es satt, daß sie dauernd in meinen Sachen herumstöbern. Und noch etwas: Seid vorsichtig. Fallt nicht in ein Loch, wenn euch etwas an eurem Leben liegt.«

»Wir passen auf«, versicherte Riker. Er winkte dem roten Tier zu. »Es kann losgehen, Reba.«

Das Wesen ließ sich einfach fallen und landete auf allen vieren. Auf dem Boden verlor die Werjun ihr affenartiges Erscheinungsbild und schien sich in eine Gazelle zu verwandeln – sah man einmal von dem runden Kopf, dem fehlenden Hals und einem enorm langen Schwanz ab.

»Doktor! Fähnrich!« rief Riker, als sie an dem Wagen vorbeigingen. »Reba und ich fangen Fische. Möchten Sie mitkommen?«

Dr. Pulaski und Fähnrich Greenblatt kletterten aus dem Karren und schlossen sich der seltsamen Prozession an. Sie sahen kurz zu dem Lorcaner zurück, der weiterhin das Feuer schürte.

»Der Händler führt unglaublichen Plunder mit sich«, flüsterte Kate. »Allerdings hat er auch einige hübsche handgewebte Tücher und zwei tolle Masken: Die eine besteht aus Ton und Federn; die andere ist aus Holz gefertigt und mit Edelsteinen geschmückt.«

Greenblatt schüttelte verwirrt den Kopf. »Ich habe Dr. Pulaski vorgeschlagen, die Masken aufzusetzen – dann hätten wir den Wagen verlassen und im Lager helfen können. Aber sie meinte, wir dürfen nur Masken tragen, die man uns zuteilt.«

»Leider blieb uns keine Zeit für eine ausführliche Einsatzbesprechung, Fähnrich«, sagte Riker und reckte den Hals, um Reba im Auge zu behalten. Sie lief einige Meter weit über die Straße, kletterte dann geschwind an einem

Baum empor und beobachtete die Umgebung. »Die Masken erfüllen weder dekorative noch symbolische Funktionen — in der hiesigen Gesellschaft zeigen sie den Rang einer Person. Wenn man nicht die richtige Maske trägt, so geht man das Risiko ein, zu einem Duell herausgefordert zu werden.«

Greenblatt pfiff leise. »Uns droht also keine Gefahr, solange wir als Lehrlinge des reisenden Händlers gelten?«

»Das hoffe ich«, erwiderte Riker. »He, was macht das Tier da?«

Reba schnatterte bedeutungsvoll und sprang von einem niedrigen Ast herunter. Die Menschen folgten ihr rasch durch das dunkler werdende Zwielicht. Kurz darauf beugte sich die Werjun über einen kleinen Hügel und strich Grashalme beiseite. Plötzlich gab sie einen triumphierenden Schrei von sich und schob ihre langen Arme bis zu den schmalen Schultern in die grünbraune Masse. Als Kopf und Oberkörper ebenfalls verschwanden, schnappte Riker erschrocken nach Luft.

»Sie versinkt im Boden!« entfuhr es ihm.

Aber das stimmte nicht ganz. Mit Greifschwanz und Hinterbeinen hielt sich Reba an einigen dicken Wurzeln neben dem verborgenen Loch fest. Offenbar wußte sie genau, worauf es ankam.

Wasser zischte und sprühte wie bei einem Geysir. »Die Werjun hat eine unterirdische Quelle gefunden«, sagte Pulaski.

»Mit ihren Armen kann sie bestimmt einige Meter tief greifen«, meinte Fähnrich Greenblatt und lächelte zum erstenmal, seit sie sich auf Lorca befand.

Riker schüttelte den Kopf. »Wenn sie jetzt auch noch einen Fisch fängt, bin ich baff.«

»Bereiten Sie sich auf eine Überraschung vor.« Kate Pulaski schmunzelte.

Nur wenige Sekunden später erzitterten die schlanken Hinterläufe, und Reba kam wieder zum Vorschein. Dem hageren Torso folgten Schultern, der Kopf, lange Arme —

und ein Fisch, der sich in kräftigen, dreifingrigen Händen hin und her wand. Die Werjun warf ihn wie beiläufig vor die Füße der Menschen, beugte sich dann wieder ins Loch.

Riker, Pulaski und Greenblatt betrachteten das zukkende Etwas. Es handelte sich um den häßlichsten Fisch, den sie jemals gesehen hatten. Große, fast blinde Augen wölbten sich an Tentakeln, die aus einem bleichen Gesicht wuchsen. Mit Widerhaken versehene Dorne gingen vom Maul aus und bildeten einen Stachelkamm auf dem Rücken. Kopf und Flossen waren milchfarben, der Körper transparent: Deutlich konnte man Organe sehen, die im schlaffen Leib pulsierten. Die Kiemen pumpten wie große Blasebälge, saugten jedoch kein Wasser mehr an, sondern tödliche Luft.

»Ich weiß nicht, ob ich imstande bin, so etwas zu essen«, sagte Dr. Pulaski skeptisch.

»Sieht aus wie eine größere Version bestimmter Höhlenfische auf der Erde«, bemerkte Riker. »Was durchaus einen Sinn ergibt.«

»Und offenbar ist dieses Exemplar nicht das einzige.« Greenblatt deutete auf die geschäftige Werjun.

Sie warf einen zweiten, etwas längeren Fisch. Er gehörte zu einer anderen Spezies, war aber nicht weniger häßlich als der erste. Reba hatte bereits sechs Fische gefangen, als sich Riker demonstrativ räusperte.

»Das reicht jetzt«, wandte er sich an die Werjun. »Laß uns zurückkehren, bevor es zu dunkel wird.«

Das faultierartige Geschöpf schüttelte Lehmbrocken aus seinem rötlichen Fell und neigte kummervoll den Kopf zur Seite. Es wirkte fast enttäuscht. Fähnrich Greenblatt bückte sich instinktiv und streichelte das Wesen. »Gut gemacht, Reba«, sagte sie. »Danke.«

Die Werjun schnatterte zufrieden.

Sie rösteten die Fische an Spießen über einem offenen Feuer, und die Mahlzeit schmeckte ausgezeichnet, fand Kate Pulaski. Zusammen mit Greenblatt saß sie am

Stamm des Baumes, dessen Zweige und Blätter ein Dach über ihnen bildeten. Die beiden Frauen hielten sich im Schatten, nahmen damit Rücksicht auf Tagesfleiß und sein Gefühl für Anstand. Trotzdem waren sie dem Feuer nahe genug, um die Wärme der Flammen zu genießen. Der Lorcaner aß nur einige wenige Bissen, nahm sich dann wieder die Tonmasken vor, hüllte sie in braunes Moos und schob sie anschließend direkt in die Glut. Ganz offensichtlich hatte er es eilig, seine Arbeit zu beenden, so daß die ›heidnischen‹ Besucher ihre Gesichter bedecken konnten.

»Tagesfleiß?« fragte Riker respektvoll und blieb im Dunkeln. »Bevor wir hierherkamen, hörten wir von einer sagenhaften Gestalt namens Allmächtiger Töter. Wir haben Grund zu der Annahme, daß unsere Freunde jenen Mann suchen. Weißt du, wo wir ihn finden können?«

Der reisende Händler knetete gerade eine der Masken und wölbte ihre Ränder, gab ihr damit die richtige Form. Er sah auf und überlegte. »Allmächtiger Töter? Diesen Namen habe ich schon lange nicht mehr gehört. Ja, er war einst ein großer Krieger.«

»Ist er noch immer euer Oberhaupt?« erkundigte sich Riker.

»Ja.« Tagesfleiß nickte kurz. »Vorausgesetzt natürlich, er trägt die Maske der Weisheit.«

»Die Maske der Weisheit?« wiederholte Data. »Stellt sie etwas Besonderes dar?«

»Es ist die Maske des Königs.« Der Lorcaner zuckte mit den Schultern. »Wer die Maske der Weisheit hat, kann Gehorsam von allen Handwerken, Leibeigenen und Edelleuten fordern. Habt ihr in eurer Heimat keinen König?«

»Nun, auch in unserem Volk gibt es Personen, die Gehorsam verlangen«, antwortete Riker. »Aber wer Anweisungen erteilt, muß sich seinen hohen Rang verdienen.«

Die Sonnenblumen-Maske verwehrte zwar einen Blick auf das Mienenspiel des Lorcaners, aber der Ernst in seiner Stimme war unüberhörbar. »Das gilt ebenso für den Träger der Maske der Weisheit. Nur ein wahrer König, der nicht nur weise ist, sondern auch zu kämpfen versteht, kann sie tragen.«

»Wer bestimmt darüber?« fragte Riker.

»Die Maske selbst.«

Stille folgte, während der Commander und seine Begleiter über die letzten Worte des reisenden Händlers nachdachten. Es knisterte und knackte, als Tagesfleiß die härtende Tonmaske ins Lagerfeuer schob und nach einer anderen griff. Reba hing von einem Ast herab und schlief. Sogar Data, der nach Kate Pulaskis Meinung manchmal zu schwatzhaft war, gab sich dem nächtlichen Frieden im Wald hin und schwieg. Die Besucher saßen völlig reglos, starrten in flackernde Flammen, ließen ihre Blicke durch die Finsternis zwischen den hohen Bäumen schweifen. Über den Wipfeln spannte sich ein purpurner Himmel, an dem Myriaden Sterne glänzten.

# KAPITEL 4

Die Lewis-und-Picard-Expedition, wie der Botschafter sie nach wie vor nannte, brach früh am nächsten Morgen auf. In der vergangenen Nacht hatten Picard und seine Gefährten — mit Ausnahme von Worf — kaum Ruhe gefunden, und das galt insbesondere für Deanna Troi. Sie erinnerte sich an einen schrecklichen Traum... Alptraumhafte Bilder zeigten ihr einen gewaltigen Feuerball, der von einem Planeten ausging, ein Raumschiff im Orbit verschlang und Dutzende, Hunderte von nichtsahnenden Menschen umbrachte. Natürlich war Feuer im All überhaupt nicht möglich, und die Welt wies kaum Ähnlichkeiten mit Lorca auf. Trotzdem zitterte Entsetzen in der Counselor, und sie versuchte ohne Erfolg, es aus sich zu verbannen.

Es gab noch einen zweiten Grund, warum der Captain und seine Begleiter nur wenig — und schlecht — geschlafen hatten. Deanna schmunzelte unwillkürlich, als sie sich daran entsann, wie Picard, Worf und Fenton Lewis mit wachsender Verzweiflung versucht hatten, ein Feuer zu entzünden.

Sie verwendeten wasserfeste Streichhölzer und selbst die Phaser, doch das Holz wollte einfach nicht brennen — woraufhin die drei Männer hingebungsvoll fluchten. Deanna hätte gern ihre Hilfe angeboten, aber sie wußte ebenfalls keine Lösung für das Problem. Schließlich gaben sie sich mit den chemischen Heizpackungen ihrer Ausrüstung zufrieden, um sich während der kalten Nacht zu wärmen. Obwohl es geradezu absurd erschien, die mit Reaktionssubstanzen gefüllten Päckchen zu benutzen — immerhin mangelte es nicht an Holz.

Unmittelbar nach dem Aufstehen brachen sie das Lager ab, und drei Stunden lang folgten sie dem Verlauf des Weges. Sie gingen dabei in der üblichen Kolonne: Botschafter Lewis, Captain Picard, Deanna und Lieutenant

Worf. Der Pfad erstreckte sich als rotes, von hohen Bäumen gesäumtes Lehmband vor ihnen, und die Wanderer faßten mehr Vertrauen zu Fenton Lewis' Fähigkeiten als Waldläufer. Worf schwieg die ganze Zeit über und beschränkte sich darauf, seine Gefährten zu beobachten. Mehr als einmal sah Deanna, wie er auf die Hosentasche klopfte, um sich zu vergewissern, daß der Phaser an seinem Platz war.

Manchmal begannen Picard und Lewis mit leisen Diskussionen, unterhielten sich über die Zivilisationen der Kelten und nordamerikanischen Indianer. Wenn die Gespräche theoretisch wurden – was bei anthropologischen Erörterungen häufig geschah –, verteidigten beide Männer ihre Standpunkte. Deanna fand Interesse an der Debatte und versuchte daher, mit dem Captain und Botschafter Lewis Schritt zu halten, aber ab und zu rutschte sie auf breiten Schlammflächen aus oder verlor Zeit, wenn es darum ging, über umgestürzte Baumstämme zu klettern. Worf stützte die Counselor wortlos, wenn sie zurückfiel.

Fenton Lewis streckte die Hand aus. »Hier waren Pferde unterwegs«, sagte er. »Kleine Pferde. Sehen Sie die Hufabdrücke?«

»Ich sehe eine Straße«, erwiderte Picard.

Der Captain trat an mehreren Pfützen vorbei, und die anderen folgten ihm, starrten auf einen breiteren, von Furchen durchzogenen Weg herab. Sie bewunderten ihn so sehr, als handele es sich um den besten und schnellsten Turbolift in der ganzen Galaxis.

»In welche Richtung?« fragte Worf.

»Wir sind die meiste Zeit über nach Süden gegangen«, sagte Lewis. »Ich schlage vor, wir wenden uns jetzt nach Südosten. Auf diese Weise vergrößert sich die Entfernung zu den Vulkanen.«

»Andererseits...« warf Picard ein. »Wenn wir nach Nordwesten wandern, nähern wir uns wieder dem Retransfer-Punkt. Ich bin sicher, die *Enterprise* hält im Norden nach uns Ausschau.«

»Was meinen Sie, Deanna?« Lewis hoffte, daß ihn die Counselor unterstützte.

»Ich bin der Ansicht, wir sollten hierbleiben«, antwortete Troi. »Wir haben eine Straße gefunden — warum warten wir nicht, bis jemand vorbeikommt? Früher oder später ist das bestimmt der Fall.«

Worf trat hinter Deanna und nickte. »Wenn wir längere Zeit an einem Ort verweilen, können wir vielleicht die Kommunikatoren reparieren; oder wir finden eine andere Möglichkeit, uns mit dem Schiff in Verbindung zu setzen.«

»Das klingt vernünftig«, sagte Picard. Er bückte sich und betrachtete den festen roten Lehm. »Diese Spuren stammen von Rädern und sehen frisch aus. Was halten Sie davon, Botschafter?«

»Ich finde es verrückt, einfach irgendwo Platz zu nehmen und Däumchen zu drehen, obwohl es hier einen ganzen Planeten gibt, den es zu erforschen gilt.«

»Soll er *uns* erforschen«, hielt ihm der große Klingone entgegen. Worf setzte sich auf einen Baumstumpf und nahm seinen Insignienkommunikator zur Hand. Er öffnete den Rucksack, holte mehrere kleine Präzisionswerkzeuge hervor und begann damit, das Gerät zu demontieren.

Deanna bedachte den Botschafter mit einem sanften Lächeln und versuchte, die plötzliche Anspannung zu lindern. »In der *Enterprise* sind wir für gewöhnlich sehr vorsichtig«, erklärte sie. »Wir haben es ständig mit dem Unbekannten zu tun und bringen ihm großen Respekt entgegen.«

Lewis schnitt eine verächtliche Grimasse. »Normalerweise bin ich nicht so ungeduldig. Aber Diplomaten wie ich können ihre Aufgaben nur wahrnehmen, wenn sie geeignete Gesprächspartner finden. Ich fühle mich erst dann wieder in meinem Element, wenn ich alle Interessengruppen auf diesem Planeten kenne und direkten Kontakt zu ihnen hergestellt habe. Ich möchte endlich einen Lorcaner sehen und ihm von Maske zu Maske gegenübertreten!«

Deanna nickte und seufzte leise. »Ich hoffe, daß wir dann einander verstehen.«

»Wenn nicht, so trifft Sie gewiß keine Schuld«, entgegnete der Botschafter. »Ihre ruhige Besonnenheit schafft in dieser Gruppe einen wichtigen Ausgleich.« Lewis überlegte kurz. »Ich verstehe überhaupt nicht, warum Sie sich damit begnügen, Ihre Fähigkeiten in den Dienst einiger Raumfahrer zu stellen. Die Leute nutzen doch nur die Gelegenheit, sich bei Ihnen auszuweinen. Wenn wir diese Mission abgeschlossen haben, sollten Sie in Erwägung ziehen, sich dem Diplomatischen Dienst anzuschließen. Dort hätte man für Ihre Talente weitaus bessere Verwendung.«

»Danke«, sagte Deanna Troi und lächelte erneut. »Aber ich glaube, es gibt keinen besseren Arbeitsplatz für mich als die *Enterprise*.«

Worf drehte plötzlich den Kopf, beobachtete den nördlichen Teil der Straße und schnupperte. »Ich rieche etwas. Es kommt jemand.«

Lewis holte tief Luft. »Pferde! Also habe ich die Spuren richtig gedeutet!« Er wandte sich an Picard. »Was machen wir jetzt, Captain? Wir könnten uns verstecken.«

Picard zögerte nicht. »Nein. Wir treten den Lorcanern offen gegenüber. Wir brauchen ihre Hilfe, wenn wir den Allmächtigen Töter möglichst schnell finden wollen, um anschließend zur *Enterprise* zurückzukehren.«

Deannas Geruchssinn war nicht so gut wie der Worfs oder des Botschafters, aber sie verfügte über ihr eigenes Warnsystem — und es gab gerade Alarm. Die sich nähernden Lebensformen waren intelligent und voller Zorn. Troi verglich sie mit Kriegern, die gerade aus einer Schlacht kamen, und ihre primitiven Emotionen erschreckten sie.

Jähe Furcht zitterte in ihr, entsetzte sie noch mehr als die emotionalen Emanationen der Lorcaner. *Angst,* dachte sie und versuchte, sich zu beruhigen. *Ein notwendiges Gefühl, um in diesem Ambiente zu überleben.* Lorcas Schönheit täuschte nur einen unvorsichtigen Beobachter darüber hinweg, daß es sich um einen wilden, gefährlichen Planeten handelte. Er hatte eine atembare Atmosphäre, aber die Vulkane konnten jederzeit ein Inferno aus heißer Asche, magnetischem Eisenstaub und lodernden Flammen entfesseln. Der Boden stellte nur eine dünne Kruste über unterirdischen Meeren und kochendem Magma dar. *Wie eine dünne Eischale,* fuhr es der Counselor durch den Sinn. Ein junger Planet, noch immer in der Phase der geologischen Kindheit. Eigentlich war es mehr als nur erstaunlich, daß Menschen auf ihm lebten. Die Frage lautet: Was für Menschen erachteten einen solchen Ort als ihre Heimat?

Sie hörten das Pochen von Hufen und blieben auf der Straße stehen. »Phaser in Bereitschaft«, sagte Picard. »Auf Betäubung justieren.«

»Ja, Sir«, bestätigte Worf, erleichtert darüber, daß er seinen Strahler ziehen durfte.

»Da sind sie«, fügte Picard hinzu und deutete auf Farben zwischen einigen Bäumen in der Ferne.

»Ich setze meine Maske auf«, verkündete Lewis und zog das silberne Artefakt aus dem Rucksack. »Und Sie sollten meinem Beispiel folgen«, riet er seinen Begleitern.

»Sie haben ihn gehört«, brummte Picard, sah dabei Worf und Deanna an.

Der Klingone und die Counselor holten ihre Halloween-Masken hervor. Es blieb ihnen gerade noch Zeit genug, sie aufzusetzen und zurechtzurücken, bevor mehrere buntgekleidete Gestalten auf Ponys erschienen. Die Lorcaner zerrten an den Zügeln und hielten an. Deanna zählte insgesamt sechs maskierte Reiter, und die kleinen Ponys unter ihnen schnauften dumpf. Kondensierender Atem wehte aus ihren Nüstern.

Zuerst wirkten die Krieger auf ihren zwergenhaften Pferden geradezu lächerlich, aber die Ponys scharrten unruhig mit den Hufen und schnaubten laut — an Temperament mangelte es ihnen gewiß nicht. Die Gesichter der Reiter blieben natürlich verborgen, und ihre Masken wirkten ebenso kunstvoll und beeindruckend wie die des Botschafters. Deanna beobachtete dicke Kettenhemden und Hände, die auf den Schwertheften ruhten, bereit dazu, scharfe Klingen aus langen Scheiden zu ziehen. Aus irgendeinem

Grund war sie froh, bei dieser Begegnung eine Maske zu tragen.

Ganz vorn saß eine stattliche Kriegerin auf einem Rotschimmel – die Wölbungen im Brustpanzer wiesen darauf hin, daß es sich um eine Frau handelte. Ihre Maske, ein gezackter Stern mit fünf Spitzen, war besonders groß, wirkte recht schwer und bestand aus dem gleichen, silbrig glänzenden Metall wie die Botschafter-Maske. Ein Blitz aus blauen Edelsteinen schmückte den oberen Bereich des Sterns, und die davon ausgehenden Funken säumten unregelmäßig geformte Öffnungen für Augen, Nase und Mund. Sie endeten an einem bunten, aus Edelsteinen bestehenden Regenbogen am Kinn. Die Darstellung zeichnete sich durch einen vollständigen Mangel an Symmetrie aus, was den Beobachter verwirrte und diffuses Unbehagen in ihm weckte. Nach Deannas Ansicht symbolisierte die Maske Zorn, hemmungslose Leidenschaft und das Chaos einer ungezähmten Natur.

Die übrigen Masken brachten nicht ganz so starke Emotionen zum Ausdruck, waren jedoch nicht weniger eindrucksvoll. Troi bemerkte ein hölzernes Exemplar, wie der aufgerissene Rachen eines Tiers geformt. Pelz und Zähne bildeten eine Schnauze über dem spöttisch grinsenden Mund. Eine andere Maske bestand fast ausschließlich aus braunen, weißen und lavendelfarbenen Federn in einem hölzernen Rahmen. An ihrer Ästhetik konnte kein Zweifel bestehen, doch sie gab dem Träger etwas Eulenhaftes.

Zwei Masken wiesen bemerkenswerte Ähnlichkeiten auf: bronzene Ovale mit seltsamen Zeichen aus roten Kristallen auf Wangen und Stirn. Eine wurde von einem Mann getragen, die andere von einer Frau. Deanna fragte sich, ob das auf eine persönliche Beziehung zwischen ihnen hindeutete. Die letzte Maske zeigte zwei Schlangen aus grünen Edelsteinen. Sie berührten sich mitten in der aggressiven Miene, wichen dann voneinander fort und wölbten sich als stilisierte Brauen über den Augen. Beide Schlangen hielten einen Vogel mit gelben Federn in ihrem Maul.

Aus einem Reflex heraus versuchte Deanna, den Status der einzelnen Lorcaner einzuschätzen. Die von der Kriegerin getragene Maske mit dem Blitz war eindeutig die kunstvollste, dichtauf gefolgt von Fenton Lewis' Botschafter-Maske. Ihre wahrhaft einzigartige Qualität ließ den Schluß zu, daß sie vom gleichen Künstler stammten. Die grüne Schlangen-Maske belegte den dritten Platz, und was die übrigen betraf: Ihre Beurteilung schien in erster Linie von persönlichem Geschmack abzuhängen. Deanna trug die Harlekinmaske und zog sie dem zähnefletschenden Tier und der glubschäugigen Eule vor.

Troi spürte die Neugier der Reiter und lächelte unwillkürlich. *Unsere Masken müssen für sie mindestens ebenso exotisch sein wie ihre für uns,* dachte sie. In den Halloween-Masken ließ sich zumindest ein gewisser Humor erkennen, der in den vortrefflichen, aber sehr ernsten lorcanischen Masken völlig fehlte. Deanna fühlte die Blicke der Krieger und fragte sich, ob die Begegnungen auf Lorca immer so begannen: mit einer gegenseitigen Musterung der Masken.

»Hallo, Botschafter«, sagte die Frau mit der Blitz-Maske. »Ich bin Scharfe Klinge. Deine Maske ist mir bekannt, aber die deiner Vasallen erscheinen mir häßlich. Ich kann nicht einmal feststellen, welchen Rang sie repräsentieren.«

»Entschuldige bitte«, erwiderte Lewis. Die Mundöffnung wirkte wie der Resonanzkörper einer guten Gitarre und verstärkte seine Stimme. »Wir sind fremd in diesem Land und kennen nicht alle eure Bräuche.«

Die Kriegerin nickte. »Ich weiß deine Maske zu deuten, weil ich sie schon einmal gesehen habe! Meister Fazool hat sie vor zwei Sommern für den Ferengi-Gesandten hergestellt. Du bist kein Ferengi, und deshalb hast du nicht das Recht, die Botschafter-Maske zu tragen.«

Diese Worte verblüfften Fenton Lewis, und während er nach den richtigen Worten für eine Antwort suchte, erinnerte sich Picard an den dunklen Fleck in der Vergangenheit des Diplomaten: Die Ferengi hatten ihn in Abwesenheit wegen Mordes verurteilt. Zumindest leugnete er nicht, woher seine Maske stammte.

»Ich gebe zu, daß ich sie von den Ferengi *gekauft* habe«, erwiderte Lewis. »Was jedoch nichts an meinem Status ändert. Ich bin offizieller Botschafter der Föderation der Vereinten Planeten und daher befugt, dieses Artefakt zu tragen.«

»Das bezweifle ich«, zischte Scharfe Klinge. Sie griff in einen ihrer bis zu den Oberschenkeln reichenden Stiefel, holte ein kurzes, aber sehr gefährlich wirkendes doppelschneidiges Schwert hervor. »Hiermit stelle ich in aller Öffentlichkeit dein Recht in Frage, die von Fazool gefertigte Botschafter-Maske zu tragen!«

»Diesen Brauch verstehe ich nicht«, antwortete Lewis glatt. »Wie ich schon sagte: Wir sind fremd in diesem Land; leider wissen wir nicht über eure Traditionen Bescheid.«

»Verdammter Feigling!« knurrte einer der männlichen Lorcaner. »Lady Scharfe Klinge wird die Botschafter-Maske bekommen – mit oder ohne deinen Kopf!«

Offenbar war das eine geläufige Redewendung, denn die Träger der Schlangen- und Feder-Maske lachten schallend. *Nur ein Scherz oder ein Bluff?* überlegte Picard skeptisch. Ganz gleich, wie die Antwort auf diese Frage lautete: Er wollte auf jeden Fall Blutvergießen vermeiden. *Lewis hat sicher nichts dagegen, wenn ich ihm ein wenig diplomatische Hilfe gewähre.*

»Wir kommen in Frieden«, sagte er laut. »Und wir sind gern bereit, die Masken zu tragen, die ihr für angemessen haltet. Ich möchte jedoch betonen, daß wir nicht der hiesigen Gesellschaft angehören. Unsere Absicht besteht einzig und allein darin, mit eurem Oberhaupt Allmächtiger Töter zu sprechen.«

Daraufhin beugte sich Scharfe Klinge interessiert vor. »Wißt ihr, wo er sich aufhält? Schon seit einem ganzen Zyklus suchen wir vergeblich nach ihm. Vielleicht ist er tot

— oder er versteckt sich. Wie dem auch sei: Er kann keinen Anspruch mehr auf die Maske der Weisheit erheben.«

»Wie wär's, wenn wir die Suche nach ihm gemeinsam fortsetzen?« fragte Lewis hoffnungsvoll. »Wir könnten uns gegenseitig helfen.«

»Eine Möglichkeit«, räumte die Kriegerin ein. »Und vielleicht nehme ich sie wahr.« Sie streckte einen sehnigen, von dünnem Metallgeflecht geschützten Arm aus und deutete nacheinander auf die Angehörigen der Landegruppe. Zuletzt zeigte sie auf Fenton Lewis. »Sobald ihr meine Vasallen seid, müßt ihr allen meinen Befehlen gehorchen.«

Der Mann mit der Schlangenmaske griff in seine Satteltasche, holte einen schmutzigen Sack aus grobem Leinen hervor und warf ihn vor die Füße des Diplomaten. »Bedeck dein Gesicht damit, nachdem du uns die Maske gegeben hast.«

Fenton Lewis stand stocksteif, gehüllt in die Würde der Botschafter-Maske. Schließlich seufzte er, richtete sich zu einer vollen Größe auf — er war alles andere als klein — und warf das lange Haar zurück. »Ich verteidige mein Recht, diese Maske zu tragen. Bitte gebt mir ein Schwert.«

»Nein!« entfuhr es Picard. Er wandte sich an die hochgewachsene Kriegerin. »Scharfe Klinge, können wir diese Kontroverse nicht auf eine andere Art und Weise aus der Welt schaffen? Wir verabscheuen den Kampf.«

»Was für ein armseliger Wicht«, höhnte der Mann mit der Tiermaske und nickte in Richtung Picard. »Ich könnte ihn gut als Amme für meine Ferkel gebrauchen.«

Die Lorcaner lachten — mit Ausnahme der stolzen Kriegerin, die nachdenklich den kleinen, schlanken Mann mit der Teufelsmaske musterte. »Wir wollen euch nicht beleidigen, indem wir auch die anderen Masken verlangen«, sagte sie. »Ihre Bedeutung bleibt uns ohnehin unklar. Aber die von Fazool hergestellte Botschafter-Maske ist sehr wertvoll und darf nicht von einem Betrüger getragen werden!«

Scharfe Klinge drehte den Kopf und sah ihre Gefährten an. »Gib ihm dein Kurzschwert, Spinnenschwinge.«

Der Mann mit der Federmaske griff in seinen Stiefel und holte eine Klinge hervor, die sich kaum vom Schwert der Kriegerin unterschied. In einer Scheide am Gürtel wartete eine wesentlich längere Waffe auf ihren Einsatz.

Spinnenschwinge warf sein Kurzschwert, und es bohrte sich dicht vor Lewis Füßen in den Boden. »Entehre es nicht!« fauchte er.

»Ich werde keine Schande darüber bringen«, versprach Fenton Lewis und griff nach der Waffe. Als er das Heft berührte, sprang Scharfe Klinge mit einem jähen Satz vom Pony, duckte sich und richtete die Spitze ihres Schwerts auf Picard. »Deine Begleiter sollen Zeugen sein: Dies ist eine faire Herausforderung, und ihr folgt ein fairer Kampf.«

»Um Himmels willen, Fenton!« appellierte Picard. »Die Botschafter-Maske ist es nicht wert, für sie zu sterben.«

»Ich bin fest entschlossen, das Duell zu gewinnen«, erwiderte Lewis. »Ich *verdiene* es, diese Maske zu tragen!«

Picard begriff plötzlich, daß es kein Zurück mehr gab. Sie mußten sich den Bedingungen der lorcanischen Gesellschaft stellen, in der unmittelbare Gewaltanwendung eine zentrale Rolle spielte. Der Übergang von einer friedlichen Mission zum Kampf erfolgte so schnell, daß die Offiziere der *Enterprise* kaum reagieren konnten. Der Captain beobachtete die beiden Duellanten: Einer von ihnen stammte aus einer Kultur, die seit Jahrhunderten Raumschiffe zu fernen Planeten schickte, während der andere überhaupt nichts von Technik verstand. Auf einer urzeitlichen Welt traten sie gegeneinander an, als ebenbürtige Gegner.

Worf trat an Picards Seite und knirschte wütend mit den Zähnen. »Soll ich die Lorcaner mit dem Phaser betäuben?« fragte er leise. »Verdammt, wer gibt ihnen das Recht, Fremden mit dem Schwert in der Hand zu begegnen?«

»Sie sehen gar keinen Fremden in Lewis, weil sie seine Maske kennen«, sagte Counselor Troi. »Sie glauben, er sei ein Hochstapler, und deshalb halten sie die Herausforderung für gerechtfertigt.«

Scharfe Klinge und Fenton Lewis behielten sich im Auge, während sie darauf achteten, nicht im Schlamm auszurutschen. Die Reiter saßen reglos auf ihren Ponys und beobachteten das Duell so gleichmütig, als gehörten derartige Ereignisse zu ihrer täglichen Routine. Picard, Worf und Deanna – die Halloween-Masken verbargen den Schrecken in ihren Zügen – standen wie erstarrt, die Blicke auf das primitive Spektakel gerichtet.

Lewis sprang plötzlich vor, und die Kriegerin parierte seinen Hieb mühelos. Metall klirrte; der Kampf begann.

Picard zog seinen Strahler. »Auf Betäubung einstellen, Worf. Und schießen Sie nur, um das Leben des Botschafters zu schützen.«

»Aye, Sir.«

Der Captain fühlte sich an Fecht-Wettkämpfe erinnert, deren Teilnehmer ebenso geschickt waren wie diese beiden Duellanten. In alten 2D-Filmen von der Erde schwangen Schwertkämpfer ihre Waffen fast zeitlupenhaft langsam, aber die Wirklichkeit sah ganz anders aus. Lewis und Scharfe Klinge schlugen blitzschnell zu und wichen hastig zurück; die einzelnen Hiebe folgten so rasch, daß man sie kaum auseinanderhalten konnte.

Fenton Lewis setzte sich tapfer zur Wehr, aber schon nach wenigen Sekunden wurde deutlich, daß er gegen Scharfe Klinge keine Chance hatte. Er taumelte zurück und versuchte mit wachsender Verzweiflung, die Angriffe der Kriegerin zu parieren. Worf hob seinen Phaser, aber Picard drückte den Arm des Klingonen nach unten. »Sie spielt nur mit ihm«, flüsterte er.

Die Lorcanerin bewegte sich mit katzenhafter Geschmeidigkeit und schien überhaupt nicht zu beabsichtigen, den Botschafter zu töten; verletzt wurde lediglich Lewis' Stolz. Schließlich stolperte er, fiel über einen umgestürzten Baumstamm und blieb rücklings auf dem Boden liegen. Das Kurzschwert steckte einige Meter entfernt im Schlamm. Scharfe Klinge hielt ihre Waffe an den Hals des keuchenden Mannes.

»Genug«, sagte Picard. »Laß ihn am Leben.«

»Ja, ich verschone ihn«, erwiderte die Kriegerin. Sie schien kaum außer Atem zu sein. »Ich benötige alle Vasallen, die ich bekommen kann.« Sie streckte dem gefallenen Gegner die Hand entgegen. »Gib mir die Maske.«

Fenton Lewis nahm die Botschafter-Maske langsam ab und reichte sie der Lorcanerin. Trotzig sah er zu ihr auf. »Dafür wirst du büßen!« stieß er hervor.

»Hast du denn überhaupt keinen Anstand?« fauchte Scharfe Klinge und wandte sich voller Abscheu von dem nackten Gesicht ab. Sie spießte den Sack mit ihrem Schwert auf und warf ihn Lewis zu. »Zieh dir das über den Kopf!«

Fenton Lewis schluckte und kam der Aufforderung nach.

Scharfe Klinge drehte sich zu ihren Gefährten um und hob triumphierend die erbeutete Maske. »Jetzt gehört ein Botschafter zu unserer Gruppe! Wer soll diesen Rang einnehmen?«

»Ehre mich damit!« rief der Mann mit der Tiermaske. »Ich bin redegewandt, wie alle Frauen wissen.«

»Nein, Kalter Engel.« Die Kriegerin lachte. »Dir hören nur Tiere zu, und ich brauche dich für eine große Herde Kriegsponys. Behalte die Zureiter-Maske; sie paßt am besten zu dir.«

Sie wandte sich an den Mann mit der smaragdgrünen Schlangenmaske. »Und du, Medizinmacher? Möchtest du Botschafter werden?«

»Ich würde die Trophäe gern meiner Sammlung hinzufügen«, erwiderte Medizinmacher. »Aber gleichzeitig lege ich Wert darauf, die Kräutersammler-Maske zu behalten.«

»Dann ist Spinnenschwinge unser Botschafter«, verkündete Scharfe Klinge würdevoll und reichte das silberne Artefakt dem Mann mit der Federmaske. Seine Kameraden jubelten, und Spinnenschwinges Gebaren deutete darauf hin, wie überrascht er war. Mit beiden Händen nahm er die Maske entgegen.

»Ich danke dir für die Beförderung und dein Vertrauen, Lady«, sagte er und verneigte sich kurz. »Hoch und heilig verspreche ich, dich nicht zu enttäuschen.«

»Was ist mit den anderen?« fragte die Frau mit dem bronzenen Oval vor ihrem Gesicht. »Ihre Masken sind sonderbar.«

Scharfe Klinge zuckte mit den Schultern. »Welchen Rang sie auch einnehmen — jetzt sind sie meine Vasallen. Es bleibt ihnen gar nichts anderes übrig, als sich meinem Gefolge anzuschließen.«

Deanna und Picard halfen dem benommenen Lewis auf die Beine. Worf straffte seine Gestalt, spannte die Muskeln und starrte zornig durch die Augenöffnungen der Schweinemaske. »Ein Klingone unterwirft sich niemandem«, knurrte er.

Picard wußte, daß sie die Lorcaner problemlos mit ihren Phasern außer Gefecht setzen konnten, doch er war an die Erste Direktive gebunden. Er wußte auch, daß er die Situation so schnell wie möglich unter Kontrolle bringen mußte.

»Einmischungen in die Angelegenheiten anderer widersprechen unseren Prinzipien«, erklärte der Captain. »Aus diesem Grund können wir nicht zu Vasallen werden und uns deinem Gefolge anschließen, Scharfe Klinge — obgleich du uns mit einem solchen Angebot ehrst.«

»Du weigerst dich, ihre Autorität anzuerkennen?« fragte der Mann mit der ovalen Bronzemaske. Seine Stimme klang ungläubig. »Bist du blind? Siehst du denn nicht die Blitz-Maske, das Zeichen ihres hohen Standes?«

»Wir erkennen sie an«, sagte Picard. »Ebenso ihr Recht, Vasallen zu haben. Aber wir kamen als Besucher hierher und wollen nicht lange bleiben. Wir bitten nur um Erlaubnis, nach dem Allmächtigen Töter suchen zu dürfen.«

Die Kriegerin trat drohend näher. »Ich kenne nicht die Bedeutung deiner Maske, aber du scheinst zu glauben, einen höheren Rang einzunehmen als ich. Stimmt das?«

Picard schüttelte den Kopf. »Der Rang hat damit überhaupt nichts zu tun. In unserer Heimat können sich die Menschen frei entscheiden, wem sie dienen wollen. Unsere Loyalität gilt der Föderation, und daher sind wir leider gezwungen, deinen Vorschlag zurückzuweisen.«

»Es ist kein Vorschlag«, sagte die Lorcanerin. »Ihr *müßt* euch meinem Gefolge anschließen — oder ich mich deinem.« Zögernd zog sie ihr Schwert.

»Captain!« rief Worf besorgt.

Picard bedeutete dem Klingonen mit einem knappen Wink, abzuwarten und nicht einzugreifen. Langsam wich er zu Worf und Deanna zurück. Fenton Lewis saß niedergeschlagen am Straßenrand und starrte durch das grobe Sackleinen vor seinem Gesicht.

Scharfe Klinge bückte sich und griff nach der Waffe, die Lewis benutzt hatte. Sie warf das Schwert Picard zu, der es geschickt auffing. Es war überraschend leicht, und der Captain verglich es mit einem römischen Kurzschwert.

»Wir kämpfen um die Maske größerer Autorität«, sagte die Lorcanerin. »Und um das Recht, die Krieger-Gruppe anzuführen.«

»Gibt es eine Alternative zum Kampf?« fragte Picard.

»Du kannst dich mir fügen«, erwiderte Scharfe Klinge. »In dem Fall gewähre ich euch den Pagen-Rang — das ist sehr großzügig. Wie du siehst, sind die Pagen-Masken recht hübsch.« Sie deutete auf das Paar mit den bronzenen Ovalen.

»Es wäre uns wirklich eine Ehre, mit dir zu reisen«, sagte Picard. »Aber nicht als Vasallen, sondern als gleichberechtigte Gefährten.«

»Dann läßt du mir keine Wahl«, murmelte Scharfe Klinge enttäuscht, duckte sich und richtete ihr Schwert auf den Captain.

Picard wandte sich an Worf und flüsterte: »Ich hintergehe die Frau nicht gern, aber ... Betäuben Sie die Kriegerin, wenn ich meine Waffe hebe.«

»Mit Vergnügen«, entgegnete der große Klingone.

Daraufhin richtete Jean-Luc Picard seinen Blick wieder

auf Scharfe Klinge. Er verabscheute es, auf einem bewohnten Planeten von Phasern Gebrauch zu machen, doch er mußte unbedingt vermeiden, unter fremde Befehlsgewalt zu geraten.

Die Lorcanerin spürte, daß dem Captain nichts an einem Kampf lag. Wie verspielt schwang sie ihre Waffe. »Du hältst das Schwert nicht einmal so gut wie der Betrüger«, stellte sie fest. »Laß es fallen und schließ dich uns an.«

*Bei diesem Duell ist richtiges Timing sehr wichtig,* dachte Picard. Die anderen Lorcaner sollten glauben, daß er ihre Anführerin ohne fremde Hilfe besiegt hatte. Andererseits: Er wollte Scharfe Klinge nicht verletzen und mußte auch darauf achten, nicht selbst verwundet zu werden. In einem Punkt konnte er ganz sicher sein — Worf würde Scharfe Klinge sicher mit dem ersten Schuß treffen.

Picard wagte sich etwas näher an seine Gegnerin heran, und sie reagierte mit einigen blitzschnellen Hieben, die er nur mit Mühe parierte. *Sie hat mir gerade einen Vorgeschmack auf das gegeben, was mich erwartet.*

Worf wäre am liebsten selbst gegen die Kriegerin angetreten, und unter den gegebenen Umständen bedauerte er es zutiefst, nicht auf eigene Faust handeln zu können. Er sah auf den ersten Blick, daß es für den Captain nicht die geringste Möglichkeit gab, Scharfe Klinge zu besiegen. Sie machte kein Hehl daraus, daß sie mit ihm spielte. Worf dachte an die einzige Strategie, die seiner Ansicht nach Erfolg versprach. Er hätte sich allein auf seine Kraft verlassen und einige Schläge eingesteckt, um sein Schwert schließlich in die verdammte Blitz-Maske zu rammen.

Schon nach wenigen Sekunden geriet Picard außer Atem, und sein Herz pochte so heftig, als wollte es ihm die Brust zersprengen. Scharfe Klinge wehrte einen Schlag Picards mit solcher Wucht ab, daß ihm fast die Waffe aus der Hand gerissen wurde. Und sie setzte nicht einmal ihr ganzes Geschick ein — was für eine Frau! Picard rief sich zur Ordnung. Er durfte keine Zeit damit verlieren, die Kriegerin zu bewundern; er mußte sich irgendwie gegen sie durchsetzen. Aus den Augenwinkeln sah er, wie sich Worf in eine gute Schußposition brachte. Der Klingone hielt den kleinen Phaser in der gewölbten Hand und achtete darauf, daß er den Lorcanern verborgen blieb.

Scharfe Klinge schlug nach Picards Beinen, und der spitze Stahl strich nur einen halben Zentimeter am rechten Knie vorbei. Der Captain begriff, daß er nicht länger zögern durfte. Er holte aus und traf die Waffe seiner Gegnerin, zwang ihr Schwert nach unten. Nur einen Sekundenbruchteil später griff er nach dem anderen Arm der Lorcanerin – unter dem Kettenhemd spürte er nur harte Muskeln – und zog sie zu sich heran. Die plötzliche Ringkampf-Taktik verblüffte Scharfe Klinge, und instinktiv versuchte sie, sich zu befreien. Aber der Captain hielt sie lange genug fest, um sein Kurzschwert zu heben.

Es blitzte kurz, und die Kriegerin sank so abrupt zu Boden wie eine Marionette, deren Fäden plötzlich gerissen waren. Die anderen Lorcaner beugten sich erstaunt und sprachlos vor. Sie hatten die beiden Duellanten beobachtet und wußten nicht, woher der Lichtstrahl gekommen war. Jetzt sahen sie nur, daß ihre Anführerin reglos im Schlamm lag – und ein Fremder mit Teufelsmaske hielt seine Waffe an ihre Kehle.

»Rührt euch nicht von der Stelle!« rief ihnen Picard zu. Er keuchte so sehr, daß sich seine Schultern hoben und senkten. Leichter Schwindel erfaßte ihn. »Wir möchten nicht noch mehr Schwierigkeiten.«

»Und ihr werdet auch keine bekommen«, sagte Medizinmacher. »Wir beugen uns deiner Autorität.«

Der Mann mit der smaragdgrünen Schlangenmaske neigte den Kopf und stieg ab. Die anderen folgten seinem Beispiel, bewegten sich dabei betont langsam.

»Ich habe den entscheidenden Hieb nicht einmal gesehen«, jammerte Kalter Engel und gestikulierte vage.

»Ist Scharfe Klinge tot?« fragte die Frau mit der Pagen-Maske.

»Nein«, erwiderte Picard. Er warf Worf einen kurzen

Blick zu, und der Klingone nickte, bestätigte damit, daß er den Phaser auf Betäubung justiert hatte. Der Captain hielt sein Schwert weiterhin so, daß die Spitze auf den Hals der Kriegerin zeigte.

Die Augenöffnungen der edelsteinbesetzten Blitz-Maske blieben leer, und Scharfe Klinge gab erst zu erkennen, daß sie das Bewußtsein wiedererlangte, als sie sich aufzurichten versuchte. Als die Lorcanerin kühles Metall an der Kehle spürte, ließ sie sich sofort zurücksinken.

»Ich bin besiegt worden«, gestand sie ein. »Zum ersten Mal in meinem Leben. Ich weiß nicht, wie du es fertiggebracht hast – der Hieb kam viel zu plötzlich. Die Blitz-Maske gehört dir ebenso wie unsere Ponys. Und wir sind nun deine Vasallen.«

Picard zog das Schwert zurück. Er genoß seinen Triumph nicht, fühlte sich schuldig, weil er Scharfe Klinge betrogen hatte. Es wäre weitaus besser gewesen, die stolze Frau in einem fairen Kampf zu besiegen. *Eine solche Demütigung hat sie nicht verdient,* dachte er zerknirscht. *Vielleicht kann ich ihr irgendwann eine zweite Chance geben, unter anderen Voraussetzungen.*

»Steh auf«, sagte er und reichte ihr die Hand. »Ich möchte, daß du deine Maske behältst. Ich könnte ohnehin nichts damit anfangen.«

Scharfe Klinge erhob sich. Sie war etwas größer als Picard und sah auf ihn herab. Grüne Pupillen funkelten hinter den Augenöffnungen der Blitz-Maske, und für den Captain kamen sie plötzlich zwei Fenstern gleich, die Einblick in eine faszinierende Gedankenwelt ermöglichten. Irgendwo in ihm vibrierte etwas.

»Du lehnst meine Maske ab?« fragte die Lorcanerin fassungslos.

Picard nickte. »Ich erhebe auf nichts Anspruch, das dir oder deiner Gruppe gehört. Wir bieten dir den Respekt an, den wir hier zu finden hofften. Weißt du, wir sind nicht wegen Masken, Geld oder Vasallen in dieses Land gekommen. Wir möchten nur mit eurem Oberhaupt sprechen und Beziehungen zwischen unseren Welten herstellen.«

»Dann seid ihr wie die Ferengi«, sagte Scharfe Klinge. »Stammt ihr von jenseits des Himmels?«

»Ja«, erwiderte Picard. »Ist dir bekannt, daß es noch viele andere Planeten gibt?«

Die Kriegerin nickte. »Alles Leben kommt vom Firmament.«

»Das stimmt«, bestätigte Medizinmacher. »Es galt auch für unsere Vorfahren. Sie landeten auf dieser Welt. Und wir, ihre Kinder, können nicht durch den Himmel reisen, weil es der Drache im Innern Lorcas verbietet.«

Picard schüttelte den Kopf und ließ sich nicht auf eine Diskussion über quasireligiöse Dinge ein. Worf und Deanna Troi standen inzwischen neben ihm, doch er hielt vergeblich nach Fenton Lewis Ausschau.

»Was wißt ihr über den Allmächtigen Töter?« fragte Worf. »Lebt er noch?«

»Wer weiß?« Die Stimme von Kalter Engel drang dumpf hinter der Tiermaske hervor. »Es heißt, man habe ihn zum letzten Mal beim Drachenritual auf dem Roten Berg gesehen. Oh, schon seit zwei Zyklen suchen wir nach ihm.«

Scharfe Klinge erbebte vor Zorn. »Wer seine Maske versteckt, hat nicht das Recht, König zu sein!« zischte sie. »Die Maske der Weisheit ist das Zeichen des Herrschers, aber wo befindet sie sich? Wenn sie auch beim Markt fehlt, so beanspruche ich den Thron für die Blitz-Maske.«

»Hört, hört!« riefen die anderen Lorcaner. Allem Anschein nach unterstützten sie die ehrgeizigen Bestrebungen ihrer Anführerin.

»Lady Scharfe Klinge soll zu unserer Königin werden!« donnerte Spinnenschwinge. Er hielt noch immer die Botschafter-Maske in den Händen, und Picard fragte sich, ob es irgendeine Möglichkeit gab, sie erneut Fenton Lewis zur Verfügung zu stellen. *Aber ist das überhaupt nötig?* überlegte er. *Vielleicht kommen wir auch so zurecht.*

»Wo findet der Markt statt?« erkundigte sich Deanna Troi.

»In Heimwiese«, antwortete Spinnenschwinge. »Der Ort ist etwa zehn Tagesritte entfernt.« Er zögerte kurz. »Da fällt mir ein... Ihr habt ja gar keine Ponys.«

Der Captain zuckte mit den Schultern. »Dann gehen wir eben zu Fuß.«

Medizinmacher räusperte sich. »Ihr tragt höchst seltsame Masken. Vielleicht seid ihr bereit, sie gegen Ponys einzutauschen.«

Picard lachte leise und strich mit den Fingerkuppen über den dünnen Kunststoff vor seinem Gesicht. »Und wer käme als Tauschpartner in Frage?«

»Wir zum Beispiel«, sagte Kalter Engel und streckte vorsichtig die Hand nach Worfs fröhlicher Schweinemaske aus. »Dieses erlesene Kunstwerk hat es mir angetan.«

Commander Riker setzte die Lehrlings-Maske auf und stellte erstaunt fest, wie gut sie paßte. Tagesfleiß griff nach den drei ledernen Halteschnüren — jeweils eine rechts und links, die dritte oben — und band sie am Hinterkopf des Ersten Offiziers zu einem komplexen Knoten zusammen. »Du kannst ihn später verändern, wenn du möchtest«, sagte er.

Die Maske wölbte sich vor Rikers Gesicht, berührte Jochbeine und Stirn. Der Ton fühlte sich kühl an, doch Wills Atem strich angenehm warm über Wangen und Kinn. Es überraschte ihn ein wenig, daß sich die Öffnungen für Augen, Nase und Mund genau an den richtigen Stellen befanden. Als er sprach, klang seine Stimme dumpf.

»Wie sehe ich aus?« fragte er unsicher.

»Genauso wie wir«, erwiderte Dr. Pulaski.

Riker war als letzter mit einer Tonmaske ausgestattet worden und brauchte sich nur umzudrehen, um herauszufinden, welches Erscheinungsbild lorcanische Lehrlinge boten. Abgesehen von den Unterschieden in Größe und

Statur ähnelten sich Whiff, Greenblatt, Data und Kate Pulaski wie ein Ei dem anderen. Sie trugen die gleiche, schmutzige Kleidung, und hinzu kamen nun Masken, die ebenso rund und konvex waren wie die des reisenden Händlers, denen jedoch Farbe fehlte — bis auf einige gelbe Striche an Wangen und Stirn. Da sie der Tönung des Bodens und selbst der Vegetation entsprachen, boten sie eine ausgezeichnete Tarnung, fand Riker.

»Welche Aufgaben nehmen Lehrlinge wahr?« fragte Data fröhlich.

»Seid ihr in der Lage, irgendwelche wertvollen Dinge herzustellen?« erwiderte Tagesfleiß.

Die Angehörigen der zweiten Landegruppe wechselten betretene Blicke.

»Besitzt ihr Dinge, die wir verkaufen können?« fügte der Lorcaner hinzu.

Erneut folgte Stille.

»Das habe ich befürchtet«, brummte Tagesfleiß. »Nun, beginnt damit, noch mehr Lehm zu holen und anschließend Federn, Knochen, Kieselsteine und so weiter zu sammeln. Ich werde euch lehren, wie man Masken herstellt.«

# KAPITEL 5

Die Halloween-Masken erfreuten sich bei den Lorcanern solcher Beliebtheit, daß es Captain Picard fast bedauerte, nicht mit einer Handelsmission beauftragt zu sein. Mit ein paar Dutzend Teufels-, Harlekin- und Schweinemasken hätten sie vermutlich den halben Planeten kaufen können. Sie begnügten sich damit, ein Pony, zwei Pagen-Masken, eine mit Federn ausgestattete Boten- und eine eher häßliche Zureiter-Maske zu erwerben.

So sehr Picard auch feilschte — Spinnenschwinge wollte sich nicht von seiner Botschafter-Maske trennen. Unmittelbar nach dem Kampf eilte er in den Wald und kehrte kurz darauf zurück. Diesmal trug er keine Federn mehr, sondern die mit prächtigen Kristallen und Edelsteinen verzierte Botschafter-Maske. Die alte Maske reichte er Picard, und sein Verhalten ließ keinen Zweifel daran, wie sehr er sich über die Trophäe freute. Sie gab ihm einen höheren Rang, und darauf wollte er nicht verzichten. Es wäre ein neuerliches Duell notwendig gewesen, um die Botschafter-Maske zurückzubekommen, und Picard wollte nicht noch einmal eine derartige Konfrontation zulassen.

Der Captain und seine Begleiter verfügten jetzt über echte lorcanische Masken, und Jean-Luc hoffte, daß sie dadurch weniger auffällig wirkten. Allerdings mußte er sich nun der unangenehmen Aufgabe stellen, die Masken zu verteilen und seinen Offizieren damit einen neuen Status zuzuweisen. Die Pagen-Masken gab er Worf und Deanna. Wenn man ästhetische Maßstäbe anlegte, hätte der Klingone wahrscheinlich die Zureiter-Maske verdient und Troi die hübsche Boten-Maske. Aber da sie höheres Prestige bedeuteten, reservierte er sie für Fenton Lewis und sich selbst.

Zunächst aber mußte er den Botschafter finden, der seit Picards ›Sieg‹ über Scharfe Klinge verschwunden war. Die

Lorcaner schienen keinen Groll gegen den Captain und seine Gruppe zu hegen. Ganz im Gegenteil: Offenbar freuten sie sich über die zufällige Begegnung. Um ihre höheren Ränge und die neuen Masken zu feiern, beschlossen sie, das Nachtlager früher als üblich aufzuschlagen und sich zu entspannen. Als die Lorcaner damit begannen, ihre Sachen auszupacken, führte Picard ein leises Gespräch mit Worf und Deanna. Er forderte sie auf, wachsam zu sein, während er nach Fenton Lewis suchte.

Der Captain wanderte über den schlammigen Weg, nahm seine Federmaske ab und rieb sich müde die feuchtkalte schmierige Haut; an diesem Abend wartete nicht der Luxus einer Dusche auf ihn. Picards Gedanken kehrten zu dem Mann zurück, dem sie ihren Aufenthalt auf Lorca verdankten: Fenton Lewis. Dem Botschafter mangelte es bestimmt nicht an Selbstbewußtsein und Stolz, und die erlittene Niederlage setzte ihm sicher sehr zu. Hatte er die lorcanische Kultur so sehr verinnerlicht, daß er den Verlust seiner Maske als Katastrophe empfand? Jean-Luc hoffte inständig, daß Lewis seine Pflichten ernst genug nahm, um persönliche Rückschläge zu überwinden und sich in erster Linie auf die Mission zu konzentrieren.

Picard hielt es für einen Glücksfall, Scharfe Klinge und ihre Krieger getroffen zu haben. Wenn sie Allmächtiger Töter nicht finden konnten... Vielleicht kannten sie bereits die zukünftige Königin. Andererseits: Möglicherweise gab es viele andere Gruppen auf Lorca, die nun danach strebten, das Machtvakuum zu füllen. *Wir brauchen Lewis' diplomatische Erfahrungen, wenn wir hier unseren Aufgaben gerecht werden wollen,* dachte der Captain.

Aber was für ein Mann war Botschafter Lewis? Sein guter Ruf und die vielen Auszeichnungen bedeuteten noch lange nicht, daß er Vertrauen verdiente. Großartige Leistungen basierten mindestens ebensooft auf Egoismus und Ehrgeiz wie auf Altruismus. Und dann die silberne Maske. Scharfe Klinge hatte darauf hingewiesen, daß ein gewisser Fazool sie für die Ferengi hergestellt hatte. Wie war Lewis in ihren Besitz gelangt? *Hat er sie gekauft, wie er behauptete? Oder ließ der Ferengi, der die Botschafter-Maske besaß, sein Leben?* An Bord des Raumschiffs hatte Fenton gesagt, die Maske sei nicht billig gewesen, aber diese Bemerkung ließ sich auf verschiedene Art und Weise interpretieren. *Wäre tatsächlich jemand bereit, für einen eigentlich unnützen Gegenstand zu töten? Nun, ich kenne die Ferengi und ihre Habgier. Vielleicht wurde die Botschafter-Maske mehrmals erworben, verkauft und gestohlen, bevor sie Lewis in die Hände fiel...*

Und jetzt besaß sie jemand anders. Der Captain dachte an die eulenartige Feder- sowie die mit Zähnen und Pelz ausgestattete Tiermaske; derartige lorcanische Artefakte schienen ihre Eigentümer recht häufig zu wechseln. *Wir haben es hier mit einer einzigartigen Kultur zu tun,* dachte Picard. *Die Überlebenden der Katastrophe vor zweihundert Jahren haben eine Gesellschaft entwickelt, die von Masken geprägt ist. Jeder Lorcaner verwendet ein solches Objekt, um sein Gesicht dahinter zu verstecken, und gleichzeitig bezieht er Kraft und Entschlossenheit daraus. Wechselt man die Maske, so signalisiert man einen neuen Tätigkeitsbereich. Dadurch ist man in der Lage, sein ganzes persönliches Potential zu entfalten und ein enormes Maß an Freiheit zu gewinnen: Jeden Tag kann man ein neues Leben beginnen, in eine völlig neue Rolle schlüpfen.*

Von Lorca ging eine erhebliche Anziehungskraft aus. Ambitionierte Männer und Frauen konnten es hier weit bringen, wenn sie mit einem Schwert umzugehen verstanden.

»Lewis!« rief Picard und besann sich auf seine Absicht, den Botschafter zu finden. »Fenton Lewis!«

»Himmel, schreien Sie nicht so laut«, erklang es über dem Captain. Jean-Luc sah auf und bemerkte den Botschafter, der im Wipfel eines hohen Baums hockte, nur wenige Meter vom Lagerplatz entfernt. »Warten Sie da. Ich bin gleich bei Ihnen.«

Fenton Lewis kletterte geschickt am dunklen Stamm

herab. Braune Moosfladen klebten an Hose und Parka des Botschafters, aber er grinste breit.

»Gut gemacht, Captain«, sagte er und klopfte Picard auf den Rücken. »Ich habe eine Niederlage hinnehmen müssen, aber Sie errangen den Sieg – mit Hilfe des Klingonen und seines kleinen Phasers.«

Jean-Luc spürte, wie ihm das Blut ins Gesicht schoß. »Ich habe Worf nur deshalb aufgefordert, seinen Strahler zu verwenden, weil es sich um eine außerordentlich kritische Situation handelte.«

»Ich bitte Sie, Captain: Scharfe Klinge hätte Sie überwältigen können, ohne Ihnen auch nur ein Haar zu krümmen. Das wissen Sie ganz genau. Trotzdem wiesen Sie Worf an, die Kriegerin zu betäuben.«

Picard war so zornig, daß er zu stottern begann. »Sie nahmen d-die Herausforderung an, ohne s-sich vorher mit uns zu beraten!«

Fenton Lewis wölbte die Brauen. »Es blieb mir wohl kaum eine Wahl, oder? Wie dem auch sei: Ich bin Ihnen nicht böse, Captain. Ganz im Gegenteil. Es freut mich, daß es Ihnen gelang, Scharfe Klinge auf unsere Seite zu bringen. Sie ist eine Tigerin, und wir können ihre Hilfe gut gebrauchen.«

Picard beruhigte sich wieder und begriff, daß Lewis' Worte durchaus einen Sinn ergaben – obgleich er die jüngsten Ereignisse nicht besonders diplomatisch kommentierte. *Ich habe keineswegs die Erste Direktive verletzt, als ich Worf befahl, auf Scharfe Klinge zu schießen, um mir einen leichten Sieg zu ermöglichen,* dachte er. *Unsere moderne Technologie blieb ein Geheimnis für die Lorcaner, und ihre natürliche Entwicklung wurde nicht beeinträchtigt. Immerhin sind sie bereits über die Existenz anderer Planeten informiert – dieses Wissen gehört zu ihrem Erbe. Durch meine Entscheidung wurde nur die Autonomie der Landegruppe sichergestellt.*

»Was hat es mit Allmächtiger Töter und der Maske der Weisheit auf sich?« fragte Lewis. »Ich konnte nicht alles hören.«

Picard zuckte ein wenig unsicher mit den Schultern. »Es läuft auf folgendes hinaus: Wer die Maske trägt, herrscht über Lorca. Aber man hat sie schon seit einer ganzen Weile nicht mehr gesehen; die Lorcaner glauben offenbar, es sei irgend etwas mit der Maske oder ihrem letzten Träger – Allmächtiger Töter – geschehen. Sie sind zu einem Markt unterwegs, und dort will Scharfe Klinge Anspruch auf den Thron erheben.«

»Ihre Gruppe ist recht eindrucksvoll, nicht wahr?« Lewis lächelte. »Wie ich sehe, haben Sie uns neue Masken besorgt.«

Der Captain nickte und hob die beiden lorcanischen Artefakte, das eine so schön wie das andere häßlich. »Sie können zwischen diesen beiden wählen. Leider gab es keine Möglichkeit, die Botschafter-Maske zurückzubekommen.«

»Oh, das macht nichts«, brummte Fenton Lewis, nahm das mit Zähnen und Pelzbüscheln geschmückte Objekt und betrachtete es. »Sie bringt einen ohnehin nur in Schwierigkeiten, und außerdem hat sie ihren Zweck erfüllt. Von jetzt an sollten wir weniger auffällige und umstrittene Masken tragen.« Er rümpfte die Nase. »Himmel, dieses Exemplar *stinkt.*«

Picard nahm auf den Überbleibseln eines umgestürzten Baums Platz und wischte Moos von den Hosenbeinen. »Wie kamen Sie zu der Botschafter-Maske?« fragte er und versuchte, beiläufig zu klingen.

Lewis biß die Zähne zusammen und schnitt eine Grimasse. »Mein großer Fehler bestand darin, daß ich allein zu einer Auktion gegangen bin – ohne mich vorher abzusichern. Es gibt keine Zeugen, die mich entlasten können, und deshalb müssen Sie allein meinem Wort vertrauen. Nun, es war keine offizielle Kunstauktion – immerhin wurde sie von den Ferengi veranstaltet. Ich rechnete damit, daß sie einige besondere Gegenstände versteigerten, hatte jedoch nur vage Vorstellungen von dem Angebot.«

Fenton Lewis setzte sich neben Picard und musterte den Captain ernst. »Nur einmal im Leben stößt man auf einen Schatz wie die Botschafter-Maske. Sie ist ein Kunstwerk von unschätzbarem Wert, repräsentiert eine vitale, einzigartige Kultur. Glauben Sie etwa, ich hätte den Mut aufgebracht, diesen Planeten ohne ein solches Artefakt aufzusuchen? Nun, niemand bot mehr Geld als ich, und deshalb sprach man die Maske mir zu. Allerdings kam es zu einer Kontroverse in Hinsicht auf die Zahlungsweise.«

»Wie meinen Sie das?« warf Picard argwöhnisch ein.

Lewis winkte ab. »Haben Sie etwas Geduld, Captain. Sie müssen sich die ganze Geschichte anhören, um mein Verhalten zu beurteilen. Wie ich eben schon sagte: Leider gibt es keine Zeugen, die meine Aussage bestätigen können. Außer mir war kein anderer Föderationsbürger zugegen.«

»Besuchen Sie häufig illegale Kunstauktionen?« fragte Picard spöttisch.

Der Botschafter schmunzelte. »Oft befinde ich mich zur passenden Zeit an recht ungewöhnlichen Orten«, gestand er ein. »Ich wußte, daß der Diplomatische Dienst auf Lorca aktiv werden wollte, und aus diesem Grund traf ich Vorbereitungen. Ich beabsichtigte nicht, die Maske irgendwo zu verstecken oder sie meiner privaten Sammlung hinzuzufügen. Nein, ich wollte sie hier nutzen.«

»Aber Sie haben sie gekauft, bevor der Diplomatische Dienst mit seiner Initiative begann«, vermutete Picard. »Und anschließend erklärte sich niemand bereit, die Rechnung zu begleichen.«

Lewis' Schultern hoben und senkten sich kurz. »Die zuständigen Stellen lehnten es nicht ab, den hohen Preis zu bezahlen, aber Sie kennen ja die Bürokratie. Es mußten Dutzende von Formularen ausgefüllt und Genehmigungen erteilt werden, was viel Zeit kostete – zuviel, soweit es die Auktionatoren betraf. Ich lief Gefahr, sowohl die Maske als auch meine Anzahlung zu verlieren. Deshalb beschloß ich, Anteile an zwei Ferengi-Händler zu verkaufen. Nach der Versteigerung versuchten sie, mich umzubringen und die Maske zu stehlen.«

Der langhaarige Zivilist erhob sich und starrte in den stillen lorcanischen Wald. »Es blieb mir gar nichts anderes übrig, als mich zu verteidigen, und bei dem Kampf kamen die beiden Ferengi ums Leben. Notwehr.«

»Anschließend nahmen Sie die Maske — obwohl sie Ihnen überhaupt nicht gehörte!« entfuhr es Picard. Er sprang auf.

»Bitte, Captain...« sagte der Botschafter leise. »Ich weiß, daß meine Karriere praktisch beendet ist. Die ganze erbärmliche Angelegenheit wird ans Licht kommen, wenn wir irgendwann unsere Meinungsverschiedenheiten mit den Ferengi beilegen. Bis dahin sind Sie der einzige, der die ganze Wahrheit und meine guten Absichten kennt. Ich bin nur deshalb in Schwierigkeiten geraten, weil ich mich von dem Wunsch leiten ließ, die Botschafter-Maske für den Einsatz auf diesem Planeten zu bekommen.« Lewis lachte humorlos. »Was für eine Ironie des Schicksals! Ich habe meine Karriere zerstört, um in den Besitz einer lorcanischen Maske zu gelangen — und kurz nach meiner Ankunft verlor ich sie an eine Lorcanerin.«

»Unter den gegenwärtigen Umständen bin ich fast versucht, die Mission vorzeitig zu beenden«, knurrte Picard.

»Das dürfen Sie nicht«, erwiderte Lewis sofort. »Vielleicht steht die Zukunft des lorcanischen Volkes auf dem Spiel. Inzwischen wissen Sie, wie es hier zugeht, und daher dürfte Ihnen klar sein, daß die Nachkommen der damaligen Siedler Hilfe brauchen. Ich bin fest entschlossen, meinen wahrscheinlich letzten Auftrag zu erfüllen — und dann hierzubleiben, ein neues Leben auf Lorca zu beginnen. Es war nie meine Absicht, in die Föderation zurückzukehren. Dieser Planet soll mein Exil sein.« Ein dünnes Lächeln umspielte die Lippen des Botschafters. »Und vielleicht teilen Sie es mit mir.«

Picard schüttelte wie hilflos den Kopf und schwieg. Die Landegruppe sah sich mit erheblichen Gefahren konfrontiert, und es gab keine Möglichkeit, eine Verbindung zur *Enterprise* herzustellen. Außerdem hatte Lewis die Mission in Frage gestellt, indem er sich auf ein Duell mit Scharfe Klinge einließ. *Eigentlich lassen sich unsere Probleme auf einen zentralen Punkt zurückführen,* überlegte der Captain. *Auf den Botschafter und sein übertriebenes Interesse an einem Kunstwerk.* Picard versuchte, die derzeitige Situation objektiv einzuschätzen. Sie hatten die Botschafter-Maske verloren, dafür aber die Freundschaft einer hochrangigen Lorcanerin gewonnen. Sie besaßen nun lorcanische Masken und waren zu einer Versammlung unterwegs, bei der über die Nachfolge des Königs entschieden werden mochte. *Wenn wir jetzt aufgeben, sind alle bisherigen Mühen völlig umsonst gewesen.*

Jean-Luc spürte instinktiv, daß Lorca nicht nur Schutz brauchte, sondern auch verdiente. Die Bewohner des Planeten waren Menschen, die Nachkommen von der Erde stammender Kolonisten. *Wenn wir sie jetzt im Stich lassen, verweigern wir ihnen das Erbe, das sie selbst anerkennen — immerhin wissen die Lorcaner, daß sie ›vom Himmel‹ kamen.* Die Föderation brauchte gar nicht in die Entwicklung der lorcanischen Kultur einzugreifen. Sie konnte ganz unauffällig ein Sicherheitsnetz spannen, um den katastrophalen Folgen eines neuen vulkanischen Aktivitätsschubs vorzubeugen. Hinzu kam: Wenn die Ferengi engere Kontakte mit Lorca knüpften, so bestand die Gefahr einer ökonomischen Unterjochung.

»Lewis...« sagte Picard schließlich und besann sich auf seine Verantwortung. »Ich bin kein Richter. Es steht mir nicht zu, über Ihre Schuld oder Unschuld zu befinden. Man hat uns hierhergeschickt, damit wir diplomatische Beziehungen zu den Lorcanern herstellen, und Sie *werden* mir dabei helfen, meine Aufgabe zu erfüllen. Wenn nicht, bringe ich Sie in Ketten zur nächsten Starbase.«

»Sie drohen mir, Captain?« erwiderte Fenton Lewis und runzelte die Stirn. »Ich dachte, das sei unter Ihrer Würde. Ich bin nicht unter einem falschen Vorwand hierher gekommen und habe die Absicht, meinen Pflichten zu genügen. Bis man mich aus dem Diplomatischen Dienst entläßt, arbeite ich weiterhin als Botschafter der Föderation.«

»Das hoffe ich – für Sie«, sagte Picard. »Setzen Sie jetzt Ihre Maske auf. Wir kehren ins Lager zurück.«

»Einen Augenblick.« Lewis hob kurz die Hand. »Ich habe mich noch nicht entschieden. Sie meinten eben, ich könnte frei wählen.« Er deutete auf die Federmaske. »Was hat es mit dieser auf sich?«

Jean-Luc hob die hölzerne, mit lavendelfarbenen, braunen und weißen Federn geschmückte Maske. Trotz ihrer Größe war sie überraschend leicht. »Eine Boten-Maske«, erklärte der Captain und reichte sie Lewis. »Eigentlich unterscheidet sie sich kaum von der Zureiter-Maske, sieht man einmal von den Verzierungen ab.«

Der Botschafter nickte und strich mit den Fingerkuppen über Federn, die aus den Schläfenbereichen ragten und kleine Hörner formten. »Der Lorcaner, der diese Maske trug, hat nun *meine*. Es ist also nur fair, wenn ich seine benutze.« Er setzte sie auf und schien sich plötzlich zu verändern. Lewis' Größe, das lange Haar und die bizarre Maske verliehen ihm etwas Göttliches. Picard fühlte sich an Ra erinnert, eine von den alten Ägyptern verehrte heilige Entität, zur einen Hälfte Mensch, zur anderen Vogel.

»Jetzt bin ich bereit, mich wieder in aller Öffentlichkeit zu zeigen«, verkündete der Diplomat.

»Warten Sie«, sagte Picard, strich Halteschnüre beiseite und setzte die Zureiter-Maske auf. Er wußte nicht, ob es an den Pelzbüscheln und Zähnen oder der mangelnden Hygiene des vorherigen Trägers lag, aber von der Maske ging ein recht strenger Geruch aus. Ansonsten gab es kaum etwas an ihr auszusetzen. Sie paßte sich perfekt der Struktur seines Gesichts an und bot weitaus mehr Komfort als die Halloween-Maske. Die breite Schnauze ließ seinem Mund genug Platz; es würde ihm sicher keine Probleme bereiten, sich Gehör zu verschaffen.

Fenton Lewis lachte leise. »Dieses Ding hat wenigstens

einen Vorteil, Picard. Sie brauchen nicht zu befürchten, zu einem Duell herausgefordert zu werden. Bestimmt erhebt niemand Anspruch auf eine derartige Maske.«

Will Riker wurde immer unruhiger. Den größten Teil des Morgens hatten sie mit der Anpassung ihrer neuen Lehrlings-Masken verschwendet, und Tagesfleiß wollte den Nachmittag nutzen, um sie mit seinem Herstellungsverfahren vertraut zu machen. Der Erste Offizier stimmte ihm zunächst zu, weil er nach wie vor hoffte, daß es Geordi gelang, den Captain mit Hilfe der Sensoren zu lokalisieren. Außerdem bestand die Möglichkeit, daß ein Kom-Kontakt zwischen Picard und der *Enterprise* erfolgte. Riker wollte es unbedingt vermeiden, die falsche Richtung einzuschlagen — dann wäre es noch weitaus schwieriger gewesen, die vermißten Angehörigen der ersten Landegruppe zu finden. Aber ihm stand nicht der Sinn danach, an stundenlangen kunsthandwerklichen Lektionen teilzunehmen. Seiner Ansicht nach gab es viel wichtigere Dinge.

Er aktivierte den Kommunikator. »Noch immer nichts, Geordi?« fragte er zum viertenmal an diesem Tag.

»Nein, Commander«, antwortete LaForge. »Sollen wir Sie an Bord beamen?«

»Auf keinen Fall«, erwiderte Riker sofort. »Wir bleiben hier, bis wir wissen, wo sich der Captain aufhält.«

»Ich habe die Anweisung gegeben, alle Frequenzen zu überwachen«, sagte Geordi. »Übrigens: Die letzte Sensorerfassung deutet auf verstärkte vulkanische Aktivität in den Äquatorialregionen hin.«

»Großartig«, brummte der Erste Offizier. »Halten Sie mich auf dem laufenden. Ende.« Er verstaute das kleine Gerät in der Innentasche und zog den Reißverschluß zu. Die Sonne verschwand hinter den Bäumen, und Riker rieb sich die kalten Hände. *Verdammt, warum sind hier die Tage so kurz?* Er begann den Wald zu hassen, in dem praktisch immerwährende Dämmerung herrschte.

Will hörte Stimmen und rückte seine Maske zurecht,

bevor er sich umdrehte. Seltsam: Er trug sie erst seit einigen Stunden, und doch gewöhnte er sich bereits daran – wenigstens hielt sie das Gesicht warm. Da seine Gefährten die gleichen Masken trugen, wurden sie zu einem Teil der Uniform und erschienen somit vertraut. Vielleicht hätte Riker sogar Gefallen daran gefunden, die lorcanische Kultur und ihr Ambiente genauer kennenzulernen – doch die Sorge um den Captain und seine Begleiter gab ihm keine Gelegenheit dazu.

Er beobachtete Data, der neben Tagesfleiß hockte und aufmerksam zuhörte. Der Händler erklärte gerade, welches Holz sich für Masken eignete. Dr. Pulaski saß in der Nähe, lauschte interessiert und beobachtete gleichzeitig Reba, die am Ast über ihr hing und an einem Fischkopf knabberte. Whiff und Greenblatt standen am Rande des Lagers und behielten die Straße im Auge. Weit und breit waren keine anderen Reisenden zu sehen – ein Umstand, der das unangenehme Gefühl der Isolation verstärkte.

»Bist du als Maskenhersteller bekannt?« fragte Data den Lorcaner, als sich Riker näherte.

»Oh, nein«, brummte Tagesfleiß. »Ich behaupte immer, meine Masken stammen von irgendwelchen berühmten Künstlern, die weit entfernt wohnen. Ich stelle einfache Exemplare her und verkaufe sie zu einem fairen Preis. Niemand beschwert sich.«

»Die beiden Masken im Wagen kann man wohl kaum als schlicht bezeichnen«, warf Kate Pulaski ein.

»Sie sind nicht das Werk meiner Hände«, entgegnete Tagesfleiß. Seine Stimme klang respektvoll. »Die aus Ton und Seide ist meine Besitzer-Maske, und ich werde sie beim Markt tragen, umgeben von gehorsamen Lehrlingen. Das edelsteinbesetzte Artefakt bringt einen besonders hohen Stand zum Ausdruck; man bezeichnet es als Wald-Maske.«

»Warum trägst du sie nicht?« erkundigte sich Data.

Der Händler griff unter seine gelbe Sonnenblumen-Maske und kratzte sich am Kinn. »Vielleicht könnte ich sie benutzen – wenn ich doppelt so viele Lehrlinge und mindestens ein Dutzend Ponys hätte.«

Data beugte sich vor. »Wäre eine Herausforderung zum Duell denkbar, wenn du sie jetzt aufsetzt?«

»Ja, ich glaube schon.« Der Lorcaner nickte. »Ich müßte ständig bereit sein, mein Schwert zu ziehen.« Tagesfleiß hob den Kopf. »Es sei denn, ihr würdet mich verteidigen«, fügte er hoffnungsvoll hinzu.

Riker nahm diese Bemerkung zum Anlaß, einen Schlußstrich zu ziehen. »Es tut mir leid«, sagte er, »aber wir können leider nicht länger bleiben. Wenn du uns nicht in ein Dorf oder zu einem anderen Ort bringst, wo wir etwas über unsere Freunde erfahren, bleibt uns keine andere Wahl, als den Weg allein fortzusetzen.«

Tagesfleiß sprang auf und gestikulierte fahrig. »Nein! Ihr dürft nicht gehen. Ich habe euch Masken gegeben, und deshalb steht ihr in meiner Schuld. Außerdem: Ihr seid Lehrlinge, und wenn ihr den Wald ohne euren Meister durchstreift...« Er seufzte. »Irgendwann trefft ihr jemanden, der euch zu seinen Vasallen macht.«

Reba stimmte ein zustimmendes Schnattern an.

»Gewisse Risiken lassen sich eben nicht vermeiden«, sagte Riker. Er bedeutete Data und Dr. Pulaski, ebenfalls aufzustehen.

»Na schön.« Tagesfleiß seufzte erneut. »Eigentlich bin ich nach Heimwiese unterwegs, aber wenn ich euch zum nächsten Dorf bringe – begleitet ihr mich dann zum Markt?«

»Er scheint sehr wichtig für dich zu sein«, bemerkte Data.

Der Lorcaner nickte. »Ja, das stimmt.«

»In Ordnung«, sagte Riker. »Solange wir in Bewegung bleiben und Leute treffen, die wir nach unseren Freunden fragen können, reisen wir mit dir.«

»Dann laßt uns sofort aufbrechen!« rief Tagesfleiß und ruderte mit den Armen. »Die Zeit wartet auf niemanden, wie es bei uns heißt.«

Captain Picard kehrte mit Botschafter Lewis zum Lager zurück, und die Vielfalt der dortigen Masken erstaunte ihn. Überall herrschte rege Aktivität — die Lorcaner fingen Fische, bauten eine Art Zirkuszelt auf und fütterten ihre Ponys —, aber Jean-Lucs Aufmerksamkeit galt in erster Linie den bunten Kunstwerken. Sein Blick klebte an ihnen fest.

Die Mischung aus Halloween-Masken und lorcanischen Artefakten schuf eine Art Fastnachtsatmosphäre. Medizinmacher, das Gesicht hinter der hübschen Schlangenmaske verborgen, band die Reittiere fest; Kalter Engel ging ihm dabei zur Hand und trug stolz die Darstellung eines fröhlich grinsenden Schweins mit Hut.

Die beiden beeindruckendsten Masken gehörten Scharfe Klinge und Spinnenschwinge — sie hockten an einem Wasserloch und warfen dünne Angelschnüre. Picard war kein Fachmann, aber selbst er konnte erkennen, daß die beiden prächtigen Objekte vom gleichen Künstler stammten, einem Mann namens Fazool. Von dem polierten, glänzenden Metall über die saphirenen Streifen bis hin zum vorspringenden Kinn: Die Masken wiesen deutlich auf den hohen Rang ihrer Träger und die enorme Kunstfertigkeit des Herstellers hin. Mit einer entsprechenden Ausstellung in der Föderation hätte Fazool sicher großen Ruhm errungen. Hier auf Lorca fand das Genie des Künstlers Erfüllung im Träger, der versuchte, dem Bedeutungsinhalt seiner Maske gerecht zu werden.

Selbst Picard spürte die von der lorcanischen Kultur ausgehende Verlockung. Oberflächlich betrachtet, mochte sie einfach und primitiv wirken, doch hinter dem ersten Eindruck wartete eine Tiefe, die es erst noch zu ergründen galt. Zum Beispiel: Wer war die Frau mit der Pagen-Maske? Sie hatte nur einmal gesprochen, aber mit großem Nachdruck. Handelte es sich wirklich um eine Kriegerin, die ihr Gewerbe erst noch lernen mußte, oder versteckte sich jemand anders hinter dem bronzenen Oval? *Und ich?* dachte Jean-Luc. *Bin ich Captain Picard, Kommandant der*

*U.S.S.* Enterprise — *oder ein lorcanischer Zureiter? Eigentlich werden in meiner Heimat ebenfalls Masken getragen. Viele Menschen hüten sich davor, in ihrer Mimik das zu zeigen, was sie wirklich empfinden. Von den Vulkaniern ganz zu schweigen ...*

Picard hatte nun ein neues Gesicht. Er konnte es nicht sehen, aber er beobachtete, wie andere Personen darauf reagierten. Niemand sah die häßliche Tiermaske länger als nur einige Sekunden an, aber daran war Jean-Luc bereits gewöhnt: Die Offiziere und Besatzungsmitglieder des Raumschiffes richteten ihre Blicke nur kurz auf den Captain. *Erstaunlich ist vor allen Dingen, daß mich die Lorcaner einfach so akzeptieren. Wissen sie denn nicht, daß ich normalerweise eine ganz andere Maske gewählt hätte? Seltsam, dieses besondere Exemplar scheint* mich *gewählt zu haben.*

»Captain«, sagte Worf und trat auf ihn zu. Mit dem lorcanischen Artefakt vor seinem Gesicht wirkte der große Klingone geradezu ehrfurchtgebietend. Er deutete auf den Mann mit der Schweinemaske. »Kalter Engel — so heißt er, glaube ich — meinte eben, seine Gruppe sei gestern durch ein Dorf gekommen. Wenn wir die ganze Nacht reiten, können wir es bei Tagesanbruch erreichen.«

»Das stimmt, Captain!« bekräftigte Kalter Engel und wandte sich von einem improvisierten Pony-Pferch ab. Behutsam betastete er den Hut des grinsenden Schweins. »Die ist eine prächtige Maske, aber leider eignet sie sich nicht für dem Kampf. Ich möchte sie im Dorf mit Holz oder Metall verstärken lassen.«

»Ich begleite euch«, bot sich Fenton Lewis an. »Vielleicht erfahren wir etwas über Allmächtiger Töter und die Maske der Weisheit.«

»Uns stehen nicht genug Reittiere zur Verfügung«, wandte Worf ein.

»Sei unbesorgt, Captain«, sagte Kalter Engel und legte Worf den Arm um die Schultern. »Dieser Bursche ist bei mir gut aufgehoben.« Er deutete auf Lewis. »Dem Mann dort vertraue ich nicht.«

Picard schüttelte den Kopf. »Wir sollten uns alle auf den Weg machen.«

Kalter Engel sah zu Scharfe Klinge und senkte die Stimme. »Da gibt's nur ein kleines Problem — unsere Lady ist bestimmt nicht damit einverstanden. Sie will Heimwiese in acht Tagen erreichen. Aber wahrscheinlich hat sie nichts dagegen, wenn wir später zu euch aufschließen.«

»Ich spreche mit ihr«, sagte Picard.

»Wir haben sie bereits gefragt, Sir«, erwiderte Worf. »Scharfe Klinge hat nur Kalter Engel und mir erlaubt, zum Dorf zu reiten. Damit bleiben vier Ponys für acht Personen. Wir kehren so schnell wie möglich zurück, vielleicht — hoffentlich — mit Nachrichten.«

Picard überlegte eine Zeitlang und nickte widerstrebend. »Nun gut. Seien Sie vorsichtig, Worf. Wir sehen uns morgen im Verlauf des Tages wieder.«

»Bleibt auf der Straße«, riet Kalter Engel dem Captain. »Sonst finden wir euch nicht.«

Der Klingone folgte dem Lorcaner zum Pferch, wo Medizinmacher mit zwei gesattelten Ponys und kleinen Rucksäcken wartete. Die Tiere hatten Korn gefressen und sich fast den ganzen Nachmittag ausgeruht; sie waren frisch und versessen darauf, sich Bewegung zu verschaffen. Worf und Kalter Engel schwangen sich in den Sattel und ritten in einem leichten Trab davon, der nicht besonders elegant wirkte, da ihre Füße fast den Boden berührten.

»Offenbar bin ich hier das fünfte Rad am Wagen«, brummte Fenton Lewis.

»Uns ergeht es kaum anders«, entgegnete Picard. »Wir wissen noch nicht genug über Lorca.« Er holte tief Luft. »Bleiben Sie wachsam. Ich muß mit Counselor Troi reden.«

Der Captain ging mit langen Schritten zum Zelt, froh darüber, Lewis hinter sich zurückzulassen. Er konnte verstehen, warum Kalter Engel dem Botschafter nicht traute — der Diplomat in ihm schien immer mehr einem verwegenen Abenteurer zu weichen, der nur an sich selbst dachte, an die Erfüllung seiner eigenen Wünsche.

Die beiden weiblichen Pagen stützten mehrere Zeltstangen mit Pflöcken ab. Zuerst fiel es Picard schwer festzustellen, hinter welcher Bronzemaske sich das Gesicht Deanna Trois verbarg. Selbst die Kleidung der Frauen ähnelte sich: dunkle, einfache Hosen, Stiefel und schmucklose Parkas. Sie trugen keine Kettenhemden oder Brustpanzer wie die höherrangigen Lorcaner. Der Captain hielt das kaum für einen Nachteil, denn die Rüstungen erweckten den Eindruck, als dienten sie in erster Linie dekorativen Zwecken. Eins fiel ihm sofort auf: Deanna und die Lorcanerin arbeiteten gut zusammen.

Die Zeltplanen hingen von einem buntgestreiften Mittelpfosten herab, glänzten in roten, blauen und gelben Farbtönen. Picard berührte den wasserdichten Stoff und fühlte sich an Ölhaut erinnert. Zwischen den einzelnen Segmenten zeigten sich feine Nähte, die komplexe Muster bildeten. Jean-Luc strich über die straff gespannten Halteleinen und verglich sie mit Darmsaiten, die er einmal an einem antiken Streichinstrument gesehen hatte. Ein vager Fischgeruch haftete ihnen an. *Natürlich,* dachte der Captain und nickte langsam. *Diese Kultur kennt keine Kunstfasern. Sie muß die natürlichen Ressourcen Lorcas nutzen.*

Einer der Pagen näherte sich.

»Captain?« erklang eine vertraute Stimme.

»Ja, Counselor.« Verlegen tastete Picard zur Schnauze seiner Tiermaske. »Ich mußte mich mit dem häßlichsten Exemplar begnügen.«

»Es ist bemerkenswert«, sagte die Betazoidin. »Und auch ein wenig ... furchterregend.«

»Lewis meinte, niemand werde darauf Anspruch erheben. Es besteht also nur eine geringe Wahrscheinlichkeit dafür, daß mich jemand zu einem Duell herausfordert.«

»Wie wird er mit dem Verlust der Botschafter-Maske fertig?« fragte Deanna.

Picard schüttelte den Kopf, blickte am Zelt vorbei und vergewisserte sich, daß kein Lorcaner in Hörweite war. »Wir sollten ihn im Auge behalten«, sagte er. »Er verbirgt etwas vor uns, und ich bin mir nicht ganz sicher, warum er hierherkam.«

»Er ist sehr verschlossen«, pflichtete Troi dem Captain bei. »Und er schirmt sich so gut ab, daß ich nicht in der Lage bin, seine Emotionen zu sondieren.«

Picard brachte ein weniger besorgniserregendes Thema zur Sprache. »Worf ist mit Kalter Engel aufgebrochen, um ein nahes Dorf zu besuchen. Bis morgen abend wollen sie zurück sein.«

»Ich hoffe, Worf bringt irgend etwas in Erfahrung«, sagte Deanna.

Der Captain berührte sie kurz am Ellenbogen. »Wie kommen *Sie* zurecht?«

Die Counselor zuckte mit den Achseln. »Gut, glaube ich. Glänzender Dolch – die Lorcanerin mit der Pagen-Maske – hat mir sehr geholfen. Sie ist keine junge Frau, und vielleicht nahm sie früher einen höheren Rang ein, aber sie freut sich darüber, zu dieser Gemeinschaft zu gehören. Außerdem begegnet sie Scharfe Klinge mit der gleichen Loyalität wie ihre Gefährten.«

»Ja, die Krieger sind ihrer Anführerin treu ergeben.« Picard nickte nachdenklich. »Counselor, gehen wir irgendein Risiko ein, indem wir uns diesen Lorcanern zumindest zeitweise anschließen?«

Deanna zögerte. »Sie leben in einer gefährlichen Umwelt und neigen dazu, Gewalt anzuwenden. In ihrer Nähe können wir nie ganz sicher sein.«

»Aber wären wir allein sicherer?« fragte Picard. »Vielleicht stoßen wir irgendwann auf Lorcaner, die noch weitaus gefährlicher sind. Die Gruppe der Blitz-Maske gewährt uns zumindest einen gewissen Schutz, oder meinen Sie nicht?«

»Das hängt ganz von Scharfe Klinge und unseren Beziehungen zu ihr ab«, sagte Troi. »In diesem Punkt bin ich völlig sicher. Die anderen gehorchen ihr und werden uns so lange gut behandeln, wie es den Wünschen der Anführerin entspricht.«

»Na schön«, brummte Picard hinter seiner grotesken Zureiter-Maske. »Dann sollte ich mich besser um unsere Public Relations kümmern. Versuchen Sie unterdessen, soviel wie möglich herauszufinden.«

»Ja, Captain«, bestätigte Deanna und fügte voller Mitgefühl hinzu: »Wenn es Ihnen ein Trost ist... Ich glaube, wir können von Glück sagen, daß wir Scharfe Klinge getroffen haben.«

»Ich teile diese Einschätzung«, sagte Picard. »So, und jetzt spreche ich mit der Kriegerin.«

Er nickte Troi zu und bedachte sie mit einem Lächeln, das die Counselor gar nicht sehen konnte.

Scharfe Klinge hatte den Brustharnisch und das Kettenhemd abgelegt, trennte sich jedoch nicht von der Blitz-Maske, dem Zeichen ihres hohen Standes. Selbst in ihrer schlichten braunen Kleidung bot sie einen imposanten Anblick. Picard beobachtete, wie sich die Muskeln in ihren Armen spannten, als sie die Angelschnur einholte. Es handelte sich um einen ziemlich langen Strick mit mehreren Haken, und daran hingen die häßlichsten Fische, die der Captain jemals gesehen hatte — sie schienen zum größten Teil aus Dornen zu bestehen.

Spinnenschwinge trug noch immer die prächtige Botschafter-Maske, packte die Fische nacheinander an den Kiemen — nur dort wiesen sie keine Stacheln auf — und zerrte sie von den Haken. Trotz dieser nicht gerade sehr sanften Behandlung klammerten sich die abscheulichen Wesen am Leben fest und zappelten auf dem Boden. Picard starrte auf sie herab und bestaunte ihre Mannigfaltigkeit. Die beiden Lorcaner hatten erst vor knapp zwei Stunden mit dem Fischfang begonnen, doch das Ergebnis ihrer Bemühungen war in höchstem Maße beeindrukkend. *Dieser Planet bietet zwar keine sehr guten Umweltbedingungen, aber er kann seine Bewohner problemlos ernähren.*

Verwundert fragte er sich, warum Scharfe Klinge und

Spinnenschwinge noch immer angelten. »Wie viele Fische wollt ihr fangen?« fragte er.

»Wir brauchen einen Vorrat, der für einige Tage reicht«, antwortete die Kriegerin. »Heute abend essen wir einige, und die anderen werden geräuchert.« Sie wandte sich an den Mann neben ihr. »Ich glaube, wir können jetzt Schluß machen. Sammle Holz fürs Feuer.«

»Ja, Lady.« Spinnenschwinge riß noch einen letzten Fisch vom Haken, warf ihn zu den anderen und ging fort.

»Was für einen Köder benutzt ihr?« erkundigte sich Picard.

Scharfe Klinge drehte den Kopf und musterte ihn durch die Augenöffnungen der Blitz-Maske. Der Captain konnte den Gesichtsausdruck der Kriegerin natürlich nicht erkennen, aber er spürte ihre Verwunderung. »Erde. Die kleineren Fische fressen die Würmer darin und werden ihrerseits von den größeren verschlungen.«

Die Frau hob einen Haken und deutete auf einen Klumpen Lehm. Mehrere kleine Larven steckten darin.

»Wieso wißt ihr selbst über so einfache Dinge nicht Bescheid?« fragte Scharfe Klinge.

»Wir haben einen weiten Weg hinter uns«, erklärte Picard. »Und unsere Welt unterscheidet sich sehr von eurer Heimat.«

»Aber ihr tragt Masken«, stellte die Kriegerin fest. Ihr zufriedener Tonfall machte deutlich, daß sie den fremden Besuchern wenigstens etwas Kultur zugestand. »Sie eignen sich nicht für den Kampf, zeichnen sich jedoch durch einen gewissen Reiz aus. Noch nie zuvor haben wir etwas in ihrer Art gesehen.«

»Wir benutzen nicht immer Masken«, sagte Picard. »Nur bei besonderen Gelegenheiten.«

»Zum Beispiel?«

Der Captain zuckte mit den Schultern. »Nun, an bestimmten Feiertagen und bei Festen.«

»Und sonst zeigt ihr eure nackten Gesichter?« Scharfe Klinge klang schockiert.

»Ja«, gestand Picard ein. »Bei uns ist das völlig normal.«

Die Lorcanerin schüttelte verwirrt den Kopf. »Männer und Frauen können sich direkt ansehen?«

»Die ganze Zeit über. Wir schätzen die Schönheit und Ausdruckskraft unbedeckter Gesichter.«

»Wir auch«, entgegnete Scharfe Klinge leise. »Aber nur bei unseren engsten Gefährten.«

Picard wußte, daß er sich auf verbales Glatteis wagte, aber seine Neugier zwang ihn dazu, eine Frage zu stellen. »Hast du den anderen Lorcanern dieser Gruppe jemals einen Blick in dein Gesicht gestattet?«

Scharfe Klinge versteifte sich, und die Stimme der Kriegerin war so kalt wie das Metall ihres Schwertes. »Sei froh, daß du nicht zu uns gehörst«, zischte sie. »Wenn du wie ich auf dieser Welt geboren wärest, müßtest du deine Unverschämtheit jetzt mit dem Tod bezahlen!«

»Ich bitte um Entschuldigung«, sagte Picard rasch. »Ich wollte keineswegs respektlos sein. Leider habe ich nicht sofort verstanden, was der Begriff ›enge Gefährten‹ bedeutet.«

Er glaubte zu hören, wie Scharfe Klinge hinter ihrer sternförmigen Maske lachte. »Picard...« gurrte sie, und diesmal klang es alles andere als drohend. »Es gibt so vieles, das ich dich lehren könnte.«

Sie schob sich an ihm vorbei, und die plötzliche Nähe ihres geschmeidigen Körpers verblüffte den Captain so sehr, daß er unwillkürlich den Atem anhielt. Als er sich umdrehte, schritt die stolze Frau zum Zelt.

»Die Nacht beginnt!« rief Scharfe Klinge, wandte sich dem Lager zu und deutete auf die hohen Baumwipfel. Rötlicher Dunst umhüllte sie. »Pagen, schneidet den Fisch. Die anderen sammeln Feuerholz.«

Sie sah Picard an. »Kannst du diesen Befehl akzeptieren?«

»Natürlich«, erwiderte der Captain und griff nach einem langen Ast. Er erinnerte sich an den vergangenen Abend, an seine vergeblichen Bemühungen, ein Feuer zu entzünden. *Bin gespannt, ob die Lorcaner mehr Erfolg haben.*

Seltsamerweise rührte sich niemand von der Stelle. Statt dessen sahen die Krieger wie demütig zu Boden und warteten darauf, daß ihre Anführerin sprach.

Scharfe Klinge breitete die Arme aus, und der Captain ahnte, daß ihre Worte einem Ritual gleichkamen. »Großer Drache, schlafe heute nacht in Frieden und erlaube uns, in der Wärme deines Atems zu ruhen. Laß die Sterne in unseren Träumen leuchten und schenk uns die Morgenflamme, auf daß sie unseren Weg erhelle.«

Nach diesem Segen dauerte es nicht lange, bis unter einem der Bäume ein Feuer brannte. Einige vorbereitete Fische hingen an niedrigen Ästen darüber. Die unteren Streifen wurden schnell gar, und die restlichen überließ man dem Rauch. Ein appetitanregender Duft wehte über den Lagerplatz, entschädigte für die recht mühselige Arbeit, das Moos vom Brennholz zu kratzen.

Unmittelbar nach der Mahlzeit zog sich Scharfe Klinge in ihr Zelt zurück. Medizinmacher und Spinnenschwinge legten sich im Zugang des Unterstandes zu Boden und überließen es den beiden Pagen, abwechselnd Wache zu halten. Der Captain bot Deanna an, ebenfalls im Zelt zu schlafen, aber sie zog einen Platz am Feuer vor. Das Knistern und die Wärme der Flammen berührten etwas tief in ihrer Seele.

Ein sehr anstrengender Tag war zu Ende gegangen, und er blieb nicht ohne Folgen für Troi: Die Muskeln in Schultern, Armen und Beinen schmerzten, und es dauerte eine Weile, bis sie eine bequeme Position auf der dicken Matratze aus Blättern und Nadeln fand. Im Vergleich mit dem alltäglichen Leben auf Lorca erschienen ihr die Fitneß-Kuren Starfleets wie ein gemütlicher Spaziergang auf dem Holodeck. *Wenigstens die Kälte ist kein Problem,* dachte Deanna. *Wenn ich mich mit genug Moos bedecke, kann ich sogar* im *Feuer liegen.*

Minuten verstrichen, und die Counselor wälzte sich immer wieder von einer Seite zur anderen. Doch es war nicht etwa der Mangel an Komfort, der sie am Einschlafen hinderte.

Captain Picard und Botschafter Lewis fiel es offenbar ganz leicht, Ruhe zu finden. Sie lagen neben dem Lagerfeuer und schnarchten leise vor sich hin. Sie hatten ihre Masken abgelegt, und Deanna fragte sich, wie die Lorcaner schliefen. Im dunklen Zelt konnten sie vermutlich darauf verzichten, ihr Gesicht zu bedecken. Die beiden Pagen standen abseits — vielleicht fühlten sie sich in der Nähe der Fremden nervös. Eine Zeitlang lauschte Troi ihren leisen Stimmen.

Aber selbst damit konnte sie sich nicht von ihrer zunehmenden Nervosität ablenken. Ganz deutlich spürte sie, daß jemand einen Verrat plante. Die Counselor versuchte vergeblich festzustellen, wer derartigen Überlegungen nachhing, aber sie war ganz sicher, daß der emotionale Eindruck nicht täuschte.

Trotz ihrer Besorgnis fielen der Betazoidin schließlich die Augen zu. Sie sah ohnehin keine Möglichkeit, den Unbekannten daran zu hindern, hinterlistige Pläne zu schmieden. *Bestimmt löst sich das Rätsel bald von ganz allein,* dachte Deanna Troi, bevor sie sich angenehmer Dunkelheit hingab.

Die Counselor behielt recht.

Kurze Zeit später erwachte sie plötzlich und blinzelte verwirrt. Benommen stand sie auf, duckte sich unter herabhängenden Ästen und zählte die Schlafenden. Einer der beiden lorcanischen Pagen lag mit seiner Maske am Feuer; Captain Picard hatte die Beine angezogen und sich auf die Seite gerollt.

Wo befand sich Fenton Lewis?

Von einem Augenblick zum anderen begriff Deanna Troi, daß der Botschafter den Lagerplatz verlassen hatte.

# KAPITEL 6

Die Counselor berührte Picard am Arm und sprach ganz leise, um zu vermeiden, daß der zweite Page — er hielt am Zelt Wache — aufmerksam wurde.

»Captain«, flüsterte sie. »Bitte wachen Sie auf.«

Jean-Luc hob die Lider, und Furchen bildeten sich in seiner Stirn, als er Troi musterte. »Was ist los?«

»Fenton Lewis hat sich aus dem Staub gemacht.«

»Lewis?« wiederholte Picard überrascht und blickte dorthin, wo der Botschafter gelegen hatte. Nur eine kleine Mulde im braunen Nadelbett erinnerte an ihn, und die Federmaske fehlte ebenfalls — ein deutlicher Hinweis. »Sind Sie ganz sicher, daß er nicht irgendwo in der Nähe weilt?«

Die Betazoidin nickte. »Er ist verschwunden. Ich nehme keine Emanationen mehr von ihm wahr.«

Der Captain griff nach seiner Maske und rutschte unter dem Baum hervor. Einige Meter vom Lagerfeuer entfernt wehte ihm der Atem als weiße Fahne von den Lippen, und er zitterte in der kalten Nacht. Über den hohen Baumwipfeln funkelten keine Sterne — eine dichte Wolkendecke schluckte ihr stummes Funkeln. Leichter Wind zerfaserte den seltsam lumineszierenden Dunst. War Fenton Lewis wirklich so dumm, ganz allein durch einen finsteren Wald zu marschieren? Und zu welchem Zweck? Fühlte er sich durch die Niederlage im Kampf gegen Scharfe Klinge so gedemütigt, daß er es nicht ertragen konnte, noch einen Tag in Gesellschaft der Lorcanerin zu verbringen? Oder gab es einen anderen Grund?

Deanna legte dem Captain die Hand auf die Schulter, und als er den Kopf drehte, sah er ein starres braunes Oval. »Der Wächter kommt hierher«, hauchte Deanna.

Es blieb Picard gerade noch Zeit genug, die häßliche Tiermaske aufzusetzen, bevor der lorcanische Page heran war. Er trat in den flackernden Schein des Feuers, zögerte kurz und fragte: »Stimmt was nicht, Zureiter?«

»Es ist alles in bester Ordnung«, behauptete der Captain. »Bitte kehr zu deinem Posten zurück.«

Als der Page fortging, rief ihm Picard mit gedämpfter Stimme nach: »Warte. Hast du unseren Gefährten gesehen, den Boten?«

Der Lorcaner schüttelte den Kopf. »Ich habe ihn nicht mehr bemerkt, seit sich unsere Lady ins Zelt zurückzog.« Er blickte argwöhnisch an Picard vorbei. »Ist er nicht hier?«

»Er kommt bestimmt bald zurück«, erwiderte der Captain. *Laß dir was einfallen,* dachte er. »Vielleicht hat er das Lager verlassen, um eine Nachricht für mich zu übermitteln. Ich habe ihn gebeten, früh aufzubrechen.«

Der Page zuckte mit den Achseln und deutete in den dunklen Wald. »Ich hoffe, er folgt dem Verlauf der Straße. Wenn es so finster ist, kann man leicht ein Sumpfloch übersehen.«

»Er weiß, daß er vorsichtig sein muß«, warf Deanna ein. »Danke.«

Der Lorcaner nickte und ging fort. Seine Gestalt verschmolz mit den Schatten neben dem Zelt.

Picard sah Troi an und senkte seine Stimme, doch es gelang ihm nicht ganz, den Ärger aus ihr zu verbannen. »Was hat der verdammte Narr vor? Wohin mag er unterwegs sein?«

»Lewis ist ein sonderbarer Mann«, entgegnete die Counselor. »Zu seinen Eigenschaften gehören auch Eigensinn und Sturheit. Ich habe gespürt, daß ihn irgend etwas belastet.«

»Das wundert mich nicht«, kommentierte Picard und verzichtete darauf, Einzelheiten zu nennen. Eine Zeitlang wanderte er unruhig umher und besann sich auf das, was er über den Botschafter wußte. »Glauben Sie, er läßt uns im Stich, um auf diesem Planeten zu bleiben?«

Die Counselor überlegte kurz. »Dazu wäre er durchaus

fähig. Was können wir ihm jetzt noch bieten, da wir keinen Kontakt mehr zur *Enterprise* haben? Außerdem bezweifelt er wahrscheinlich, daß Scharfe Klinge ihm hilft, seine Ziele zu erreichen.«

»Was sind seine Ziele?« fragte Picard und erahnte die Antwort.

Deanna schüttelte verwundert den Kopf. »Zuerst glaubte ich, sie seien mit denen der Föderation identisch. Aber hier...« Sie vollführte eine umfassende Geste. »Hier ist alles möglich. Wenn Lewis die Maske der Weisheit findet, kann er über den ganzen Planeten herrschen.«

Picard nickte und erinnerte sich an eine Geschichte von Rudyard Kipling, die er während eines Kursus über die Literatur des zwanzigsten Jahrhunderts gelesen hatte. Sie berichtete von einem anderen ›zivilisierten‹ Mann, der in ein unterentwickeltes Land reiste, um dort König zu werden. Seine Wünsche gingen in Erfüllung, aber er verlor den Kopf — im wahrsten Sinne des Wortes.

Deanna wartete eine Zeitlang. »Sollen wir ihm folgen?« fragte sie schließlich, als der Captain weiterhin schwieg.

»Nein«, sagte Jean-Luc. »Lewis ist ein erfahrener Waldläufer, und in dieser Hinsicht hat er uns einiges voraus. Hinzu kommt: Wir müssen mit Scharfe Klinge auf der Straße bleiben, um morgen Worf zu treffen. Es bleibt uns also gar nichts anderes übrig, als den Botschafter sich selbst zu überlassen.«

Als ihm der dritte Zweig ins Gesicht klatschte, war Worf froh, daß er eine Maske trug. Er fragte sich, ob es häufiger geschah, daß Lorcaner mitten in der Nacht halsbrecherisch schnell über eine schlammige Straße ritten. Der Klingone folgte Kalter Engel, dessen Pony immer wieder Lehmbrokken aufwirbelte. Gelegentlich trafen sie Worfs Stirn oder Wangen, und dann bewies die Maske einmal mehr ihre Nützlichkeit.

Worfs Pony zeigte keine Ermüdungserscheinungen, obgleich es ein nicht unbeträchtliches Gewicht tragen mußte.

Kalter Engel hatte ein besonderes System entwickelt, um die Tiere zu schonen und gleichzeitig ein recht hohes Tempo zu ermöglichen. Zwanzig Minuten lang ritten sie im gestreckten Galopp, dann die gleiche Zeitspanne im normalen Schritt, damit sich die Ponys erholen konnten. Anschließend bekamen sie zu trinken und durften sich fünf Minuten lang ausruhen, bevor erneut ein zwanzigminütiger Galopp folgte. Worf wußte nicht, welche Strecke sie inzwischen zurückgelegt hatten, aber Kalter Engel war ganz offensichtlich zufrieden. Mehrmals wies er darauf hin, zum Frühstück könnten sie Fischeintopf und Gebäck essen.

Kalter Engel ritt langsamer, und Worf vermutete, daß er anhalten, absteigen und eine Weile zu Fuß gehen wollte. Er zog an den Zügeln, doch sein kleines Roß schnaubte nur und prallte fast gegen das Tier des Lorcaners.

»Bleib stehen!« befahl der Krieger.

Der Klingone zerrte an einem Riemen und zwang den Kopf des Ponys herum. Als es ihm schließlich gehorchte und unruhig mit den Hufen scharrte, strich er über die lange Mähne und klopfte auf den schweißfeuchten Hals. »Ruhig, ganz ruhig«, brummte er. »Wird Zeit für eine Rast.«

»Der Hengst will weiterlaufen, weil er Heu und Brunnenwasser wittert«, erklärte Kalter Engel. »Wir sind kaum mehr als einen Steinwurf vom Dorf entfernt.«

»Wo ist es?« fragte Worf skeptisch und versuchte, die Finsternis mit seinen Blicken zu durchdringen. Er sah nur die Konturen hoher Bäume.

»Warte bis zum ersten Licht des Tages«, antwortete der Mann mit der Schweinemaske aus Kunststoff und stieg ab. »Ich möchte nicht während der Dunkelheit ins Dorf reiten. Die Leute dort könnten uns für Räuber halten.«

Worf drehte den Kopf, und hinter dem bronzenen Oval der Pagen-Maske bildeten sich dünne Falten in der Stirn des Klingonen. »Stellen Räuber und Diebe ein großes Problem dar?«

»Nicht für mich.« Der muskulöse Zureiter zuckte mit den Schultern. »Meistens sind die verdammten Mistkerle viel zu feige, um sich auf einen Kampf einzulassen.« Er betastete seine Halloween-Maske. »Aber manchmal muß ich von meinem Schwert Gebrauch machen, und diese Maske hier bietet nur wenig Schutz. Deshalb will ich sie verstärken lassen.«

»Bedecken Diebe ebenfalls ihr Gesicht?« fragte Worf sarkastisch.

»Natürlich«, antwortete Kalter Engel. »Sie tragen rote Räuber-Masken, die sehr stabil und häufig auch gepanzert sind.« Er befingerte den grünen Hut über dem grinsenden Schweinegesicht. »Dies ist die Darstellung eines Tiers, nicht wahr?«

Der Klingone nickte. »Ich glaube schon. Allerdings kenne ich mich nicht sehr gut mit den Masken und Tieren der Menschen aus.«

»Du bist also kein Mensch?« fragte der Lorcaner ruhig und löste den Sattelgurt.

Worf wollte eine Auseinandersetzung mit seinem Begleiter vermeiden und wählte seine Worte mit großer Sorgfalt. »Ich bin ein *Humanoide* und habe daher menschliche Gestalt. Aber es gibt gewisse Unterschiede.«

Kalter Engel griff nach dem Sattel, der kaum mehr war als ein mit Ölzeug bedeckter Holzbock. Er zog ihn vom Rücken des Ponys, und darunter kam eine Decke zum Vorschein. »Ich bin sicher, du verstehst unsere Masken gar nicht, Worf. Vermutlich hältst du sie nur für eine Art Schmuck.«

»Zuerst schon«, gestand der Klingone ein und befreite sein Tier ebenfalls vom Sattel. »In anderen menschlichen Kulturen dienen Masken *tatsächlich* einem solchen Zweck. Aber hier auf Lorca haben sie auch einen praktischen Nutzen. Sie verdeutlichen Beruf und sozialen Status der Träger.«

Kalter Engel betastete einmal mehr das fröhliche Schweinegesicht aus Plastik. »Diese Maske sieht wie ein Tier aus und steht daher einem Zureiter zu, nicht wahr?«

»Selbstverständlich.« Worf nickte.

Er stellte sich vor, wie der Lorcaner hinter dem bunten Kunststoff lächelte, als er seine Decke auf dem Boden ausbreitete und sich hinlegte. »Schlaf jetzt ein wenig, Humanoide. Uns bleibt noch etwa eine Stunde bis zum Tagesanbruch.«

An Bord der *Enterprise* gab es keinen Unterschied mehr zwischen Tag und Nacht. Während der von Geordi LaForge veranlaßten Alarmstufe Gelb blieb es ständig hell. Der stellvertretende Captain hatte den entsprechenden Befehl in erster Linie deshalb gegeben, um ständige Bereitschaft in den Transporterräumen zu gewährleisten, aber durch die zusätzliche Aktivität ergab sich ein weiterer Vorteil: Sie hielt praktisch alle Personen an Bord beschäftigt und hinderte sie daran, sich über den Captain Sorgen zu machen. Inzwischen wußten selbst die Kinder, daß es keinen Kom-Kontakt mehr zur ersten Landegruppe gab. Die Erwachsenen nahmen stoisch ihre erweiterten Pflichten wahr, bildeten Sicherheitsgruppen an den wichtigsten Schotten, halfen in der Krankenstation und im Maschinenraum. Das wissenschaftliche Personal unterbrach seine normalen Forschungsarbeiten, um sich eingehender mit dem roten Planeten zu befassen.

Stundenlang führten sie Messungen durch und nahmen gründliche Untersuchungen vor, doch die dichten magnetischen Wolken gaben keine Geheimnisse preis. Nach wie vor fehlte jeder Hinweis auf den Aufenthaltsort von Captain Picard, Counselor Troi und Lieutenant Worf. Zwar nutzte LaForge die Möglichkeit, sich dann und wann mit Commander Riker in Verbindung zu setzen, aber die kurzen Gespräche führten nur zu neuerlichen Enttäuschungen. Lorca blieb ein Rätsel, und bisher hatte die zweite Landegruppe keine Spur der ersten entdeckt. Geordi saß im Kommandosessel, starrte auf den großen Wandschirm sowie die Anzeigen der Konsolen und versuchte vergeblich, sich zu entspannen. Er wünschte sich nichts sehnlicher, als die Stimme des Captains zu hören.

Wesley Crusher saß schon seit zwei Schichten an den Navigationskontrollen. *Seit mindestens zwei Schichten,* dachte Geordi und erinnerte sich daran, daß er noch einige Stunden länger im Dienst war und die ganze Zeit über nur den Jungen am entsprechenden Pult gesehen hatte. Wesley zeichnete sich durch die Ausdauer und das Durchhaltevermögen eines Sechzehnjährigen aus, doch inzwischen mußte er der Erschöpfung nahe sein.

*Dauert die Alarmstufe Gelb zu lange?* fragte sich der Chefingenieur. Die Crew wurde immer nervöser, und leider durfte man nicht mit einer baldigen Rückkehr der beiden Landegruppen rechnen. *Vielleicht verbringen wir einige Wochen im Orbit, ohne den Captain zu finden,* dachte LaForge. *Vielleicht führen Picard und der Botschafter schwierige Verhandlungen. Vielleicht wollen sie sich erst dann finden lassen, wenn sie ihre Aufgabe erfüllt haben.* Geordi fielen auch weitaus schlimmere Möglichkeiten ein, aber keine von ihnen rechtfertigte einen permanenten Alarmzustand an Bord des Raumschiffs.

»Lieutenant LaForge an alle«, sagte er laut. »Die Alarmstufe Gelb wird hiermit aufgehoben. Alle Transporterräume bleiben weiterhin in Bereitschaft. Ich wiederhole: Die Alarmstufe Gelb wird hiermit aufgehoben.«

Geordi sah, wie sich Wesley Crusher zu ihm umdrehte. Ein dünnes Lächeln zeigte sich auf seinen Lippen. »Für die Landegruppen ist es längst Nacht«, sagte der Junge. »Ich schlage vor, Sie legen jetzt eine Pause ein.«

»Schlüpfst du in die Rolle des Bordarztes?« brummte Geordi, schnitt eine Grimasse und schmunzelte dann. »Wir brauchen beide Ruhe.«

Er ließ seinen Blick durch den Kontrollraum schweifen und beobachtete die Männer und Frauen an den Konsolen. LaForge musterte nicht nur ihr äußeres Erscheinungsbild. Das Visor ermöglichte es ihm auch, elektromagnetische Impulse und Hirnaktivität zu erkennen. Einige Sekunden lang galt seine Aufmerksamkeit einer Vulkanierin: Das bunte Glühen ihres Nervensystems deutete auf Ausgeglichenheit hin, und ihr Intellekt kam einem hell strahlenden Fanal gleich. Sie nahm nur den Rang eines Fähnrichs ein, aber Geordi wußte sofort, daß er sich auf sie verlassen konnte.

»Sie haben das Kommando, Fähnrich«, sagte er, winkte der Frau zu und deutete auf den Kommandosessel.

Die Vulkanierin zuckte nicht einmal mit der Wimper, als sie aufstand und sich dem Platz des Captains näherte.

Geordi ging zum Turbolift. »Bitte verständigen Sie mich sofort, wenn irgendwelche Nachrichten vom Planeten eintreffen. Ich bin im Gesellschaftsraum.«

»Aye, Sir.«

»Fähnrich Crusher, ich habe besondere Anweisungen für Sie«, fügte LaForge in einem übertrieben förmlich klingenden Tonfall hinzu.

Der Junge sah interessiert auf. »Ja, Lieutenant?«

»Begleite mich. Deine Schicht ist vorbei.«

Wesley schloß sich Geordi an, und gemeinsam betraten sie den Lift, spürten dabei, wie sich das schwere Gewicht der Müdigkeit auf sie herabsenkte. Sie wären sofort bereit gewesen, noch zwei weitere Schichten lang auf der Brücke zu bleiben – wenn sich dadurch die Chance ergeben hätte, den Captain und seine Begleiter zurückzuholen. Aber niemand von ihnen gab sich derartigen Illusionen hin. *Uns sind die Hände gebunden,* dachte LaForge. *Wir können nur warten.*

»Wo sind Sie?« murmelte Wesley und seufzte.

»Irgendwo auf Lorca.« Geordi zuckte mit den Schultern. »Der Kontakt mit ihnen brach so plötzlich ab, daß ich Fehlfunktionen der Kommunikatoren vermute.«

»Oder die Eruptionen...« Der junge Fähnrich sprach den Satz nicht zu Ende.

Kurz darauf öffnete sich die Tür des Turbolifts, und sie blickten in den leeren Gesellschaftsraum. Das geschmackvoll eingerichtete Zimmer war nur matt erleuchtet, verhieß Bequemlichkeit und Entspannung. Doch hinter den Panoramafenstern drehte sich ein zornig wirkender roter

Planet und zog die Aufmerksamkeit der Besucher auf sich. *Selbst hier können wir unseren Sorgen nicht entkommen,* dachte LaForge bedrückt.

Es erstaunte ihn zunächst, daß sich außer ihnen niemand in der ›Bar‹ befand, wie man den Gesellschaftsraum auch nannte. Dann entsann er sich an die Alarmstufe Gelb, die er gerade erst aufgehoben hatte. Wahrscheinlich dauerte es nicht lange, bis andere Gäste eintrafen.

Geordi und Wesley ließen sich in weich gepolsterte Sessel sinken, vermieden es, zu den Fenstern zu sehen. Sie hatten Lorca lange genug beobachtet.

»Meine ersten Kunden«, sagte Guinan und kam hinter der Theke hervor. Sie wickelte sich grauen Stoff um den Kopf, formte daraus einen sonderbaren Hut.

»Hallo, Guinan«, sagte der Junge und winkte kurz.

»Hallo, Wesley.«

Geordi seufzte. »Ich fürchte, die jüngste Geschäftsflaute haben Sie mir zu verdanken.«

»Ich weiß.« Guinan blieb vor ihnen stehen und lächelte sanft.

»Der Captain wird noch immer vermißt«, brummte LaForge. »Ebenso Worf und Counselor Troi.«

Guinan schnalzte mit der Zunge. »Warum sind Sie so besorgt? Fenton Lewis kennt sich doch auf dem Planeten aus, oder? Wahrscheinlich ist alles in bester Ordnung.«

»Es ist nicht die Schuld des Botschafters, daß wir keine genaue Sensorerfassung vornehmen können«, sagte Wesley. »Wir wissen, daß es Lebensformen auf dem Planeten gibt, aber wir sind einfach nicht in der Lage, sie anzupeilen.«

»Was keineswegs bedeutet, daß die erste Landegruppe in Gefahr ist«, fügte Geordi hastig hinzu. »Wahrscheinlich sind nur die Kommunikatoren ausgefallen.«

»Trotzdem...« Wesley starrte ins Leere. »Ich würde mich weitaus besser fühlen, wenn wir endlich einen Kontakt herstellen könnten.«

Guinan beugte sich vor und wischte imaginären Staub

vom Tisch. »Wie heißt es so schön auf der Erde? ›Keine Nachrichten sind gute Nachrichten.‹«

»Das stimmt.« LaForge nickte nachdrücklich. »Würde mich überhaupt nicht wundern, wenn Captain Picard und die anderen ihren Abstecher nach Lorca in vollen Zügen genießen ...«

Worfs Bewußtsein schwebte irgendwo zwischen Schlafen und Wachen, als er plötzlich überall Feuchtigkeit spürte, begleitet von einem unangenehmen Prickeln. Er hatte auf trockenem Boden gelegen, doch jetzt glitt er mit dem Kopf voran in zähen Schlamm. Instinktiv streckte er die Hände aus, doch seine Finger bohrten sich in eine weiche, schlüpfrige Masse, die keinen Halt gewährte.

Eiskaltes Wasser schwappte über ihn hinweg, als er in den Morast rutschte. Der Klingone wollte um Hilfe rufen, aber weicher Lehm und Würmer drangen unter die Maske, erstickten ihn fast. Er spuckte und keuchte, versuchte verzweifelt, sich irgendwo festzuhalten.

»Bleib still liegen!« ertönte eine scharfe Stimme hinter ihm. Jemand griff nach seinen Beinen.

Worf rührte sich nicht mehr und fühlte, wie ihn der Lorcaner langsam aus dem Schlamm zog. Die Hände berührten ihn an den Waden, dann an den Oberschenkeln, erreichten schließlich die Hüften. Der Klingone griff nach einem Grasbüschel, einer Ranke, schloß die Finger dann um eine dicke Wurzel. Er sank nicht mehr, aber nach wie vor fiel ihm das Atmen schwer. Worf spannte die Muskeln, stemmte die Arme in den Morast und schob sich langsam zur Seite, fort von dem heimtückischen Sumpfloch. Die schleimartige Masse haftete an seinem Leib fest, doch das brackige Wasser rann unter der Maske hervor und erlaubte es ihm, wieder nach Luft zu schnappen.

Einige lange Sekunden später rollte er sich auf festen Boden und Kalter Engel zerrte ihn noch etwas weiter vom Schlamm fort. Worf setzte sich auf und keuchte.

»Es hätte dich fast erwischt«, sagte der Lorcaner. »Vielleicht wird das Loch größer. Wir sollten die Ponys nehmen und von hier verschwinden.«

Die beiden Männer setzten vorsichtig einen Fuß vor den anderen, als sie zu den Tieren gingen und sich der Straße zuwandten. Sie blieben erst stehen, als sie trockenen Lehm erreichten. Worf ließ seinen Sattel fallen, beugte sich vor und schnaufte.

»Kann ich die Maske ablegen?« fragte er heiser.

»Nur zu«, erwiderte Kalter Engel. »Ich sehe nicht hin.«

Neugier veranlaßte den Krieger, sich nicht ganz umzudrehen, doch Worf nahm keinen Anstoß daran. Er wollte sich nur den klebrigen Dreck und die Würmer aus dem Gesicht wischen; unter anderen Umständen hätte er auch die völlig verschmutzte Kleidung abgestreift.

»Geschieht so etwas oft?« brummte er.

»Ja«, bestätigte Kalter Engel, zuckte mit den Schultern und erhaschte einen Blick auf den dicken Brauenwulst und die tief in den Höhlen liegenden Augen des Klingonen. »Auf der Straße sind häufig Wagen und Ponys unterwegs, und dadurch wird der feste Boden immer dünner. Manchmal bricht er an einigen Stellen auf, und dann läuft man Gefahr, im unterirdischen Sumpf zu versinken.«

Worf strich sich einige Schlammbrocken von den Wangen und setzte dann wieder die Maske auf. »Gibt es im Dorf die Möglichkeit, ein Bad zu nehmen?«

»Ein Bad?« Kalter Engel lachte. »Du hast doch gerade eins hinter dir.«

Sie setzten den Weg fort, führten die Ponys und hielten aufmerksam nach anderen Sumpflöchern Ausschau. Als aus der trüben Morgendämmerung ein dunstiges Grau wurde, sahen sie Rauch zwischen den Bäumen weiter vorn. Fröhliche Stimmen erklangen, und die ersten Dorfbewohner, denen sie begegneten, erwiesen sich als Kinder. Sie trugen braune Kittel und hölzerne Schuhe, und die bunten Schnörkel auf dem Holz vor ihren Gesichtern deuteten darauf hin, daß sie ihre Masken selbst schmücken durften. Offenbar hatte die lorcanische Kindheit ihren eigenen Rang.

Sie hörten auf zu spielen, musterten Kalter Engel und seine Schweinemaske. Der schmutzigen Kleidung Worfs und dem bronzenen Oval des Klingonen schenkten sie kaum Beachtung.

»Ich habe gewußt, daß ich mit dieser Maske Aufmerksamkeit erregen würde«, flüsterte Kalter Engel stolz. »Bestimmt macht sie mich zum berühmtesten Zureiter auf Lorca.«

Worf drehte den Kopf und beobachtete die reetgedeckten Hütten an einem breiteren Abschnitt der Straße. Sie waren zylindrisch, und roter Lehm diente als Verputz. Ihr Durchmesser reichte von einigen wenigen bis zu mehr als zwanzig Metern. Alle standen auf Pfählen, was den Klingonen angesichts seiner jüngsten Erfahrung nicht überraschte.

Jedes Gebäude wies einen Schornstein auf, und die größeren hatten gleich zwei – allem Anschein nach gab es in ihrem Innern mehr als nur einen Raum. Keine Hütte war höher als ein Stockwerk. Worf fühlte sich an einen Bauernhof auf Khitomer erinnert, an Kornschuppen und Getreidehaufen. Hier und dort erstreckten sich Ackerflächen, und darauf wuchsen Pflanzen mit dicken braunen Schoten; vielleicht wurden Fasern für die Herstellung von Tüchern, Decken und Kleidung aus ihnen gewonnen. In der Mitte des Ortes standen sechs maskierte Dorfbewohner an einem niedrigen Bauwerk ohne Dach.

Kalter Engel folgte Worfs Blick. »Der Brunnen«, erklärte er. Er deutete auf die einzelnen Hütten, an deren hölzernen Türen sich farbige Maskensymbole zeigten. »Dort wohnen ein Schmied, ein Holzschnitzer, ein Gerber und ein Schneider, von dem du neue Kleidung bekommen kannst, wenn du möchtest. Das Haus am Ende der Straße gehört dem Bäcker. Leider gibt es hier keine Schenke – dafür ist das Dorf zu klein –, aber ich bin mit dem hiesigen Maskenhersteller befreundet, und bestimmt bekommen wir bei ihm etwas zu essen.«

»Worauf warten wir dann noch?« erwiderte Worf.

Sie gingen weiter, überquerten den zentralen Platz. Die Gestalten am Brunnen waren so sehr damit beschäftigt, Eimer mit Wasser zu füllen und Fische zu fangen, daß sie die beiden Besucher zunächst nicht bemerkten. Schließlich hörten sie ihre Schritte, drehten sich um und starrten Kalter Engel an, der die ihm geltende Aufmerksamkeit ganz offensichtlich genoß. Drei Kinder folgten den beiden Männern, und andere gesellten sich ihnen hinzu. Es wurden immer mehr, und als Kalter Engel und Worf ihr Ziel erreichten, hatte sich eine große Schar hinter ihnen eingefunden.

Die Hütte des Maskenherstellers gehörte zu den größten im Dorf, und der Klingone betrachtete drei bunte Zeichen an der Tür. »Warum gleich drei?« fragte er.

»Ganz oben siehst du die Rang-Maske des Künstlers«, sagte Kalter Engel und deutete auf die stilisierte Darstellung eines menschlichen Gesichts. *Seltsam,* dachte Worf. *Das Symbol des Maskenherstellers ist ausgerechnet ein Gesicht.*

»Die beiden anderen sind Familienmasken«, fuhr der Lorcaner fort. »Sie zeigen die Abstammung.« Er klopfte an die Tür. »Ich hoffe, wir sind nicht zu früh. Geschickte Hand ist kein junger Mann.«

Eine ältere Frau öffnete. In ihrer weißen Maske zeigten sich so viele dünne Linienmuster, daß sie wie lebendes Pergament wirkte. Worfs Begleiter verneigte sich respektvoll. »Bitte sag dem Meister, daß ihn sein demütiger Diener Kalter Engel zu sprechen wünscht.«

»Deine Maske sehe ich jetzt zum erstenmal«, erwiderte die Frau.

»Was ihre Einzigartigkeit beweist.« Kalter Engel verbeugte sich noch tiefer. »Es handelt sich um eine Zureiter-Maske aus einem fernen Land. Der Meister wird sie erkennen.«

Die Frau verschwand hinter einem glänzenden Vorhang, ohne Worf und Kalter Engel hereinzubitten. Der Lorcaner wandte sich an den Klingonen und zuckte kurz mit den Achseln.

Kurze Zeit später kam ein kleiner Mann, dessen Maske dem Gesicht eines Menschen glich. Sie stellte einen jungen, bärtigen Mann dar, doch die knotigen Hände und der krumme Rücken verrieten das Alter des Künstlers. Er trat an Kalter Engel heran und strich mit den Fingerspitzen über glatten, rosaroten Kunststoff.

»Was ist das für ein Material?« erkundigte er sich verwirrt.

»Ich weiß es nicht«, entgegnete der lorcanische Krieger. »Frag meinen Freund.«

»Die Maske besteht aus einer synthetischen Substanz«, sagte Worf.

»Habt ihr mehr davon?«

Der Klingone wußte natürlich, daß der Replikator Dutzende von derartigen Gegenständen liefern konnte. *Wir sind nicht hier, um mit den Lorcanern zu handeln,* dachte er. *Aber vielleicht bietet sich ein Ansatzpunkt.* »Kommt darauf an«, antwortete er. »Darüber möchten wir mit Allmächtiger Töter sprechen. Weißt du, wo er sich aufhält?«

»Töter?« brummte Geschickte Hand und schüttelte den Kopf. »Inzwischen muß er fast so alt sein wie ich.« Verärgert wandte er sich an Kalter Engel. »Habt ihr mich deshalb so früh geweckt?«

»Nein«, sagte der Krieger. »Meine neue Maske ist hübsch, aber sie eignet sich nicht für den Kampf. Du bist ein weiser, erfahrener Künstler, und ich bitte dich, sie zu verstärken.«

Der alte Mann nickte. »Ich könnte sie in ein metallenes Gerüst einfügen, aber das braucht seine Zeit. Vierzehn Tage, vielleicht noch mehr. Tretet ein.«

Geschickte Hand führte sie in einen Raum, der gleichzeitig als Wohnzimmer und Werkstatt diente. Von der Reetdecke hingen viele noch nicht ganz fertiggestellte Masken herab, und hinzu kamen Tuchstreifen, Lederriemen, Holzperlen, Federn, Schnüre mit Edelsteinen und andere Dinge. Ein Kaminfeuer hielt die Kühle des Morgens fern, und Worfs Blick fiel auf Blasebälge, Schraubzwingen, Hämmer und weitere Schmiedewerkzeuge. Geschickte Hand war darauf vorbereitet, alle Wünsche seiner Kunden zu erfüllen.

»Möchtet ihr etwas zu essen?« fragte der Künstler.

»Ja, gern«, sagte Kalter Engel. Er drehte sich zu Worf um, und der Klingone glaubte, ein kurzes Zwinkern zu sehen.

Geschickte Hand ging ins Nebenzimmer, und seine Besucher hörten leise, aber temperamentvolle Stimmen. Nach einer knappen Minute kehrte er mit einer hellgrünen Maske zurück. Ihre Wangen wölbten sich auffallend stark, und subtile Farbschattierungen betonten die Augen. Dem Klingonen fiel ein erstaunlich dünner Rand auf.

Der alte Mann trat an Kalter Engel heran und zeigte ihm das Artefakt. »Na, was hältst du davon?« fragte er stolz.

Worfs Gefährte nickte anerkennend. »Gute Arbeit.«

»Ein wahres Kunstwerk!« entfuhr es Geschickte Hand. »Ich gebe dir diese neue Fischer-Maske, wenn du mir deine überläßt.«

Der lorcanische Krieger schüttelte sofort den Kopf. »Nein. Mir liegt nichts an einem Handel. Ich möchte meine Maske nur verstärken lassen.«

»Na schön«, brummte Geschickte Hand. »Hier, nimm sie trotzdem. Trag sie, bis du deine Maske zurückbekommst. Übrigens: Ich kann dir jetzt noch keinen Preis nennen.«

»Das verstehe ich«, erwiderte Kalter Engel. Er kehrte dem alten Mann und Worf den Rücken zu, nahm die Halloween-Maske ab und setzte das hellgrüne Exemplar auf. Die Hände des lorcanischen Kriegers bewegten sich so schnell, daß der Klingone keinen Blick auf das Gesicht seines Begleiters werfen konnte.

»Denk daran: Ich brauche mindestens vierzehn Tage.«

»Du kannst dir noch mehr Zeit nehmen«, sagte Kalter Engel. Die Fischer-Maske verlieh ihm ein völlig anderes Erscheinungsbild und veränderte auch seine Stimme. »Wir sind zum Markt in Heimwiese unterwegs.«

Der Krieger hatte seine Angelegenheiten erledigt, und Worf hielt den Zeitpunkt für gekommen, Informationen zu gewinnen. »Geschickte Hand«, begann er respektvoll, »bist du sicher, daß du uns nicht mehr über den Allmächtigen Töter sagen kannst?«

»Ich weiß nur, daß er die Maske der Weisheit trägt«, antwortete der Künstler. »Sie ist die beste aller Masken, eines Königs würdig. Aber schon seit vielen Zyklen habe ich sie nicht mehr gesehen.« Er klang verärgert, als er hinzufügte: »Wenn wir einen wahren König hätten, wären die Räuber sicher nicht so unverschämt!«

»Bald haben wir eine *Königin*«, verkündete Kalter Engel. »Wenn ich vom Markt zurückkehre, bringe ich wichtige Neuigkeiten.«

»Wir brauchen keine Nachrichten, sondern jemanden, der den verdammten Räubern das Handwerk legt«, knurrte Geschickte Hand.

Stille folgte und erfüllte Worf mit Unbehagen. Er seufzte lautlos, als die Frau mit der Gelehrten-Maske eintrat und zwei dampfende Schüsseln brachte.

»Ah, Fischeintopf!« rief Kalter Engel begeistert und rieb sich die schmutzigen Hände.

Scharfe Klinge richtete sich zu ihrer vollen Größe auf. »Du weißt nicht, wo er ist?« fragte sie mit scharfer, schneidender Stimme. Die eindrucksvolle Blitz-Maske zitterte kurz. »Was soll das heißen?«

Picard wünschte sich, die Tiermaske abnehmen und der Kriegerin von Angesicht zu Angesicht begegnen zu können. »Ich will ganz offen sein. Der Mann, den wir Fenton Lewis nennen und der als Botschafter hierherkam... Er verließ uns, während wir schliefen. Und ich habe keine Ahnung, wo er sich jetzt befindet.«

Scharfe Klinge vollführte eine Geste, die der ganzen Gruppe galt. »Mein Page sagte mir, der Bote sei von dir fortgeschickt worden. Hast du gelogen?«

»Ja«, gab Picard zu. »Ich wollte nicht das ganze Lager

wecken. Jetzt weiß ich, daß es besser gewesen wäre, sofort die Wahrheit zu sagen. Bist du bereit, uns bei der Suche nach Lewis zu helfen?«

Die stolze Kriegerin trat einen Schritt vor und sah auf den Captain herab. »Ich habe ihn im Kampf besiegt – er hat also ein Recht darauf, mich zu hassen. Glaubst du, daß er sich unseren Feinden anschließt?«

»Er ist ein Fremder in diesem Land«, antwortete Picard. »Sicher weiß er gar nicht, wer deine Feinde sind.«

»Dann vergiß ihn«, sagte Scharfe Klinge und winkte ab. »Wir müssen Heimwiese erreichen, bevor der Markt beginnt. Ich will keine Zeit mit der Suche nach einem Renegaten verlieren.« In den grünen Pupillen hinter den Augenöffnungen der silbernen Blitz-Maske funkelte es. »Was dich betrifft, Picard... Hegst du einen Groll gegen mich?«

»Nein«, erwiderte der Captain fest. »Ich respektiere dich und wünsche dir nur das Beste.«

Die Frau umfaßte seine Schultern. »Dann sind und bleiben wir Kameraden. Ich beurteile dich nicht nach dem Verhalten eines Mannes, der zu deinen Vasallen gehört.«

Picard war der Verzweiflung nahe, aber er wollte auf keinen Fall die guten Beziehungen mit Scharfe Klinge riskieren. Das Duell hatte sie nicht daran gehindert, Freunde zu werden, und so etwas spielte gerade auf Lorca eine große Rolle. Der Captain konnte die Kriegerin ebensowenig belügen wie sie ihn. Beide nahmen zu Recht den Status des Anführers ein, aber sie brauchten sich gegenseitig. Jean-Luc streckte ebenfalls die Hände aus und schloß sie um die Schultern der Lorcanerin.

»Du kannst mir vertrauen«, sagte er schlicht.

Will Riker saß neben Tagesfleiß im Wagen des reisenden Händlers und beobachtete die endlose Prozession der Bäume. Data, Dr. Pulaski und die Sicherheitsbeamten Whiff und Greenblatt wanderten zu beiden Seiten des Weges. Das Pony hatte es nicht besonders eilig, und daher brauchten sie kaum zu befürchten, den Anschluß zu verlieren. Riker hatte ebenfalls gehen wollen, doch Tagesfleiß bestand auf seiner Gesellschaft.

»Die Kameraden, nach denen du suchst – sie müssen sehr wichtig für dich sein«, sagte der Händler.

Der Erste Offizier nickte, spürte kaum mehr das Gewicht der Lehrlings-Maske. »Es sind nicht nur Kameraden, sondern Freunde.«

Der alte Lorcaner zögerte kurz. »Verzeih mir meine Neugier... Ich nehme an, zu ihnen gehört auch eine Frau, nicht wahr?«

Riker drehte den Kopf und musterte Tagesfleiß, der neben ihm auf dem Kutschbock hockte. Einmal mehr bedauerte er, daß die Maske einen Blick in sein Gesicht verwehrte – und gleichzeitig war er für die runde Tonscheibe dankbar, die sein eigenes Mienenspiel und alle darin zum Ausdruck kommenden Gefühle verbarg. Er machte sich solche Sorgen um Picard, daß er bisher überhaupt nicht an Deanna Troi gedacht hatte.

Der Verlust des Captains mochte katastrophal sein, aber in gewisser Weise war er darauf vorbereitet. Als Erster Offizier mußte er ständig eine solche Möglichkeit in Betracht ziehen. Aber die Vorstellung, Deanna nie wiederzusehen...

Tief in seinem Innern zitterte etwas.

»Wir finden sie«, sagte er mehr zu sich selbst.

»Wenn sie im Dorf gewesen sind, so erfahren wir davon«, brummte Tagesfleiß und deutete auf die Baumwipfel. Sonnenschein filterte durch das hohe Blätterdach. »Das ist Rauch, kein Dunst. Wir müßten den Ort in einigen Minuten erreichen.«

»Wie sollen wir uns verhalten?« fragte Data.

»Werdet eurer Rolle als Lehrlinge gerecht«, erwiderte der Händler. »Rührt nichts an, das anderen Leuten gehört. Stellt keine Fragen und überlaßt das Reden mir.«

»Klingt ganz einfach«, meinte der Androide.

»Seien Sie trotzdem auf der Hut«, riet ihm Riker.

# KAPITEL 7

Als sie sich dem Dorf näherten, reichte Tagesfleiß die Zügel dem Ersten Offizier. »Ich bin gleich wieder da«, sagte er.

Verwirrt nahm Riker die Riemen entgegen und beobachtete, wie der Lorcaner im Wagen verschwand. Das zottelige Pony achtete überhaupt nicht darauf, daß gerade der Kutscher gewechselt hatte; es stapfte stur weiter. Nach einigen Sekunden kehrte Tagesfleiß zurück, und diesmal trug er eine andere Maske.

Sie bestand ebenfalls aus Ton, wirkte jedoch kunstvoller. Die symmetrischen Öffnungen für Augen, Nase und Mund verliehen den starren Zügen etwas Würdevolles. Blutrote Federn formten geschwungene Brauen, und dicker Brokat schmückte die Ränder. Dieses Artefakt wies mehr Zeichen auf als die schlichte Händler-Maske; glitzernde Goldfarbe bildete Symbole, die Riker nicht verstand.

»Meine Besitzer-Maske«, sagte der Lorcaner stolz. »Bitte, bereitet mir keine Schande, indem ihr jemandem erzählt, daß ihr gar nicht meine Lehrlinge seid.«

»So etwas käme uns nie in den Sinn«, versicherte Kate Pulaski. »Das ist eine wunderschöne Maske.«

»Ja, in der Tat«, pflichtete ihr Tagesfleiß bei. »Ich mußte mich von zwei Ponys trennen, um sie zu erwerben, und jetzt trage ich sie zum erstenmal.« Verlegen senkte er den Kopf. »Bisher hat mich nur Reba damit gesehen.«

Data blickte sich besorgt um. »Wo ist die Werjun?«

»Sie zieht es vor, im Wald zu bleiben«, erklärte der Händler. »Manche Dorfbewohner halten Werjuns für eine willkommene Abwechslung auf ihrem Speisezettel.«

»Kommt sie später zu uns zurück?« fragte der Androide.

»Davon bin ich überzeugt«, antwortete Tagesfleiß.

Die Straße wurde breiter, und erste Pfahlhütten gerieten in Sicht. Will Riker überließ die Zügel wieder dem Lorcaner und sprang vom Kutschbock herunter. Einige Sekunden lang fragte er sich, ob er seinen Strahler aus dem Wagen holen sollte. Dann sah er einige Kinder mit buntbemalten Masken zwischen den Gebäuden und beschloß, auf die Waffe zu verzichten.

»Keine Phaser«, flüsterte er seinen Gefährten zu, wandte sich dann an den Lorcaner: »Wir verlassen uns ganz auf dich.«

Tagesfleiß hielt vor der ersten großen Hütte an. Die Kinder kamen sofort näher, und mehrere Erwachsene ließen Hacken, Eimer und Angelleinen sinken, als sie den Wagen bemerkten. Andere öffneten hölzerne Türen und sahen neugierig nach draußen. Es dauerte nicht lange, bis sich eine interessierte Menge am Karren einfand. Die vermeintlichen Lehrlinge wichen zurück, bis sie Schulter an Schulter standen, und wortlos beobachteten sie die vielen Masken.

»Hast du Bonbons?« fragte ein kleiner Junge.

»Nein, leider nicht«, erwiderte der Händler traurig.

Ein Erwachsener winkte mit seiner hölzernen Harke. »Ich kenne den Wagen! Bist du Tagesfleiß?«

»Ja«, bestätigte der Lorcaner und verneigte sich würdevoll.

»Deine neue Maske gefällt mir!« rief eine Frau, deren eigene Maske kaum mehr war als ein in einen Holzrahmen gespanntes Stück Sackleinen.

»Ich bin jetzt Besitzer«, prahlte Tagesfleiß und streckte die Hand aus. »Das sind meine Lehrlinge.«

»Und deine Waren?« erklang eine spöttische Stimme.

»Ich biete sie auf dem Markt in Heimwiese an.«

Anerkennendes Murmeln folgte diesen Worten, und viele Köpfe nickten. Tagesfleiß sprang vom Wagen herunter und deutete auf den Mann mit der Harke. »Freund, wenn du meinem Pony Wasser und Futter gibst, so erhältst du einen Feueranzünder von mir.«

»Einverstanden«, sagte der Dorfbewohner und griff nach dem Zaumzeug des Tiers.

Der Händler winkte Riker zu. »Begleite mich zur Hütte des Maskenherstellers. Er weiß bestimmt, ob Fremde im Ort gewesen sind.«

Der Erste Offizier ließ seinen Blick über die Tonmasken der anderen ›Lehrlinge‹ schweifen und versuchte, Katherine Pulaski zu identifizieren. Schließlich erkannte er sie an ihrem Medo-Gürtel. »Kommen Sie mit, Doktor?«

»Gern. Was ist mit den anderen?«

Tagesfleiß nutzte die Gelegenheit, um einen Befehl zu geben. »Ihr bleibt beim Wagen! Du kannst Bestellungen entgegennehmen, Data. Aber verkauf nichts, bis ich wieder zurück bin.«

»Ich halte mich an deine Anweisungen, Herr«, entgegnete der Androide pflichtbewußt.

Der Händler schritt zu einer Hütte, an deren Tür sich drei farbige Darstellungen zeigten. Will Riker und Kate Pulaski folgten ihm. »Der Maskenhersteller ist diskret und zuverlässig«, flüsterte Tagesfleiß. »Die anderen Bewohner des Dorfes würden uns das sagen, was wir hören wollen – in der Hoffnung, für ihre Informationen kostenlose Waren zu bekommen. Die Leute hier sind sehr arm.«

Sie verharrten an der Tür, und der Lorcaner klopfte laut an. Eine Frau mit heller Maske öffnete.

»Besitzer ...« Sie verbeugte sich respektvoll. »Bitte tritt ein. Der Maskenhersteller wird sich freuen, dich zu empfangen.«

Kurz darauf betraten Tagesfleiß, Riker und Pulaski die Werkstatt des Künstlers. Offenbar verkaufte er den größten Teil seiner Arbeiten, denn die Ärztin sah nur unvollständige Masken und Rohmaterialien. Die Frau mit der weißen Maske ging fort, und kurz darauf erklangen gedämpfte Stimmen im Nebenzimmer.

»Einst genoß Geschickte Hand einen ausgezeichneten Ruf«, hauchte Tagesfleiß. »Aber jetzt ist er langsam, und seine Werke sind nicht mehr das, was sie einmal waren.«

Kate Pulaski berührte ein mit Federn verziertes Visier, offenbar dazu bestimmt, Stirn und Wangen eines Kriegers zu schützen. *Auf vielen Planeten in der Galaxis würde man diesen Gegenstand als kostbares, einzigartiges Artefakt behandeln und in einem Kunstmuseum unterbringen,* dachte die Ärztin. Sie fragte sich, auf welche Weise Geschickte Hand das Objekt zu einer Maske erweitern wollte. Vielleicht verwendete er Leder für Nase, Mund und Kinn. Möglicherweise fügte er noch einige Federn oder funkelnde Edelsteine hinzu.

Sie sah sich noch immer staunend im Zimmer um, als ein alter Mann mit krummem Rücken hereinkam. Seine Maske ähnelte einem menschlichen Gesicht, und er verneigte sich tief vor Tagesfleiß, ignorierte Dr. Pulaski und Commander Riker.

»Es ist mir eine Ehre, dich und deine Lehrlinge zu begrüßen, edler Besitzer«, sagte er. »Unglücklicherweise habe ich derzeit nur wenige fertige Masken für die Regale deines sicher sehr prächtigen Ladens.«

Der Händler hob den Arm. »Mach dir nichts draus, alter Freund. Ich bin nur hier, um dir einige Fragen zu stellen. Erkennst du mich nicht? Ich bin's, Tagesfleiß.«

Der verblüffte Künstler wich einen Schritt zurück. »Tagesfleiß? Wie ich sehe, hast du es weit gebracht.«

»Oh, ich kann mich nicht beklagen. Fünf Lehrlinge gehören jetzt zu meinem Gefolge, und wir wollen zum Markt in Heimwiese.«

»Alle sind dorthin unterwegs«, brummte Geschickte Hand. »Und dadurch ergeben sich neue Möglichkeiten für die Räuber und das Diebesgesindel.«

Tagesfleiß warf Riker einen kurzen Blick zu und spürte seine Ungeduld. »Wir suchen nach Kameraden, alter Freund. Sie sind fremd in diesem Land und nicht vertraut mit unseren Bräuchen.« Er schauderte voller Abscheu und fügte hinzu: »Vielleicht tragen sie nicht einmal Masken. Hast du in den letzten Tagen irgendwelche Reisenden gesehen?«

Der Künstler schüttelte den Kopf. »Nur Scharfe Klinge und ihre Gruppe kamen hierher. Heute morgen besuchten mich zwei ihrer Krieger. Einer von ihnen gab mir eine ungewöhnliche Maske und bat mich, sie zu verstärken.«

»Eine ungewöhnliche Maske?« wiederholte Riker.

Die beiden älteren Männer starrten ihn an, und dem Ersten Offizier fiel plötzlich ein, daß Lehrlinge nicht unaufgefordert sprachen.

»Ja«, bestätigte Geschickte Hand und richtete seine Worte an Tagesfleiß. »Sie besteht aus einem Material, das ich noch nie zuvor gesehen habe.«

»Zeigst du sie mir?« fragte Tagesfleiß.

»Warum nicht?« Der Künstler zuckte mit den Schultern. »Angeblich soll es eine Zureiter-Maske sein, aber sie unterscheidet sich von allen, die ich kenne. Vielleicht kannst du mir Auskunft darüber geben.« Der alte Mann schlurfte ins Nebenzimmer und kam kurz darauf zurück.

In seinen knotigen Händen hielt er eine Halloween-Maske.

Kate Pulaski spürte, daß Commander Riker am liebsten durchs Reetdach gesprungen wäre, aber er beherrschte sich, streckte nur die Hand aus. »Darf ich sie mir ansehen, Herr?«

Tagesfleiß nickte zustimmend, und Geschickte Hand reichte die Schweinemaske dem hochgewachsenen Lehrling. Riker betrachtete sie eine Zeitlang, bevor er sie widerstrebend dem Künstler gab. »Von wem hast du dieses Artefakt erhalten?«

»Von einem Mann aus dem Gefolge der Kriegerin Scharfe Klinge. Er heißt Kalter Engel.«

Riker beugte sich ein wenig vor. »Er war bestimmt kein Fremder?«

»Natürlich nicht. Erst gestern ritt die ganze Gruppe durchs Dorf.«

Der Erste Offizier wandte sich an Tagesfleiß. »Was hat es mit der Frau namens Scharfe Klinge auf sich?«

Der Händler fluchte leise. »Sie beansprucht Ehre und Autorität, ist jedoch kaum mehr als eine Räuberin. Ich hoffe, deine Freunde sind ihr nicht begegnet.«

Kate Pulaski verspürte den Wunsch, sich irgendwo hinzusetzen, gewann plötzlich den Eindruck, daß die Werkstatt nicht einmal genug Platz bot, um tief Luft zu holen. Aber vielleicht fiel der Ärztin das Atmen deshalb so schwer, weil Furcht ihr den Hals zuschnürte. Riker schien es ebenso zu ergehen. Sie wußte, daß Will Dutzende von Fragen stellen wollte, und die meisten davon lagen auch ihr auf der Zunge. Doch gleichzeitig begriff sie, daß ihnen die beiden Lorcaner gar nicht helfen konnten. Auf diesem Planeten gehörte der Überlebenskampf zur täglichen Routine, und deshalb waren die Probleme einiger Außenweltler nebensächlich.

Erneut betrachtete sie das fröhliche Schweinegesicht. Als sie die volle Bedeutung der Präsenz dieses Kunststoffgegenstands erfaßte, wurde ihr klar, daß die lorcanischen Masken auch noch einen anderen Zweck erfüllten: Sie verbargen Tränen und Kummer.

Dr. Pulaski verdrängte die düsteren Gedanken, als sie draußen laute Stimmen hörte. Rasch wurden Schreie daraus, und irgend etwas prallte an die Hütte. Riker wirbelte um die eigene Achse und stürmte zur Tür. Tagesfleiß nahm ein Schwert von der Werkbank des Künstlers und folgte dem Ersten Offizier.

»Räuber!« jammerte Geschickte Hand und sank auf die Knie. »Räuber!«

Als die Ärztin den Ausgang erreichte, herrschte ein wildes Durcheinander auf der Straße. Dorfbewohner liefen in alle Richtungen und flohen vor bewaffneten Reitern. Whiff hatte einen Reiter von seinem Pony gerissen und rang nun mit jemandem, der eine rote Maske trug. Kate Pulaski riß erschrocken die Augen auf, als der Angreifer mit seiner Klinge ausholte und sie dem hünenhaften Antarer in die Schulter bohrte. Whiff schüttelte sich nur, packte das Haar des Mannes und drehte den Kopf seines Gegners ruckartig zur Seite. Es knackte laut, und der Räuber sank zu Boden.

Überall regierte Gewalt. Dr. Pulaski beobachtete einen Dorfbewohner, der sich zum Kampf stellte — und unmittelbar darauf von einer Lanze getroffen wurde. Der Reiter zerrte die Leiche zehn Meter weit mit sich, bevor sich seine Waffe aus dem schlaffen Leib löste. Verwundete Männer und Frauen krochen unter ihre Pfahlbauten, und die Räuber folgten ihnen, schlugen erbarmungslos zu. Mitten in dem allgemeinen Chaos stand eine Gestalt mit Tonmaske, rammte sein Schwert durch den Oberschenkel eines Angreifers und in den Brustkasten des Ponys, auf dem er saß. Mensch und Tier stürzten zu Boden, und der Mann mit der tönernen Maske zögerte nicht, stieß noch einmal zu. Diesmal bohrte sich seine Klinge fast bis zum Heft in den Körper des Räubers.

Kate erkannte ihn überrascht als Tagesfleiß. Der Händler machte sich nicht einmal die Mühe, sein eigenes Schwert aus dem Leichnam zu ziehen, griff statt dessen nach der Waffe des Toten. Er drehte sich gerade noch rechtzeitig um und parierte den Hieb eines anderen Rotmaskierten, der zu Fuß herangekommen war. Der alte, aber sehr rüstige Lorcaner duckte sich und holte aus — seine Klinge durchschnitt beide Beine des Angreifers.

Commander Riker lief an einer Hütte vorbei, und ein gnadenloser Speerkämpfer folgte ihm. Die Lanze verfehlte den Ersten Offizier nur um wenige Zentimeter, bohrte sich mit einem dumpfen Pochen ins lehmverschmierte Strohdach. Dadurch bekam Riker eine Chance, die er sofort nutzte. Entschlossen zerrte er den Mann vom Pony, riß ihn zu Boden.

Der flinke Räuber rollte sich zur Seite, sprang auf die Beine und zog sein Schwert, aber Riker hielt ihn am Arm fest, bevor er zustoßen konnte. Er nutzte seine T'ai Chi-Kenntnisse, um den Gegner über die Schulter zu werfen und ihn dabei zu entwaffnen. Doch der Mann war sofort wieder auf den Beinen und griff nach der Lanze. Will trat einen Schritt vor, und das Kurzschwert traf seinen Kontrahenten unter der Achsel, durchdrang Schlüsselbein und Hals. Riker taumelte entsetzt zurück, als der Räuber mit einem gurgelnden Ächzen starb.

Eine rote Maske erschien direkt vor Kate, und ihr Blick fiel auf eine zum tödlichen Schlag erhobene Klinge. Doch der Räuber kam nicht mehr dazu, den begonnenen Hieb zu beenden: Ein blendend heller Lichtblitz traf ihn, und der Mann erstarrte. Als sein Reittier scheute, fiel er zu Boden und blieb reglos liegen.

*Das war knapp,* dachte Pulaski und ließ den angehaltenen Atem entweichen. Sie sah auf und bemerkte Fähnrich Greenblatt, die am Wagen des reisenden Händlers stand. Sie winkte der Ärztin kurz zu, richtete ihren Phaser dann auf einen anderen Angreifer. Doch der betreffende Mann hatte offenbar genug: Er gab seinem Pony die Sporen und ritt davon.

Kate hielt nach Data Ausschau und sah ihn schließlich bei einigen Kindern, die sich unter einer Hütte zusammendrängten. Einer der Räuber näherte sich zu Fuß und holte mit seinem Schwert aus. Der Androide verblüffte ihn, indem er die Klinge mit der bloßen Hand festhielt, wenige Zentimeter vor seiner Brust. Ganz gleich, wie sehr der Rotmaskierte an der Waffe zerrte — sie bewegte sich nicht mehr, hätte ebensogut in festem Boden stecken können.

»Gib auf«, sagte Data ruhig.

Der Lorcaner drehte den Kopf von einer Seite zur anderen und stellte fest, daß die meisten seiner Kameraden tot oder geflohen waren. Daraufhin ließ er das Heft los und wandte sich ebenfalls zur Flucht. Er kam nicht sehr weit. Einige Dorfbewohner, von ihrem Sieg ermutigt, versperrten ihm den Weg und schwangen landwirtschaftliche Werkzeuge. Innerhalb weniger Sekunden verwandelte sich der Räuber in eine blutige Masse. Übelkeit quoll in Pulaski empor, und sie wandte sich von der gräßlichen Szene ab.

Sie eilte zu Fähnrich Whiff, um sich seine Wunde anzusehen. Einige Sekunden später kamen auch Riker, Greenblatt und Data.

Der Antarer lehnte an einer Hüttenwand und war noch immer bei Bewußtsein, doch Blut strömte aus einem tiefen Schnitt in seiner Schulter.

»Die Blutung kann ich sicher stillen«, sagte Kate. »Aber wenn wichtige Arterien oder gar Nervenstränge zerrissen sind... Er sollte in der Krankenstation behandelt werden.«

»Ist sonst noch jemand verwundet?« fragte Commander Riker.

Die Angehörigen der zweiten Landegruppe schüttelten den Kopf. Sie waren noch immer zu benommen, um laut Antwort zu geben.

»Viele Dorfbewohner wurden verletzt«, sagte Data. »Und mindestens vier sind tot.«

»Tot«, wiederholte Riker dumpf und blickte zu dem Räuber zurück, den er umgebracht hatte.

»Ich habe alles beobachtet«, murmelte Kate. »Es blieb Ihnen gar keine andere Wahl.«

»Deshalb fühle ich mich nicht besser«, sagte Riker leise. Er glaubte noch einmal zu sehen, wie sich das Schwert in den Körper des Mannes bohrte, und er hörte auch sein letztes Stöhnen...

Der Erste Offizier spürte nur Betroffenheit, doch die Lorcaner jubelten begeistert, als sie die Leichen der Angreifer durchsuchten. Die verwundeten Dorfbewohner wurden bereits versorgt, und Tücher bedeckten die gefallenen Verteidiger. Jetzt galt die allgemeine Aufmerksamkeit den fünf getöteten Räubern, und eine makabre Zeremonie fand statt: Ganz langsam zog man die roten Masken von den Gesichtern und gab die überwältigten Gegner damit der Lächerlichkeit preis. Einige Männer und Frauen tanzten sogar vor den blutigen Haufen.

Riker schüttelte das Schuldgefühl ab, trat zur nächsten Hütte und warf einen Blick durch die Tür. Der Raum war leer. »Haben Sie Ihren Kommunikator dabei, Data?«

»Ja«, erwiderte der Androide.

»Tragen Sie Whiff in diese Hütte und setzen Sie sich mit Geordi in Verbindung. Er soll den Fähnrich an Bord beamen.«

»Ja, Sir.« Data hob den Verwundeten mühelos hoch und verschwand im Pfahlbau.

Der Commander klopfte Kate Pulaski auf die Schulter und seufzte müde. »Kommen Sie, Doktor. Vielleicht können wir den Verletzten helfen. Später erwartet mich die bittere Pflicht, diesen Zwischenfall im Logbuch zu erklären.«

Katherine Pulaski verbrachte den Rest des Tages damit, Männer, Frauen und Kinder zu behandeln. Nur ein Lorcaner war sehr schwer verwundet und würde wahrscheinlich ein Bein verlieren — selbst wenn es ihr möglich gewesen wäre, ihn zur *Enterprise* zu transferieren. Die Erste Direktive verbot Einmischungen in die Angelegenheiten einer planetaren Bevölkerung — aber sie gab Starfleet-Angehörigen und Föderationsbürgern das Recht, aus Notwehr zu handeln.

Die Ärztin saß nun in einer leeren Hütte und kümmerte sich um ihre letzte Patientin, eine Frau mit mehreren leichten Schnittwunden auf dem Rücken und an den Armen. Commander Riker, Data und Fähnrich Greenblatt waren draußen und versuchten festzustellen, was die Entdeckung der Halloween-Maske bedeutete. Es ließen sich mehrere Schlüsse daraus ziehen, und einer lautete: Picards Gruppe hatte Kontakte zu einer Kriegerin namens Scharfe Klinge und ihrem Gefolge unterhalten. Kate hoffte inständig, daß Tagesfleiß nicht recht behielt. Wenn Scharfe Klinge wirklich kaum mehr war als eine Räuberin ...

Es klopfte an der Tür. »Herein!« rief Pulaski.

Commander Riker sah in den Raum. »Sind Sie fertig, Doktor? Tagesfleiß meint, der Maskenhersteller und die Würdenträger des Dorfes wollen sich für unsere Hilfe bedanken. Anschließend machen wir uns wieder auf den Weg.«

»In Ordnung«, sagte Kate und prüfte noch einmal den gerade angelegten Verband. »Wechsle ihn zweimal am Tag«, riet sie der Lorcanerin und gab ihr ein kleines Medo-Paket, das von der *Enterprise* stammte.

»Danke, Heilerin«, erwiderte die Frau demütig. Sie blickte zu Riker. »Und ich danke auch dir.«

Rikers Tonmaske neigte sich nach unten und oben, als er nickte. »Es freut mich, daß wir euch helfen konnten.«

»Ihr habt uns nicht nur geholfen«, sagte die Lorcanerin und stand auf. »Wir stehen tief in eurer Schuld, denn durch euch bekamen wir unsere Freiheit zurück.«

Die Frau ging, und Riker wandte sich an Dr. Pulaski. »Ich habe behauptet, Whiff sei tot und von Data fortgebracht worden«, flüsterte er. »Ich konnte seine Abwesenheit nicht anders erklären, ohne zuviel preiszugeben.«

»Ich verstehe«, erwiderte die Ärztin. Nachdem der Commander gegangen war, räumte sie in der Hütte auf und packte ihre Sachen ein. Sie wollte keinen Hinweis auf ihre wahre Identität hinterlassen.

Kurze Zeit später trat Kate nach draußen und sah, daß sich viele Dorfbewohner am bunt bemalten Wagen versammelt hatten. Sie gesellte sich den ›Lehrlingen‹ namens Riker, Greenblatt und Data hinzu, die nebeneinander vor Tagesfleiß, Geschickte Hand und den übrigen Lorcanern standen. Seit dem Kampf hatte Pulaski weder den reisenden Händler noch den Maskenhersteller gesehen, und sie fragte sich nun, womit die beiden alten Männer beschäftigt gewesen waren.

Geschickte Hand räusperte sich demonstrativ und stand so gerade, wie es sein krummer Rücken erlaubte. »Heute ist ein großer Tag in der Geschichte unseres geliebten Dorfes«, verkündete er. »Noch nie zuvor gelang es uns, einen Angriff der Räuber so erfolgreich abzuwehren und mehr als die Hälfte der Schurken zu töten.«

Die Menge murmelte zustimmend, und einige Dorfbewohner jubelten kurz. Kate musterte ihre Gefährten von der *Enterprise*, sah jedoch nur schlichte, tönerne Masken, die weder Neugier noch Verwirrung zeigten.

Der Künstler wandte sich nun direkt an die Lehrlinge. »Ihr habt uns in der Zeit der Not geholfen, und dafür sind wir sehr dankbar«, intonierte er. »Euer Herr hat uns erlaubt, euch mit Masken zu ehren, die unsere hohe Wertschätzung zum Ausdruck bringen.«

Geschickte Hand sah Tagesfleiß an, und der Händler nickte würdevoll. Kate spürte seinen Stolz und stellte sich vor, wie er zufrieden lächelte.

»Der Frau namens Doktor geben wir die Kräutersammler-Maske, Zeichen des Heilers«, sagte Geschickte Hand. Er streckte den Arm aus, und einer der jüngeren Lorcaner eilte in seine Hütte, kam wenige Sekunden später mit einer gelben Schlangenmaske zurück. Er hielt sie ganz vorsichtig, als er sie dem Künstler reichte, der das Artefakt kurz hob und dann Pulaski gab.

Katherine nahm die bronzene Maske entgegen und begriff sofort, warum der junge Mann sie nur am Rand berührt hatte: Die Farbe auf dem gelben Gesicht und an den aus Smaragden bestehenden Schlangen war noch immer feucht. Sie richtete einen verwunderten Blick auf Tagesfleiß.

»Du brauchst sie nicht sofort aufzusetzen«, sagte er. »Heute morgen war sie rot und wurde von einem Räuber getragen. Jetzt handelt es sich um eine Kräutersammler-Maske, wie sie einem Heiler zusteht.«

»Danke«, sagte Dr. Pulaski, und ihre Stimme vibrierte ein wenig. »Eine große Ehre für mich.«

Geschickte Hand nickte, und erneut murmelten die Lorcaner. »Nun zu dem Mann namens Data, der unsere Kinder schützte. Er bekommt die Lehrer-Maske.«

Erneut hob er den Arm, und wieder lief ein junger Bewohner des Dorfes davon, um eine weiße Maske aus der Hütte zu holen. Sie ähnelte dem Exemplar, das die Gemahlin des Künstlers trug. Seltsame Zeichen schmückten Wangen und Stirn, und das starre Gesicht wirkte irgendwie gutmütig. Es war die erste lächelnde lorcanische Maske, die Kate sah.

Data nahm sie entgegen. Pulaski konnte die Züge des Androiden natürlich nicht erkennen, aber trotzdem wußte sie, daß sich Data freute. »Sie wird mir immer lieb und teuer sein«, sagte er.

»Die Frau namens Greenblatt verteidigte den Wagen

ihres Herrn«, fuhr Geschickte Hand fort. »Sie zeigte großen Mut, und ihr Feuerpfeil setzte einen Räuber außer Gefecht. Deshalb soll sie die Bogenschützen-Maske bekommen.«

Eine dritte Maske wurde geholt. Pulaski betrachtete blaue und weiße Pfeile, die von der Nasenöffnung ausgingen, über schwarzen Grund bis zum Rand reichten. Das Artefakt wirkte besonders stabil und bot vermutlich guten Schutz.

Die junge Blondine verneigte sich tief. »Ich werde versuchen, ihrer würdig zu sein«, sagte sie.

Geschickte Hand griff nach einer unveränderten Räuber-Maske. »Hiermit möchten wir Whiff ehren, der nicht mehr bei uns ist. Sie soll euch bei euren Reisen begleiten und an den verlorenen Gefährten erinnern.«

Er reichte die rote Maske Tagesfleiß, der sie in beiden Händen hielt und auf das fratzenhafte Gesicht herabstarrte. »Die Räuber repräsentieren all das Hassenswerte in diesem Land«, sprach er. »Durch Erbe und Tradition sind wir ein Volk, das häufig zum Mittel der Gewalt greift. Aber es ist verwerflich, sinnlos zu töten und friedliche Menschen zu überfallen. Wir sollten uns vielmehr bemühen, diese Welt zu verbessern, auf daß wir alle ein leichteres Leben führen können.

Ich akzeptiere diese Maske für meine Gefolgsleute und Freunde — in der Hoffnung, daß wir nie wieder andere ihrer Art sehen.« Er wandte sich den erstaunten Lehrlingen zu. »Hätte ich ein Dutzend davon, würde ich die Rächer-Maske tragen und unsere Heimat vom Diebes- und Mördergesindel befreien. Vielleicht schließen sich in Heimwiese friedliebende Lorcaner zusammen, um jenen menschlichen Aasfressern das Handwerk zu legen, die über Hilflose und Schwache herfallen.«

Begeisterte Stimmen ertönten, und Katherine Pulaski war einmal mehr von den Talenten ihres ›Herrn‹ überrascht. Zuerst reisender Händler, dann Maskenhersteller und geschickter Schwertkämpfer. Jetzt erwies er sich auch noch als rhetorisch begabter Redner und Politiker. *Gehört das zu dieser Kultur?* überlegte die Ärztin. *Braucht man nur eine andere Maske zu tragen, um zu einer ganz anderen Person zu werden?*

Natürlich stimmte sie Tagesfleiß' Ausführungen in allen Punkten zu. Dennoch blieb die Frage, ob es auf diesem Planeten einen Menschen gab, der fähig war, Ordnung in eine Gesellschaft zu bringen, in der nur das Recht des Stärkeren galt. Waren die Lorcaner reif genug, um das Konzept der friedlichen Koexistenz zu verstehen und zu achten?

Pulaski konzentrierte sich wieder auf das Hier und Jetzt, als Tagesfleiß die Hände hob, woraufhin es wieder still wurde. »Der edle Maskenhersteller überläßt mir die Ehre, die nächste Maske dem Mann namens Will Riker zu geben. Er hat ausgezeichnete Führungsqualitäten und große Tapferkeit bewiesen. Deshalb soll er ein ganz besonderes Geschenk erhalten.«

Tagesfleiß ging zu seinem Wagen und kehrte mit einer wundervollen Maske zurück. Ihr schwarz und rot gemasertes Holz glänzte, und die Öffnungen für Augen, Nase und Mund bestanden aus natürlichen Astknoten. Sie stellte einen Stamm dar, symbolisierte das Wachstum eines Baums und wurde nach oben hin breiter. Grüne, gelbe und rote Edelsteine funkelten, formten winzige Blätter. Ein wahrhaft atemberaubendes Artefakt, fand Katherine Pulaski. Vor ihrem inneren Auge sah sie es in einer speziell gesicherten Museumsvitrine.

»Ich weiß, daß ich einen fähigen Lehrling verliere«, sagte Tagesfleiß, »aber niemand anders hat dieses Kunstwerk verdient. Will Riker, trage die Wald-Maske, auf daß alle sehen, daß du ein Edelmann bist.«

Der Erste Offizier nahm die prächtige Maske und hielt sie in zitternden Händen. »Ich... Mir fehlen die Worte. Dies ist eine außerordentlich große Ehre für mich.«

Geschickte Hand lachte glücklich. »Deine Demut zeigt deutlich, daß Tagesfleiß die richtige Wahl getroffen hat.

Ich preise euch, Edelmann, Kräutersammlerin, Lehrer und Bogenschütze. Und ich beklage unsere Toten. Doch die Masken sterben nicht — sie leben weiter, geben immer wieder neue Bestimmung. Laßt uns feiern!«

Schier ohrenbetäubender Jubel erklang, und die Dorfbewohner drängten nach vorn, um den Geehrten zu gratulieren. Kate Pulaski trieb in einem Meer aus bunten Masken, und für einige Zeit vergaß sie die Mission, das Raumschiff im Orbit und den Grund, der sie nach Lorca geführt hatte.

Sie beschränkte sich einzig und allein darauf, Lorcanerin zu sein.

# KAPITEL 8

Einmal mehr warf Picard einen Blick über die Schulter und fragte sich, wo Worf und seine Begleiter blieben. Die Hälfte der Gruppe mußte zu Fuß gehen, aber Scharfe Klinge drängte trotzdem zur Eile. Seit ihrem Aufbruch am Morgen hatten sie auf der von Furchen durchzogenen Straße fast fünfzehn Kilometer zurückgelegt. Doch jetzt krochen Dunkelheit und bernsteinfarbene Wolken über die Wipfel der hohen Bäume, und es dauerte sicher nicht mehr lange, bis die Nacht begann. Der Captain war sicher, daß Worf gut auf sich achtgeben konnte, aber er wußte auch, welche Gefahren in der lorcanischen Wildnis drohten.

*Vielleicht ist er Fenton Lewis begegnet, der sich irgendwo zwischen uns und dem Dorf befinden muß,* dachte Picard. Es fiel ihm noch immer schwer, sich mit der Tatsache abzufinden, daß der Föderationsbotschafter desertiert war — Jean-Luc hielt den Ausdruck ›Desertation‹ für durchaus angemessen. Er klammerte sich an der vagen Hoffnung fest, daß Lewis glaubte, seinen Aufgaben allein besser gerecht zu werden, daß er beabsichtigte, später zurückzukehren. Doch er begann daran zu zweifeln, als er sich an das Gespräch mit dem Diplomaten erinnerte. Lewis hatte deutlich darauf hingewiesen, er rechne mit einem Ende seiner Karriere, wenn die Sache mit den beiden von ihm — in Notwehr? — getöteten Ferengi allgemein bekannt wurde. Woraus folgte: Es gab allen Grund für ihn, auf Lorca zu bleiben.

»Picard«, ertönte eine rauhe Stimme neben ihm. »Ich kann dein Gesicht nicht sehen, aber du gehst wie jemand, den irgend etwas belastet.«

Der Captain drehte den Kopf und sah Scharfe Klinge, die neben ihm schritt. Sie lehnte es ab zu reiten, überließ die Ponys ihren Kriegern und Counselor Troi. Von den insgesamt acht Personen gingen nur Picard und Scharfe Klinge ständig zu Fuß — inzwischen schon seit Stunden.

»Ich muß dauernd an Worf und Kalter Engel denken«, antwortete Jean-Luc. »Sie hätten längst zu uns aufschließen sollen.«

»Du machst dir zu viele Sorgen, Picard«, sagte die Kriegerin. »Beide Männer sind loyal und kehren bestimmt zurück, sobald sie eine Möglichkeit dazu finden. Vielleicht sind sie im Dorf geblieben, um sich mit den dortigen Frauen zu vergnügen.«

Picard versuchte sich einen Worf vorzustellen, der dem Reiz der Lorcanerinnen erlag. Ein dünnes Lächeln umspielte die unter der Maske verborgenen Lippen des Captains. »Wahrscheinlich hast du recht.«

»Falls sie aufgehalten wurden...« sagte Scharfe Klinge. »Wir sollten heute früher als sonst lagern — um Worf und Kalter Engel die Möglichkeit zu geben, uns zu erreichen. Wir gelangen bald zu einem Wasserloch, das guten Fischfang ermöglicht. Dort rasten wir.«

Scharfe Klinge wandte sich ab, und Picard sah kupferfarbenes Haar in ihrem Nacken. Der Hals wirkte erstaunlich dünn, wenn man ihn mit der athletischen Gestalt verglich. Die Kriegerin war groß, überragte den Captain um sieben oder acht Zentimeter, und an ihrer Figur gab es nichts auszusetzen. Trotzdem überlegte Jean-Luc, ob sich ihr kräftiges, muskulöses Erscheinungsbild in erster Linie auf Rüstung und Maske gründete. Vielleicht bedeckte die lederne Kleidung einen viel zarteren Körper, als man zunächst annehmen mochte.

Picard seufzte lautlos und rief sich zur Ordnung. Er erlag bereits der Versuchung, die Frau in Gedanken auszuziehen — und damit verhielt er sich nicht wie ein Raumschiffkommandant, sondern wie ein verliebter Teenager. *Reiß dich zusammen. Hör endlich auf damit, dauernd Scharfe Klinge anzustarren. Besinn dich statt dessen auf die Mission.*

Aber woraus bestand sie eigentlich noch — sah man einmal von dem Bemühen ab, in dieser archaischen Welt zu überleben? Picard hielt es für praktisch ausgeschlossen, daß sie Allmächtiger Töter fanden, um eine diplomatische Übereinkunft mit ihm zu treffen. Hinzu kam: Sie hatten keine Verbindung mehr zur *Enterprise* und waren in die falsche Richtung unterwegs. *Kann es noch schlimmer kommen?* fragte sich der Captain.

Dennoch fühlte er sich nicht völlig mutlos, als er neben Scharfe Klinge über die Lehmstraße marschierte. *Wir haben zumindest einen Teilerfolg erzielt, indem wir das Vertrauen und die Freundschaft einer hochrangigen Kriegerin gewannen. Und außerdem sind wir zum Markt in Heimwiese unterwegs, wo alle einflußreichen Lorcaner zugegen sein werden. Nein, wir dürfen nicht aufgeben. Vielleicht gibt es doch noch eine Chance, unsere Aufgaben zu erfüllen.*

Als er erneut den Kopf drehte, spürte er den Blick der hochgewachsenen Lorcanerin auf sich ruhen. Hinter den von Edelsteinen und Kristallen gesäumten Augenöffnungen der Blitz-Maske leuchteten grüne Pupillen. »Ich lade dich und deinen weiblichen Pagen ein, mir heute beim Abendessen Gesellschaft zu leisten«, sagte Scharfe Klinge.

Picard nickte, dankbar dafür, daß die Tiermaske einen Blick auf sein Gesicht verwehrte. »Es wird uns ein Vergnügen sein«, erwiderte er.

»Gut«, murmelte die Kriegerin zufrieden. »Ich muß jetzt nach dem Wasserloch suchen, wenn wir heute abend unsere Teller füllen wollen.«

Scharfe Klinge ging zur Spitze der Kolonne, und ihre langen Schritte trugen sie mühelos an den Ponys vorbei. Picard fragte sich, ob er ihr folgen und die Gelegenheit nutzen sollte, mehr über den geheimnisvollen Zugang zum unterirdischen Meer zu erfahren, entschied sich dann aber dagegen. Es genügte, daß er der Lorcanerin später in ihrem Zelt begegnen würde.

Zuviel Scharfe Klinge konnte berauschend wirken.

Kalter Engel und Worf hielten neben einer Quelle, damit ihre Ponys trinken und etwas Korn fressen konnten. Unter normalen Umständen hätten sie hier gelagert, aber der Lorcaner war sicher, daß sie sich dicht hinter der Hauptgruppe befanden. Er unterstrich seine Worte, indem er auf mehrere frische Huf- und Fußabdrücke im feuchten Lehm zeigte.

Lieutenant Worf blickte besorgt und voller Mitgefühl auf sein kleines Reittier herab. Trotz der häufigen Pausen schwitzten die Ponys und wirkten erschöpft. Aber Kalter Engel meinte, sie seien durchaus zu einem weiteren Galopp fähig, und Worf vertraute dem lorcanischen Zureiter. Mit der heranrückenden Nacht verdunkelten sich die bernsteinfarbenen Wolken, doch die Tiere blieben trotzdem munter, schnaubten laut, scharrten mit den Hufen, schüttelten die Futterbeutel hin und her. Sie schienen es gar nicht abwarten zu können, den Weg fortzusetzen.

»Sie sind jung«, erklärte Kalter Engel und prüfte das Zaumzeug seines Ponys. »Meins hat messerscharfe Zähne. Sieh dir nur diesen Riemen an — fast ganz durchgebissen.«

Worf massierte sich die schmerzenden Hüften und machte mehrere Kniebeugen. »Vielleicht sollten wir die restliche Strecke zu Fuß zurücklegen.«

Kalter Engel lachte leise. »Gibt es in deiner Heimat keine Ponys?«

»Äh, nein«, erwiderte der Klingone. »Ich bin mehr an Pferde gewöhnt.«

Die stilisierte Fischmaske des Lorcaners neigte sich zur Seite. »Pferde?«

»Sie ähneln diesen Tieren, sind jedoch wesentlich größer«, sagte Worf und strich über eine schweißnasse Mähne.

Kalter Engel zuckte mit den Achseln, als ziehe er eine solche Möglichkeit zumindest in Betracht. »Ich habe viele Geschichten über die alte Zeit gehört, bevor der Drache atmete. Es heißt, die Ponys stammen nicht von Lorca und kamen mit unseren Vorfahren hierher. Aber damals waren sie anders. Ihre Klugheit reichte an die der Menschen heran; sie konnten tanzen und Kunststücke vollführen. Glaubst du das, Worf?«

»Ja.« Der Klingone nickte und erinnerte sich daran, daß die Lorcaner von einer Theatergruppe abstammten, die bei ihren Vorführungen auch Ponys eingesetzt hatte. Derartige Tiere beanspruchten an Bord eines Raumschiffes weitaus weniger Platz als Pferde. »Die Vergangenheit ist voller Rätsel und Wunder«, sagte er vorsichtig. »Ich bezweifle allerdings, ob Ponys jemals so klug waren wie Menschen.«

»Vielleicht nicht«, pflichtete ihm Kalter Engel bei. »Ich züchte sie und weiß daher über ihre Dummheit Bescheid.«

»Diese Exemplare sind zuverlässig und sehr ausdauernd«, lobte Worf und klopfte seinem Pony auf den Hals.

Der Lorcaner nickte. »Danke. Ich habe sie als Fohlen bekommen.«

»Hast du irgendwo eine Farm?« fragte Worf. »Oder eine Ranch?«

»Lady Scharfe Klinge besitzt ein prächtiges Anwesen im Westen«, entgegnete Kalter Engel stolz. Seine Stimme klang wehmütig, als er hinzufügte: »Aber wir haben es schon seit fast einem halben Zyklus nicht mehr gesehen. Knapp zwanzig Leibeigene bestellen das Land und bringen die Ernte ein. Inzwischen halten sie sich vermutlich für die Herren.«

»Ihr seid also schon seit einer ganzen Weile auf der Suche nach Allmächtiger Töter?«

»Ja«, knurrte der Lorcaner. »Gleichzeitig bemühen wir uns, Gefolgsleute zu finden und andere Krieger davon zu überzeugen, Scharfe Klinge als Königin anzuerkennen. Aber es ist sehr schwer, Lorca zu verändern. Die meisten Menschen verharren in den alten Traditionen, glauben sich nach wie vor Allmächtiger Töter verpflichtet. Was für ein Unsinn!«

»Welche Verdienste hat er erworben?« fragte Worf.

»Er trug die Maske der Weisheit«, sagte der Zureiter, als genüge diese Antwort. »Er war ein großer Krieger, der viele Duelle bestritt, doch es wird Zeit, daß jemand anders seinen Platz einnimmt.«

»Ist es für den Herrscher sehr wichtig, daß er die Maske der Weisheit besitzt?«

Kalter Engel zögerte und kratzte sich am Kinn. »Manchmal verblüfft mich deine Unwissenheit, Fremder. Ein König, der nicht die Maske trägt, mag von einigen Lorcanern akzeptiert werden, aber wohl kaum von allen. Er verliert sofort seinen Rang, wenn jemand anders mit der Maske des Herrschers erscheint. Deshalb ist Scharfe Klinge so sehr bestrebt, Allmächtiger Töter zu finden.«

»Also bleibt das Recht, den ganzen Planeten zu regieren, in Frage gestellt, solange niemand die Maske der Weisheit trägt«, stellte Worf fest. »Sie ist eine Art Amtssiegel.«

Kalter Engel löste den Futterbeutel vom Maul seines Ponys und rückte das Zaumzeug zurecht. »Ich weiß nicht, was der Begriff ›Amtssiegel‹ bedeutet, aber eins steht fest: Viele Lorcaner sind davon überzeugt, die Maske der Weisheit *wähle* den Herrscher. Reiner Aberglaube, wenn du mich fragst.«

Der Klingone nickte und bereitete sein eigenes Reittier vor.

»Ich schlage vor, wir gehen eine Zeitlang«, sagte Kalter Engel. »Um den Ponys Gelegenheit zu geben, das Korn zu verdauen.«

Scharfe Klinge und ihre Krieger schlugen das Lager in Rekordzeit auf. Ein anstrengender Tag lag hinter ihnen, und sie alle sehnten sich nach Ruhe. Im Wasserloch gefangene Fische rösteten über dem Feuer, das unter den weit ausladenden Zweigen eines großen Nadelbaums brannte. Captain Picard und Counselor Troi warteten, bis die ersten garen Streifen von den Spießen gezogen wurden, bevor sie zum Zelt gingen.

Dunkle Wolken schwebten über den Wipfeln, und jenseits der Flammen lauerte undurchdringliche Finsternis, aber es war die wärmste von insgesamt drei Nächten, die Picard und seine Gefährten auf Lorca verbracht hatten. Als sie sich dem Zelt näherten, schwang plötzlich die Zugangsplane beiseite, und der flackernde Schein des Feuers spiegelte sich auf der glänzenden Botschafter-Maske wider.

Seit seiner Beförderung ließ es sich Spinnenschwinge nicht nehmen, die Besucher der Kriegerin zu kontrollieren, ständig seine Meinung zu äußern und dauernd Ratschläge zu erteilen. Mit anderen Worten: Er ging allen auf die Nerven.

»Was wollt ihr?« fragte er.

»Scharfe Klinge hat uns zum Abendessen eingeladen«, erwiderte Picard und schnitt eine Grimasse. Wie leicht es die Maske machte, die eigenen Gefühle zu verbergen. Als Captain war er daran gewöhnt, seine Emotionen unter Kontrolle zu halten und sich nie etwas anmerken zu lassen. Hier auf Lorca ermöglichten es mehr oder weniger kunstvolle Artefakte vor den Gesichtern, die Höflichkeit zu wahren.

»Unsere Lady erwartet uns«, betonte Deanna.

Die große Silbermaske neigte sich nach oben und unten. Spinnenschwinge strich die Plane noch etwas weiter zur Seite, und Picard bemerkte mehrere Öllampen. »Ja, jetzt erinnere ich mich. Bitte tretet ein und geht geradeaus weiter. Die Lady hat sich bereits umgezogen.«

Wie sich kurz darauf herausstellte, trug Scharfe Klinge ein Gewand aus weißen Federn, das von den Schultern bis zu den Füßen reichte. Die Lorcanerin sah darin aus wie eine schimmernde Säule, über der eine eindrucksvolle Maske schwebte. Picard starrte die Frau so verblüfft an, als sei ihm gerade ein Engel erschienen.

»Setzt euch«, sagte Scharfe Klinge und winkte kurz. »Leider kann ich euch keine Stühle anbieten, nur Sättel.«

Nach der stundenlangen Wanderung wirkten die schlichten Holzböcke gar nicht so unbequem. Der Captain nahm Platz, und Counselor Troi folgte seinem Beispiel.

»Ein wundervolles Kleid«, sagte die Betazoidin.

»Danke, Page.« Die Blitz-Maske nickte. »Hast du einen Namen, mit dem du angesprochen werden möchtest?«

»Deanna genügt«, erwiderte die ovale Maske.

Die beiden lorcanischen Pagen brachten metallene Tabletts mit dampfendem Fisch und Brei, der aus dem gleichen Korn bestand wie das Futter der Ponys. Sie reichten den drei Personen mit Wasser gefüllte Becher, Teller und hölzerne Löffel, wandten sich dann um und verließen das Zelt, um selbst eine Mahlzeit einzunehmen.

Scharfe Klinge saß mit überkreuzten Beinen auf dem Boden und balancierte ihren Teller zwischen den Oberschenkeln. »Eßt«, sagte sie schlicht.

Picard lächelte unter seiner Maske, als er die nicht unbedingt erhabene Haltung der Kriegerin beobachtete. Niemand hatte sie darauf vorbereitet, Königin zu sein — obgleich sie fest entschlossen war, diesen Titel zu erwerben. *Eins muß man ihr zugute halten,* dachte Picard. *Ob sie schmutziges Sackleinen oder kostbaren Schmuck und ein Abendkleid trägt — sie verändert sich nicht, bleibt ihrem Wesen treu.*

»Es freut mich sehr, daß ihr gekommen seid«, sagte Scharfe Klinge überschwenglich. »Ich möchte eine Frage an euch richten: Werdet ihr mich als Königin unterstützen, wenn wir beim Markt sind?«

»Wir müssen neutral bleiben, soweit es die inneren Angelegenheiten dieser Welt betrifft«, sagte Picard offen.

»Warum?« Scharfe Klinge beugte sich ein wenig vor. »Gilt eure Loyalität jemand anders?«

Der Captain und Deanna wechselten einen kurzen Blick, und Troi ergriff die Initiative. »Wir kommen aus dem All und dürfen keinen Einfluß auf eure Kultur nehmen. Aber wir möchten Freunde sein und versichern dir, daß du inmitten der Myriaden Welten dort draußen nicht allein bist.« Sie deutete nach oben.

»Ja, die Sterne«, sagte Scharfe Klinge und lehnte sich wieder zurück. »In dieser Beziehung seid ihr und die Ferengi gleich. Ihr erinnert uns daran, daß unsere Vorfahren vom Himmel kamen. Leider wissen wir nicht viel über sie.«

»Was *ist* euch über die Vergangenheit bekannt?« fragte Picard.

»Unsere Ahnen überlebten einen schrecklichen Kataklysmus«, antwortete die Lorcanerin. »Die Geschichtenerzähler berichten noch immer davon. Damals, bevor sich die ersten Menschen auf diesem Planeten niederließen, reisten unsere Vorfahren in einem gewaltigen Luftschiff. Schließlich kamen sie hierher, und der Drache im Zentrum der Welt spie eine gewaltige Feuersäule, die das Luftschiff umhüllte und verbrannte.«

Deanna Troi hob ruckartig den Kopf. »Das erklärt meinen Traum, Captain. Das Raumschiff der Theatergruppe befand sich im Orbit, als es zu einem gewaltigen Vulkanausbruch kam. Es muß eine enorme Eruption gewesen sein: Sie durchdrang die Atmosphäre, zerstörte das Schiff und hüllte Lorca in dichte Wolken, was zu einem starken Temperatursturz und drastischen Verschlechterungen der allgemeinen Lebensbedingungen führte.

Die Katastrophe zerstörte alle Geräte und modernen Instrumente der Siedler, und seit damals müssen sie ohne Technik zurechtkommen.«

»Aber sie hielten an ihrem Theatererbe fest, und es entstand eine von Masken geprägte Kultur«, warf Picard ein.

»Ihr könntet gute Geschichtenerzähler werden«, sagte Scharfe Klinge verwirrt. »Allerdings müßt ihr lernen, euch verständlicher auszudrücken. Die Vergangenheit ist vergangen. Wir wissen nur wenig darüber, und sie interessiert uns auch nicht sonderlich. Für mich gibt es nur Gegenwart und Zukunft. Wie kann ich die anderen Lorcaner dazu bringen, sich mir anzuschließen? Diese Welt braucht jemanden, der energisch durchgreift und Ordnung schafft.«

Der Captain schüttelte den Kopf. »Wir sind nicht in der Lage, dir dabei zu helfen, mehr Macht zu erringen. Unsere Mission besteht darin, diplomatische Beziehungen herzustellen.«

Scharfe Klinge straffte die Schultern. »Dann seid ihr nicht einmal so nützlich wie die Ferengi. Wenn sie hierherkommen, geben sie uns Dinge, die wir nicht haben. Zum Beispiel Synthehol, ein Getränk, das bei uns immer beliebter wird.«

»Und welche Gegenleistungen verlangen sie?« fragte Picard.

»Sie interessieren sich für das Moos an den Bäumen.«

Der Captain nickte. »Eine billige feuersichere Substanz. Wenn man damit beginnt, sie im großen Maßstab zu sammeln, besteht die Gefahr, daß eure Wälder niederbrennen. Die Ferengi verschenken nichts. Wir sind nicht so wie sie. Wir bieten Freundschaft an — ohne irgendwelche Gegenleistungen zu fordern.«

»Ihr seid mit einer von den Ferengi gestohlenen Maske gekommen«, stellte die Kriegerin fest. »Ist das eure Vorstellung von Freundschaft?«

Picard hob die Hand. »Ich schlage vor, wir beginnen noch einmal von vorn. Du hast uns zum Abendessen eingeladen, nicht zu einer politischen Diskussion. Ich habe kein Recht, Kritik an dir zu üben, wenn du den Handel mit den Ferengi befürwortest. Entsprechende Entscheidungen stehen allein den Lorcanern zu. Wir sind nur hier, um deine Gastfreundschaft zu genießen.«

»Das klingt schon besser.« Scharfe Klinge nickte. »Politik ist viel zu langweilig, um sie beim Essen zu erörtern. Wir sollten froh sein, daß wir uns begegnet sind und Gelegenheit haben, uns besser kennenzulernen.« Sie hielt ihren Blick auf Picard gerichtet.

»Das meine ich auch«, bestätigte der Captain.

Deanna Troi wollte nicht riskieren, daß ihre Präsenz zu einem Störfaktor wurde. Sie schluckte einen letzten Bissen herunter und fühlte sich vollkommen gesättigt. »Danke für die köstliche Mahlzeit«, sagte sie. »Ich wünsche euch einen guten Abend.«

Picard und Scharfe Klinge baten Troi nicht darum, länger zu bleiben. »Schlaf gut«, sagte die Kriegerin. »Gehen Sie zum Lagerfeuer unter dem Baum?« fragte der Captain.

»Ja«, sagte Deanna. »Ich halte nach Lieutenant Worf und Botschafter Lewis Ausschau.«

»Bleiben Sie nicht zu lange wach«, mahnte Picard. »Sie brauchen ebenfalls Ruhe.«

Die Counselor nickte und stand auf. Wenige Sekunden später waren Jean-Luc und Scharfe Klinge allein, saßen im Licht leise zischender Öllampen. Angenehme Stille herrschte, und selbst draußen erklangen keine Stimmen. Picard hatte das Gefühl, in einer Oase des Friedens zu weilen.

Die Lorcanerin schob den Teller beiseite und richtete sich zu ihrer vollen Größe auf. Das Federgewand glänzte, betonte ihre hervorragende Figur. »Ich möchte dir etwas zeigen, Picard.«

»Was denn?«

»Mein Gesicht.«

»Ich würde es gern sehen«, brachte der Captain hervor und erhob sich ebenfalls.

»Ich erfülle dir deinen Wunsch«, hauchte die Kriegerin. »Obgleich ich an eine derartige Verhaltensweise nicht gewöhnt bin.«

Picard schluckte. »Geschieht es hier so selten, daß man einem Gefährten mit unbedecktem Gesicht gegenübertritt?«

»Nur wenige Menschen haben mich jemals ohne Maske gesehen.«

Der Captain suchte nach den richtigen Worten. »Ich möchte dich keineswegs in Verlegenheit bringen. Unsere Bräuche unterscheiden sich von euren. In meiner... Heimat hätte ich dein Gesicht schon bei unserer ersten Begegnung betrachtet.«

»Derartige Traditionen sind unvorstellbar für mich«, entgegnete Scharfe Klinge leise und nachdenklich. »Obgleich sie einen gewissen Reiz haben.«

»Laß mich den Anfang machen«, sagte Picard. Er nahm die Zureiter-Maske ab und wartete, bedachte die Lorcanerin mit einem sanften Lächeln. Er erinnerte sich an ihre Reaktion auf das nackte Antlitz des Botschafters Fenton Lewis und wollte sie nicht erschrecken.

Die grünen Pupillen hinter den Augenöffnungen der silbernen Maske weiteten sich, als Scharfe Klinge langsam näher kam, eine zitternde Hand ausstreckte und Picards Wange berührte. Sie faßte mehr Mut, als er nicht zusammenzuckte, strich mit den Fingerkuppen über die Jochbeine und das Kinn, betastete behutsam den drei Tage alten Bart. Mit beiden Händen folgte sie den Konturen der aristokratischen Nase, bis hin zu den Brauen.

Dort zögerte die Lorcanerin kurz, trieb Picard fast zum Wahnsinn. Schließlich gerieten ihre Finger wieder in Bewegung, und als sie über Stirn und Kopf glitten, schmiegte sich Scharfe Klinge an Picard.

Der Captain konnte kaum mehr klar denken. Seine Hände entwickelten ein seltsames Eigenleben, doch sie wandten sich nicht etwa den weiblichen Rundungen zu, sondern griffen nach der Blitz-Maske. Sie kam einem Zerrspiegel gleich, reflektierte goldenes Lampenlicht und zeigte ihm Teile seines eigenen Gesichts. Jean-Luc versuchte, die Halteschnüre zu lösen.

Scharfe Klinge lachte leise. »Es ist ganz einfach, wenn man den Trick kennt«, gurrte sie, hielt die Maske mit einer Hand und ließ sie wie in Zeitlupe sinken.

Picard schnappte unwillkürlich nach Luft. Er war nicht auf das blasse und unschuldige Gesicht vorbereitet, in dem es keine einzige Falte gab. Der Captain sah verblüffend junge Züge, die eines Mädchens, und er befürchtete plötzlich, daß er es mit einem Kind zu tun hatte. *Nein, unmöglich!* fuhr es ihm durch den Sinn, als er die Wangen berührte. *Scharfe Klinge hat nur die* Haut *eines Kindes. Kein Wunder: Die Maske schützt sie die ganze Zeit vor ultravioletten Strahlen, und deshalb scheint ihr Gesicht zwanzig Jahre jünger zu sein als sie selbst.*

Doch die Miene der Kriegerin war nicht völlig weich und glatt. Eine gezackte Narbe reichte vom Haaransatz über die Stirn bis zum Nasenbein.

Picard streckte die Hand danach aus, und Scharfe Klinge wich unwillkürlich einen Schritt zurück. Er folgte ihr, hauchte ihr einen Kuß auf die Finger, und das beruhigte sie. Erneut drückte sie sich an Jean-Luc und erlaubte ihm, ihren einzigen Makel zu berühren. Es handelte sich um eine alte Narbe, kaum dunkler als die weiße Haut, doch ihre stolzen Konturen erinnerte an Bergketten auf Reliefkarten. Die Lorcanerin blieb zunächst ein wenig unsicher, doch ein weiterer Kuß befreite sie von ihrer Befangenheit.

Picard verlor sich in einem dunklen Tunnel des Vergessens, als er die zitternden Lippen der Frau schmeckte. Das ganze Universum reduzierte sich auf ihn und Scharfe Klinge, und er gab sich diesem Empfinden so sehr hin, daß er die draußen erklingenden Stimmen überhörte. Nach einer Weile löste sich die Kriegerin widerstrebend aus seiner Umarmung.

Sie griff nach ihrer Maske und bedeutete Jean-Luc, auch seine bereitzuhalten.

»Was ist los?« rief sie.

»Kalter Engel und der neue Page sind zurückgekehrt!« antwortete Spinnenschwinge. »Der andere neue Page hielt es für notwendig, den Zureiter zu verständigen.«

»Danke«, sagte Scharfe Klinge.

Sie bedachte Picard mit einem wehmütigen Lächeln und setzte die Blitz-Maske auf. *Wie ein Vorhang, der plötzlich fällt und ihr Engelsgesicht verbirgt,* dachte der Captain.

»Du mußt jetzt gehen«, sagte die Lorcanerin.

Picard seufzte enttäuscht. »Du hast mir heute abend große Ehre zuteil werden lassen«, sagte er und hob die Tiermaske.

»Das gilt auch für mich«, erwiderte sie. »Ich bin sehr froh, daß du bei uns bist.«

Jean-Luc strich die Zeltplane beiseite und trat rasch nach draußen, um sich nicht zu einer dummen Bemerkung hinreißen zu lassen.

Als Captain Picard, Counselor Troi und Lieutenant Worf weit genug vom Lager entfernt waren, nahm Worf die Maske ab und strich sich Lehmbrocken aus dem Bart.

»Nichts, Captain«, sagte er, nachdem er sich noch einmal vergewissert hatte, daß keine Lorcaner in der Nähe weilten. »Niemand konnte uns über Allmächtiger Töter Auskunft geben. Nur eins ist klar: Wer die Maske der Weisheit trägt, befiehlt über mehr Gefolgsleute und Vasallen als alle anderen.«

»Ja«, bestätigte Picard.

»Wie war das Dorf?« fragte Deanna.

»Primitiv«, erwiderte der Klingone und versuchte mit nur geringem Erfolg, seine Wangen zu reinigen. »Die Hütten stehen auf Pfählen, und der Maskenhersteller genießt das höchste Ansehen. Nicht einmal Kinder dürfen ihr Gesicht zeigen.«

»Warum sind Sie so schmutzig?« erkundigte sich Picard und schmunzelte.

»Ich bin in ein Sumpfloch gefallen«, brummte Worf. »Auf diesem Planeten drohen viele Gefahren.«

Deanna wirkte nervös. »Wir haben schlechte Nachrichten. Botschafter Lewis ist verschwunden.«

»Genauer gesagt: Er hat sich aus dem Staub gemacht«, fügte Picard hinzu.

Worf runzelte die Stirn und neigte den Kopf zur Seite. »Auch das noch«, knurrte er. »Nun, ich finde ihn nicht sonderlich sympathisch, und es überrascht mich kaum, daß er sich als unzuverlässig herausgestellt hat, aber seine Fähigkeiten verdienen Respekt. Wir hätten sie hier gut gebrauchen können.« Der Sicherheitsoffizier zuckte mit den Schultern und zupfte an seinem verklebten Haar. »Wenn Sie mir diesen Hinweis gestatten, Sir... Ohne den Botschafter hat es keinen Sinn mehr, noch länger auf Lorca zu bleiben. Wir könnten ebensogut zum Retransfer-Punkt zurückkehren und dort darauf warten, daß man uns zur *Enterprise* beamt.«

»Unsere Mission scheint tatsächlich gescheitert zu sein«, stimmte Picard zu. »Zumindest haben wir keine Möglichkeit mehr, Botschafter Lewis zu den qualifizierten lorcanischen Repräsentanten zu bringen. Andererseits: Gibt es überhaupt Lorcaner, die für alle Bewohner dieses Planeten sprechen können?«

»Was ist mit Scharfe Klinge?« warf Deanna ein. »Ihre Gefährten glauben fast ebensofest an die Kriegerin wie sie an sich selbst.«

Jean-Luc rang mit widerstreitenden Empfindungen und bemühte sich, die außergewöhnliche Frau objektiv einzuschätzen. *Er* bewunderte sie, aber begegneten ihr die Lorcaner mit den gleichen Einstellungen? War ihre Macht bereits groß genug, um ohne die Maske der Weisheit über den Planeten zu herrschen?

»Wir werden bald feststellen, wie wichtig Scharfe Klinge ist«, meinte Picard. »Beim Markt. In der Zwischenzeit finden wir mehr über Lorcas Geschichte und soziale Struktur heraus. Derzeit sind wir bei der Kriegergruppe gut aufgehoben, und ich hoffe, daß auch Fenton Lewis in Sicherheit ist.«

»Und die *Enterprise,* Sir?« fragte Worf. »Commander Riker und die anderen machen sich bestimmt große Sorgen um uns.«

Der Captain senkte den Kopf und seufzte. »Ja, ich weiß. Nun, bei dem Markt finden sich Hunderte oder gar Tausende von Lorcanern ein, und bestimmt reagieren die Sensoren auf eine Ansammlung so vieler Lebensformen. Man wird uns finden. Ich vertraue meiner Nummer Eins und den übrigen Brücken-Offizieren.«

Worf und Troi setzten ganz automatisch ihre Bronzemasken auf, bevor sie sich umdrehten und in Richtung Lagerfeuer zurückkehrten. Eine Zeitlang betrachtete Picard seine häßliche Tiermaske und bewunderte die Mühelosigkeit, mit der sich seine Landegruppe der fremden Kultur anpaßte. *Es hat viele Vorteile, Masken zu tragen,* dachte er und erinnerte sich an die mädchenhaft zarten Züge der Kriegerin.

Der Weg nach Heimwiese war noch weit, und deshalb wollte Tagesfleiß die Reise während der Nacht fortsetzen, anstatt im Dorf zu feiern. Es konnte ohnehin kaum von einem wirklichen Fest die Rede sein. Die armen Einheimischen öffneten ihre Speisekammern, aber es kamen nur geräucherter Fisch und Brot aus einem gerstenartigen Getreide auf den Tisch. Eine Jagdgruppe brach auf, um Werjuns zu fangen, und Tagesfleiß stellte erleichtert fest, daß sie mit leeren Händen zurückkehrte.

Die meisten Männer und Frauen aus dem Ort nahmen nicht etwa an der Feier teil, sondern verbrachten den Nachmittag damit, zum Drachen und anderen Göttern zu beten. Commander Riker entsann sich daran, daß sie vier Tote beklagten, und hinzu kamen mehr als zwei Dutzend Verletzte. Es waren praktisch alle Familien betroffen — immerhin hatte das Dorf nur rund hundert Einwohner. Zwei junge Männer spielten auf Saiteninstrumenten, doch ihre Musik klang nicht sehr fröhlich, eher melancholisch.

Kurze Zeit später brachen der Händler und die Angehörigen der zweiten Landegruppe auf. Sie wanderten durch den bereits vertrauten Wald, umgeben von Finsternis. Tagesfleiß fürchtete Sumpf- und Schlundlöcher, und deshalb trieb er sein Pony nicht an. Will Riker war froh darüber, sich endlich entspannen und die Stille genießen zu können. Er glaubte noch immer, den Lärm des kurzen, aber sehr blutigen Kampfes im Dorf zu hören, und er versuchte vergeblich, die Erinnerungen daran aus seinem Gedächtnis zu tilgen. Die Gewalt lauerte nicht nur auf und in dem Planeten, sondern auch in allen Menschen, die hier lebten. Der Erste Offizier schauderte, als er an den Gegner dachte, den er erstochen hatte.

Er hob die Hand und betastete das polierte, glänzende Holz der Wald-Maske. Ihre kühle Masse beruhigte ihn irgendwie. Riker beschloß, das Artefakt wenn möglich als Andenken an Lorca zu behalten. *Ich bin nur mit der Absicht hierhergekommen, den Captain zu finden,* überlegte er. *Doch die Lorcaner haben mich ebenso akzeptiert wie meine Begleiter. Und damit noch nicht genug: Wir sind sogar befördert worden, nehmen nun einen höheren Rang ein. Unsere neuen Masken sind mehr als nur ein Geschenk, mit dem man uns ehren wollte — sie geben uns einen festen Platz in der lorcanischen Gesellschaft.*

*Die Dorfbewohner haben beobachtet, was wir während des Kampfes und danach leisteten. Anschließend wählten sie Masken aus, die unsere Tätigkeitsbereiche symbolisieren.* Geld war den Lorcanern weitgehend unbekannt, sah man von einigen schlichten Münzen ab, die eine gewisse Kaufkraft zu haben schienen. Doch die Masken zeichneten sich durch einen immanenten Wert aus und brachten deutlich zum Ausdruck, welchen Nutzen ihr Besitzer für die Gemeinschaft hatte. Riker bedauerte es fast, keine Vasallen-Maske mehr zu tragen — Lehrlinge führten ein einfaches, sorgloses Leben ohne Verantwortung.

Er wußte nicht genau, was die Wald-Maske für ihn bedeutete. Sie machte ihn zu einem Edelmann, und er verglich diesen Status mit dem eines kommandierenden Offiziers. Aber offenbar repräsentierte sie noch weitaus mehr. Er erinnerte sich an die Demut, mit der ihm die Dorfbewohner begegneten, als er das hölzerne Artefakt zu tragen begann — an eine Demut, die fast schon an Furcht grenzte.

Tagesfleiß zog plötzlich die Zügel an, und der Wagen blieb mit einem leisen Knirschen stehen. »Riker«, flüsterte der Lorcaner. »Wir sind nicht mehr allein.«

Will eilte an die Seite des Händlers. Lieutenant Commander Data, Dr. Pulaski und Fähnrich Greenblatt rührten sich nicht von der Stelle und horchten. Die Schatten zwischen den Baumstämmen waren dunkel genug, um eine ganze Armee zu verstecken.

Riker hielt aufmerksam Ausschau, konnte jedoch nichts erkennen. »Vielleicht ist es Reba«, hauchte er.

»Nein, ausgeschlossen«, erwiderte Tagesfleiß. »Die Werjun würde nicht warten, sondern auf den Karren springen und mich umarmen.«

Riker drehte den Kopf und sah zu Fähnrich Greenblatt, deren Phaser noch immer im Halfter steckte. Als er nickte, zog sie den kleinen Strahler.

»Wir kommen in Frieden«, sagte der Erste Offizier laut.

»Die Straße bietet uns allen genug Platz«, fügte Tagesfleiß hinzu.

Nur wenige Meter vom Wagen des reisenden Händlers entfernt bewegte sich etwas in der Dunkelheit, und eine Gestalt betrat den Weg. Sie zögerte einige Sekunden lang, näherte sich dann der Gruppe und breitete langsam die Arme aus.

»Auch ich habe nur die besten Absichten«, erklang eine ruhige männliche Stimme. »Und ich bin allein.«

Der Fremde blieb ein Schemen, bis er dicht vor dem Karren verharrte. Riker betrachtete die Maske, ein mit weißen, braunen und lavendelfarbenen Federn geschmücktes Kunstwerk.

»Guten Abend, Bote«, sagte Tagesfleiß erleichtert. »Offenbar hat man dich mit der Übermittlung einer wichtigen Nachricht beauftragt, denn sonst wärst du wohl kaum um diese Zeit unterwegs. Aber warum hast du dich vor uns versteckt?«

»Verzeiht mir«, erwiderte der Mann mit der Federmaske. Er verneigte sich, und Riker bemerkte langes Haar, das bis auf die Schultern reichte. »Mir ist ein ... Mißgeschick passiert, und daher hielt ich es für besser, vorsichtig zu sein. Ich wußte nicht, wer ihr seid.«

»Einen Augenblick«, warf Data ein und trat vor. »Die Stimme erscheint mir vertraut. Botschafter Fenton Lewis?«

Der Mann taumelte verblüfft zurück und starrte auf die Masken. Dann lachte er schallend. »Es ist unglaublich!« platzte es aus ihm heraus. »Ich habe keinen von Ihnen erkannt. Sie sind der Androide, nicht wahr?«

»Botschafter?« stieß Will hervor und eilte um das Pony herum. Er wandte Tagesfleiß den Rücken zu und nahm die Maske ab.

»Riker«, erwiderte Fenton Lewis und schnappte nach Luft. »Ich hätte nie gedacht, daß ich mich freue, *Sie* zu sehen.«

»Wo befindet sich der Captain?« fragte Kate Pulaski. »Und was ist mit den anderen?«

»Wissen Sie nicht Bescheid?« erwiderte Lewis.

Riker und seine Gefährten schüttelten den Kopf.

Der Botschafter berührte seine Federmaske und zögerte kurz, bevor er sie abnahm. »Was für eine Ironie des Schicksals«, sagte er. »Ich muß meinem lorcanischen Rang gerecht werden und tatsächlich eine Nachricht überbringen. Sie ist alles andere als gut.«

»Heraus damit«, brummte Riker.

»Captain Picard und die anderen sind tot.«

# KAPITEL 9

»Was?« Kate Pulaski konnte es kaum fassen und riß sich die Kräutersammler-Maske vom Gesicht. »Der Captain ist tot?«

Will Riker ließ den Kopf sinken und wünschte sich fast, seine Züge wieder hinter einem lorcanischen Artefakt verbergen zu können. »Berichten Sie.«

»Wir wurden angegriffen«, sagte Lewis. »Von einer Diebesbande. Eine Frau führte sie an.«

»Scharfe Klinge«, murmelte Data bedrückt.

Der Botschafter zuckte mit den Achseln. »Vielleicht heißt sie so. Uns blieb nicht genug Zeit, sie nach ihrem Namen zu fragen.«

»Sie sind der einzige Überlebende?« Riker machte sich nicht die Mühe, den Zweifel aus seiner Stimme zu verbannen. »Wie entkamen Sie?«

»Und warum tragen Sie jetzt eine Federmaske?«

Lewis hob die Hände. »Immer der Reihe nach. Ich weiß natürlich, daß Ihnen diese Neuigkeiten einen ziemlichen Schock versetzen, und natürlich möchten Sie sofort alle Einzelheiten erfahren. Ich schreibe später einen ausführlichen Bericht, aber derzeit sollten Sie sich mit der Kurzfassung begnügen.«

»Also los«, drängte Riker.

Fenton Lewis schritt nachdenklich auf und ab. »Nach der Eruption mußten wir feststellen, daß unsere Kommunikatoren nicht mehr funktionierten. Der vulkanische Staub führte zu Fehlfunktionen — er ist magnetisch.«

»Das wissen wir bereits«, sagte Data.

Der Botschafter deutete auf die hohen Bäume. »Wir hofften, hier im Wald einigermaßen sicher zu sein, aber die Gefahren auf diesem Planeten gehen nicht nur von den Vulkanen aus. Wir gerieten in einen Hinterhalt und wurden angegriffen.«

»Obgleich Sie die Botschafter-Maske trugen?« fragte Kate Pulaski ungläubig.

Fenton Lewis legte eine bedeutungsvolle Pause ein. »Sie rettete mir das Leben. Die anderen starben sofort, und ich geriet in Gefangenschaft. Die Lorcaner nahmen meine Maske, aber sie wollten mich nicht mit nacktem Gesicht zurücklassen, und deshalb gaben sie mir dieses Exemplar.« Er zeigte auf das mit Federn ausgestattete Artefakt, und sein Tonfall machte deutlich, daß es weitaus weniger wert war als die von Fazool hergestellte Maske.

»Unmöglich«, knurrte Tagesfleiß.

Riker und seine Begleiter wirbelten herum — sie hatten den reisenden Händler völlig vergessen. Er saß nach wie vor auf dem Kutschbock und kniff nun die Augen zu, um nicht in die unbedeckten Mienen der Außenweltler zu sehen.

»Scharfe Klinge ist hochmütig und verschlagen«, sagte Tagesfleiß. »Aber sie greift nicht aus dem Hinterhalt an.« Er überlegte kurz. »Nun, sie tötet den einen oder anderen Gegner im Duell...«

»Den einen oder anderen!« entfuhr es Fenton Lewis. Er richtete einen durchdringenden Blick auf die Besitzer-Maske. »Sie ist eine kaltblütige Mörderin.« Er wandte sich an Riker. »Ich habe viel durchgemacht, Commander, und es gefällt mir ganz und gar nicht, daß man an meinen Auskünften zweifelt.«

Hinter der Stirn des Ersten Offiziers herrschte völliges Chaos, und er versuchte, sich auf das unmittelbare Problem zu konzentrieren. Sagte Fenton Lewis die Wahrheit? Riker mochte ihn nicht, brachte ihm nach wie vor Argwohn und Mißtrauen entgegen, aber er erinnerte sich auch an die Halloween-Maske in der Werkstatt des Künstlers Geschickte Hand. Außerdem kannte er die lorcanische Gewalt aus eigener Erfahrung. Der Klingone Worf fiel ihm ein. *Ich hoffe, er hat gut gekämpft,* dachte er niedergeschlagen.

»Können Sie uns zu dem Ort führen, wo der Überfall stattfand?« fragte Riker heiser.

»Ich ... ich bin mir nicht sicher, ob ich ihn wiederfinde.«

»Überlegen Sie genau«, sagte der Commander. »Ich kann den Captain und die übrigen Angehörigen der ersten Landegruppe erst dann als tot melden, wenn ich ihre Leichen gesehen habe.«

»Ihre Schilderungen sind nicht schlüssig, Botschafter«, ließ sich Data vernehmen.

Fenton Lewis zuckte erneut mit den Schultern und setzte seine Maske auf. »Nun gut. Ich kann Ihnen nichts versprechen, aber ich werde zumindest versuchen, Ihnen einen Beweis zu liefern.«

»Sie kamen von Süden«, stellte Data fest. »Sollen wir in jene Richtung gehen?«

»Meinetwegen«, erwiderte Lewis, drehte sich um und stapfte durch die Finsternis.

Riker sah Tagesfleiß an. »Kommst du mit uns?«

»Ich begleite euch, solange ihr auf der Straße bleibt und nach Süden unterwegs seid.«

Schweigen folgte diesem Wortwechsel, während der Wagen des reisenden Händlers langsam durch die Nacht rollte. Selbst Tagesfleiß gab keinen Laut von sich – deutlich spürte er die Betroffenheit seiner ehemaligen Lehrlinge. Kate Pulaski kannte Picard, Deanna und Worf nicht so gut wie die anderen, konnte jedoch kaum glauben, daß sie tot waren. Alles in ihr sträube sich gegen eine solche Vorstellung, und ihre Bestürzung wich allmählich einer seltsamen Leere.

Irgendwann merkte sie, daß Commander Riker neben ihr ging. Er musterte sie kurz, senkte dann den Kopf und machte keine Anstalten, die Maske abzunehmen.

»Wollen Sie Geordi verständigen?« fragte die Ärztin.

»Nein, noch nicht«, entgegnete der Erste Offizier. »Erst wenn wir die Leichen finden. Bis dahin gelten der Captain und die anderen nach wie vor als vermißt.«

»Ich verstehe«, sagte Kate. Sie vergewisserte sich, daß der Botschafter außer Hörweite war, bevor sie hinzufügte: »Glauben Sie, er lügt?«

»Sie nicht?« fragte Riker.

»Ich begrüße Ihre Entscheidung, die Suche nach der ersten Landegruppe fortzusetzen«, antwortete Dr. Pulaski schließlich. Doch eigentlich war die Ärztin gar nicht so sicher, ob ihr etwas daran lag, die ganze Wahrheit zu erfahren. Sie wollte sich einen Rest Hoffnung bewahren — auch wenn es bedeutete, einen Teil der Realität zu leugnen.

Data hörte weitaus besser als Menschen, und deshalb entging ihm das kurze Gespräch zwischen Commander Riker und Dr. Pulaski nicht. *Das ist also Kummer,* dachte er. Der Androide sah sich außerstande, dieses Empfinden zu teilen, denn er bezweifelte, daß Captain Picard, Counselor Troi und Lieutenant Worf ums Leben gekommen waren. Er verglich Botschafter Lewis' Bemerkungen mit denen des alten Lorcaners, gelangte dabei zu dem Schluß, daß Tagesfleiß' Aussagen weitaus mehr Vertrauen verdienten.

Der reisende Händler hatte in diesem Zusammenhang keine persönlichen Interessen und nahm einen neutralen Standpunkt ein. Er hielt nicht viel von Scharfe Klinge, doch er widersprach sofort, als Lewis sie eine kaltblütige Mörderin nannte. Das deutete auf eine objektive Einstellung hin, und hinzu kam: Tagesfleiß kannte seine Landsleute weitaus besser als die Besucher von Außenwelt. Die lorcanische Gesellschaft mochte von Gewalt bestimmt sein, aber ihr fehlten keine festen Regeln. Selbst die Räuber achteten den Brauch, Masken zu tragen. Woraus sich der Schluß ziehen ließ: Die Lorcaner griffen häufig zum Schwert, aber sie waren keine Barbaren.

Doch Datas Skepsis gründete sich in erster Linie auf die neue Maske des Botschafters. Es handelte sich um ein ausgezeichnetes Kunstwerk, das einen recht hohen Rang repräsentierte. Es war keineswegs wertlos — obgleich natürlich wesentlich bessere Artefakte existierten. Warum sollten die angeblichen Angreifer Picard, Troi und Worf umbringen, um ausgerechnet den Mann zu verschonen, der die Botschafter-Maske trug? Und weshalb ließen sie ihn nicht nur am Leben, sondern gaben ihm auch noch das Zeichen eines Boten?

Data wußte inzwischen, wie oft Masken auf Lorca ihre Besitzer wechselten; in dieser Hinsicht fand offenbar ein reger Tauschhandel statt. Der Androide und seine Gefährten trugen inzwischen neue Masken – als Lohn für erwiesene Dienste. Tagesfleiß hatte ihnen tönerne Masken gegeben, weil sie sich bereit erklärten, seine Lehrlinge zu sein. Aber niemand bekam ein solches Objekt gratis, ohne irgendwelche Gegenleistungen zu erbringen. Das galt auch für die Halloween-Maske in der Werkstatt des Künstlers Geschickte Hand und Lewis' neuen Status als Bote – ein ›Geschäftsabschluß‹ irgendeiner Art bildete die Grundlage dieser beiden Fakten.

Damit noch nicht genug. Fenton Lewis war gesund und munter, und diese Tatsache ließ nach Datas Meinung die Vermutung zu, daß auch die übrigen Angehörigen der ersten Landegruppe überlebt hatten.

»Warum sind wir nach Heimwiese unterwegs?« fragte Deanna Troi.

Die grüne, edelsteinbesetzte Schlangenmaske wandte sich ihr zu, während Medizinmacher weiterhin einen Fuß vor den anderen setzte. »Weil sich dort viele Lorcaner einfinden, Hunderte von Bürgern aller Ränge. Scharfe Klinge hat einen hohen Status gewonnen – nur der König steht über ihr. Aber wo ist er? Wo sind Allmächtiger Töter und die Maske der Weisheit?«

Eine Zeitlang schritten sie schweigend durch die lorcanische Morgendämmerung. Sie marschierten am Ende der Kolonne und hatten ihre Ponys dem Captain und Scharfe Klinge überlassen. Offenbar näherte sich die Gruppe nun einem Ort, an dem sich mehrere Wege trafen. Vielleicht begegneten sie dort anderen Reisenden, und aus diesem Grund ritten Picard und die Kriegerin – es gehörte sich nicht für Anführer, zu Fuß zu gehen. Deanna empfand es keineswegs als unangenehm, sich Bewegung zu verschaffen.

Medizinmacher blieb ein wenig zurück, um einige Wurzeln und Kräuter zu sammeln. Er verstaute sie in einem ledernen Schulterbeutel und schloß wieder zu der Counselor auf.

»Uns erwartet eine schwierige Aufgabe«, sagte er. »Wir müssen alle davon überzeugen, daß Lorca einen Herrscher haben kann, der nicht die Maske der Weisheit trägt. Allmächtiger Töter ist so lange fort gewesen, daß er meiner Ansicht nach keinen Anspruch mehr auf den Thron erheben kann.«

»Und wenn er beim Markt erscheint?« fragte Deanna. »Mit der Maske?«

Medizinmacher ballte die Fäuste. »Umso besser. Dann stellt Scharfe Klinge sein Recht in Frage, sie zu tragen.«

Troi nickte ernst. »Und wenn jemand anders die Maske der Weisheit besitzt?«

»Unsere Lady wird nicht zögern, den Betreffenden zu einem Duell herauszufordern«, erwiderte der Lorcaner.

»Also steht uns wahrscheinlich ein Kampf bevor«, sagte Deanna.

Erneut wandte sich ihr die Schlangenmaske zu, und die Pupillen hinter den Augenöffnungen blitzten. »Niemand zwingt dich, Scharfe Klinge als neue Königin anzuerkennen. Ich hoffe nur, daß es uns leichter fällt, die Unterstützung *anderer* Leute zu gewinnen.«

»Entschuldige bitte«, sagte die Counselor. »Es steht mir nicht zu, Kritik zu üben. Ich weiß, daß ihr glaubt, im Recht zu sein. Und deshalb sollte ich euch Respekt entgegenbringen.«

Die breiten Schultern Medizinmachers hoben und senkten sich, als er seufzte:

»Ich fürchte, du bist kein guter Page. Wir sollten dir eine andere Maske geben. Welche Fähigkeiten hast du?«

Wie konnte Deanna ihre Arbeit in Begriffen erklären, die für Lorcaner verständlich waren? Sie überlegte eine Zeitlang. »Beim Kartenspiel bin ich recht geschickt.«

Der Lorcaner lachte leise, und seine Stimme klang gutmütig, als er erwiderte: »Dann hast du die Spieler-Maske verdient. Aber sei auf der Hut, wenn du sie nicht an Kalter Engel verlieren willst.«

»Wie viele Masken darf man besitzen?« erkundigte sich Troi.

»Bei uns gibt es ein Sprichwort«, sagte Medizinmacher. »›Man kann hundert Masken haben, aber nur eine tragen.‹«

Deanna nickte anerkennend, und erneut folgte ein mehrere Minuten langes Schweigen.

Schließlich fragte der Lorcaner: »Stimmt es, daß ihr in eurer Heimat keine Masken benutzt?«

»Ja«, bestätigte Troi.

»Werden eure Gesichter nicht kalt?«

Die Betazoidin lachte laut und genoß die spontane Heiterkeit. »Manchmal friert man regelrecht.«

»Dann ist es absurd, keine Masken zu tragen.«

»Nun, bei uns ist es nicht ständig so kalt wie hier«, sagte Deanna. »Wie sind die Sommer auf Lorca?«

Daraufhin lachte Medizinmacher. »Dies *ist* der Sommer.«

»Oh.«

»Zumindest wußtet ihr genug über uns, um Masken mitzubringen.«

»Wir versuchen, uns eurer Kultur anzupassen«, entgegnete die Counselor. »Weil wir Freunde sein wollen. Wir halten nichts davon, anderen Menschen zu sagen, wie sie leben sollen«

»Ich würde es begrüßen, wenn es euch gelänge, unsere Lebensweise zu verändern«, brummte der Heiler.

»Wieso?«

»Wir müssen endlich damit aufhören, ständig Gewalt anzuwenden. Auf Lorca überleben nur die Stärksten, und eigentlich kann ich Allmächtiger Töter gar keine Vorwürfe machen, weil er sich versteckt. *Mir* läge nichts daran, von morgens bis abends Duelle zu führen. Früher hatte er treue Gefährten, die ihn verteidigten, aber sie starben nacheinander im Kampf. Allmächtiger Töter hat genug Herausforderungen bestanden — er sollte einem Nachfolger weichen.«

»Ich bin ganz deiner Meinung«, sagte Deanna. »Aber wenn ich dich richtig verstanden habe, sind wir nach Heimwiese unterwegs, um dort zu kämpfen. Gewalt läßt sich nicht mit Gewalt besiegen.«

»Ich brauche etwas von dem Riedgras dort«, meinte Medizinmacher, ging zum Straßenrand und zupfte einige Halme aus dem Boden.

Troi blieb stehen und überlegte, was für ein Gesicht sich hinter der hübschen Maske verbarg. War der Locarner attraktiv oder häßlich? Spielte das überhaupt eine Rolle? Die grüne Schlangendarstellung repräsentierte das, was alle anderen in ihm sahen, und er identifizierte sich damit. Deanna erinnerte sich daran, daß er die wundervolle Botschafter-Maske abgelehnt hatte, um die des Kräutersammlers zu behalten. Offenbar bedeutete sie ihm viel.

»Geh weiter«, sagte Medizinmacher. »Du brauchst nicht auf mich zu warten«

»Ich möchte es aber«, erwiderte die Counselor, bückte sich und half ihm dabei, lange Halme aus dem dichten Riedgras zu ziehen.

»Sie sind ein gutes Mittel gegen Bauchschmerzen«, erklärte der Lorcaner und deutete auf ein kleines Büschel. Sonnenlicht filterte durch die hohen Baumwipfel und spiegelte sich auf der edelsteinbesetzten Maske des Kräutersammlers wider. Er war wirklich in die Aura eines Heilers gehüllt, und Troi entspannte sich zum erstenmal, seit sie auf Lorca weilte.

»Bist du verheiratet?« fragte sie sanft. »Hast du Kinder?«

Medizinmacher schnaubte abfällig. »Ein solches Leben führen nur Dorfbewohner«, sagte er, zögerte kurz und fügte dann hinzu: »Vielleicht kann ich mir einen solchen Luxus erlauben, wenn Scharfe Klinge Königin geworden ist.«

Deanna nickte und bedauerte es, daß sie dem Lorcaner nicht ihr Gesicht zeigen konnte, um Mitgefühl zum Ausdruck zu bringen.

Mit einem plötzlichen Ruck stand Medizinmacher auf und erstarrte förmlich. Nach einigen Sekunden bewegte sich seine Schlangenmaske wie eine Radarantenne.

»Was ist denn?« flüsterte Deanna

»Komm«, sagte der Mann. Mit der einen Hand griff er nach Trois Arm, die andere zog das Kurzschwert aus der Scheide. »Kehren wir zur Gruppe zurück.«

Im Laufschritt eilten sie über die Straße. Deanna warf mehrmals einen Blick über die Schulter, doch ihr fiel nichts auf. Kurze Zeit später sahen sie voraus die Ponys, und daraufhin ging Medizinmacher nicht mehr ganz so schnell.

»Was hast du bemerkt?« fragte Troi.

»Ich habe leise Stimmen gehört«, antwortete der Lorcaner. »Und schlimmer noch. Zwischen den Bäumen zeigte sich etwas Rotes.«

Deanna blinzelte verwirrt. »Was bedeutet das?«

Der Heiler drehte den Kopf, und Troi spürte seinen überraschten Blick. »Kennst du denn nicht die Räuber und ihre roten Masken?«

»Räuber?« wiederholte Deanna. »In meiner Heimat gibt es ebenfalls Leute, die das Gesetz mißachten, aber ich wußte nicht, daß Lorca ähnliche Probleme hat. Sind die Räuber gefährlich?«

Medizinmacher nickte nachdrücklich. »Und ob. Sie haben es vor allen Dingen auf Reisende abgesehen. Aber mach dir keine Sorgen. Bei Scharfe Klinge bist du sicher.«

»Kann man ihnen denn nicht das Handwerk legen?«

Der Lorcaner warf einen nervösen Blick in die Richtung, aus der sie kamen, griff dann erneut nach Deannas Arm. »Das ist unmöglich, solange Lorca keinen Herrscher hat. Komm jetzt. Von jetzt an bleiben wir bei den anderen.«

Geordi LaForge merkte, daß er mit den Fingern auf die Armlehne des Kommandosessels trommelte, und ganz bewußt versuchte er, sich zu entspannen. Einmal mehr glitt sein Blick zu dem großen Wandschirm, der noch immer Lorca zeigte, einen gewölbten Horizont mit dichten, lachsfarbenen Wolken. Nur mit Mühe widerstand er der Versuchung, Wesley Crusher zu bitten, die visuelle Erfassung zu desaktivieren — der Anblick des Planeten war immer noch besser als ein vollständig leeres Projektionsfeld.

*Ich wünschte, die Welt unter uns wäre nicht so unwirtlich,* dachte LaForge. Wenn sich die *Enterprise* im Standardorbit befand, schickte der Captain normalerweise wissenschaftliche Erkundungsgruppen, und bei solchen Gelegenheiten bekam das nicht unbedingt notwendige Bordpersonal Urlaub. Die Anweisungen lauteten, in der Umlaufbahn zu bleiben, und deshalb gab es derzeit praktisch für niemanden etwas zu tun. Für die Transporterräume galt noch immer Bereitschaft, aber die übrigen Besatzungsmitglieder gingen wie gewohnt ihrer täglichen Routine nach — einer Routine, die sich größtenteils auf reines Warten beschränkte, da alle wichtigen Brückenoffiziere fehlten. Rikers Gruppe befand sich noch immer auf Lorca, suchte nach dem vermißten Captain und seinen Begleitern.

»Wann haben wir zum letztenmal etwas von Commander Riker gehört, Wesley?« fragte Geordi schließlich.

»Vor fast vierzehn Stunden, Sir«, erwiderte der Junge. »Die zweite Landegruppe nahm ihr Abendessen in einem lorcanischen Dorf ein. Inzwischen ist es später Morgen in der betreffenden Region.«

»Vierzehn Stunden...« wiederholte LaForge nachdenklich. »Bitte setz dich mit dem Ersten Offizier in Verbindung.«

»Ja, Sir«, sagte Wesley und öffnete einen Kom-Kanal. »*Enterprise* an Commander Riker. *Enterprise* an Commander Riker.«

»Hier Riker«, erklang eine müde Stimme. »Was ist los, Wes?«

Crusher sah LaForge an, der aufstand und vortrat. »Hier ist Geordi, Sir. Ich habe Wesley gebeten, einen Kontakt herzustellen, weil seit vierzehn Stunden keine Nachricht von Ihnen eintraf.«

»Tut mir leid«, sagte Riker. »Wir sind sehr beschäftigt gewesen.«

»Gibt es irgend etwas Neues? Hinweise auf den Captain?«

Eine lange Pause folgte, und Furcht quoll in LaForge empor, schnürte ihm den Hals zu. »Nichts Konkretes«, sagte der Commander schließlich. »Wenn Sie bitte in den Bereitschaftsraum des Captains gehen würden... Was ich Ihnen zu sagen habe, ist nur für Ihre Ohren bestimmt.«

LaForge sah zu Wesley Crusher, der sich auf die Lippe biß und den Blick des Chefingenieurs mied. »Ich schalte den Kanal um«, sagte der Junge.

Geordi durchquerte die Brücke und betrat den Bereitschaftsraum. Hinter ihm schloß sich die Tür mit einem leisen Zischen. »Alles klar, Commander«, sagte er. »Ich höre.«

»Zunächst einmal...« Riker seufzte. »Wir haben Botschafter Lewis gefunden. Er lebt und ist bei bester Gesundheit.«

»Großartig«, antwortete Geordi erleichtert.

»Nicht unbedingt«, widersprach Riker. »Lewis behauptet, alle anderen Angehörigen der ersten Landegruppe seien von Räubern umgebracht worden.«

»Was?« entfuhr es LaForge entsetzt.

»Leider haben Sie mich richtig verstanden. Wenn der Botschafter recht hat, sind Picard, Worf und Deanna ... tot.«

Geordi ließ sich langsam in einen Sessel sinken. »Ich ... kann es einfach nicht fassen.«

»Aber bisher haben wir keine Leichen gefunden«, fuhr Riker fort, und in seiner rauhen Stimme vibrierte leise Hoffnung. »Außerdem gibt es in Lewis' Schilderungen einige Widersprüche. Ich möchte jetzt nicht ins Detail gehen und mich nur mit folgender Feststellung begnügen: Die Todesmeldungen sind *nicht offiziell*. Sie behalten diese Informationen zunächst für sich, verstanden?«

»Ja«, brachte Geordi hervor.

»Die erste Landegruppe wird nach wie vor vermißt, und wir setzen die Suche nach ihr fort. Mehr geben Sie nicht bekannt. Versuchen Sie weiterhin, genaue Sensorerfassungen vorzunehmen.«

»Natürlich, Sir.«

Riker stand auf der Lehmstraße und beobachtete, wie der Wagen des reisenden Händler hinter mehreren hohen Bambusstauden verschwand. Eine Gestalt mit elfenbeinfarbener Maske stand in der Kurve und wartete. Der Erste Offizier bedeutete Data mit einem Wink, an Ort und Stelle zu bleiben.

»Riker En...« Weiter kam er nicht. Plötzlich erzitterte der Boden unter ihm, und irgend etwas krachte laut. Der Commander verlor das Gleichgewicht und fiel.

Zuerst glaubte er, jemand habe auf ihn geschossen, doch dann begriff er, daß es sich um ein Erdbeben handelte. Die hohen Bäume schwankten hin und her, und ein dumpfes, unheilverkündendes Grollen erklang. Zehn Meter entfernt fauchte Dampf gen Himmel, und heißes Wasser spritzte auf Riker herab.

Er gab einen schmerzerfüllten Schrei von sich, spürte unmittelbar darauf, wie ihn starke Hände packten und hochhoben.

Wenige Sekunden später war er in Sicherheit — der Androide hatte ihn durch sein rasches Eingreifen gerettet. Das Beben ließ nach, und die Dampfsäule schrumpfte, verwandelte sich in eine leise brodelnde Quelle.

Data stellte den Ersten Offizier auf die Füße. »Sind Sie verletzt, Sir?«

»Nein, ich glaube nicht.« Riker nahm die immer noch dampfende Maske ab und betastete seine Wange. Der Insignienkommunikator fiel ihm ein, doch er sah sich vergeblich nach dem kleinen Gerät um.

»Nehmen Sie Kontakt mit Geordi auf«, wies er Data an. »Vielleicht kann er uns erklären, was gerade geschehen ist.«

»Ja, Sir.« Der Androide öffnete den Reißverschluß des Parkas, holte seinen eigenen Kommunikator hervor und klopfte kurz darauf. »Data an *Enterprise*. Bitte kommen, Lieutenant LaForge.«

»Data!« tönte Geordis Stimme aus dem winzigen Lautsprecher. »Ist mit dem Commander alles in Ordnung?«

»Ja.« Aus den Augenwinkeln sah der Androide Dr. Pulaski und Fähnrich Greenblatt, die sich ihnen mit eiligen Schritten näherten. »Niemand kam zu Schaden. Wodurch wurde das Beben verursacht?«

Geordi war auf die Brücke zurückgekehrt und blickte über Wesleys Schulter. »Fähnrich Crusher wertet gerade die ermittelten Daten aus. Er kann Ihnen sicher Antwort geben.«

»Bei Ihnen ging's verhältnismäßig gemütlich zu«, sagte Wesley. »Vierhundert Kilometer weiter im Norden kam es zu einer enormen Eruption.«

Riker und seine Begleiter sahen in die entsprechende Richtung. Blutrote Streifen zeigten sich im orangefarbenen Dach über den Bäumen.

»Soll ich Sie hochbeamen?« fragte Geordi.

»Negativ«, erwiderte Riker. »Wir dürfen keine Zeit verlieren, und außerdem droht keine akute Gefahr. Mit der Luft kann es hier ohnehin kaum schlimmer werden. Wie dem auch sei: Wie groß ist die Wahrscheinlichkeit, daß sich so etwas wiederholt?«

»Eine genaue Vorhersage ist unmöglich. Aber ich glaube, Sie müssen jederzeit mit weiteren Vulkanausbrüchen und Beben rechnen.«

»Dachte ich mir«, brummte Riker. »Sorgen Sie dafür, daß die Transporterräume in Bereitschaft bleiben, Geordi.«

»Ja, Sir«, bestätigte LaForge. »Sir, könnte ich mit Data sprechen?«

»Nur zu. Es ist ohnehin sein Kommunikator.«

»Nehmen Sie meinen«, bot Greenblatt an. Ihre Bogenschützen-Maske neigte sich ein wenig zur Seite.

»Danke, Fähnrich.« Als Riker die Hand ausstreckte, um nach dem kleinen Gerät zu greifen, bemerkte er Fenton Lewis, der noch immer neben den Bambusstauden weiter vorn stand. »Leider sind nicht alle so hilfsbereit wie Sie. Ob Fenton Lewis von dem Erdbeben so sehr durchgeschüttelt wurde, daß sich die Lücken in seinem Gedächtnis geschlossen haben?«

Er setzte seine Maske auf und wankte über den Weg. Greenblatt und Dr. Pulaski folgten ihm.

LaForge begab sich erneut in den Bereitschaftsraum des Captains. »Schalte um, Wesley. Und schirm den Kanal ab.«

»Aye, Sir.«

Der Chefingenieur wartete, bis sich die Tür geschlossen hatte. »Hören Sie mich, Data?«

»Klar und deutlich, Geordi.«

»Was ist mit Lewis' Behauptung, der Captain, Deanna und Worf seien tot?«

»Sie zeichnet sich durch einen gewissen Mangel an Logik aus«, erwiderte Data. »Bisher blieb uns der Botschafter einen klaren Beweis schuldig, und wir suchen noch immer nach den angeblichen Leichen.«

»Was meint ihr Instinkt dazu?«

»Leider bin ich nicht mit Instinkten ausgestattet worden«, sagte der Androide. »Aber in diesem Fall genügt ganz gewöhnliche Vernunft, um eine Schlußfolgerung zu ziehen: Einige Masken haben den Besitzer gewechselt, was hier recht häufig geschieht, und nichts deutet darauf hin, daß jemand gestorben ist.«

»Na schön«, seufzte LaForge. »Die Sache ist und bleibt inoffiziell. Darf ich Sie um einen Gefallen bitten, Data?«

»Selbstverständlich.«

»Wenn's brenzlig wird... Geben Sie uns sofort Bescheid, damit wir euch an Bord holen können.«

»Einverstanden. Die hiesige Kultur ist faszinierend, Geordi. Sicher kehre ich mit vielen interessanten Geschichten zurück.«

»Es genügt mir zu hören, wie Sie den Captain und seine Begleiter gerettet haben.«

»Ich werde mich an alle Einzelheiten erinnern«, sagte der Androide. »Data Ende.«

»Geordi Ende.« Der Chefingenieur unterbrach die Verbindung.

Als er den Bereitschaftsraum verließ und zum Kommandosessel ging, fühlte er die Blicke aller Anwesenden auf sich ruhen. Die übrigen Offiziere würden es sich nicht erlauben, ihm direkte Fragen zu stellen, aber bestimmt behielten sie ihn die ganze Zeit über im Auge. Manchmal gaben Verhalten und Gestensprache genügend Hinweise...

»Die erste Landegruppe wird noch immer vermißt«, sagte Geordi laut. »Riker hat uns gebeten, noch aufmerksamer als bisher nach dem Captain, Deanna und Worf Ausschau zu halten. Was ist mit den Scannern und Sensoren, Wesley?«

»Über der betreffenden Region haben sich neue Staub- und Aschewolken gebildet«, erwiderte der Junge. »Sie absorbieren alle Sondierungssignale.«

»Versuch es weiterhin«, brummte Geordi und nahm im Befehlsstand Platz. Auf dem Wandschirm drehte sich der rote Planet Lorca, und es dauerte nicht lange, bis LaForge wieder begann, mit den Fingern auf die Armlehne zu trommeln.

Jean-Luc Picard versuchte, sein erschrockenes Pony zu beruhigen, indem er über die Mähne strich und besänftigende Worte murmelte. Doch das Tier blieb nervös, scharrte mit den Hufen und schnaubte immer wieder. Schließlich gab der Captain auf und schwang sich in den Sattel.

»Picard!« rief Scharfe Klinge und winkte ungeduldig. »Wir dürfen uns nicht von einem kleinen Schrecker aufhalten lassen.«

»Mit allem Respekt...« entgegnete der Captain. »Ich glaube, die Ponys brauchen eine Ruhepause. Offenbar nehmen sie die Schrecker weitaus ernster als du.«

»Es sind dumme Tiere«, sagte die Kriegerin.

»Vielleicht denken sie das auch von uns«, warf Deanna Troi ein. Sie gesellte sich Picard und Scharfe Klinge hinzu, deutete auf Medizinmacher, der sich beeilte, zu ihr aufzuschließen. »Mögliche Erdbeben und Vulkanausbrüche sind derzeit nicht unsere einzige Sorge, Captain. Der lorcanische Heiler glaubt, im Wald hinter uns verstecken sich Räuber.«

Die Kriegerin wandte sich dem Kräutersammler zu. »Was hast du gesehen?«

»Nur einen roten Schimmer«, antwortete Medizinmacher. »Aber ich habe Stimmen gehört.«

Scharfe Klinge hob den Kopf, griff nach der Mähne ihres Ponys und zwang es dazu, ganz still zu stehen. Sie ließ ihren Blick über den Waldrand schweifen, während sich auch Worf, Kalter Engel, Spinnenschwinge und die beiden lorcanischen Pagen näherten.

»Feiglinge«, murmelte die Kriegerin. »Sie haben Angst und bleiben im Verborgenen. Ich bin sicher, die verdammten Mistkerle haben es gar nicht auf uns abgesehen. Wahrscheinlich planen sie, bei Mehrweg unvorsichtige Reisende zu überfallen.«

»Mehrweg?« wiederholte Picard.

»Ein Ort, an dem sich mehrere Straßen treffen.«

»Was sollen wir jetzt machen?« fragte Spinnenschwinge. »Wir könnten den Rotmaskierten eine Falle stellen.«

»Nein«, sagte Scharfe Klinge. »Ich würde dem Räubergesindel gern eine Lektion erteilen, aber wir dürfen kein Risiko eingehen, wenn wir in Heimwiese Erfolg haben wollen. Beim Markt brauche ich euch alle, und zwar unverletzt.«

Sie sprang von ihrem Pony herunter, band die Zügel zusammen und reichte sie dem Mann mit der Fischer-Maske. »Beruhige die Tiere, Kalter Engel. Führ sie nach Mehrweg, wenn es sein muß. Ich möchte kein einziges Pony verlieren.«

»Verlaß dich auf mich, Lady«, erwiderte der frühere Zureiter. Innerhalb weniger Sekunden stellte er eine Karawane zusammen, indem er die Zügel eines jeden kleinen Rosses am Sattel des Tiers davor befestigte. Dann schnalzte er mit der Zunge, trieb die Ponys an.

Die eindrucksvolle Blitz-Maske schwang langsam herum, als Scharfe Klinge ihre Begleiter nacheinander musterte. Picard fühlte sich an seine Kadettenzeit erinnert, verglich die Kriegerin mit einem Ausbilder, der sich nun anschickte, höchst unwillkommene Befehle zu erteilen.

»Wer erklärt sich bereit, die Nachhut zu bilden?« fragte sie. »Es ist eine sehr gefährliche Aufgabe, denn der Rest der Gruppe muß sich beeilen, um Mehrweg zu erreichen. Ich glaube, dort können wir unsere roten Schatten abschütteln.«

»Ich melde mich freiwillig«, sagte Picard sofort.

»Ich auch«, brummte Worf.

»Ihr habt doch gar keine Ahnung, worauf es zu achten gilt«, spottete Spinnenschwinge.

»Und wenn schon«, grollte der große Klingone. »Wer uns angreift, wird sein blaues Wunder erleben.«

»Wir haben keine Zeit, drüber zu diskutieren«, sagte Scharfe Klinge fest. »Picard und Worf – ich wünsche euch viel Glück. Eure Tapferkeit ist sehr lobenswert.« Sie hob die Hand und winkte. »Und jetzt... Los geht's!«

Die Kriegerin begann mit einem Dauerlauf und entfernte sich rasch. Deanna sah Picard an, und er bedeutete ihr, Scharfe Klinge zu folgen. Die anderen Lorcaner warteten keine zusätzliche Aufforderung ab. Schon nach wenigen Sekunden blieben Worf und der Captain allein auf dem Weg zurück, und die beiden Männer blickten sich unsicher um.

»Ich kann mir denken, was Sie vorhaben«, sagte der Klingone.

Picard nickte. »Wir müssen die Chance nutzen, mit anderen Lorcanern zu sprechen, wie gefährlich sie auch sein mögen. Vielleicht wissen sie etwas über Allmächtiger Töter.«

»Und wenn wir ›Räubergesindel‹ begegnen?« fragte Worf.

»Phaser auf Betäubung justieren.«

Geordi nahm sein Visor ab und legte es auf den kleinen, runden Tisch. Für den Chefingenieur wurde es plötzlich dunkel im Gesellschaftsraum, und er massierte sich die schmerzenden Schläfen.

»Das Warten bringt mich noch um den Verstand«, stöhnte er, als ihm Guinan einen Becher mit Kamillentee reichte.

»Ich sollte Ihnen das eigentlich nicht sagen«, begann sie, »aber mir sind einige Gerüchte zu Ohren gekommen. Es heißt, Sie wissen mehr, als Sie zugeben.«

»Ja, das stimmt. Aber es ist nichts Offizielles, und ich schweige darüber, um Gerüchte zu *vermeiden*.« LaForge schnitt eine Grimasse, als er das Visor wieder aufsetzte. »Als ich mit Commander Riker sprach, kam es zu einem gewaltigen Vulkanausbruch.«

»Wurde jemand verletzt?« fragte Guinan besorgt.

»Nicht daß ich wüßte.«

»Offenbar braucht sich die Landegruppe nicht über Langeweile zu beklagen.«

Geordi griff nach dem Becher und trank einen Schluck. »Wissen Sie, was ein Taxi ist?«

»Nein«, erwiderte Guinan.

»Ein vor Jahrhunderten auf der Erde gebräuchliches Transportmittel, vollkommen vom Fahrer abhängig. Verschiedene Versionen davon existierten praktisch auf allen technologischen Planeten in der Galaxis. Nun, der Mann am Steuer fährt den Passagier durch die Stadt und hält ab und zu, weil sein Fahrgast etwas zu erledigen hat. Während er wartet, läuft das Taxameter weiter – ein Gerät, das den Fahrpreis anzeigt.«

Geordi seufzte hingebungsvoll. »Nun, ich fühle mich wie ein Taxifahrer, dessen Taxameter schon seit vier Tagen läuft. Wir haben nicht die geringste Möglichkeit, in das Geschehen auf Lorca einzugreifen. Unsere ›Aktivität‹ beschränkt sich darauf, die Transporterräume in Bereitschaft zu halten. Mit jeder vulkanischen Eruption wird die Wolkendecke undurchdringlicher, und jede verstreichende Stunde verstärkt in mir das Gefühl der Hilfslosigkeit.«

Guinan nahm auf der anderen Seite des Tisches Platz und musterte LaForge voller Mitgefühl. »Dies ist ein Notfall, Geordi, und Sie haben das Kommando über die *Enterprise*. Anders ausgedrückt: Sie tragen große Verantwortung. Warten ist kein Synonym für Inaktivität; manchmal fällt es weitaus schwerer, sich in Geduld zu fassen, anstatt irgend etwas zu unternehmen. Es wird sicher nicht mehr lange dauern, bis die Zeit zum Handeln kommt, und dann sind Sie bereit.«

»Danke.« Der Chefingenieur lächelte. »Ich weiß natürlich, daß ich wichtige Pflichten wahrnehme, aber es ist angenehm zu hören, daß ich auch schwere Arbeit leiste.«

Eine aufgeregte Stimme drang aus dem Lautsprecher der internen Kommunikation, übertönte die leisen Gespräche im Gesellschaftsraum. »Fähnrich Crusher an Lieutenant LaForge. Dringend! Brücke an LaForge.«

Geordi klopfte auf seinen Insignienkommunikator. »Hier Lieutenant LaForge. Was ist los, Wesley?«

»Sir!« stieß der Junge nervös hervor. »Wir sind nicht mehr die einzigen, die Lorca besuchen. Ein Ferengi-Schiff fliegt den Planeten an und schwenkt gerade in die Umlaufbahn.«

Geordi und Guinan wechselten einen raschen Blick. »Hast du versucht, einen Kontakt herzustellen?«

»Nein, Sir. Damit wollte ich warten, bis Sie hier sind.«

»Bin schon unterwegs.«

Geordi nippte noch einmal an seinem Becher und stand auf. »Sie hatten recht«, wandte er sich an Guinan. »Langsam wird's interessant.«

# KAPITEL 10

Die Tür des rückwärtigen Turbolifts öffnete sich, und Lieutenant LaForge stürmte auf die Brücke. »Was ist geschehen, Wesley? Wissen die Ferengi, daß wir hier sind?«

»Ich glaube schon«, antwortete Fähnrich Crusher. Er berührte einige Sensorflächen auf seiner Konsole, und daraufhin zeigte der große Wandschirm ein fremdes Raumschiff.

»Was führt die Ferengi hierher?« überlegte Geordi laut.

Wesley zuckte mit den Schultern. »Soll ich Alarmstufe Gelb veranlassen?«

LaForge kratzte sich am Kinn. »Wie verhalten *sie* sich?«

»Sie stabilisieren ihre Position im Orbit. Kein Alarm an Bord. Keine Schilde. Keine energetische Aktivität im Bereich der Waffensysteme. Die Entfernung ist so gering, daß wir kaum etwas voreinander verbergen können.«

»Wir befinden uns nicht im Krieg mit den Ferengi«, sagte Geordi. »Und Lorca ist ein unabhängiger Planet. Wir haben also keinen Grund, defensive oder gar offensive Maßnahmen zu ergreifen.«

»*Noch* nicht«, fügte Fähnrich Crusher hinzu und erinnerte sich an einige wenig erfreuliche Begegnungen mit den profitgierigen Ferengi.

»Das fremde Schiff hat gerade eine Landegruppe auf den Planeten gebeamt, Sir«, meldete der dritte Offizier. Er saß an der Operatorstation und deutete auf die Anzeigen der Scanner.

»Grußfrequenzen öffnen«, sagte Geordi und rutschte unruhig im Kommandosessel hin und her.

»Grußfrequenzen offen.«

Der Chefingenieur zögerte kurz und erhob sich. »Hier spricht Lieutenant Geordi LaForge, stellvertretender Captain des Föderationsschiffes U.S.S. *Enterprise*. Ich rufe den Commander des Ferengi-Schiffes.«

»Wir wissen, wer Sie sind«, antwortete eine Stimme.

»Visueller Kontakt«, sagte Geordi.

Erneut veränderte sich die Darstellung des Wandschirms. Das Projektionsfeld zeigte nun einen kleinen Humanoiden mit geradezu riesigen Ohren. Lange Nase, blitzende Augen und vorstehende Zähne verliehen seinem Erscheinungsbild etwas Wildes und Aggressives. Er saß an einem großen Tisch und schien sich gerade mit einem anderen Ferengi beraten zu haben, der dicht hinter ihm stand. Mit einem kurzen Tastendruck schaltete er das Computerterminal ab, und der zweite Humanoide ging.

»Bitte entschuldigen Sie, daß wir uns nicht sofort nach unserer Ankunft mit Ihnen in Verbindung gesetzt haben«, ertönte die knurrende Stimme. »Aber ich mußte zuerst noch einige wichtige Dinge erledigen. Ich bin Karue Nobnama, Erster Offizier des Handelsschiffes *Lazara* aus der Ferengi-Allianz. Unser Captain ist derzeit indisponiert; daher leite ich die Mission.«

»Und woraus besteht Ihre Mission auf Lorca?« fragte Geordi wie beiläufig.

Der Ferengi lächelte und lehnte sich in seinem dick gepolsterten Sessel zurück. »Die gleiche Frage könnte ich Ihnen stellen. Wir kommen als Händler, während die *Enterprise* ein berühmtes Kriegsschiff ist. Ich schätze, daraus muß man gewisse Schlußfolgerungen ziehen.«

»Alle Ferengi sind Händler«, erwiderte Geordi. »Und die *Enterprise* wurde als Forschungsschiff konzipiert.«

Karue Nobnama nickte und lächelte kurz.»Ich glaube, unsere hiesige Tätigkeit läßt sich durchaus auch mit dem Begriff ›Forschung‹ umschreiben.«

»Vielleicht sollten wir zusammenarbeiten«, schlug Geordi vor.

Der Ferengi lächelte erneut, zeigte dabei seine krummen Zähne. »Ich fürchte, das hat keinen Sinn. Letztendlich verfolgen wir unterschiedliche Ziele. Die Föderation möchte ihre militärische Dominanz auf die ganze Galaxis erweitern, während es uns nur darum geht, für beide Seiten nützliche Handelsvereinbarungen zu treffen.«

Geordi widersprach nicht — in der Hoffnung, mehr zu erfahren. »Interessieren Sie sich vielleicht für die natürlichen Ressourcen Lorcas?«

Karue Nobnamas große Ohren zuckten. »Es tut mir leid, aber ich bin nicht so dumm, einem Konkurrenten Informationen zu geben. Guten Tag.«

Das Bild verblaßte.

»Er hat den Kontakt unterbrochen, Sir«, meldete ein Brückenoffizier.

Geordi schlug sich mit der Faust auf die flache Hand und schüttelte den Kopf. »Warum sind die Burschen bloß so stur?«

»Die Ferengi denken in Form von Bilanzen«, sagte Wesley Crusher. »Ihnen geht es nur darum, einen möglichst großen Gewinn zu erzielen. Da die Föderation ihre Einstellung nicht teilt, mißtrauen sie uns. Sie glauben, unsere Grundsätze und Prinzipien seien nur geschickte Tarnung.«

»Nun, immerhin hat die Sache einen Vorteil«, brummte Geordi und ließ sich wieder in den Kommandosessel sinken. »Je mehr Augen und Ohren auf dem Planeten sind, desto besser. Wenn wir den Captain nicht finden, haben die Ferengi vielleicht mehr Glück.«

Commander Riker starrte mißmutig auf die Straße, ein rotes Band, das sich viele Kilometer weit an hohen braunen Bäumen entlangwand. Er richtete seinen Blick gen Himmel und verzog das Gesicht hinter der prächtigen Wald-Maske.

»Bei allen Raumgeistern, Lewis! Haben Sie völlig vergessen, wo der Angriff stattfand?«

Die kunstvolle Federmaske neigte sich nach unten, und der Botschafter trat nach einem Lehmbrocken, in dem mehrere Würmer steckten. »Ich bedauere es ebenso wie Sie, Commander. Aber hier sieht es überall gleich aus.«

»Das stimmt nicht ganz«, widersprach Data. »Die Breite

der Straße schwankt zwischen einem und sechs Metern. Die Vegetation mag gleichförmig wirken, doch ich habe inzwischen über vierhundert verschiedene Spezies gezählt. Während der letzten drei Kilometer stieg das Gelände leicht an, aber jetzt führt der Weg in einem Winkel von zehn Grad nach unten...«

»Schon gut, Data«, unterbrach Katherine Pulaski den Androiden. »Sie erkennen viele Unterschiede, aber für uns Menschen ist der Wald tatsächlich uniform. Wenn wir nicht auf der Straße unterwegs wären, hätten wir uns längst verirrt.«

Riker gab sich mit keiner der beiden Erklärungen zufrieden. »Sie kennen sich in der Wildnis aus, Lewis. Wollen Sie allen Ernstes behaupten, daß Sie nicht zu dem Ort zurückfinden, wo die drei anderen Angehörigen Ihrer Gruppe starben?«

Das lange Haar geriet in Bewegung, und die breiten Schultern des Botschafters erzitterten kurz, als er seufzte. »Es tut mir leid, daß es Ihnen so schwerfällt, mir zu glauben, Commander. Sie müssen sich mit meinen Schilderungen begnügen.«

»Die Starfleet-Vorschriften verlangen einen Zeitraum von fünf Jahren, bevor ein vermißtes Besatzungsmitglied ohne eindeutige Identifikation der Leiche für tot erklärt werden kann«, sagte Data. »Es bleibt uns also gar nichts anderes übrig, als die Suche fortzusetzen.«

»Wie ich schon sagte«, entgegnete Lewis. »Captain Picard wird nicht vermißt – er ist tot. Ich habe beobachtet, wie er umgebracht wurde. Sie können ruhig an Bord der *Enterprise* zurückkehren; wenn ich die Leichen finde, gebe ich Ihnen sofort Bescheid.«

»Von wegen«, knurrte Riker. »Wenn es notwendig wird, bleiben wir *fünf Jahre lang* hier!«

Der von Fähnrich Greenblatt stammende Insignienkommunikator piepte leise, und Riker nahm ihn aus der Innentasche seines Parkas. Er sah die dunkle Bogenschützen-Maske an und bedachte sie mit einem Lächeln, das die junge Sicherheitsbeamtin gar nicht sehen konnte. Data hatte das kleine Gerät auf den Individualcode des Ersten Offiziers justiert. »Hier Riker«, sagte er.

»Lieutenant LaForge«, tönte es aus dem winzigen Lautsprecher. »Ich habe Neuigkeiten für Sie, Sir. Ein Ferengi-Schiff befindet sich im lorcanischen Orbit.«

»Ferengi!« entfuhr es Riker. Fenton Lewis wich seinem Blick aus. »Was wollen sie hier?«

»Wir setzten uns mit ihnen in Verbindung und bekamen zur Auskunft, sie seien mit ›Forschungen‹ beschäftigt«, erwiderte Geordi. »Es ist bereits eine Landegruppe auf den Planten gebeamt worden.«

Botschafter Lewis zuckte mit den Schultern. »Sie kommen nicht zum erstenmal hierher. Ich halte es für reinen Zufall, daß ausgerechnet jetzt ein Ferengi-Schiff in die Umlaufbahn schwenkte.«

»Was haben Sie ihnen über uns gesagt?« fragte Riker.

»Nichts«, antwortete LaForge. »Die galaktischen Händler sehen in uns vermutlich Mitbewerber auf einem neuen Markt.«

»Na schön«, brummte der Erste Offizier. »Behalten Sie die Ferengi im Auge. Es gefällt mir ganz und gar nicht, daß sie hier sind.«

»Von unserer Präsenz dürften sie ebensowenig begeistert sein«, meinte Geordi.

»Riker Ende.« Der Commander verstaute das geliehene Kom-Gerät wieder in der Tasche und zog den Reißverschluß zu.

Er wandte sich an die mit Federn geschmückte Boten-Maske. »Sollen wir zu Tagesfleiß' Wagen aufschließen?« fragte er. »Oder schlagen Sie eine andere Richtung vor? Es liegt ganz bei Ihnen. Wir verlassen Lorca erst, wenn wir die Leichen gefunden haben.«

Jean-Luc Picard versuchte, im hohen Baumwipfel eine bequeme Position zu finden, aber wenn er sich zurücklehnte, spürte er den harten Stummel eines abgebrochenen Astes.

Darüber hinaus löste sich immer wieder Moos von den Zweigen um ihn herum – das braune Pulver rieselte ihm in den Kragen, kroch unter seine Kleidung.

Worf hingegen erweckte den Eindruck, als sei er in einem Baum geboren. Der große Klingone hockte auf einer Astgabel über dem Captain, saß mit verschränkten Armen und schien zu dösen. Die Maske hing an seinem Gürtel, und der Atem bildete graue Wolken vor den Lippen.

Picard richtete seinen Blick wieder auf den Waldboden, der sich rund zwanzig Meter unter ihnen erstreckte. Sie hatten beschlossen, die Räuber zu beobachten, bevor sie einen Kontakt zu ihnen herstellten, und aus diesem Grund wählten sie einen der höchsten Bäume, kletterten bis zum Wipfel empor. Der Captain verlagerte sein Gewicht, und erneut rieselten braune Moosflocken. Er beneidete Worf um seine Ruhe, während er den roten Lehmweg beobachtete, der sich friedlich durch den Wald wand.

Medizinmachers knappe Beschreibungen deuteten darauf hin, daß sich die Rotmaskierten dicht hinter Scharfe Klinge und ihrer Gruppe befanden, und deshalb rechnete Picard nicht mit einer langen Wartezeit. Aber irgend etwas schien die Räuber aufzuhalten. Vielleicht wollten sie eine Konfrontation mit der Kriegerin und ihrem Gefolge vermeiden, blieben deshalb in der ewigen Dämmerung zwischen den Stämmen verborgen. Vielleicht war nicht ganz soviel Zeit vergangen, wie der Captain glaubte. Matter Sonnenschein filterte durch das Blätterdach des kathedralenartigen Waldes, warf trübe Schatten, die mit unerschütterlicher Geduld über den Boden tasteten – in einer solchen Umgebung verlor man leicht das Zeitgefühl.

Picard hatte den größten Teil seines Lebens in verschiedenen Raumschiffen verbracht, und angesichts der natürlichen Erhabenheit dieser ursprünglichen Welt verloren seine bisherigen Erfahrungen an Bedeutung. Auf Lorca war das Leben untrennbar mit dem Planeten selbst verbunden, während für die Besatzungsmitglieder der *Enterprise* ein künstlich geschaffenes Ambiente dominierte, umgeben vom unendlichen All. Hier regierte allein die urzeitliche Kraft namens Natur.

Ein leises Knacken weckte Picards Aufmerksamkeit, und erneut starrte er auf den Weg herab, der sich an den Bäumen entlangschlängelte. Fünf Gestalten mit roten Masken schoben sich hinter dem Gebüsch hervor und betraten die Straße. Sie sahen sich wachsam um, hielten ihre Schwerter bereit.

Der Captain zupfte am Hosenbein des Klingonen, und Worf war sofort hellwach. Picard hielt den Zeigefinger vor die Lippen und deutete nach unten. Der Sicherheitsoffizier bestätigte den Hinweis mit einem stummen Nicken.

Die fünf Räuber schlichten über den breiten Pfad, und vier andere folgten ihnen auf Ponys. Sie bewegten sich wie eine militärische Einsatzgruppe, schienen seit langem daran gewöhnt zu sein, zusammenzuarbeiten und als Team zu kämpfen. Kurz darauf bemerkte Picard zwei weitere Gestalten, die sich von den anderen unterschieden. Sie zeigten das Gebaren von Befehlshabern, und ihre silbernen Masken waren größer als die lorcanischen Artefakte – groß genug, um langen Ohren Platz zu bieten.

Picard und Worf wechselten einen kurzen Blick. Die Lippen des Klingonen formulierten ein lautloses Wort: »Ferengi.«

Der Captain nickte, und seine Verwirrung wuchs. Was machten zwei Ferengi bei einer Gruppe lorcanischer Verbrecher? Er erinnerte sich an Fenton Lewis' Bericht darüber, wie er in den Besitz der Botschafter-Maske gelangt war. Suchten die Ferengi nach ihm? Nein, das erschien ihm unwahrscheinlich. Selbst wenn die galaktischen Händler wußten, daß sich Lewis auf Lorca befand... Es hatte wohl kaum einen Sinn, hier eine Fahndung nach ihm zu veranstalten – schließlich handelte es sich um einen ganzen Planeten, auf dem es gewiß nicht an Versteckmöglichkeiten mangelte. Hinzu kamen die Masken, die eine sichere Identifizierung erschwerten. Andererseits: Die Ferengi wirkten selbstbewußt und gelassen, schienen Verbündete der Räuber zu sein und nicht etwa ihre Gefangenen.

Picard spielte mit den Gedanken, sich den Außenweltlern zu zeigen. Vielleicht konnten sie ihm und seinen Gefährten helfen, zur *Enterprise* zurückzukehren. Doch irgendein Instinkt veranlaßte ihn dazu, keinen Laut von sich zu geben und zu warten, bis die Prozession aus Räubern und Ferengi außer Sicht geriet.

Schließlich wandte er sich nachdenklich an Worf. »Das *waren* Ferengi, nicht wahr?«

»Ja, Captain«, erwiderte der Klingone. »Vielleicht versuchen sie, direkten Einfluß auf das hiesige Geschehen zu nehmen.«

»Dazu wären sie sicher bereit, wenn sie sich etwas davon versprächen. Sie könnten es auf das feuerfeste Moos abgesehen haben. Oder sie wollen sich lorcanische Masken für ihre Auktionen besorgen. Die Ferengi sind nicht an ein Äquivalent der Ersten Direktive gebunden. Sie würden nicht zögern, die Regierung zu stürzen, um ihre Ziele zu erreichen.«

»Auf Lorca gibt es keine Regierung«, sagte Worf.

»Abgesehen von der Maske der Weisheit«, murmelte Picard. »Sie genügt, um über den Planeten zu herrschen.«

Der Klingone streckte seine langen Beine. »Was machen wir jetzt? Geben wir uns den Ferengi zu erkennen, um sie zu bitten, uns eine Rückkehr zur *Enterprise* zu ermöglichen?«

»Es ist eine Chance, die wir nicht ungenutzt verstreichen lassen dürfen«, erwiderte Picard.

Sie kletterten von dem riesigen Baum herunter, gingen langsam über die Straße und folgten den Räubern. Ganz automatisch setzten sie ihre Masken auf, und Picard holte seinen Phaser hervor. »Auf Betäubung justieren.«

»Ja, Sir«, bestätigte Worf.

»Und zeigen Sie die Waffe nicht.«

»In Ordnung.«

»Noch etwas Lieutenant: Wenn irgend etwas schiefgeht

und wir zu einem raschen Rückzug gezwungen sind... Versuchen Sie, an den Rotmaskierten vorbeizukommen und Scharfe Klinge zu erreichen.«

Der Klingone nickte ernst.

Ihre Stimmen klangen durch den stillen Wald, und weiter vorn kam es zu hektischer Aktivität. Die beiden Starfleet-Offiziere setzten entschlossen einen Fuß vor den anderen, und Picard spürte, wie sich sein Pulsschlag beschleunigte. Der ersten Begegnung mit Scharfe Klinge folgte unmittelbare Gewalt, und die Räuber standen in dem Ruf, noch weitaus weniger Skrupel zu haben als durchschnittliche Lorcaner. Würden sie sein Recht in Frage stellen, die Zureiter-Maske zu tragen?

Und wie mochten sich die Ferengi verhalten? Sie haßten die Föderation und alles, was sie repräsentierte. Aber mit ziemlicher Sicherheit befand sich eins ihrer Raumschiffe im Orbit, und vielleicht standen sie nach wie vor damit in Kontakt.

Picard und Worf schritten durch eine Kurve, und dahinter hatten die Räuber Kampfstellung bezogen: Vorn standen die Rotmaskierten ohne Ponys, und hinter ihnen hielten sich die Berittenen bereit. Schwertklingen drohten.

Die Ferengi bildeten wie zuvor den Abschluß.

»Wir kommen in Frieden«, sagte Picard und verbarg seinen Phaser. »Wir möchten nur mit euch sprechen, weiter nichts.«

Die roten Masken starrten den Captain und Worf verblüfft an. Vermutlich hatte es nie jemand gewagt, sich einfach so einer Gruppe von Räubern zu nähern. Die Lorcaner sahen sich nervös um, als argwöhnten sie eine Falle.

Einige endlose Sekunden lang geschah überhaupt nichts. Die beiden Männer von der *Enterprise* wechselten einen Blick und versuchten, nicht nervös zu wirken. Schließlich stieg einer der berittenen Räuber ab und winkte mit seinem Schwert.

»Eins muß ich dir lassen, Zureiter«, sagte er. »Du bist

tapfer. Deshalb werde ich dir erlauben, dein Anliegen zu nennen, bevor wir dich töten.«

Picard zuckte mit den Achseln und gab damit zu verstehen, daß er sich nicht vor dem Tod fürchtete. »Ich habe eigentlich erwartet, daß die gütigen Ferengi ihre Handelspartner auf eine andere Art und Weise begrüßen.«

Eine der beiden Gestalten mit den Silbermasken trieb ihr Pony an und ritt an den Räubern vorbei. »Wer sind Sie?«

»Auf Lorca bin ich Zureiter«, erwiderte Picard und zeigte auf seine Maske. Dann deutete er gen Himmel. »Aber dort oben bin ich Jean-Luc Picard, Captain der U.S.S. *Enterprise.*«

Der zweite Ferengi gesellte sich dem ersten hinzu. »Wir haben Ihr Schiff gesehen, doch wir wußten nicht, daß Föderationsrepräsentanten in die lorcanische Gesellschaft integriert sind.«

»Es geschah nicht mit Absicht«, gestand der Captain ein. »Wir kamen vor einigen Tagen hierher, um diplomatische Beziehungen herzustellen, aber leider verloren wir den Kontakt zur *Enterprise*. Um ganz offen zu sein: Wir brauchen Ihre Hilfe, um den Planeten zu verlassen.«

»Ah«, murmelte der erste Ferengi, und Picard stellte sich das breite Grinsen unter der silbernen Maske vor. »Sie wollen also etwas von uns. Was bieten Sie als Gegenleistung an?«

»Diese Artefakte«, erwiderte Jean-Luc und meinte damit sowohl seine eigene Maske als auch die des Klingonen. »Und unsere Dankbarkeit.«

Beide Ferengi schüttelten den Kopf. »Das genügt nicht«, sagte einer. »Eure Masken sind schlicht und gewöhnlich, und mit Dankbarkeit können wir nichts anfangen.«

Die meisten Räuber entspannten sich und ließen ihre Schwerter sinken – obgleich Picard und Worf noch einige Schritte näher kamen. Nur wenige Meter trennten sie jetzt von den Ferengi.

»Was ist mit Ponys?« fragte Worf.

»Nein«, knurrte der andere Fremde. »Unsere Freunde

hier können uns alle Ponys und lorcanischen Waren besorgen, die wir möchten. In dieser Beziehung sind sie sehr ... einfallsreich.«

»Nun gut«, brummte Picard.

»Was wollen Sie von uns?«

Einer der beiden Ferengi beugte sich im Sattel vor und bedachte die Starfleet-Offiziere mit durchdringenden Blikken. »Die Maske der Weisheit.«

»Wenn ich sie besäße, brauchte ich wohl kaum mit Ihnen zu reden«, entgegnete Picard spöttisch. »Dann läge mir der ganze Planet zu Füßen.«

Der Ferengi lehnte sich wieder zurück. »Sie kennen jetzt den Preis. Ich bezweifle, ob Sie etwas anderes haben, das unser Interesse wecken könnte.«

»Wie wäre es mit der Botschafter-Maske?« fragte Picard unschuldig.

Daraufhin beugten sich beide Ferengi vor, und einer von ihnen gestikulierte zornig. »Sie wurde uns gestohlen!«

»Ich trage dafür keine Verantwortung«, sagte der Captain. »Fenton Lewis stahl sie, und das bedauern wir sehr. Aber er handelte nicht im Auftrag der Föderation, sondern aus eigener Initiative.«

»Und warum sind Sie hier?«

»Warum sind *Sie* hier?« erwiderte Picard.

Der andere Ferengi hob die Hand. »Derartige Diskussionen führen zu nichts. Wir ermöglichen Ihnen die Rückkehr zu Ihrem Schiff, Picard — wenn wir dafür die Maske der Weisheit oder die des Botschafters *und* Fenton Lewis bekommen.«

»Vielleicht bin ich in der Lage, Ihnen die Botschafter-Maske zu besorgen«, sagte Picard. »Aber ich weiß nicht, wo sich Fenton Lewis derzeit aufhält. Sind Sie wenigstens bereit, der *Enterprise* mitzuteilen, daß mit uns alles in Ordnung ist?«

»Sie haben unser Angebot gehört«, lautete die Antwort. »Setzen Sie nun Ihren Weg fort.«

»Einen Augenblick«, knurrte der Räuber, der Picard

und Worf als erster angesprochen hatte. »Wir können diese beiden Werjuns nicht einfach so gehen lassen. Scharfe Klinges Krieger sind direkt vor uns.«

»Sie wissen, daß ihr hier seid«, knurrte Worf, und seine Stimme klang ebenso drohend wie die des Lorcaners. »Ihr habt niemanden zum Narren gehalten.«

Der Räuber stieß die Männer vor ihm beiseite und trat auf den Klingonen zu. Seine metallene Maske glänzte blutrot und wies seltsame Schwingensymbole auf. Hinter den schlitzförmigen Augenöffnungen blitzte Wut in dunklen Pupillen.

Er richtete sein Schwert auf Worf. »Kein *Page* spricht so mit mir!«

Picard rechnete damit, daß der Lorcaner von einem plötzlichen Energiestrahl getroffen wurde und bewußtlos zu Boden stürzte, aber der Klingone beherrschte sich. Jean-Luc beobachtete, wie Worf die Muskeln spannte.

»Laß ihn, Häuter«, zischte einer der Ferengi. »Tot nützen sie uns nichts.«

Doch der Räuber ignorierte die Stimme der Vernunft, gab sich ganz seinem Zorn hin. »Sie müssen sterben!« heulte er und holte aus.

Worf duckte sich zur Seite, und gleichzeitig schwang einer der Ferengi eine lange Peitsche. Er zielte gut, und die glühende Spitze traf den Lorcaner an der Brust. Funken stoben über seinen Torso. Er schrie, und die Maske löste sich vom Gesicht des Mannes, als er fiel und auf dem roten Lehm liegenblieb.

»Er ist nur betäubt«, sagte der Ferengi. »Nach einigen Minuten kommt er wieder zu sich.«

»Allerdings fehlen ihm dann mehrere Millionen Hirnzellen«, fügte Worf hinzu.

Die Gestalt mit der Silbermaske nickte und interpretierte die Bemerkung des Klingonen als Kompliment. »Wir setzen diese Peitschen auch in unseren Bergbaukolonien ein. Damit fällt es nicht weiter schwer, die Disziplin zu wahren.«

»Ja, kann ich mir denken.« Picard nickte langsam. »Wir gehen jetzt. Wenn uns jemand angreift...«

»Keine Sorge«, sagte einer der Ferengi. »Unsere Begleiter werden sich hüten, etwas gegen Sie zu unternehmen.«

Die meisten Räuber waren zum Straßenrand zurückgewichen, ließen Picard und Worf ungehindert passieren. Die beiden Offiziere von der *Enterprise* begannen mit einem leichten Dauerlauf und sahen mehrmals zurück.

»Denken Sie an unsere Bedingungen!« rief ihnen ein Ferengi nach. »Entweder die Maske der Weisheit oder Fenton Lewis *und* die Botschafter-Maske.«

Deanna Troi beobachtete, wie Scharfe Klinge erneut einen Blick über die Schulter warf. Die Finsternis der Nacht kroch durch den Wald, und Captain Picard und Lieutenant Worf waren noch nicht zurückgekehrt. Die Kriegerin hatte ihre Gefolge zur Eile angetrieben, um eine möglichst große Entfernung zwischen ihre Gruppe und die Räuber zu legen. Sie hielt nicht bei Mehrweg an, um anderen Reisenden zu begegnen – eine Entscheidung, die Scharfe Klinge jetzt zu bedauern schien.

Wäre es besser gewesen, ihre eigenen Leute zu beauftragen, die Nachhut zu bilden? Hätte sie bleiben und gegen die Räuber kämpfen sollen? Deanna spürte die Besorgnis der stolzen Lorcanerin wie ein Echo ihrer eigenen Empfindungen. Der Captain und Worf hatten offenbar einen Erfolg erzielt: Nirgends zeigten sich Rotmaskierte. Aber das erklärte nicht die lange Abwesenheit Picards und des Klingonen. Troi wußte, daß sie erst dann wieder Ruhe finden konnte, wenn die beiden Männer zurückkehrten, und das galt sicher auch für Scharfe Klinge.

Die hochgewachsene Frau mit der Blitz-Maske hielt an. »Halt!« rief sie. »Wir schlagen hier das Lager auf.«

Niemand widersprach ihr, obwohl es noch mehr als eine halbe Stunde dauern würde, bis das letzte Licht des Tages verblaßte. Kalter Engel kümmerte sich um die Ponys, als seine Kameraden abstiegen. Die beiden Pagen öffneten

Rucksäcke und Beutel, begannen sofort damit, das Zelt zu errichten, während Medizinmacher nach einem Wasserloch suchte. Spinnenschwinge ging wie üblich Scharfe Klinge zur Hand und hielt mit ihr nach einem geeigneten Baum Ausschau, unter dem sie das Lagerfeuer entzünden konnten. Die Lorcaner gingen ihren routinemäßigen Aufgaben mit geübtem Geschick nach, aber sie sprachen mit gedämpften Stimmen und wirkten nicht so fröhlich wie sonst. Sie dachten ebenfalls an die beiden zurückgelassenen Gefährten.

Counselor Troi verließ den Lagerplatz. Sie wollte sich nicht etwa vor der Arbeit drücken – ihre Begleiter waren so gut aufeinander eingespielt, daß sie gar keine Hilfe brauchten –, verspürte nur den Wunsch, allein zu sein. Eine Zeitlang folgte sie dem Verlauf der Straße und wanderte nach Norden, in die Richtung, aus der sie kamen. Sie verschwendete keinen Gedanken an ihre persönliche Sicherheit: Wenn sie von Räubern angegriffen wurde, so ließ sich daraus nur der Schluß ziehen, daß der Captain versagt hatte und sehr wahrscheinlich tot war. Die Ungewißheit belastete Deanna mehr als alles andere.

Sie nahm die Pagen-Maske ab und spürte, wie ihr kühler Wind über die Wangen strich. Er verschaffte ihr willkommene Erleichterung. Ständig empfing sie intensive Gefühle, und Deanna verglich sich selbst mit Treibgut in den Stromschnellen eines Flusses aus purer Emotion. Zunächst Furcht und Angst, dann fast ekstatatische Begeisterung, gefolgt von Kummer und tiefer Niedergeschlagenheit. Erst die Erkenntnis, den Kontakt zur *Enterprise* verloren zu haben, kurz darauf das Verschwinden des Botschafters. Und jetzt fehlten der Captain und Worf.

Besorgnis gehörte zu den unangenehmsten Gefühlen, und Deanna verabscheute es, sich nicht davon befreien zu können.

Links von ihr knackte ein Zweig, und sie wirbelte herum, rechnete damit, Medizinmacher zu sehen. Aber nirgends zeigte sich die Gestalt des lorcanischen Heilers. In der Ferne vernahm Troi leise Stimmen – das Lager war hinter ihr in der Dunkelheit verborgen. Oben in den Baumwipfeln raschelte es und die Counselor duckte sich aus einem Reflex heraus. Doch es sprangen keine Männer mit roten Masken herab, um ihr scharfe Schwertklingen in den Leib zu stoßen. Nur braunes Moos rieselte.

Das Rascheln wiederholte sich, und Deanna spürte die Präsenz eines Wesens, das sie beobachtete. Rechts von ihr bewegten sich einige Äste, und Troi stellte erschrocken fest, daß jemand in einer Höhe von mehreren Metern die Straße überquert hatte.

»Hallo?« fragte sie versuchsweise und lauschte aufmerksam.

Lautes Schnattern antwortete ihr, und Deanna wich ruckartig zurück. Ein affenartiges Geschöpf ließ sich träge von einem langen Zweig herab, hangelte sich an einigen Ästen entlang und sprang mit einem anmutigen Satz auf den Weg. Die Counselor betrachtete das sonderbare Wesen und merkte, daß es eigentlich gar nicht wie ein Affe aussah. Es war dünner und exotischer. Dieses Tier konnte nicht aufrecht stehen, denn die Länge der Beine reichte fast an die des Greifschwanzes heran. Es lächelte, neigte den Kopf von seiner Seite zur anderen. Zotteliges Haar wogte.

»Du bist vermutlich eins der Geschöpfe, die wir am ersten Tag sahen«, sagte Deanna. »Aber ganz offensichtlich fürchtest du dich nicht vor Menschen.«

Die Werjun sprang, vollführte einen Salto und landete auf allen vieren. Deanna applaudierte anerkennend.

»Leider habe ich nicht soviel Spaß wie du«, murmelte sie. »Ich mache mir Sorgen. Sind der Captain und Worf wohlauf? Und selbst wenn mit ihnen alles in Ordnung ist – was steht uns noch bevor?«

Das schlanke Wesen schnatterte aufgeregt und schien Deanna eine Botschaft übermitteln zu wollen. Es sprang erneut, und diesmal wickelte es den Schwanz um einen niedrigen Ast. Einige Sekunden lang wartete das Tier, und dann verschmolz es mit der Dunkelheit.

»Du hättest etwas länger bleiben können!« rief Deanna.

»He!« ertönte eine andere Stimme im Wald. »Wer ist da?«

Deanna blickte nach Norden und versuchte, die Finsternis mit ihren Blicken zu durchdringen. Die Straße zeichnete sich als vages Band ab, auf dem zwei schemenhafte Gestalten standen. Die vermeintlichen Phantome kamen mit langen Schritten näher.

»Captain?« fragte Troi.

»Deanna!« Es klang erleichtert.

Die Betazoidin lief den Männern entgegen, umarmte Picard und schüttelte Worfs schmutzige Hand. Sie strahlte übers ganze Gesicht, und die beiden Offiziere vor ihr lächelten.

»Tut mir leid«, sagte Troi verlegen und trat einen Schritt beiseite. »Ich bin so froh, daß Sie zurück sind!«

»Sie brauchen sich nicht zu entschuldigen«, erwiderte Picard. »Uns ergeht es ebenso wie Ihnen.«

Worfs Schultern hoben und senkten sich, als er tief Luft holte. »Was machen Sie hier allein? Hat Scharfe Klinge bereits das Nachtlager aufgeschlagen?«

»Ja, dort drüben«, bestätigte Deanna. »Bestimmt freut sie sich sehr, Sie wiederzusehen, Captain.«

»Nun, ich habe keine besonders gute Nachricht für die Kriegerin.«

Deanna runzelte die Stirn. »Werden Sie von den Räubern verfolgt?«

Picard schüttelte den Kopf. »Die Rotmaskierten stellen kein Problem dar.« Er zögerte kurz. »Wir sind zwei Ferengi begegnet.«

Scharfe Klinge umarmte Picard nicht, sah nur kurz von dem leise blubbernden Wasserloch auf und zerrte dann wieder an der Angelschnur. Mehrere Fische zappelten daran; Spinnenschwinge und Medizinmacher griffen rasch danach.

»Ah, Picard«, sagte die Kriegerin schließlich. »Du bist

also doch noch zurückgekehrt. Hast du unterwegs Räuber gesehen, oder müssen wir davon ausgehen, daß Medizinmacher mal wieder zuviel von seinen eigenen Elixieren gekostet hat?«

Die beiden lorcanischen Männer lachten, und Picard stimmte mit ein. Scharfe Klinge und ihre Gefährten freuten sich tatsächlich über die Rückkehr des neuen Zureiters und Pagen.

»Medizinmacher hat sich nicht geirrt«, erwiderte Picard. »Wir haben in einem Baum gewartet und beobachtet, wie die Räuber ihr Versteck verließen.«

»Eine ausgezeichnete Idee«, lobte der lorcanische Heiler.

Scharfe Klinge wischte sich Schlamm vom dünnen Stoff, der sich über ihren Brüsten spannte. »Wie seid ihr an den Rotmaskierten vorbeigekommen?«

»Wir haben ein Gespräch mit ihnen geführt.«

Scharfe Klinge erstarrte förmlich, und die beiden Männer sprangen auf, ließen ihre Fische fallen. »Ihr seid mit den Räubern verbündet – andernfalls hätten sie euch getötet.«

»Von einem Bündnis zwischen uns den Rotmaskierten kann keine Rede sein«, widersprach Picard. »Bei den Ferengi sieht die Sache ganz anders aus. Wir sprachen mit *ihnen*.«

»Ferengi, die in der Begleitung von Räubern unterwegs sind?« spottete Scharfe Klinge. »Willst du mich zum Narren halten?«

»Nein«, erwiderte der Captain und bedauerte, daß er Counselor Troi und Lieutenant Worf den Auftrag gegeben hatte, Feuerholz zu sammeln. »Die Ferengi suchen nach der Maske der Weisheit ebenso wie du. Vielleicht wollen sie die Herrschaft über diesen Planeten an sich reißen oder zumindest Einfluß auf die Regierung nehmen.«

»Ha!« Die Kriegerin lachte. »Wie können sie etwas beeinflussen, das überhaupt nicht existiert? Außerdem: Woher soll ich wissen, ob du wirklich die Wahrheit sagst? Mir ist nur eins klar: Ihr habt den Ferengi die Botschafter-Maske gestohlen.«

»Ich habe dich schon einmal darauf hingewiesen und wiederhole es jetzt«, sagte Picard, und seine Stimme klang ebenso verärgert wie die der Lorcanerin. »Für den Diebstahl trägt einzig und allein Fenton Lewis die Schuld. Ich bin nicht über seinen derzeitigen Aufenthaltsort informiert und lehne es ab, für das Verhalten des Botschafters die Verantwortung zu übernehmen. Ich lege großen Wert auf Offenheit und treibe kein doppeltes Spiel.«

»Komm mit in mein Zelt.« Scharfe Klinge wandte sich von dem schlammigen Wasserloch ab und ging mit langen, kraftvollen Schritten zum Unterstand. »Dort setzen wir die Diskussion fort.« Sie winkte Spinnenschwinge zu. »Sorg dafür, daß uns niemand stört.«

»Ja, Lady.« Die Botschafter-Maske nickte.

Picard folgte der Kriegerin, und als er durch die Öffnung in der Zugangsplane trat, fühlte er sich erneut an ein Zirkuszelt erinnert. Die lorcanischen Pagen hantierten mit Öllampen, rollten Teppiche aus, legten Kissen auf den Boden und trafen Vorbereitungen fürs Abendessen. Scharfe Klinge schickte sie mit einer stummen Geste fort, holte saubere Kleidung aus ihrem Rucksack und zog sich in einer dunklen Ecke um.

Picard blieb stehen und wartete. Die Lorcanerin schien in den Ferengi vertrauenswürdige Besucher zu sehen, und das erzürnte den Captain. Wußte Scharfe Klinge denn nicht, wie skrupellos die galaktischen Händler waren? *Immer mit der Ruhe, Jean-Luc,* rief er sich zur Ordnung. *Wer gibt dir das Recht, die Stimme zum Protest zu erheben? Selbst wenn die Bewohner dieses Planeten ein Bündnis mit der Ferengi-Allianz schließen wollen — wir können sie nicht daran hindern. Die Entscheidung steht allein den Lorcanern zu.* Zweifel regten sich in ihm. *Und wenn die Ferengi Lorcas Unabhängigkeit bedrohen, diese Welt ökonomisch unterjochen? Kann es sich die Föderation leisten, tatenlos zuzusehen?*

Als Scharfe Klinge wieder ins Licht trat, trug sie erneut ihr weißes Federgewand, das die atemberaubende Figur der Frau betonte. Doch der eindrucksvollste Aspekt ihrer Erscheinung war zweifellos das unschuldige, reine und engelhafte Gesicht, das einen auffallenden Kontrast zu dem muskulösen, an Kämpfe gewöhnten Körper bildete.

»Eigentlich bin ich gar nicht böse auf dich«, sagte die Kriegerin sanft. »Und dein Bericht stellt keine große Überraschung für mich dar. Das Bündnis der Ferengi mit den Räubern erklärt, warum die Rotmaskierten seit einiger Zeit immer kühnere und besser organisierte Angriffe durchführen. Nun, wenn Ferengi für den Tod von Lorcanern verantwortlich sind, so werden wir sie dafür zur Rechenschaft ziehen.«

Aber Picard dachte an ganz andere Dinge, als er seine Maske abnahm. »Du bist so schön, Scharfe Klinge.«

Die Kriegerin trat auf ihn zu, und erneut strichen ihre Fingerkuppen über die Wangen des Captains, über Nase, Stirn und Kopf. Er drückte sie an sich und spürte plötzliche Wärme, die sein ganzes Selbst erfüllte.

»Picard«, gurrte Scharfe Klinge und schlang ebenfalls die Arme um ihn. »Bleib bei mir. Ich gebe dir Lorca.«

»Den Planeten möchte ich gar nicht«, brachte er hervor. »Ich will dich.«

Er küßte sie, und anschließend waren keine Worte mehr notwendig.

## KAPITEL 11

Kurz bevor sie am nächsten Morgen das Lager abbrachen, versammelte Tagesfleiß seine Gruppe, zu der nun ein Edelmann, eine Kräutersammlerin, ein Bogenschütze und ein Bote gehörten. Der alte Lorcaner trug nun wieder die einfache Maske des reisenden Händlers, und im Vergleich mit den anderen wirkte sein Artefakt schlicht und primitiv.

Er kletterte auf den buntbemalten Wagen, als sich erste Sonnenstrahlen einen Weg zum Waldboden bahnten und den rosaroten Dunst vertrieben. Im fast völlig trockenen Lehm fehlten Würmer — vielleicht begann ein besonders warmer Tag.

»Von heute an wird unsere Reise gefährlich«, verkündete Tagesfleiß.

Katherine Pulaski sah Commander Riker an. Zwar konnte er nur ihre Augen sehen, aber trotzdem fiel es ihr nicht schwer, Betroffenheit zum Ausdruck zu bringen. Die unausgesprochene Frage lautete: *Kann es noch gefährlicher werden als bisher?*

»Wir erreichen bald einen Ort, an dem sich mehrere Straßen treffen«, erklärte Tagesfleiß. »Wir werden anderen Reisenden begegnen und dürfen nicht erwarten, daß sie alle in Frieden kommen.«

»Müssen wir mit Angriffen von Räubern rechnen?« fragte Data und rückte seine helle Maske mit den sonderbaren Schriftzeichen zurecht.

Der Lorcaner zuckte mit den Schultern. »Vielleicht. Eins steht fest: Bestimmt treffen wir Leute, die wie wir den Markt in Heimwiese besuchen wollen. Euer Gebaren muß den Masken angemessen sein — andernfalls wird man euch immer wieder zum Duell herausfordern.«

»Wie sollen wir uns verhalten?« fragte Dr. Pulaski.

»Wenn ihr den Eindruck erweckt, mit euren Masken geboren zu sein, ist alles in bester Ordnung«, antwortete der

Händler. »Laßt keinen Zweifel daran, daß ihr bereit seid, dafür zu sterben. Wenn ihr zögert oder Schwäche zeigt, wird man sofort euer Recht in Frage stellen, solche Masken zu tragen. Außerdem: Wir sind eine kleine Gemeinschaft. Jeder Affront gilt uns allen.

Als reisender Händler, der allein unterwegs ist, stelle ich für niemanden eine Bedrohung dar«, fuhr Tagesfleiß fort. »Selbst als Besitzer mit mehreren Lehrlingen würde ich kaum Aufmerksamkeit erregen — solange ihr demütig und gehorsam bleibt, das Sprechen eurem Herrn überlaßt. Aber jetzt seid ihr wichtige Persönlichkeiten, die von niemandem Anweisungen entgegennehmen müssen. Das gilt insbesondere für dich, Riker. Wer uns begegnet, will sicher mit dem Träger der Wald-Maske sprechen. Mich wird man einfach ignorieren.«

Der Erste Offizier berührte das glatte, glänzende Holz vor seinem Gesicht, betastete die kleinen Edelsteine und Kristalle. Zum erstenmal wurde ihm im vollen Ausmaß die Auffälligkeit dieses prächtigen Artefakts klar. Welches Recht hatte er, sich als lorcanischer Edelmann auszugeben? Er empfand es als große Ehre, mit einer so kunstvollen Maske ausgezeichnet worden zu sein, und die Vorstellung, wieder eine einfache Scheibe aus Ton zu tragen, gefiel ihm ganz und gar nicht. Trotzdem lag es ihm fern, seine Gefährten mit einem Übermaß an Eitelkeit in Gefahr zu bringen.

»Wenn du es für besser hältst, daß wir wieder Lehrlings-Masken benutzen...« begann er.

»Nein!« entfuhr es Tagesfleiß, und er schüttelte heftig den Kopf. »Ihr verdient diese Exemplare. Die Dorfbewohner trafen eine gute, angemessene Wahl, mit der ich völlig einverstanden bin. Weißt du, Riker, sie haben die Wald-Maske von mir *gekauft* — zu einem sehr günstigen Preis —, um sie dir zu schenken.«

Er neigte den Kopf. »Nun, das ist noch nicht alles«, gestand er ein. »Ich kannte den Mann, der die Wald-Maske vor dir trug. Er war ein guter Freund von mir und starb durch das Schwert des eigenen Sohnes. Seit seinem Tod suche ich nach jemanden, dem dieses Artefakt gebührt.«

Tagesfleiß winkte kurz, schüttelte traurige Erinnerungen von sich ab. »Es gibt viele solche Geschichten auf Lorca. Nie ist es einfach, die Fackel der Würde und Ehre weiterzureichen.« Er richtete sich zu seiner vollen Größe auf und musterte die Außenweltler der Reihe nach. »Ihr tragt eure Masken, aber ihr müßt dem von ihnen verkörperten Status gerecht werden. ›Wer die Maske respektiert, dem wird seinerseits Respekt zuteil.‹ So heißt es bei uns.«

Tagesfleiß sprang von seinem Karren herunter und griff nach dem Halfter des Ponys. »Du könntest dich natürlich im Wagen verstecken, wenn Schwierigkeiten drohen – dann sähe niemand die Wald-Maske. Es geziemt sich auch gar nicht für einen Edelmann, zu Fuß zu gehen.«

»Ich werde daran denken«, erwiderte der Commander. Ein dünnes, für alle anderen unsichtbar bleibendes Lächeln umspielte seine Lippen.

Einige Minuten später brachen sie auf und marschierten in einer Kolonne hinter dem blau und goldgelb bemalten Wagen des reisenden Händlers. Riker ging direkt hinter Fenton Lewis und behielt den Botschafter wachsam im Auge. Lewis schwieg seit Tagesfleiß' Vortrag, und einmal mehr spürte der Erste Offizier, wie sich das Unbehagen in ihm verdichtete. Zu gern hätte er gewußt, welchen Überlegungen der Diplomat nachhing.

»Lewis...« sagte er schließlich. »Wir sind inzwischen ein ganzes Stück weiter vorangekommen als die erste Landegruppe. Bisher haben Sie nicht auf irgendeinen Ort gezeigt und gesagt: ›Hier könnte es passiert sein.‹ Ich ziehe daraus den Schluß, daß Sie nur Zeit gewinnen wollen. Wozu? Um was geht es Ihnen?«

»Um Seelenfrieden«, antwortete der Botschafter. »Um meine innere Ruhe. Sie möchten Lorca so schnell wie möglich verlassen – im Gegensatz zu mir. Ich fühle mich hier wohl. Warum kehren Sie nicht zur *Enterprise* zurück? Ich bleibe hier, suche nach der Leiche des Captains und bringe die Mission zu einem erfolgreichen Abschluß. Es tut mir leid, daß wir Opfer zu beklagen haben, aber wir wußten von Anfang an, wie gefährlich es auf diesem Planeten ist. Es hat keinen Sinn, zusätzliche Risiken einzugehen.«

»Was unternähmen Sie, wenn Sie allein auf Lorca wären?«

»Ich würde mich sofort von jenem alten Narren trennen«, sagte Lewis und nickte in Richtung Tagesfleiß, der auf dem Kutschbock seines Karrens saß. »Ich ginge zum Markt in Heimwiese, um festzustellen, ob dort jemand die Maske der Weisheit trägt. Wenn die betreffende Person Scharfe Klinge heißt, so haben wir keine Chance mehr, unsere Aufgabe zu erfüllen.«

»Vielleicht sollten *Sie* Lorca verlassen«, schlug Riker vor. »Das Pech scheint Ihnen auf Schritt und Tritt zu folgen.«

»Nein!« sagte Fenton Lewis scharf und schüttelte den Kopf. Sein langes Haar wallte. »Ich bin nach wie vor am Leben – und ich weiß jetzt mehr als zu Anfang. Mit anderen Worten: Ich habe wichtige Fortschritte gemacht. Sie behaupteten eben, ich wolle nur Zeit gewinnen. Nun, das stimmt in gewisser Weise. Ich schätze die Tugend der Geduld«

»Ich auch«, erwiderte Riker. »Aber die Umstände verlangen von mir, eine Entscheidung zu treffen.« Er atmete tief durch. »Wenn Sie uns bis heute abend keinen Beweis für die Stichhaltigkeit Ihrer Schilderungen vorlegen, lasse ich Sie zur *Enterprise* beamen und dort unter Arrest stellen.«

»Warum?« fragte Fenton Lewis verärgert. »Weil ich ›Pech‹ hatte, wie Sie es ausdrückten?«

Daraufhin schüttelte Riker den Kopf. »Nein, Botschafter. Ein Ferengi-Schiff befindet sich im Orbit. Vielleicht würde sich seine Besatzung freuen, Sie an Bord zu begrüßen.«

Lewis wirbelte abrupt herum. »Das wagen Sie nicht, Riker – es käme einem Todesurteil für mich gleich.« Er holte tief Luft und fügte in einem spöttischen Tonfall hinzu: »Zwischen der Föderation und den Ferengi gibt es kein Auslieferungsabkommen. Sie haben nicht das Recht, mich ans Messer zu liefern.«

»Oh, es war nur so eine Idee«, brummte Riker, ging langsamer und wartete, bis der Abstand zu Fenton Lewis auf rund ein Dutzend Meter wuchs. Dann öffnete er den Reißverschluß seines Parkas und holte den Insignienkommunikator hervor. »Riker an Brücke. Bitte kommen.«

»Hier Wesley«, antwortete Fähnrich Crusher. »Lieutenant LaForge ist im Auswertungszimmer und betrachtet Infrarot-Aufnahmen des Planeten. Der Temperaturanstieg bei Ihnen gibt uns zu denken.«

»Das Wetter ist meine letzte Sorge«, sagte Riker. »Nun, Geordi soll seine Arbeit ruhig fortsetzen. Was machen die Ferengi?«

»Sie warten, ebenso wie wir«, entgegnete Wesley. »Aber ihre Transporter sind aktiver als unsere.«

Der Commander seufzte. »Das könnte sich heute abend ändern«, sagte er mit gedämpfter Stimme. »Teil Geordi mit, daß bei Einbruch der Nacht eine oder mehrere Personen an Bord gebeamt werden sollen.«

»Obwohl Sie noch immer keine Spur vom Captain gefunden haben?«

»Ja, Wes. Die Besatzungsmitglieder der *Enterprise*, die sich derzeit auf Lorca befinden, sind zu wichtig, um auch ihr Leben zu riskieren. Es genügt bereits, daß Captain Picard und die anderen...« Riker schluckte und zögerte, den Satz zu beenden.

»Ich verstehe«, sagte Wes. »Sie sind der Erste Offizier, und ihre Verantwortung gilt vor allen Dingen dem Schiff.«

Der Commander widersprach nicht. »Wir müssen eine Suchgruppe zusammenstellen und sie für eine längere Mission auf dem Planeten ausrüsten.«

»Ja, Commander«, erwiderte Wesley bedrückt.

»Riker Ende.«

»Crusher Ende.«

Will marschierte am Ende der Kolonne, und nach einer Weile bemerkte er, daß Data neben ihm ging. »Sie glauben Fenton Lewis nicht, oder?« flüsterte er.

»Nein, Sir.« Der Androide versuchte, ebenso leise zu sprechen wie Riker. »Unsere bisherigen Erlebnisse deuten darauf hin, daß der Bericht des Botschafters alles andere als plausibel ist.«

Der Erste Offizier nickte ernst, doch die Furcht wich nicht ganz aus ihm. »Vielleicht sagt er trotzdem die Wahrheit.«

»Viele Dinge sind möglich«, räumte Data ein.

Riker räusperte sich. »Wir können wohl kaum jahrelang auf Lorca bleiben. Irgendwann müssen wir zurückkehren, ob mit oder ohne den Captain.«

»Ja, das stimmt«, bestätigte Data.

»Wenn es soweit ist... Ich möchte jemanden von der *Enterprise* zurücklassen, der die ... Suche fortsetzt.«

»Ich melde mich freiwillig«, sagte der Androide sofort.

Riker legte ihm die Hand auf die Schulter. »Das habe ich gehofft. Mit Tagesfleiß kommen Sie offenbar gut zurecht, und vielleicht kümmert er sich um Sie. Vielleicht stellt sich sogar heraus, daß es Ihnen hier gefällt.«

»Das ist bereits der Fall«, sagte Data. »Da wir hier alle Masken tragen, fühle ich mich nicht mehr wie ein Außenseiter. Den Lorcanern ist unbekannt, daß ich ein Androide bin. Sie halten mich für einen Menschen.«

Riker klopfte ihm auf den Rücken, froh darüber, daß es jemanden gab, der Lorca zu schätzen wußte. »Es wäre wunderbar, diese Welt zu erforschen«, sagte er. »Aber leider sind wir aus wesentlich ernsteren Gründen hier.«

»Verzweifeln Sie nicht, Commander«, erwiderte Data. »Ich bin sicher, der Captain und seine Begleiter sind wohlauf.«

Will Riker nickte und hoffte von ganzem Herzen, daß der Androide recht behielt. Er dachte daran, Deanna, den Captain und Worf nie wiederzusehen, nie zu erfahren, was ihnen zugestoßen war. Sie waren einfach so aus seinem

Leben verschwunden — drei gute Freunde, in Deannas Fall sogar noch etwas mehr. Es fiel dem Ersten Offizier nicht leicht, optimistisch zu bleiben.

Er zwang sich dazu, den ironischen Aspekt der Situation zu betrachten. *Es ist wirklich sonderbar,* fuhr es ihm durch den Sinn. *Der Captain und seine Begleiter haben einen großen Teil ihres Lebens im All verbracht. Sollte sich ihr Schicksal tatsächlich auf einem urzeitlichen Planeten erfüllen?*

»Heda!« erklang eine laute Stimme weiter vorn. Tagesfleiß hatte seinen Wagen angehalten, aber Riker sah nur die obere Plane — der Karren stand hinter mehreren hohen Bambusstauden. Fähnrich Greenblatt eilte an Data und Riker vorbei, hastete mit langen Schritten über die Lehmstraße. Irgend etwas geschah - Fenton Lewis wich langsam zum Waldrand zurück, hielt sich im Schatten.

Dr. Pulaski gesellte sich Data und dem Commander hinzu. »Was ist los? Was passiert da?«

»Ich weiß es nicht«, sagte der Androide.

»Ich schlage vor, wir warten auf Greenblatt«, murmelte Riker, hielt Data und die Ärztin davon ab, sich dem Karren zu nähern.

Kurz darauf kehrte die junge Sicherheitsbeamtin zurück. »Am Fuß des Hügels treffen sich mehrere Wege«, berichtete sie.

»Wir haben dort unten zwei Reiter gesehen, aber nicht einmal Tagesfleiß kann sie identifizieren — die Entfernung ist noch zu groß.« Greenblatt sah Riker an. »Er meinte, Sie sollten im Wagen Platz nehmen.«

»Lächerlich«, brummte Will. »Ich beabsichtige nicht, mich zu verstecken.«

»Der reisende Händler wies darauf hin, wie wichtig es sei, verborgene Reserven zu haben, nicht unser ganzes Potential zu zeigen«, erklärte Greenblatt. »Das Überraschungsmoment ist häufig ein nützlicher Verbündeter.«

»Wie beim Trojanischen Pferd«, warf Dr. Pulaski ein.

»Na schön«, sagte Riker. »Wir müssen unbedingt einen

Kampf vermeiden. Doktor, wir beide setzen uns in den Wagen.«

»Gut.«

»Data, erkundigen Sie sich nach dem Captain, wenn die beiden Reiter einen vertrauenswürdigen Eindruck erwekken.«

»Ja, Sir.«

»Was Sie betrifft, Greenblatt...« fügte Riker ernst hinzu. »Lassen Sie Botschafter Lewis nicht aus den Augen. Ich möchte später erfahren, wie er sich verhalten hat.«

»In Ordnung, Sir.«

Die Ärztin und der Erste Offizier setzten sich wieder in Bewegung und traten vorsichtig an den Karren des Lorcaners heran. Leise ließen sie die Ladeklappe herab und duckten sich unter die Plane. Tagesfleiß warf keinen Blick zurück, ließ sich überhaupt nichts anmerken. Als Riker die Klappe wieder schloß, gab der reisende Händler die Zügel frei und schnalzte mit der Zunge. Das Pony reagierte, und die Räder des Karrens mahlten erneut durch trockenen Lehm.

Data und Fähnrich Greenblatt schlossen rasch zu den anderen auf. Der Androide beobachtete, wie die Sicherheitsbeamtin nach ihrem Phaser tastete und sich plötzlich daran erinnerte, daß die Waffe im Wagen lag.

»Kopf hoch«, sagte Data. »Vielleicht hat Tagesfleiß auch aus diesem Grund darauf bestanden, daß sich jemand im Karren versteckt.«

Die blonde Frau nickte und sah sich um. »Wo ist Botschafter Lewis?«

Der Androide deutete nach hinten, zeigte auf die Bäume, die den linken Wegesrand säumten. »Offenbar möchte er nicht gesehen werden. Ich glaube, wir brauchen uns keine Sorgen um ihn zu machen.«

»Die Lage ist auch ohne ihn kritisch genug«, sagte Greenblatt leise und ging weiter.

Die beiden Reiter wirkten sehr beeindruckend. Ihre Masken bestanden aus ungeschmücktem Silber, brachten nur Reichtum zum Ausdruck, keine individuelle Identität. Breite, schwingenartige Erweiterungen dienten dazu, große Ohren zu bedecken. Trotzdem fielen sie Data sofort auf.

Es handelte sich um Ferengi, schloß er. Diese Erkenntnis überraschte ihn nicht, denn immerhin wußte er, daß sich ein Raumschiff der Allianz im Orbit befand. Der Androide war jedoch ein wenig enttäuscht: Er hatte gehofft, weiteren Lorcanern zu begegnen.

Tagesfleiß hob den Kopf und kratzte sich am Kinn, als er die beiden Außenweltler sah. *Vielleicht glaubt er, hier finde eine Invasion statt,* dachte Data. *Nun, in gewisser Weise ist das auch der Fall.*

»Ich wünsche euch einen guten Morgen«, wandte sich Tagesfleiß an die berittenen Ferengi. »Bitte erlaubt mir und meinen Begleitern, den Weg fortzusetzen.«

»Selbstverständlich.« Einer der beiden Ferengi nickte, zerrte ruckartig an den Zügeln und zwang sein Pony zurück. »Wohin reist ihr?«

»Zum Markt in Heimwiese«, antwortete Tagesfleiß. »Weiter geht's, altes Mädchen«, sagte er und trieb das Tier vor dem Wagen an. Data und Greenblatt folgten hinter dem Karren, gaben sich ruhig und gelassen.

»Dort wird man den neuen König krönen, nicht wahr?« fragte der zweite Ferengi und verharrte mitten auf der Straße.

Tagesfleiß verneigte sich respektvoll. »Wenn es dem Wunsch des Drachen entspricht.«

Der Außenweltler dirigierte sein Pony vor den Wagen, und Tagesfleiß mußte ganz plötzlich anhalten. »Du bist ein reisender Händler, stimmt's?«

»Und arm obendrein.« Tagesfleiß nickte. Seine Stimme klang fester und selbstbewußter, als er hinzufügte: »Warum läßt du mich nicht passieren?«

»Weil wir deine Waren sehen möchten«, lautete die Antwort. »Wir sind Kunden.«

Mit seiner schlichten Maske fiel es Tagesfleiß leicht, wieder in die Rolle des demütigen Lorcaners zu schlüpfen. »Oh, ich habe nichts, das für zwei Edelleute wie euch von Interesse wäre. Mein Angebot besteht einzig und allein aus einfachen Dingen: Feueranzünder, Tonmasken und Tücher.«

Der andere Fremde kam ebenfalls näher. »Du verkaufst Masken?«

Tagesfleiß wich dem durchdringenden Blick aus. »Nur Exemplare aus Ton, für Leibeigene, Lehrlinge und Vasallen.«

»Wir würden sie gern sehen«, sagte der erste Ferengi.

»Dann besucht den Markt«, erwiderte der Lorcaner. Er klang nun lustig. »Dort baue ich einen Stand auf, den ihr bestimmt findet. Auf zwei edle Männer wie euch wartet eine Menge Spaß in Heimwiese.«

»Oh, wir lassen uns den Markt nicht entgehen«, versicherte der Ferengi. »Aber wir möchten uns deine Waren *jetzt* ansehen. Offen gestanden: Ich verstehe nicht, warum du zögerst, sie uns zu zeigen. Du willst doch etwas verdienen, oder? Wir sind Sammler, und für gute Masken zahlen wir einen hohen Preis.«

Tagesfleiß breitete wie hilflos die Arme aus. »Es liegt mir fern, euch zu verärgern, ihr Herren, aber ich ziehe es vor, meine Waren erst auf dem Markt feilzubieten. Warum ehrt ihr nicht meinen niedrigen Rang, indem ihr den Weg freigebt?«

Einer der beiden Ferengi deutete auf den vermeintlichen Bogenschützen namens Greenblatt. »Was ist mit dir? Wieviel verlangst du für deine Maske?«

»Sie steht nicht zum Verkauf«, erwiderte die Sicherheitsbeamtin stolz. »Ich bin mit ihr geboren — und werde mit ihr sterben.«

»Eine ehrenhafte Einstellung«, knurrte der Fremde. »Und typisch für die Barbaren dieses Planeten.«

Data hielt den Zeitpunkt für gekommen, in das allgemeine Geschehen einzugreifen. »Ihr seid Ferengi«, sagte er so laut, daß ihn auch Riker und Pulaski im Wagen hörten.

»Wir sind Lorcaner. Daher haben wir mehr Recht darauf, diese Straße zu beschreiten. Warum belästigt ihr uns?«

Datas strenge Stimme erzielte die gewünschte Wirkung — zumindest für einige Sekunden. »Verzeiht unsere Unhöflichkeit«, erwiderte einer der Außenweltler. »Aber leider bleibt uns nur wenig Zeit. Wir müssen so rasch wie möglich verschiedene Dinge kaufen. Zeigt uns nun euer Angebot.«

»Dazu bin ich gern bereit«, erklärte Tagesfleiß. »Beim Markt. Laßt uns jetzt *bitte* passieren. Wir sind bereits spät dran.«

»Meinst du?« zischte der andere Ferengi. Er hob die Hand und winkte. Raschelndes Gebüsch, ein Knacken in den nahen Bambusstauden — und mehrere Rotmaskierte sprangen hinter den Sträuchern hervor, hielten Schwerter und Speere bereit. Sie grollten und fauchten wie hungrige Tiere.

Data und Greenblatt eilten zum Wagen. »Von Räubern umzingelt«, sagte der Androide laut. »Eine große Gruppe.«

»Mit wem sprichst du da?« fragte ein Fremder. »Und wieso hast du mich als Ferengi erkannt? Sind wir uns schon einmal begegnet?«

»Es kursieren Gerüchte«, erwiderte Data. »Aber ich wußte nicht, daß die edlen Ferengi Diebe sind.«

»Was haben wir dir gestohlen?« fragte der andere Außenweltler beleidigt. »Unsere rotmaskierten Freunde stehen allerdings in dem Ruf, sich einfach zu nehmen, was sie wollen — ihr solltet also auf der Hut sein. Wir *kaufen* eure Masken und bezahlen viel für Informationen — wenn ihr wißt, wo sich die Maske der Weisheit befindet.«

Tagesfleiß erhob sich abrupt und starrte zornig auf die arroganten Ferengi hinab. »Wenn ihr in der Begleitung von Räubern reist, seid ihr nicht besser. Warum tragt *ihr* keine roten Masken?«

»Sei vorsichtig, Händler«, warnte einer der Fremden mit den großen Ohren und entrollte seine Peitsche. »Unsere

Freunde töten, doch wir verstehen uns darauf, schier unerträgliche Schmerzen zuzufügen.«

Der Erste Offizier hockte im Innern des Wagens, griff nach dem Insignienkommunikator und hielt ihn dicht vor die Lippen. »Riker an *Enterprise.* Riker an *Enterprise.* Geben Sie leise Antwort.«

»Verstanden, Commander«, flüsterte Wesley. »Hier ist Fähnrich Crusher.«

»Wes, ich habe keine Zeit, dir die Hintergründe zu erklären, aber es muß sofort ein Ablenkungsmanöver stattfinden. Kannst du in diesem Bereich für ein leichtes Erdbeben sorgen?«

»Nun, ich glaube schon.« Der Junge klang verwirrt. »Mit einem Photonentorpedo ließe sich so etwas bestimmt bewerkstelligen, doch die Folgen sind nur schwer abzuschätzen. Es wäre auch möglich, Detonatoren in ein seismisches Aktivitätszentrum zu beamen.«

»Das dauert zu lange«, hauchte Riker. »Es muß sofort etwas geschehen.«

»Was halten Sie von einem ungeladenen Torpedo?« schlug Wesley vor. »Normalerweise benutzen wir sie, um die Startkatapulte zu testen.«

»Einverstanden.« Der Commander sah auf sein Chronometer. »In genau sechzig Sekunden.«

»Es ist eine sehr riskante Angelegenheit«, gab der junge Fähnrich zu bedenken. »Wenn die Wolkendecke noch dichter wird, können wir heute abend niemanden hierhertransferieren.«

»Versuch's trotzdem«, raunte der Erste Offizier. »Riker Ende.«

Er reichte Kate einen Phaser. »Ich weiß, daß Sie diese Dinger verabscheuen, Doktor. Ich brauche Sie also nicht extra darauf hinzuweisen, den Strahler nur im Notfall zu verwenden.«

Pulaski nickte und nahm die Waffe entgegen. Dann setzte sie ihre Maske ab und lächelte.

»Wer ist da drin?« fragte einer der beiden Ferengi scharf.

Jemand klopfte an die Seitenfläche des Wagens. »Ich habe Stimmen gehört!«

Riker rückte seine Wald-Maske zurecht, rutschte nach hinten und stieg aus. Hinter sich schloß er die Ladeklappe rasch wieder, damit niemand Kate und ihren Phaser sah.

»Die Wald-Maske!« entfuhr es einem Räuber voller Ehrfurcht.

Riker trat selbstbewußt auf die Rotmaskierten zu, und viele von ihnen ließen ihre Schwerter sinken.

»Ein Gefolgsmann des Allmächtigen Töters!« stieß jemand hervor. »Vielleicht weiß er, wo die Maske der Weisheit ist.«

Die Ferengi trieben ihre Ponys an und näherten sich dem stolzen Edelmann.

»Für diese Maske gebe ich dir siebzig Kilo Aluminium«, sagte einer.

»Wo gibt es noch mehr solche Exemplare?« fragte der andere.

Riker ignorierte sie einfach und wandte sich an die Räuber. »Lorcaner!« intonierte er. »Euer Verhalten erzürnt den Drachen im Zentrum der Welt. Es mißfällt ihm, daß ihr diesen Aasfressern die Möglichkeit gebt, sich mit den kostbarsten Schätzen unserer Heimat zu bereichern.«

»Halt deinen barbarischen Mund«, knurrte der Ferengi mit der Peitsche. »Oder ich werde dich zum Schweigen bringen.«

*Worauf wartest du noch, Wesley?* dachte Riker. *Himmel, beeil dich!*

Wesley Crusher stand an der Waffenkonsole im Kontrollraum der *Enterprise* und überprüfte noch einmal die Koordinaten. Er wußte nicht genau, ob eine dichte Atmosphäre die Flugbahn des Photonentorpedos verändern konnte, und deshalb programmierte er einen aktiven Vulkan als Ziel. Mit ziemlicher Sicherheit hielten sich keine Lebensformen in der Nähe eines solchen Ortes auf, und ein direkter Treffer mußte erhebliche seismische Aktivität verursachen — Wesley hoffte, daß er damit Rikers Wünschen entsprach. Gleichzeitig wurde ihm klar, daß er damit erhebliche Gefahren heraufbeschwor. Er dachte an verschiedene Alternativen, doch es blieb ihm keine Zeit mehr.

»Start des Torpedos«, sagte er und berührte eine rot glühende Sensorfläche.

Das Geschoß raste durch die dichten Asche- und Staubwolken der lorcanischen Atmosphäre, und dabei kam es nur zu einer geringfügigen Kursabweichung. Es traf einen Vulkan in der Nähe des Äquators, schuf einen tiefen Krater. Die Druckwelle preßte Lava in den Eruptionsschlund, schickte große Luftblasen an die Oberfläche, wodurch die Stabilität der Erdkruste verringert wurde. Einige Sekunden später explodierte der kegelförmige Berg, und die Detonation schleuderte Hunderte von Tonnen halbflüssigen Gesteins empor. Eine unheilvolle Kettenreaktion folgte, veranlaßte auch andere Vulkane dazu, Magma zu speien.

Es donnerte und grollte dumpf, und der Waldboden erbebte plötzlich. Die vergleichsweise dünne Lehmschicht platzte an mehreren Stellen auf; Geysire bildeten sich, und kochendes Wasser spritzte dreißig Meter weit in die Höhe. Die hohen Bäume schwankten, und in den Stämmen knackte es. Zweige und Äste lösten sich, stürzten herab. Irgendwie gelang es Riker, auf den Beinen zu bleiben, und er beobachtete, wie der Ferengi vor ihm von seinem scheuenden Pony fiel.

Er stand sofort wieder auf, rückte die schiefe Maske zurecht und holte mit seiner Peitsche nach Riker aus. Doch ein in Panik vorbeistürmender Räuber brachte ihn erneut zu Fall. Von einem Augenblick zum anderen herrschte völliges Durcheinander. Alle versuchten, sich in Sicherheit zu bringen, aber das Chaos lauerte überall. Der Erste Offizier hielt nach seinen Gefährten Ausschau, sah jedoch nur Data, der in aller Gemütsruhe mitten auf der Straße stand und nach oben blickte. Tagesfleiß hockte am Wegesrand und hielt sich die Hände über den Kopf. Und der Wagen? Wo waren Dr. Pulaski, Fähnrich Greenblatt und Botschafter Lewis?

Plötzlich lief Data zu dem reisenden Händler, hob den Lorcaner hoch und trug ihn gerade noch rechtzeitig fort — ein gewaltiger Baumstamm neigte sich zur Seite und schmetterte genau dort zu Boden, wo Tagesfleiß eben noch gesessen hatte.

Das Firmament verfärbte sich blutrot, und der Tag schien zu Ende zu gehen, verwandelte sich in finstere Nacht. Riker stolperte durch die Dunkelheit, rief die Namen seiner Kameraden, doch das Grollen des Planeten wurde immer lauter. Irgendwann spürte er, wie ihn jemand am Arm berührte. Der Commander drehte sich erleichtert um — und erkannte Fenton Lewis, der an seinem Ärmel zupfte.

»Veranlassen Sie, daß wir sofort zur *Enterprise* gebeamt werden!« rief der Diplomat. Seine Boten-Maske baumelte an ihren Halteschnüren.

»Soll das ein Witz sein?« erwiderte Riker. »Derzeit kann man uns nicht einmal lokalisieren. Es ist völlig unmöglich, einen Transferfokus auf uns zu richten.«

Lewis schloß beide Hände um Rikers Kragen. »Verdammt, setzen Sie sich mit dem Schiff in Verbindung! Dieses Inferno bringt uns alle um!«

Will stieß ihn fort und wankte über die Straße. »Doktor!« rief er. »Greenblatt! Data!«

Irgend etwas traf ihn am Hinterkopf, und Riker sank bewußtlos auf den zitternden Lehmboden.

Bis zur plötzlichen Finsternis gelang es Picard, seinen Reisegefährten durch das Chaos zu folgen. Sie hatten kurz vorher Rast gemacht, um den Reittieren eine Ruhepause zu gönnen; glücklicherweise saß niemand im Sattel, als das Beben begann. Counselor Troi hielt weiterhin den Arm des Captains umklammert, und Worf nahm die für Klingonen typische Kampfhaltung ein, stieß herabfallende Zweige beiseite.

Eine Zeitlang galt Picards Blick Kalter Engel, der tapfer versuchte, die Ponys zu beruhigen und dabei überhaupt nicht auf seine eigene Sicherheit achtete. Er beobachtete Scharfe Klinge, die ihre Krieger um sich scharte und danach trachtete, Medizinmacher, Spinnenschwinge und die beiden lorcanischen Pagen zu schützen. Sie lehnte es ab, irgendwo Zuflucht zu suchen, dachte in erster Linie an die Gefährten.

Dann schluckten rote Aschewolken das Licht, und Picard war außerordentlich dankbar dafür, daß Worf und Deanna in seiner Nähe weilten. Er widerstand der Versuchung, zu Scharfe Klinge zu eilen, blieb statt dessen dort, wo er hingehörte — bei seinen Offizieren.

Der Boden hob und senkte sich wie der Rücken eines bockenden Ponys, und dem Captain blieb nichts anderes übrig, als auf den Erschütterungswellen zu reiten — und zu hoffen, daß der Planet nicht auseinanderbrach.

# KAPITEL 12

Lieutenant LaForge verließ den Turbolift, stürmte auf die Brücke und gestikulierte ausladend. »Wesley!« platzte es aus ihm heraus. »Was ist los? Bei allen Raumgeistern – was hast du angestellt?«

»Ich habe nur einen Befehl ausgeführt«, erwiderte der junge Fähnrich bedrückt und sah über die Schulter der Vulkanierin, die an der Operatorstation saß. »Läßt sich wirklich kein Kontakt herstellen? Haben Sie es auf allen Frequenzen versucht?«

»Ja«, erwiderte die Frau. »Aber die Eruptionen lassen allmählich nach.«

Der große Wandschirm zeigte dichte, burgunderrote Wolken, die hoch über dem Planeten trieben und wie eine Wunde im Gesicht Lorcas wirkten. Geordi atmete mehrmals tief durch und zwang sich zur Ruhe. »Versuchen Sie weiterhin, sich mit Commander Riker in Verbindung zu setzen«, sagte er. »Fähnrich Crusher und ich sind im Bereitschaftsraum des Captains.«

Er winkte kurz, und der Junge folgte ihm mit gesenktem Kopf. Doch bevor sie die Tür erreichten, erklang noch einmal die Stimme der Vulkanierin. »Ich empfange Signale vom Ferengi-Schiff.«

Geordi breitete kurz die Arme aus. *Wenn ich daran denke, daß ich mich noch vor kurzer Zeit über Langeweile beklagt habe*... Er sah Fähnrich Crusher an. »Na schön, Wes. Erklär mir mit möglichst knappen Worten, was geschehen ist? Was hast du abgefeuert? Und warum?«

»Ich habe einen ungeladenen Torpedo gestartet«, antwortete Wesley. »Weil Commander Riker um ein Ablenkungsmanöver bat.«

LaForge sah sich auf der Brücke um. Die übrigen Anwesenden nickten bestätigend, mit Ausnahme der Vulkanierin, die auf ihre Instrumente konzentriert blieb. »Der

Kommandant des Ferengi-Schiffes verlangt eine Antwort«, sagte sie ruhig.

»Auf den Schirm«, brummte Geordi. Er bedeutete Wesley, am Navigationspult Platz zu nehmen, sah dann zum Projektionsfeld und rang sich ein freundliches Lächeln ab.

Sechs zornige Ferengi-Gesichter starrten ihn an. »Hier spricht der Captain der *Lazara*«, knurrte der kleinste und häßlichste Humanoide. »Warum greifen Sie Lorca an? Einige Mitglieder unserer Besatzung befinden sich auf dem Planeten.«

»Ein Versehen«, erwiderte Geordi glatt. »Wir haben ein Startkatapult getestet, und der dabei verwendete ungeladene Torpedo wurde irrtümlicherweise auf die Welt unter uns abgefeuert.«

»Und es war natürlich reiner Zufall, daß er einen aktiven Vulkan traf, nicht wahr?« grollte der Ferengi. »Wissen Sie, wie destabil der Planet ist?«

»Ja, natürlich«, entgegnete Geordi unschuldig.

Der Ferengi kniff mißtrauisch die Augen zusammen. »*Warum* testen Sie Ihre Photonentorpedos? Rechnen Sie damit, bald ein Gefecht verwickelt zu werden?«

»Nein«, antwortete LaForge und gab vor, an dieser Bemerkung des *Lazara*-Kommandanten Anstoß zu nehmen. »So etwas gehört zu den allgemeinen Wartungsroutinen, die bei uns während eines Aufenthalts im Orbit üblich sind.«

Der Ferengi-Captain blieb argwöhnisch. »Derartige Verhaltensweisen sind enorm leichtsinnig.«

Geordi warf Wesley Crusher einen kurzen Blick zu. »Da bin ich ganz Ihrer Meinung.«

»Wenn Angehörige meiner Crew verletzt oder ihre Ausrüstungsmaterialien in Mitleidenschaft gezogen wurden, so verlangen wir Schadenersatz von der Föderation.«

»Ich verstehe.« Geordi nickte. »Auch Mitglieder unserer Crew sind auf Lorca. Wir wollten sie nicht in Gefahr bringen. Die Sache mit dem Torpedo war ein Unfall.«

»Glauben Sie nur nicht, Sie könnten uns Angst

machen«, fauchte der Ferengi-Captain. »Wir bleiben hier.« Er unterbrach die Verbindung mit einem ruckartigen Wink.

Geordi seufzte und ließ sich in den Kommandosessel sinken. »Fähnrich Crusher, ich erwarte einen vollständigen Bericht, in dem auch Ihr Gespräch mit Commander Riker geschildert wird«, sagte er förmlich.

»Ja, Sir«, murmelte der Junge.

»Insbesondere möchte ich wissen, warum Sie darauf verzichtet haben, mich zu informieren.« LaForge deutete zum Wandschirm und fügte etwas sanfter hinzu: »Schalt jetzt die optische Erfassung um.«

»Ja, Sir.«

Einige Sekunden später beobachtete Geordi wieder den von roten Wolken umhüllten Planeten.

Die Vulkanierin an der Operatorstation sah auf. »Es ist mir gerade gelungen, einen Kontakt zu Lieutenant Commander Data herzustellen, Sir. Allerdings sind die Signale sehr schwach.«

»Verstärkung ein.« LaForge beugte sich vor. »Data, hier spricht Geordi. Ist alles in Ordnung bei Ihnen?«

»Darauf kann ich im Augenblick noch keine Antwort geben«, erwiderte der Androide. Er kniete neben dem bewußtlosen Ersten Offizier und stand nun auf. Tagesfleiß blieb bei Riker und nahm ihm vorsichtig die Wald-Maske ab. Einige Meter entfernt wanderte ein nervöser Fenton Lewis umher.

Data spähte in die Dunkelheit. »Ich bin nicht verletzt. Commander Riker ist bei mir, hat jedoch das Bewußtsein verloren. Botschafter Lewis kam nicht zu Schaden. Aber von Dr. Pulaski und Fähnrich Greenblatt fehlt jede Spur.«

»Wie geht es dem Commander?« fragte Geordi besorgt.

»Ich nehme an, er hat eine Gehirnerschütterung erlitten«, erwiderte der Androide. »Seine Reflexe sind normal. Ich gebe Ihnen genauere Auskunft, sobald wir die Ärztin gefunden haben.«

»Sollen wir ihn an Bord beamen?«

Data schüttelte den Kopf. »Nein. Unter den gegenwärtigen Umständen halte ich es für besser, den Patienten nicht zu bewegen. Erst müssen wir sicher sein, daß weder die Wirbelsäule noch Nervenbahnen verletzt sind.«

»Wie Sie meinen.« Geordi zögerte kurz. »Ich kann Ihnen gar nicht sagen, wie sehr wir den jüngsten Zwischenfall bedauern. Er zeigt einen eklatanten Mangel an Urteilsvermögen unsererseits.«

»Da muß ich Ihnen widersprechen«, entgegnete Data. »Meiner Ansicht nach hat Fähnrich Crusher genau richtig gehandelt. Ich habe nur einen Teil seines Gesprächs mit Commander Riker gehört, aber wir sahen uns von Ferengi und einigen lorcanischen Verbrechern bedroht. Das Ablenkungsmanöver erfüllte seinen Zweck – obwohl weniger ... wirkungsvolle Maßnahmen wünschenswert gewesen wären.«

»Ich verstehe.« Geordi richtete seinen Visor-Blick auf Fähnrich Crusher und lächelte.

Data starrte weiterhin in die Finsternis. »Wenn ich mich nicht sehr irre, habe ich gerade Dr. Pulaski gesehen«, sagte er. »Ich melde mich später noch einmal.«

»Gut. Geordi Ende.«

LaForge stand auf und trat hinter Wesley, der vor dem Navigationspult saß. »Fähnrich Crusher, Sie haben das Kommando. Ich möchte im Auswertungszimmer feststellen, welche Folgen die jüngsten Eruptionen für den Planeten haben.«

»Ja, Sir.« Wesley nickte und wußte das neuerliche Vertrauen Geordis zu schätzen. »Ich bereite inzwischen den Bericht für Sie vor.«

»Ach, laß nur«, sagte LaForge. »Wir könnten Jahre damit verbringen, Berichte über diese Mission zu schreiben. Gib mir sofort Bescheid, wenn Commander Riker etwas von sich hören läßt.«

»Selbstverständlich, Sir.«

Data eilte über die Straße und näherte sich den beiden langsam gehenden Gestalten. Fenton Lewis folgte ihm in einem Abstand von fast zehn Metern und setzte seine Maske auf. Katherine Pulaski hatte den Arm um Fähnrich Greenblatt geschlungen und vermied es, das rechte Bein zu belasten. Beide Frauen hielten ihre Masken in den Händen, und die junge Sicherheitsbeamtin trug noch eine andere, die Data nun zum erstenmal sah. Er schenkte ihr keine Beachtung.

»Doktor!« rief er, löste die erschöpfte Greenblatt ab und stützte Kate Pulaski. »Sind Sie verletzt?«

»Nur ein verstauchter Knöchel«, sagte sie. »Es könnte viel schlimmer sein. Als das Beben begann, ging Tagesfleiß' Pony durch. Ich saß im Wagen und wurde ziemlich durchgeschüttelt.« Pulaski zeigte in die Richtung, aus der sie kamen. »Der Karren prallte dort drüben an einen Baum. Dem Himmel sei Dank, daß mir Fähnrich Greenblatt folgte – sie zog mich aus den Trümmern. Ist sonst alles in Ordnung?«

»Nicht unbedingt«, erwiderte Data. »Commander Riker hat das Bewußtsein verloren.«

»Ich sehe ihn mir sofort an«, sagte Pulaski und schob den Arm des Androiden beiseite. »Schon gut, Data. Wenn ich mich nicht aus eigener Kraft bewege, wird der Fuß bald so steif, daß ich mich *dauernd* von Ihnen tragen lassen muß.«

Kate Pulaski humpelte zu Commander Riker, der noch immer reglos auf dem Boden lag. Tagesfleiß erhob sich und machte der Heilerin Platz. Einige Sekunden später sah er Greenblatt und lief zornig auf sie zu.

»Die Maske«, stieß er hervor und deutete auf ihre Hände. »Gib sie mir.«

Die blonde Frau hob sowohl die Maske des Bogenschützen als auch ein anderes, wesentlich älteres lorcanisches Artefakt. In dem matten, trüben Licht, das durch die scharlachfarbenen Wolken filterte, blieben Greenblatt die Einzelheiten der zweiten Maske verborgen. Aber Tagesfleiß erkannte sie offenbar auf den ersten Blick, griff danach und schlang schützend die Arme darum.

»Leider habe ich schlechte Nachrichten für dich«, sagte die Sicherheitsbeamtin. »Durch das Beben geriet dein Pony in Panik, und... Es lief mit dem Kopf voran gegen einen Baum und war sofort tot. Von dem Wagen ist nicht viel übriggeblieben. Als ich nach unseren Ausrüstungsgegenständen suchte, fand ich diese Maske...«

Fenton Lewis trat vor. »Darf ich sie sehen?«

»Nein«, brummte Tagesfleiß und drückte das Artefakt noch fester an sich. »Es ist nichts weiter, nur eine alte Maske.«

»Ich habe sie nie bemerkt, obwohl ich des öfteren in deinem Karren saß«, stellte Greenblatt fest. »Vermutlich hast du sie in einem geheimen Fach versteckt.«

»Wo sie lag, geht dich nichts an«, erwiderte Tagesfleiß scharf, und eine Zeitlang rang er mit sich selbst. Schließlich fügte er ruhiger hinzu: »Tut mir leid. Ich wollte nicht unfreundlich sein, aber die jüngsten Ereignisse... Wo ist mein Wagen?«

»Auf der anderen Seite von Mehrweg«, sagte Greenblatt und deutete über die dunkle Straße.

Der Lorcaner nickte, ging davon und hielt die rätselhafte Maske fest in beiden Händen.

»Sein Verhalten erscheint mir verdächtig«, meinte Fenton Lewis. »Hatte jemand von Ihnen Gelegenheit, sich den Gegenstand genau anzusehen?«

In der rötlichen Düsternis hinter ihnen stöhnte jemand. Sie drehten sich um und sahen Riker, der sich gerade aufzusetzen versuchte. Kate Pulaski half ihm dabei.

»Himmel, das tut weh«, ächzte der Erste Offizier und tastete vorsichtig über den Hinterkopf.

»Gutes altes Riechsalz wirkt Wunder«, sagte Kate Pulaski stolz. »Commander Riker ist soweit in Ordnung, aber er muß fürchterliche Kopfschmerzen ertragen, bis ich meinen Injektor wiederfinde.«

»Ich werd's überleben«, behauptete Riker kühn und stöhnte erneut, als er den Kopf von einer Seite zur anderen drehte. Er starrte zu den wieder stillen und reglosen Baumwipfeln hoch, rechnete fast damit, daß die Stämme erneut zu schwanken begannen. Langsam wurde es etwas heller, und Will erinnerte sich daran, daß es erst Morgen war.

Er zwinkerte — vulkanische Asche brannte in seinen Augen — und senkte den Blick. Eine kleine Gruppe hatte sich vor ihm eingefunden, und er freute sich darüber, so loyale Gefährten zu haben. Dann bemerkte er die eulenartige Boten-Maske, und jäher Zorn quoll in ihm empor.

»Sie haben mich niedergeschlagen«, warf er Fenton Lewis vor. »Den Brummschädel verdanke ich Ihnen!«

»Sie sind ja verrückt«, erwiderte der Botschafter abfällig und deutete auf einen der vielen herumliegenden Äste.

»Das Ding hat sie getroffen.«

»Was ich für wahrscheinlich halte«, bestätigte der Androide.

Riker holte tief Luft und zuckte kurz mit den Schultern. Data stützte ihn, als er aufstand. »Wenigstens sind die Eruptionen jetzt vorbei«, sagte er und stöhnte erneut. »Wenn man Fähnrich Crusher um ein Ablenkungsmanöver bittet, muß man offenbar auf alles gefaßt sein.«

»Die gewünschte Wirkung ist eingetreten«, kommentierte Data. »Von den Räubern ist weit und breit nichts mehr zu sehen. Sie sind in Panik geflohen.«

»Die Ferengi treiben sie bestimmt wieder zusammen«, warf Dr. Pulaski ein.

Riker runzelte die Stirn und massierte sich den Nacken. »Wenn sich die Ferengi mit den Räubern verbündet haben, so bedeutet das folgendes: Sie nehmen direkten Einfluß auf die Entwicklung der lorcanischen Gesellschaft. Es würde mich überhaupt nicht wundern, wenn sie versuchen, die ganze Bevölkerung dieser Welt zu versklaven — wir kennen genügend Präzedenzfälle.«

»Lorca braucht die Föderation«, sagte Katherine Pulaski. »Aber wie können wir die Lorcaner davon überzeugen?«

Riker schüttelte den Kopf. »Keine Ahnung. Wo ist Tagesfleiß?«

Kate deutete in die entsprechende Richtung. »Sein Pony ist tot, und der Wagen wurde zerstört. Er sieht ihn sich gerade an.«

»Hat er alles verloren?« fragte der Commander.

»Nein, nicht alles«, erwiderte Fenton Lewis. »Fähnrich Greenblatt barg eine Maske aus den Trümmern, und der Lorcaner wurde fuchsteufelswild, als er sie sah.«

Diese Worte erinnerten Riker an etwas. Er sah sich um, entdeckte seine Wald-Maske und stellte erleichtert fest, daß sie unbeschädigt geblieben war. »Ist die *Enterprise* informiert?«

»Ja«, sagte Data. »Ich habe mit Geordi LaForge gesprochen. Er macht sich große Sorgen.«

Commander Riker seufzte laut. »Kann ich gut verstehen. Nun, auf diese Weise kommen wir nicht weiter. Wir brauchen einen Plan, ein klares Ziel. Unsere Suche nach dem Captain blieb bisher vergeblich, und außerdem kennen wir niemanden, der als hiesiger Verhandlungspartner für die Föderation in Frage käme. Wenn sich nichts an dieser Situation ändert, besteht keine Hoffnung auf einen Erfolg unserer Mission.«

»Das habe ich Ihnen die ganze Zeit über klarzumachen versucht«, sagte Fenton Lewis. »Sie verschwenden nur Ihre Zeit. Ich bin bereit, hierzubleiben und nach der Leiche des Captains zu suchen. Darüber hinaus gehe ich zum Markt — um festzustellen, ob sich dort der Herrscher dieses Planeten zeigt. Ich schlage vor, Sie überlassen mir meine Arbeit und kümmern sich um Ihre eigenen Pflichten.«

Riker litt noch immer an starken Kopfschmerzen, aber er zwang sich trotzdem, eine Entscheidung zu treffen. Lorca war in mehr als nur einer Hinsicht destabil. Die Probleme dieser Welt konnten nicht in wenigen Tagen gelöst werden — vielleicht dauerte es Monate oder gar Jahre, um die Thronfolge zu klären. Die Ferengi nahmen offenbar direkten Einfluß auf das lorcanische Volk, woraus eine Situation entstand, die nach Diplomatie verlangte. Riker vertraute Fenton Lewis nicht, aber er war Botschafter, und außerdem hatte er einen offiziellen Auftrag der Föderation.

Wenn es noch einmal zu einem so starken Beben kam, blieb die *Enterprise* vielleicht ganz ohne Captain. Riker wußte, daß es dumm von ihm gewesen wäre, weiterhin auf Lorca zu bleiben. Er hatte Captain Picard auszureden versucht, die Landegruppe zu leiten — aus gutem Grund. *Jetzt bin ich Kommandant der* Enterprise, *und meine früheren Argumente gelten nach wie vor. Ich muß zum Schiff zurück.*

»Na schön«, seufzte der Erste Offizier. »Wir lassen eine kleine Gruppe auf Lorca. Data hat sich bereit erklärt, die Suche nach dem Captain, Worf und Counselor Troi fortzusetzen.

Botschafter Lewis bleibt ebenfalls hier«, fuhr Riker fort. »Um seine ursprüngliche Mission durchzuführen — ganz gleich, wieviel Zeit sie in Anspruch nimmt. Fähnrich Greenblatt, ich möchte, daß Sie ihm Gesellschaft leisten, aber ich kann Ihnen keinen entsprechenden Befehl geben. Sie gehören zur Besatzung der *Enterprise*, und es steht mir nicht zu, Sie ohne eine neue Einsatzorder Starfleets zu versetzen — es sei denn, Sie melden sich freiwillig. Sie wissen ebensoviel über den Planeten wie wir, und bestimmt können Sie Lieutenant Commander Data und dem Botschafter helfen. Doch die hier drohenden Gefahren...«

Greenblatt schob das Kinn vor. »Es wäre mir eine Ehre, mich der hiesigen Gruppe anzuschließen, Sir.«

»Und wir anderen kehren zur *Enterprise* zurück?« fragte Kate Pulaski. Es klang enttäuscht.

Riker nickte. »Wir dürfen nicht länger unser Leben aufs Spiel setzen. Das Schiff braucht uns.«

»Wir brauchen Sie ebenfalls«, ertönte es hinter dem Ersten Offizier.

Will und seine Begleiter drehten sich um, sahen eine vertraute Gestalt, die sich aus den Schatten löste und langsam näher kam. Sie trug nun nicht mehr die einfache Tonmaske, sondern ein viel älteres und weitaus kunstvolleres Exemplar. Der bronzene Rahmen war wie ein elliptischer Schild geformt, und darauf schimmerte ein wunderbares Mosaik aus Aquamarinen, Rubinen, Saphiren und elfenbeinfarbenen Kristallen, in denen hier und dort goldene Flecken glühten. Sie formten ein strudelförmiges Etwas, das an einen Spiralnebel im intergalaktischen Raum erinnerte. Der hyponotische Effekt dieser Darstellung lenkte die Aufmerksamkeit des Betrachters auf die wissend blikkenden Augen hinter der Maske. Wenn Tagesfleiß den Kopf bewegte, so schien sich das Mosaik zu verändern und neue Formen zu gewinnen.

Andere Edelsteine säumten den eindrucksvollen Wirbel, wuchsen aus ihm heraus. Sie funkelten auf einem hölzernen Ring und symbolisierten Federn, umgaben die Bronze mit einer Art Mähne. Das Mosaik weckte Vorstellungen von Ewigkeit und erhabener Ruhe, während die ›Federn‹ auf geballte Kraft hindeuteten — Riker verglich sie mit der Korona einer Sonne. Es handelte sich um eine perfekte Maske. Wie Lorca selbst war sie voller Schönheit und Verheißung, aber gleichzeitig blieb sie in ständiger Veränderung und wirkte auch ein wenig düster. Der Künstler, der sie hergestellt hatte — er schien den Weltraum gesehen und die Pracht des Kosmos eingefangen zu haben. *Diese Maske ist offenbar sehr alt,* dachte der Erste Offizier. *Vielleicht wurde sie nicht auf Lorca hergestellt; möglicherweise stammt sie von Bord des Theaterschiffes.*

Niemand gab einen Ton von sich, als der Lorcaner verharrte und seinen ernsten Blick über die Anwesenden schweifen ließ. »Der Wagen des reisenden Händlers ist zerstört«, sagte er. »Auch Tagesfleiß existiert nicht mehr. Begegnet nun dem Mann, den ihr die ganze Zeit über gesucht hat — vor euch steht Allmächtiger Töter.«

»Die Maske der Weisheit«, hauchte Fenton Lewis und streckte die Hand nach dem kostbaren Artefakt aus.

Der Lorcaner stieß den Arm des Botschafters beiseite und griff demonstrativ nach seinem Schwert. Er zog es jedoch nicht aus der Scheide. »Ich habe oft getötet, um diese

Maske zu verteidigen. Ob ich sie trage oder nicht – sie gehört mir. Ich überlasse sie weder euch noch den Ferengi, Scharfe Klinge oder sonst jemandem. Ich rate euch davon ab, mich zu einem Duell herauszufordern.«

»Wir wollen die Maske gar nicht«, erwiderte Riker. »Aber sag uns bitte: Warum zeigst du uns erst jetzt deine wahre Identität?«

Der alte Mann zögerte. »Weil ich nicht mehr der Allmächtige Töter bin«, antwortete er schließlich. »Ich habe die Maske der Weisheit versteckt und wurde zu einem reisenden Händler. Feigheit? Ich weiß es nicht. Als Krieger konnte ich keine neuen Erfahrungen mehr machen. In meinem Leben gab es mehr als genug Schlachten und Duelle – der Kampf war wie ein zänkisches Weib, das mir keine Ruhe ließ. Eines Tages traf ich einen armen Händler auf der Straße und kaufte seinen Karren.

Seit damals bin ich frei gewesen«, fuhr Allmächtiger Töter fort. »Meine Verantwortung galt nur mir selbst. Zum erstenmal konnte ich das Schwert lange genug beiseite legen, um eine gute Mahlzeit zu genießen, interessante Gespräche zu führen und an einem sonnigen Tag Gefallen zu finden.« Er seufzte schwer. »Doch Tagesfleiß starb zusammen mit seinem Pony. Die tönernen Masken sind zerbrochen, und nur diese ist mir geblieben.«

»Du könntest wieder Tagesfleiß werden, wenn du die Maske der Weisheit jemand anders gibst«, schlug Data vor.

»Nein«, widersprach der Lorcaner. »Ich wußte, daß dieser Tag kommen würde. Beim Markt wollte ich mich als rechtmäßiger Herrscher zu erkennen geben – es macht also kaum einen Unterschied, wenn ich Heimwiese als Allmächtiger Töter erreiche. Lorca braucht einen König, keinen weiteren reisenden Händler.«

»Du mußt damit rechnen, ständig zu Duellen herausgefordert zu werden«, sagte Fähnrich Greenblatt besorgt.

»Ja, ich weiß.« Der Lorcaner nickte. »Ohne eure Hilfe werde ich vielleicht getötet, bevor ich Gelegenheit erhalte, den Markt zu besuchen.«

Dr. Pulaski setzte respektvoll ihre Maske auf. »Wir können dir nicht helfen, Tagesfleiß – äh, Allmächtiger Töter. Wir dürfen uns nicht in die inneren Angelegenheiten dieser Welt einmischen.«

»Begleitet mich«, drängte der legendäre Krieger. »Ich brauche ein Gefolge, um zu überleben.«

»Ich gehe mit ihm«, bot sich Lewis an. »Unterwegs erzähle ich Allmächtiger Töter von der Föderation, und vielleicht finden wir Gelegenheit, Handelsvereinbarungen zu treffen. Es wäre falsch, ihn jetzt im Stich zu lassen. Denken Sie nur an die Ferengi.«

Commander Riker rieb sich die Augen, bevor er ebenfalls sein Gesicht bedeckte. Warum fühlte er sich Lorca so sehr verpflichtet? Lag es daran, daß die Bewohner dieses Planeten von der Erde stammten? Basierte sein Empfinden vielleicht auf ihrer einzigartigen Kultur? *Nein,* beantwortete sich Riker seine stummen Fragen. *Der Grund ist jener alte Mann, der nun vor mir steht, die prächtigste aller Masken trägt und mich darum bittet, den Lorcanern zu helfen.*

»Na schön«, sagte er, und seine Stimme klang dumpf durch die Mundöffnung der Wald-Maske. »Wir bleiben bis zum Markt bei dir. Glaubst du, daß auch Scharfe Klinge dorthin unterwegs ist?«

»Es würde mich sehr überraschen, wenn sie nicht in Heimwiese erscheint«, erwiderte die Maske der Weisheit.

»Und sie wird wohl kaum darauf verzichten, meinen Status offiziell in Frage zu stellen.«

»Ich möchte herausfinden, ob der Botschafter die Wahrheit sagte, als er behauptete, die übrigen Angehörigen der ersten Landegruppe seien getötet worden«, sagte Riker und starrte Fenton Lewis an. »Bisher haben wir keine Leichen gefunden.«

»Sie sind ein sturer Narr!« stieß Lewis hervor und schüttelte den Kopf. »Sie wollen Ihr Leben und das der Bordärztin riskieren, um mich als angeblichen Lügner zu entlarven. Nun, meinetwegen. Die *Enterprise* verdient keinen so leichtsinnigen Captain.«

Plötzlich konnte sich Riker nicht mehr beherrschen. Er sprang auf Lewis zu und packte ihn am Kragen, doch der Botschafter reagierte sofort, zog ein kleines Messer aus dem Ärmel und hielt es unter Wills Kinn. Data riß den langhaarigen Mann zurück, während Greenblatt und Dr. Pulaski Riker festhielten.

»Das reicht jetzt!« zischte Kate und trat zwischen die beiden Kontrahenten. Der Erste Offizier atmete mehrmals tief durch und beruhigte sich langsam. Fenton Lewis befreite sich aus Datas Griff und versteckte sein Messer.

»Warum laßt ihr sie nicht gegeneinander antreten?« fragte Allmächtiger Töter und deutete auf Fenton Lewis. »Er scheint ganz versessen darauf zu sein, in einem Zweikampf zu sterben, und Riker ist vielleicht Krieger genug, um ihm seinen Wunsch zu erfüllen.«

»Föderationsbürger und Starfleet-Offiziere kämpfen nicht gegeneinander«, sagte Pulaski scharf.

»Tut mir leid«, brummte Riker. »So etwas wird sich nicht wiederholen. Wir sind ein Team und sollten uns auf Zusammenarbeit besinnen.«

Lewis strich seine Lederjacke glatt. »Ich wünschte, Sie könnten sich endlich dazu durchringen, vernünftig zu sein«, sagte er. »Wir wissen inzwischen, daß Lorca wesentlich gefährlicher ist, als wir zunächst annahmen. Die Mission erfordert nur meine Präsenz auf dem Planeten. Warum geben Sie nicht zu, daß es ein Fehler von Ihnen war, sich hierher zu beamen? Kehren Sie zur *Enterprise* zurück.«

»Der Captain hätte die gleiche Entscheidung getroffen«, erwiderte Pulaski.

»Sie klammern sich an Sentimentalität fest«, sagte Lewis. »Und so etwas könnte hier auf Lorca tödlich sein.« Er winkte kurz. »Ich gehe voraus, um festzustellen, ob die Ferengi wirklich verschwunden sind.«

Der Botschafter drehte sich um und stapfte durch die Düsternis. Einige blasse Sonnenstrahlen durchdrangen die hohen Wipfel, und in den dichten, karmesinroten Wolken entstanden erste Lücken.

»Er verbirgt etwas«, sagte Riker und wandte sich an Fähnrich Greenblatt. »Wie hat er sich verhalten, als wir es mit den Räubern und Ferengi zu tun bekamen?«

»Keine Ahnung«, antwortete die junge Sicherheitsbeamtin. »Er blieb die ganze Zeit über im Wald und zeigte sich nicht.«

»Was meine Einschätzung bestätigt«, murmelte Riker.

»Wir dürfen nicht noch mehr Zeit verlieren«, sagte der alte Lorcaner. »Wir müssen den Weg zum Markt fortsetzen und Leute finden, die uns unterstützen. Kommt.«

Er marschierte über die Straße, und seine Begleiter wechselten stumme Blicke. »Geht nur«, sagte Riker und holte seinen Insignienkommunikator hervor. »Ich setze mich mit der *Enterprise* in Verbindung und teile Geordi mit, daß bei uns alles in Ordnung ist.« Er winkte. »Lassen Sie den König nicht warten.«

Data, Greenblatt und Dr. Pulaski rückten ihre Masken zurecht und folgten dem Lorcaner. Riker sah ihnen nach. *Nun, unsere Mission ist nicht völlig erfolglos geblieben. Wir haben den geheimnisvollen Allmächtigen Töter gefunden.*

Es fiel nie leicht, den Tod eines Freundes hinzunehmen, nicht einmal dann, wenn man mit einer derartigen Möglichkeit rechnete. Noch schlimmer war es, wenn blindes Schicksal einen geschätzten Kameraden dahinraffte. Scharfe Klinge schlug mit ihren Fäusten auf den Boden, verfluchte den Drachen und schrie voller Zorn, aber damit konnte sie die reglose Gestalt auf dem Boden nicht wieder zum Leben erwecken. Geronnenes Blut zeigte sich am Nakken und auf der Brust, und die Gefährten des Toten starrten bestürzt und hilflos auf den Leichnam hinab.

Spinnenschwinge hatte sein Leben ausgehaucht.

Deanna erinnerte sich an die vulkanischen Eruptionen, an das heftige Beben, und vor ihrem inneren Auge beobachtete sie, wie die Lorcaner versuchten, ihre Ponys zu beruhigen. Spinnenschwinge ging voraus, um sich zu vergewissern, daß Scharfe Klinge den Weg gefahrlos fortsetzen konnte. Niemand sah, auf welche Weise er starb, aber es gab mehrere Hinweise. Vermutlich hatte er sich über ein Wasserloch gebeugt, das sich ganz plötzlich in einen Geysir verwandelte. Ein emporgeschleuderter Stein, halb so groß wie eine Männerfaust, verfehlte den Kinnschutz der Botschafter-Maske nur um einen knappen Zentimeter und traf den Adamsapfel. *Er wäre sicher noch am Leben, wenn er nicht beschlossen hätte, die Kriegerin zu schützen,* dachte Troi.

Deanna schämte sich ihrer eigenen Gedanken, als sie überlegte, ob die Lorcaner ihren toten Freund zusammen mit seiner prächtigen Maske begraben wollten. Aber vielleicht gab es auf Lorca keine derartigen Bestattungsrituale. Troi hatte sich eingehend mit den entsprechenden Zeremonien vieler verschiedener Kulturen befaßt. Manche Völker beerdigten ihre Toten oder verbrannten sie; andere zerschnitten die Leichen und verteilten einzelne Gliedmaßen an Freunde und Verwandte.

Starfleets Brauch, verstorbene Besatzungsmitglieder ins All zu beamen, gefiel der Counselor am besten. Sie sah darin eine ebenso einfache wie würdevolle Bestattungsmethode — obgleich keine Gedenksteine oder Grabmale zurückblieben, die bei einigen Völkern als obligatorisch galten. *Der Umgang mit den Toten läßt viele Rückschlüsse auf die betreffende Kultur zu,* dachte Deanna und beobachtete ihre lorcanischen Begleiter.

Alle schienen darauf zu warten, daß Scharfe Klinge mit einer Ansprache begann. Mehrere Minuten lang kniete sie neben dem Leichnam, und die Maske verbarg ihre Emotionen. Doch die Hände der stolzen Kriegerin zitterten und verrieten, was in ihr vorging. Schließlich berührte sie Spinnenschwinge an der Brust und starrte gen Himmel. Captain Picard, Worf, Deanna und die Lorcaner blieben still, rührten sich nicht von der Stelle.

»Mächtiger Drache«, intonierte Scharfe Klinge mit vibrierender Stimme, »du hast einen deiner Söhne zu dir genommen, unseren edlen Gefährten Spinnenschwinge. Erst seit kurzer Zeit trug er die Botschafter-Maske, doch er war immer *mein* Botschafter, mein Beschützer und Verteidiger. Es störte einige, daß er mir so nahe stand, und andere nahmen Anstoß an seiner Arroganz. Aber er war mein Schild, wenn ich einen Schild brauchte, und er war mein Speer, wenn ich einen Speer benötigte.

Er zögerte nicht, alle Aufgaben wahrzunehmen, die ich ihm zuwies, und er beklagte sich nie. Voller Hingabe erfüllte er seine Pflichten, ohne dabei auf die eigene Sicherheit zu achten.« Scharfe Klinge brach ab, ließ den Kopf sinken und griff nach Spinnenschwinges Kettenhemd. »Jetzt kann er mir nicht mehr helfen, Fische in einem Wasserloch zu fangen. Nie wieder wird er mit mir zusammen Korn säen oder Ponys beschlagen. Es machte ihm großen Spaß, zu angeln oder eine gute Ernte einzubringen. Er wollte, daß seine Landsleute immer genug zu essen haben und ein würdiges Leben führen.«

Die Kriegerin sprach nun lauter, und ihre Blitz-Maske glühte wie eine bernsteinfarbene Flamme unter dem roten Himmel. »Ich schwöre hiermit beim feurigen Odem des Drachen: Spinnenschwinges Opfer sollen nicht unbelohnt bleiben. Ich werden ihn im Kampf ehren, um Lorca Frieden und Harmonie zu bringen.«

»Hört, hört!« riefen die anderen Lorcaner.

Mit einem Ruck riß Scharfe Klinge die Maske vom Gesicht des Toten. Die glatten, blassen Züge wirkten erstaunlich jung, fand Deanna. Spinnenschwinge sah aus wie ein Knabe mit rötlichem Bart.

Die Anführerin stand auf und zog ihr Schwert. »Ins Loch, das ihn tötete!«

»Ins Loch, das ihn tötete!« riefen ihre Gefolgsleute.

Auch Worf hob sein Schwert. »Ins Loch, das ihn tötete!«

Die Lorcaner und der Klingone näherten sich der Quelle, die den fatalen Stein geschleudert hatte, holten mit ihren Klingen aus und hackten. Sie konzentrierten ihre ganze

Wut auf den weichen Lehmboden und erweiterten die Öffnung, ignorierten das hochspritzende schlammige Wasser. Das Loch sollte breit genug werden, um die Leiche aufzunehmen.

Deanna sah den Kriegern zu, die immer wieder mit ihren Schwerten zuschlugen. Als die ersten von ihnen ausglitten und Gefahr liefen, in der brodelnden Masse zu versinken, zog Scharfe Klinge ihre Gefährten zurück. Sie hielt noch immer die Botschafter-Maske, benutzte das wundervolle Artefakt wie einen Kommandostab. Zusammen mit Kalter Engel und den beiden Pagen hob sie Spinnenschwinge an, ließ ihn mit dem Kopf voran ins Sumpfloch hinab und beobachtete, wie die Leiche darin verschwand.

Die Lorcaner jubelten laut, als ihr toter Freund im Schlamm versank.

*Biologisch sinnvoll,* dachte Counselor Troi. *Wenn auch ein wenig schaurig.* Worf trat an ihre Seite, und auf dem alten Schmutz an seinem Parka hatte sich eine neue Schicht aus feuchtem Lehm gebildet. Er war längst nicht mehr als Starfleet-Offizier zu erkennen.

»Eine interessante Bestattung«, schnaufte er.

Picard gesellte sich ihnen hinzu, und dunkles Wasser tropfte von seiner Tiermaske. »Wir müssen zur *Enterprise* zurück. Hat jemand von Ihnen eine Idee?«

Worfs breite Schultern hoben und senkten sich kurz. »Den Retransfer-Punkt sollten wir meiden. Jener Ort befindet sich in unmittelbarer Nähe einiger Vulkane.«

»Und wenn wir die Ferengi um Hilfe bitten?« fragte Deanna.

»Sie verlangen einen zu hohen Preis«, erwiderte der Captain. »Trotzdem sollten wir noch einmal mit ihnen reden.«

Jean-Luc drehte sich um und sah Scharfe Klinge, die sich ihnen näherte. Die Botschafter-Maske wechselte zwischen ihren Händen hin und her, und der Captain dachte an eine Katze, die mit einer Garnrolle spielte.

»Picard«, sagte sie, blieb vor ihm stehen und neigte den

Kopf. »Ich möchte, daß du diese Maske trägst. Wie alle anderen sucht sie nach einem angemessenen Träger, und ich halte dich für geeignet.«

»Es ist mir eine Ehre«,erwiderte Jean-Luc, doch er zögerte, nach dem glänzenden Artefakt zu greifen. Picard war nicht abergläubig, aber die Botschafter-Maske schien verflucht zu sein. Sie hatte den Tod ihrer Ferengi-Besitzer verursacht und Fenton Lewis in Mißkredit gebracht. Hinzu kam Spinnenschwinge. Der Captain fragte sich, ob ihn ein ähnliches Schicksal erwartete.

Schließlich gab er sich einen Ruck, nahm das metallene Objekt zur Hand und bestaunte es. »Danke.« Er verbeugte sich. »Ich werde diese Maske voller Stolz tragen.«

Scharfe Klinge blickte ins Leere. »Ich vermisse ihn bereits«, murmelte sie. Dann faßte sie sich und kehrte zu ihren niedergeschlagenen Kameraden zurück.

Picard sah weiterhin auf die vom legendären Fazool angefertigte Botschafter-Maske hinab. Worf und Deanna schoben sich näher heran, betrachteten sie ebenfalls.

Nach Datas Ansicht war es alles andere als angenehm, ohne den buntbemalten Wagen zu reisen. Solange sie zum Gefolge eines reisenden Händlers gehörten, bestand für die Angehörigen der zweiten Landegruppe kaum Gefahr. Doch jetzt begleiteten sie den lorcanischen König und mußten ständig mit Schwierigkeiten rechnen. Tagesfleiß hatte ihr Vertrauen verdient, aber die Präsenz des Allmächtigen Töters erfüllte sie mit Unbehagen.

Allerdings schien sich der alte Mann trotz des plötzlichen Statuswechsels kaum verändert zu haben. Data schritt neben ihm und fragte sich, an was er dachte. Plante er militärische Strategien? Bereitete er eine Rede vor, mit der er neue Anhänger gewinnen wollte? Welche Gedanken gingen einem König durch den Kopf?

»Das war ein ziemlich aufregender Schrecker, nicht wahr?« wandte sich Allmächtiger Töter an den Androiden.

»Meinst du die Eruptionen und das Beben?« vergewisserte sich Data.

»Ja. Der Boden zappelte wie ein temperamentvolles Bauernmädchen.« Der Lorcaner lachte. »Gibt es in eurer Heimat keine Schrecker?«

»Nein, eigentlich nicht«, erwiderte der Androide.

Von einem Augenblick zum anderen wurde der Herrscher sehr ernst. »Wenn ich getötet werde, so sollst du die Maske der Weisheit nehmen«, sagte er.

Data hob wie abwehrend die Hand, aber Allmächtiger Töter drückte sie sanft nach unten. »Ich schätze dich viel zu sehr, und daher verlange ich nicht, daß du sie trägst. Aber ich spüre deutlich, daß du ein weiser Mann bist. Bei dir ist die Maske bestimmt gut aufgehoben. Opfere nicht dein Leben für sie, Data. Sorg nur dafür, daß sie in die richtigen Hände gerät. Dieses Kunstwerk symbolisiert Macht.«

»Einverstanden«, sagte der Androide.. »Gibt es wirklich keine Möglichkeit für dich, Gefolgsleute zu finden, ohne deinen Anspruch durch Duelle zu rechtfertigen?«

»Oh, ich fürchte mich nicht vor dem Kampf«, sagte Allmächtiger Töter. »Meine Sorge gilt in erster Linie Dieben.«

»Nun, vielleicht kann ich dir helfen«, murmelte Data.

# KAPITEL 13

Um Feuerholz zu sammeln, brauchte man nur die Augen zu öffnen und nach unten zu sehen. Während des Bebens waren zahllose Äste und Zweige von den hohen Bäumen gefallen, und sie lagen nun überall auf dem Boden. Allmächtiger Töter meinte, er sei fast froh über die Zerstörung seines Wagens – andernfalls hätten sie schwer schuften müssen, um die Straße freizuräumen. Den ganzen Tag lang kletterten sie über mehr oder weniger große Hindernisse, und am Abend schmerzten Rikers Füße und Knie so sehr, daß er sich kaum mehr auf den Beinen halten konnte. Noch nie zuvor war er so froh darüber gewesen, endlich das Lager aufzuschlagen und zu rasten.

Je häufiger er die Maske der Weisheit sah, desto mehr erinnerte ihn das Mosaik an einen Spiralnebel. Allmächtiger Töter schien längst an die Schönheit seiner einzigartigen Maske gewöhnt zu sein, doch Riker ließ sich immer wieder von dem prächtigen Kunstwerk beeindrucken. Er beobachtete, wie der Lorcaner nach einem geeigneten Baum fürs Lagerfeuer Ausschau hielt. Als er einen fand, begann er sofort damit, braunes Moos vom gesammelten Feuerholz zu streichen, und dann suchte er nach einem Wasserloch. Im Anschluß an einen großen Schrecker sei es schwer, Fische zu fangen, meinte er, aber vielleicht habe er trotzdem Glück.

Rikers Blick blieb auf den berühmten Krieger gerichtet, und ein Gefühl der Beklommenheit regte sich ihm, als Allmächtiger Töter allein aufbrach. Er trug das kostbarste Objekt auf ganz Lorca, den Schlüssel zur Macht. Ohne die Maske konnte niemand hoffen, von allen Lorcanern als Herrscher anerkannt zu werden.

Riker verstand sehr gut, warum der reisende Händler namens Tagesfleiß jenes Artefakt versteckt hatte. Was war mit dem früheren Gefolge des Königs geschehen, zum Beispiel mit dem Träger der Wald-Maske? *Sie kamen alle ums Leben, als sie versuchten, die Maske der Weisheit zu verteidigen*, dachte Will.

Er wollte den alten Krieger auffordern, das Zeichen seines Ranges einfach fortzuwerfen. Er wollte ihm raten, erneut in die Rolle des reisenden Händlers zu schlüpfen, seine letzten Jahre in Ruhe und Frieden zu verbringen. Aber die offensichtliche Entschlossenheit des Lorcaners deutete darauf hin, daß er wußte, worauf es nun ankam. Lorca brauchte einen König, der hinter einer schlichten Tonmaske Weisheit gefunden und gelernt hatte, den Kampf zu verabscheuen.

*Was hat Tagesfleiß gesagt, bevor er zu Allmächtiger Töter wurde?* überlegte Riker. *»Die Maske der Weisheit wählt ihren Träger.«* Vielleicht hatte sie sich erst für einen Krieger entschieden, weil ihr nichts anderes übrigblieb — und dann wartete sie, bis er zu einem weisen Mann heranreifte.

Riker hoffte, daß der Lorcaner seinen Status als König bewahren und den Respekt des Volkes erringen konnte. Doch dieser Wunsch stand im direkten Gegensatz zur Ersten Direktive. *Wie sollen wir uns verhalten, wenn man Allmächtiger Töter zu einem Duell herausfordert?* fragte sich der Erste Offizier. *Können wir ihm helfen? Oder zwingt uns das Nichteinmischungsprinzip der Föderation, tatenlos zuzusehen? Und wenn es den Ferengi gelingt, die Maske zu stehlen, um sie Lichtjahre entfernt irgendeinem skrupellosen Sammler zu verkaufen? Was machen wir dann? Ohne jenes Symbol kommt es auf diesem Planeten vielleicht zu einem jahrhundertlangen Machtkampf. Es gäbe nichts mehr, um die Lorcaner unter einer Herrschaft zu vereinen.* Riker schauderte, als er sich einen Krieg vorstellte, der viele Generationen dauerte und den ganzen Planeten in ein Schlachtfeld verwandelte.

Wie jeder andere Starfleet-Offizier hatte er geschworen, niemals Einfluß auf die natürliche Entwicklung einer anderen Kultur zu nehmen. Niemand verwehrte ihm das Recht auf Notwehr, aber ansonsten ließen die Vorschriften kaum Interpretationsspielraum. Seine Sorge um Allmächtiger Töter war eine rein persönliche Angelegenheit. Seit zweihundert Jahren bestimmte allein der Kampf darüber, wer die Maske der Weisheit tragen durfte. Die Lorcaner hatten Gewalt gewählt, um das Problem der Thronfolge zu lösen. Stand es Riker zu, daran etwas zu ändern?

Trotz seiner Zweifel reagierte er sofort, als er einen Schrei im Wald vernahm – er griff nach seinem Phaser und lief los. Data folgte ihm dichtauf und prallte fast gegen ihn, als er plötzlich stehenblieb. Während die anderen zu ihnen aufschlossen, beobachteten Riker und der Androide einen alten Mann, der mit einer schmutzigen, zotteligen Werjun tanzte.

»Reba ist zurückgekehrt!« rief Allmächtiger Töter fröhlich und schwang das Tier mit dem roten Pelz hin und her.

Der Werjun fiel es offenbar nicht schwer, ihren Herrn trotz der neuen Maske zu erkennen. Sie schnatterte glücklich und preßte die Schnauze zärtlich an den Nacken des Lorcaners. Dann sprang sie zu Boden, winkte mit den langen Armen und hüpfte aufgeregt umher.

»Ist alles in Ordnung mit ihr?« fragte Data besorgt.

»Sie berichtet mir von ihren Abenteuern«, antwortete Allmächtiger Töter.

Rebas Vorstellung dauerte einige Minuten und endete, als sie mehrmals mit Pfoten und Schwanz auf den Boden pochte – auf diese Weise erinnerte sie an das starke Beben. Dann gackerte das faultierartige Wesen stolz und schmiegte sich wieder an den alten Mann.

»Scharfe Klinge und ihre Gruppe sind nicht weit vor uns«, warnte Allmächtiger Töter.

»Woher weißt du das?« fragte Dr. Pulaski.

Der Lorcaner zuckte mit den Schultern. »Reba hat es mir gesagt. Sie meinte, in dem anderen Lager befänden sich auch Frauen. Einer von ihnen ist sie begegnet. Ich schließe daraus, daß es sich um Scharfe Klinge handelt. Sie gehört zu den wenigen Kriegern, die weibliche Pagen akzeptieren.«

»Ich weiß, daß ich nach dem sprichwörtlichen Strohhalm greife«, begann Riker und lächelte hinter seiner Wald-Maske. »Aber hat die Werjun vielleicht eine Spur unserer Freunde gefunden.«

»Einen Augenblick«, warf Fenton Lewis ein. »Wollen Sie mich von einem *Affen* zum Lügner stempeln lassen? Jetzt gehen Sie zu weit, Riker!«

Der Erste Offizier preßte kurz die Lippen zusammen und ignorierte den Botschafter. »Ist ihr irgend etwas aufgefallen?« wandte er sich an den Lorcaner.

Allmächtiger Töter seufzte kummervoll. »Für die Werjun sehen alle Menschen gleich aus — Reba kann sie nicht voneinander unterscheiden.« Er umarmte das lange und dünne Tier. »Ich bilde die einzige Ausnahme.«

Mit Rebas Hilfe brachte es Allmächtiger Töter fertig, genug Fische für seine Gruppe zu fangen. Ein warmes Feuer brannte, als er sich zusammen mit seinen Begleitern schlafen legte.

Commander Riker fand keine Ruhe. Nach einer Weile stand er wieder auf, wanderte nervös umher und beobachtete den flackernden Schein der Flammen. Er konnte sich nicht des Eindrucks erwehren, daß die Präsenz der Maske der Weisheit Unheil bedeutete. Die Finsternis jenseits des Lagerplatzes bedrückte ihn, und als er den Kopf hob, sah er dunkle Wolken. Kein einziger Stern funkelte am dunklen Himmel, und die *Enterprise* erschien dem Ersten Offizier unerreichbar fern.

Er holte den Kommunikator hervor. »Commander Riker an Brücke«, sagte er leise, um die anderen nicht zu wecken.

»Hier Lieutenant LaForge«, antwortete eine müde klingende Stimme.

»Hallo, Geordi. Ich wollte nur feststellen, wie lange es dauert, bis Sie uns an Bord beamen können.«

»Wir versuchen derzeit, die Transporterkapazität zu erhöhen«, erwiderte LaForge. »Wenn es zu einem echten

Notfall kommt, sind wir vielleicht in der Lage, Sie hierherzuholen, aber angesichts der dichten Wolkendecke ist es sehr schwer, den Transferfokus genau auszurichten. Ich mußte eben auf volle Verstärkung schalten, um Sie zu verstehen. Nun, wenn der Wind so bleibt wie jetzt, gibt es in ein oder zwei Tagen wahrscheinlich keine Probleme mehr.«

*Soweit es unsere mögliche Rückkehr zur* Enterprise *betrifft,* dachte Riker.

»Großartig«, brummte er. »Ich schätze, es ist meine eigene Schuld. Immerhin habe ich um ein Ablenkungsmanöver gebeten.«

»Da wir gerade dabei sind«, sagte Geordi. »Wir glauben, die allgemeine Situation des Planeten hat sich dadurch etwas gebessert.«

»Wie meinen Sie das?«

»Eine ganze Vulkankette im Bereich des Äquators hat den größten Teil ihres Lavavorrats freigesetzt«, erklärte LaForge. »Es dauert eine Weile, bis der Magmadruck wieder eine kritische Schwelle erreicht. Während der nächsten Monate sind also keine starken Eruptionen mehr zu befürchten.«

»Wenn es einen Bedarf an Vulkanneutralisierern gäbe, kämen wir sicher gut ins Geschäft«, witzelte Riker.

»Ganz meiner Meinung«, bestätigte Geordi. Eine kurze Pause folgte, und die beiden Männer wurden wieder ernst. »Noch keine Spur vom Captain und seiner Gruppe?«

»Nein, nichts«, erwiderte Riker. »Wir sind nur Lorcanern und Ferengi begegnet.«

»Passen Sie gut auf sich auf«, sagte LaForge.

»Diesen Rat beherzige ich gern. Riker Ende.«

Er verstaute den von Fähnrich Greenblatt geliehenen Insignienkommmunikator in der Innentasche seines Parkas und sah zum Feuer. Die erschöpfte Reba hatte ihren langen Greifschwanz um einen hohen Ast gewickelt und hing mit dem Kopf nach unten. Zwei reglose Körper lagen unter den ausladenden Zweigen des Baums. Allmächtiger Töter und Lieutenant Commander Data traten aus dem Schatten und streckten sich wortlos auf dem Humus-Polster aus. Kurze Zeit später war nur noch Riker wach.

Die Kristalle und Edelsteine der Maske der Weisheit glitzerten im Feuerschein, und die Struktur des Mosaiks erfuhr subtile Veränderungen, wenn sich der Lorcaner bewegte. Data setzte seine helle Lehrer-Maske nicht ab, und Riker wunderte sich einmal mehr darüber, wie sehr sie sich bereits an das Tragen der lorcanischen Artefakte gewöhnt hatten. *Unsere Gesichter bleiben sogar im Schlaf bedeckt.*

Der Commander spielte mit dem Gedanken, die Augen offenzuhalten und für seine Gefährten zu wachen, doch er wußte, daß Data gar nicht richtig schlief. Außerdem wirkte das leise knisternde Feuer immer verlockender. Riker gähnte herzhaft, und seine nach wie vor schmerzenden Beine trugen ihn langsam zum Baum. Mit einem wohligen Seufzen ließ er sich auf den weichen Boden sinken und schlief innerhalb weniger Sekunden ein.

Es züngelten noch immer kleine Flammen, als das Handgemenge begann, und das Licht reichte völlig aus, um die gräßliche Szene zu erhellen. Riker blinzelte benommen und beobachtete Fenton Lewis, der einen Phaser in der Hand hielt, mehrmals auf Allmächtiger Töter schoß und danach trachtete, ihm die Maske vom Gesicht zu reißen. Doch irgend etwas schien nicht mit rechten Dingen zuzugehen, denn die energetischen Entladungen hatten überhaupt keine Wirkung auf den Lorcaner: Er stand flink auf und hielt seine Maske fest.

Riker schüttelte fassungslos den Kopf und versuchte, die Müdigkeit von sich abzuschütteln. Der Botschafter wankte ungläubig zurück, wirbelte um die eigene Achse und floh in den dunklen Wald.

»Lewis hat meinen Phaser gestohlen!« rief Fähnrich Greenblatt.

»Tagesfleiß!« Dr. Pulaski sprang auf.

Weitere Stimmen erklangen, und Riker stemmte sich in die Höhe, taumelte einige Schritte und lief los. Nach einigen Dutzend Metern umhüllte ihn völlig Finsternis, und widerstrebend verharrte er neben einem dicken Stamm. Die Nacht war viel zu dunkel; wenn er Lewis weiterhin folgte, bestand die Gefahr, daß er in ein Sumpfloch stürzte.

Er kehrte zum Lager zurück und beobachtete erstaunt, wie Allmächtiger Töter in aller Ruhe seine Maske abnahm. Doch darunter kamen nicht die Züge eines alten Kriegers zum Vorschein; statt dessen zeigte sich das vertraute Gesicht des Androiden.

Data reichte die Maske der Weisheit dem Mann, der das Zeichen des Lehrers trug, sich kurz umdrehte, die beiden Objekte rasch wechselte und dadurch zum lorcanischen König wurde. Allmächtiger Töter gab Data die Lehrer-Maske zurück und klopfte ihm auf die Schulter.

»Du hattest recht!« donnerte er. »Lewis ist kein Freund, sondern ein hinterhältiger Verräter. Ich bin froh, daß du beschlossen hast, meine Maske zu tragen.«

»Ich nahm an, daß er bald handelt«, erwiderte Data. »Offenbar ist er zu allem entschlossen.«

Dr. Pulaski musterte den Lieutenant Commander. Sie war keine Mechanikerin, aber mit dem Androiden schien soweit alles in Ordnung zu sein. »Seien Sie froh, daß der Strahler auf Betäubung justiert gewesen ist. Andernfalls wären Sie jetzt ein Haufen Schrott.«

»Ich habe tatsächlich Glück gehabt«, pflichtete Data ihr bei. »Ich wußte nicht, daß er einen Phaser einsetzen würde...«

»Den er mir stahl«, warf Fähnrich Greenblatt ein.

Der Androide nickte. »Ich dachte, er würde einfach nur versuchen, die Maske zu nehmen und damit zu fliehen.«

»Sie hätten mich darauf hinweisen sollen«, sagte Riker. »War es wirklich nötig, daß Sie ein solches Risiko eingingen?«

»Ich konnte nicht mit Ihnen sprechen, Commander«, erwiderte Data. »Botschafter Lewis behielt Sie ständig im Auge.«

Allmächtiger Töter legte dem Androiden den Arm um die Schulter. »Wir haben uns erst vor kurzer Zeit zu dieser Taktik entschieden, Riker. Sei stolz auf deinen gescheiten und listenreichen Lieutenant Commander. *Ich* bin froh, daß er mein Freund ist. Nie werde ich vergessen, daß er mir das Leben gerettet hat.«

»Seine Aufgabe besteht nicht darin, Sie vor dem Tod zu bewahren«, entgegnete Riker scharf und bedauerte seine Worte sofort. »Allmächtiger Töter, wir dürfen uns nicht in den hiesigen Machtkampf einmischen. Wir werden Fenton Lewis folgen und ihn gefangennehmen, weil wir ihn hierhergebracht haben. Wir sind auch bereit, dich vor den Ferengi zu schützen, wenn du uns darum bittest. Aber wir können nichts unternehmen, wenn dich andere Lorcaner bedrohen.«

Der alte Krieger klopfte Riker auf den Rücken. »Mein edler Freund, Träger der Wald-Maske — ich weiß genau, wie du dich verhalten wirst. Du bist loyal. Glaub mir: Wenn du dafür sorgst, daß die Ferengi keine Gefahr für mich darstellen, werde ich dir für immer dankbar sein.«

Allmächtiger Töter ließ die beiden Außenweltler los und rieb sich die faltigen Hände. »Wenigstens befindet sich nun kein Verräter mehr in unserer Mitte.«

Commander Riker starrte auf den Lehmweg, der sich nach einigen Metern zwischen dunklen Bäumen verlor, dachte dabei an Fenton Lewis' fehlgeschlagenen Versuch, das Zeichen der Macht zu stehlen. Seine Stimme klang dumpf durch die Mundöffnung der Wald-Maske, als er schwor: »Wir schnappen ihn uns. Und wenn wir ihn erwischt haben, bringe ich ihn zur fernsten Starbase, auf daß er nie nach Lorca zurückkehrt.«

Die Blitz-Maske und das Symbol des Botschafters lagen vergessen in einer Ecke des Zelts. Das einzige Licht stammte von einer kleinen Öllampe. Zwei nackte Gestalten lagen auf den Decken und Kissen, waren eins geworden und hatten sich lange Zeit umarmt. Picard versuchte nun, sich aufzurichten, aber Scharfe Klinge streckte ihren sehnigen Arm aus und zog ihn zurück. Der Captain seufzte wohlig, berührte die Brüste der Lorcanerin, spürte ihren kräftigen Leib.

Sie schlang die Arme um ihn, und er fühlte ihr junges, engelhaftes Gesicht an der Schulter. *Was für eine erstaunliche Frau,* dachte Jean-Luc. Sie war imstande, jeden Mann im Schwertkampf zu besiegen, und das genügte für die meisten Lorcaner. Ihr Verlangen nach Liebe konnte schier unersättlich sein — das wußte Picard aus eigener Erfahrung. Eine Kriegerin, für die Ehre und Würde eine große Rolle spielten. Doch in ihrem Wesen verbarg sich noch weitaus mehr. Innerhalb weniger Stunden präsentierte sie sich als selbstbewußte Anführerin, überaus geschickte Liebhaberin und empfindsames Kind. Sie gebot über die Loyalität und Treue einiger besonders tapferer und ehrenhafter Lorcaner — und erwartete Unmögliches von ihnen.

Ganz gleich, wie mutig und entschlossen sie waren: Wie sollten fünf gerechte Streiter einen ganzen Planeten vereinen? Jean-Luc erinnerte sich an den Tod Spinnenschwinges, der seiner Ansicht nach nur bewies, daß Scharfe Klinge viel mehr Gefährten brauchte, um ihr Ziel zu erreichen.

Die Frau schmiegte sich so an ihn wie das Moos an die Äste und Zweige der Bäume. Sie wünschte sich nichts mehr, als über Lorca zu herrschen, doch Picard fragte sich, ob so etwas möglich war. In einer wilden, ungezähmten Welt, die immer wieder von Naturkatastrophen heimgesucht wurde, fiel es sicher schwer, dem Gesetz Geltung zu verschaffen. Picard dachte an die Atmosphäre des Planeten, in der nur speziell geschützte elektronische Geräte funktionierten — einer der Gründe, warum nach dem Kataklysmus vor zweihundert Jahren ein barbarischer Feudalismus entstand. Mit der Maske der Weisheit ergab sich vielleicht eine Chance für Scharfe Klinge, ihre Pläne zu verwirklichen. Doch wenn sie tatsächlich zur lorcanischen Königin wurde, mußte sie ständig damit rechnen, herausgefordert und in blutige Duelle verwickelt zu werden. Vielleicht erklärte das, warum sowohl die Maske der Weisheit als auch der Allmächtige Töter spurlos verschwunden waren. Wem lag schon daran, von morgens bis abends zu kämpfen, nie seines Lebens sicher zu sein?

Die Wahrscheinlichkeit sprach dagegen, daß sich Scharfe Klinge ihren Wunsch erfüllen konnte, aber trotzdem sehnte sich Picard danach, den Traum mit ihr zu teilen. Er wollte ein Mann sein, der stolz die Botschafter-Maske trug, bei der Kriegerin blieb, sie liebte und ihr half, das Recht durchzusetzen. Aber er war bereits jemand anders, trug die ernste Maske des Starfleet-Captains.

»Picard?« raunte Scharfe Klinge und strich über das dünne graue Haar auf seiner Brust. Neben ihrer Haut wirkte seine eigene bemerkenswert dunkel.

»Ja?« murmelte er.

»Wann verläßt du mich?«

Jean-Luc seufzte tief und drehte sich auf den Rücken. Die glatte Unterlage haftete an ihm fest: Eben hatte sie sich noch wie Seide angefühlt, doch jetzt spürte er deutlich, daß sie aus Fischhäuten bestand. »Ich weiß es nicht«, erwiderte er offen. »Derzeit haben wir keine Möglichkeit zurückzukehren.«

»Zu eurem Schiff am Himmel?« fragte die Kriegerin und musterte Picard. Ihr Gesicht wirkte so unschuldig und rein. »Zu euren Frauen? Als Captain hast du bestimmt viele Gemahlinnen, oder?«

»Vielleicht sollte das der Fall sein.« Jean-Luc lachte kurz. »Nach den letzten Nächten mit dir erscheint mir so etwas durchaus erstrebenswert. Aber ich bin das beste Beispiel für einen Captain, der mit seinem Schiff verheiratet ist.«

»Wie schade«, sagte Scharfe Klinge und hauchte ihm einen Kuß auf den Nacken.

»Einer Königin geht es nicht viel besser«, erwiderte Picard. »Wann findet eine Königin Zeit, ganz und gar Frau zu sein?«

»Zum Beispiel jetzt«, gurrte Scharfe Klinge und strich

mit der Hand über Picards flachen Bauch. »Ach, Jean-Luc... Warum bleibt uns nur so wenig Zeit?«

Er umarmte sie. »Damit wir sie möglichst gut nutzen«, sagte er heiser.

Als sich ihre Lippen trafen, ertönte draußen eine zornige Stimme.

»Ein Fremder! Halt! Wer da!«

»Komm langsam näher!« rief jemand anders.

Picard und Scharfe Klinge griffen rasch nach ihren Sachen, hörten weitere aufgeregte Stimmen. Worfs Baß übertönte sie alle. »Captain!« donnerte er.

Jean-Luc setzte seine Maske auf und folgte der Kriegerin, als diese das Zelt verließ und in den matten Feuerschein trat. Die beiden lorcanischen Pagen hatten ihre Schwerter gezogen und bedrohten jemanden, der eine Hose aus ungegerbtem Leder trug. Seine Züge verbargen sich hinter einer Federmaske.

»Lewis!« entfuhr es Picard verblüfft.

»In der Tat«, erwiderte der Mann und nickte. »Bitte laßt die Schwerter sinken. Ich bin unbewaffnet und komme in Frieden. Darüber hinaus bringe ich wichtige Neuigkeiten für Scharfe Klinge.«

»Wo sind Sie gewesen?« knurrte Worf.

»Überall und nirgends«, sagte der Botschafter. »Wollen Sie wirklich wissen, wo ich jeden einzelnen Augenblick verbracht habe, seit ich Sie verließ? Oder genügt es Ihnen zu erfahren, daß ich weiß, wo sich Allmächtiger Töter befindet?«

»Allmächtiger Töter«, wiederholte die Kriegerin ungläubig. Sie richtete sich zu ihrer vollen Größe auf, zog ihr eigenes Schwert und hob es drohend. »Wenn du lügst, wird mich nicht einmal der Drache daran hindern, dir den Kopf abzuschlagen.«

»Ich sage die Wahrheit, Lady.« Lewis verneigte sich, und sein langes, rotblondes Haar glitt über die Schulter. »Die Gruppe des Königs ist dicht hinter uns und ebenfalls nach Heimwiese unterwegs. Ich komme gerade von ihrem Lager.«

Picard starrte Lewis wütend an. »Anders ausgedrückt: Sie sind erneut weggelaufen.«

Scharfe Klinge winkte ab. »Das spielt jetzt keine Rolle. Bis du ganz sicher, daß es sich um Allmächtiger Töter handelt? Trägt er die Maske der Weisheit?«

»Ja«, warf Medizinmacher argwöhnisch ein. »Wie sieht die Maske aus?«

»Sie ist prächtiger und wundervoller als alle anderen«, antwortete Lewis. »Ein Mosaik, das sich ständig verändert und wie ein Strudel wirkt. Edelsteine bilden strahlenförmige Muster...«

»Ja, genau.« Kalter Engel sprang umher und tanzte glücklich. »Was für ein Glück, Lady! Wir können die Maske noch heute nacht bekommen.«

»Immer mit der Ruhe«, brummte Medizinmacher und hob die Hand. Es wurde wieder still. »Vielleicht hat ihm irgendein Reisender die Maske beschrieben.« Der Heiler wandte sich an Fenton Lewis und kniff die Augen zusammen. »Was für ein Mann ist allmächtiger Töter?«

»Wie meinst du das?« Der Botschafter zuckte mit den Achseln. »Seit seiner Jugend sind viele Jahre vergangen. Er gibt sich dumm, aber in Wirklichkeit ist er sehr schlau.«

»Was macht es für einen Unterschied, ob Allmächtiger Töter die Maske der Weisheit trägt oder nicht?« platzte es aus Kalter Engel heraus. »Wir brauchen unsere Königin nur mit dem Symbol der Macht zu krönen. Ich schlage vor, wir brechen sofort auf.«

Die anderen Lorcaner stimmten ihm zu. Captain Picard sah Counselor Troi an. Er konnte ihr Gesicht nicht erkennen, aber ganz deutlich spürte er ihre wachsende Unruhe — neuerliche Gewalt kündigte sich an.

Scharfe Klinge schob ihr Schwert in die Scheide. »Wie groß ist die Streitmacht hinter uns?«

»Etwa so groß wie deine eigene Gruppe«, sagte Fenton Lewis. »Aber ich glaube, deine Krieger sind den Gefolgsleuten von Allmächtiger Töter überlegen. Es mangelt ihnen an Disziplin und Erfahrung.«

Medizinmacher blieb weiterhin skeptisch. »Noch eine Frage: Welche anderen Masken hast du gesehen?«

»Nun, die meisten kenne ich nicht, aber eine wurde als Wald-Maske bezeichnet.«

Scharfe Klinge wirbelte um die eigene Achse und richtete einen durchdringenden Blick auf den Botschafter. »Jetzt weiß ich, daß du die Wahrheit sprichst«, hauchte sie, und in ihren grünen Augen glänzten alte Erinnerungen. »Du bist tatsächlich Allmächtiger Töter begegnet — es ist allgemein bekannt, daß sein bester Ritter die Wald-Maske trägt.« Sie deutete auf Lewis und fügte hinzu: »Wenn ich Königin bin, werde ich dich dafür belohnen.«

Die Kriegerin drehte sich ruckartig um und winkte. »Kommt. Sattelt die Ponys. Wir machen uns unverzüglich auf den Weg!«

Captain Picard eilte zu ihr und griff nach der Hand, die er vor wenigen Minuten auf seiner Brust gefühlt hatte. »Willst du die andere Gruppe angreifen?« fragte er.

»Nein.« Scharfe Klinge schüttelte nachdrücklich den Kopf und schob Jean-Lucs Arm beiseite. »Es überrascht mich, daß du so etwas für möglich hältst. Wir sind keine Räuber, Picard. Ich werde das Recht von Allmächtiger Töter in Frage stellten, die Maske der Weisheit zu tragen. Entweder gibt er sie mir — oder er muß mich im Duell besiegen.«

»Warum wartest du nicht bis morgen?«

»Morgen mag er stärker sein«, erwiderte die Lorcanerin, und ihr Blick verweilte auf dem Captain. »Oder er versteckt sich wieder. Wir müssen diese Chance nutzen, und zwar sofort. Nur du machst mir Sorgen.«

»Ich?« fragte Picard verwirrt.

»Ja, *du!* Beim Zweikampf mit dir habe ich die erste Niederlage meines Lebens hinnehmen müssen. Ich weiß jetzt, daß ich nicht unbesiegbar bin, und dieses Wissen schwächt mich. Es muß mir irgendwie gelingen, zu meiner alten Stärke zurückzufinden. Als ich dir unterlag, stand nicht viel auf dem Spiel — daran sollte ich denken. Wahrscheinlich nimmt Allmächtiger Töter meine Herausforderung gar nicht an. Ich bin ziemlich sicher, daß er mir die Maske der Weisheit kampflos überläßt.«

»Und wenn nicht?«

»Dann nehme ich sie mir.«

»Mit Gewalt«, murmelte Picard. »Indem deine Krieger gegen die des Königs antreten.«

»Es kommen nur diejenigen mit, die mutig genug sind, mich zu begleiten«, zischte Scharfe Klinge und trat an dem Captain vorbei. Picard beobachtete hilflos, wie die hochgewachsene Frau zu ihrem Pony schritt, das Kalter Engel gerade sattelte.

Deanna Troi und Lieutenant Worf traten an Picards Seite. »Sollen wir versuchen, sie aufzuhalten?« fragte die Counselor.

»Nein«, entgegnete der Captain.

»Können wir ihnen helfen?« erkundigte sich der Klingone.

Jean-Luc schüttelte den Kopf. »Nein, unmöglich. Wir sind an die Erste Direktive gebunden und müssen daher neutral bleiben.«

»Und wenn Scharfe Klinge und ihre Begleiter sterben?« wandte Worf ein.

»Diese Vorstellung gefällt mir ebensowenig wie Ihnen«, sagte Picard. »Aber der Allmächtige Töter und seine Gruppe sind uns unbekannt, und außerdem dürfen wir keinen Einfluß auf die unmittelbar bevorstehenden Ereignisse nehmen. Es bleibt uns nichts anderes übrig, als abzuwarten und den Dingen ihren Lauf zu lassen.«

»In gewisser Weise stellt diese Gesellschaft mit ihren Masken ein natürliches Experiment in bezug auf menschliche Interaktion dar«, überlegte Deanna laut. »Wir sollten Einmischungen vermeiden.«

»Aber wir können den Lorcanern doch folgen, oder?« fragte Worf. »Um zu beobachten, was geschieht.«

Picard nickte. »Ja. Ich möchte mich vergewissern, daß die Ferengi nicht an dem Machtkampf beteiligt sind.«

Worf neigte den Kopf zur Seite. »Da fällt mir ein, Captain... Fenton Lewis ist zurückgekehrt, und das bedeutet: Wir haben eine Rückfahrkarte zur *Enterprise*.«

»Ja, ich weiß. Aber das Angebot der Ferengi ist unsere letzte Möglichkeit. Ich hoffe inständig, daß sich unsere Rückkehr auf eine andere Art und Weise bewerkstelligen läßt.«

»Fenton Lewis ignoriert die Erste Direktive«, gab Deanna zu bedenken.

»Das stimmt.« Picard reckte den Hals und hielt vergeblich nach dem Botschafter Ausschau — wahrscheinlich begleitete er Scharfe Klinge und Kalter Engel. Die beiden lorcanischen Pagen waren mit Öllampen vorausgeeilt, räumten Äste beiseite und schufen einen hindernisfreien Weg für die Ponys. Jean-Luc begriff sofort, daß die Kriegerin keine Absicht hatte, sich an Allmächtiger Töter und seine Gruppe heranzuschleichen. Bestimmt wollte sie sich rechtzeitig als Edelfrau mit Gefolge zu erkennen geben. Was den Botschafter betraf... Vielleicht hatte er Scharfe Klinge bereits wieder verlassen; allein kam er sicher schneller voran.

»Fenton Lewis wird unter Arrest gestellt, sobald wir wieder an Bord der *Enterprise* sind«, verkündete der Captain. »Die Anklage lautet: Verletzung der ersten Direktive.«

Eine Zeitlang beobachtete er den zitternden Lampenschein, der sich allmählich in der Finsternis verlor. Die Starfleet-Offiziere blieben allein im Lager zurück, standen neben einem langsam erlöschenden Feuer und dachten nach.

Lieutenant Worf holte seinen Phaser hervor und überprüfte ihn. Er sah sich um, und als er feststellte, daß keine Lorcaner in der Nähe weilten, richtete er die Waffe aufs Lagerfeuer und betätigte den Auslöser. Ein Blitz zuckte in die Asche, und Funken stoben in der leichten Brise.

»Alles in Ordnung«, brummte der Klingone und veränderte die Einstellung des Strahlers. »Wieder auf Betäubung justiert.«

Kate Pulaski erwachte; einige Minuten lang blieb sie still liegen und versuchte, wieder einzuschlafen. Sie beobachtete die nahen Flammen, und schließlich stand sie auf, schob einige weitere Zweige ins Feuer. Die Ärztin fror nicht etwa — ihr war sogar *zu* warm —, aber sie verspürte das Bedürfnis, sich irgendwie zu beschäftigen. Eine seltsame Unruhe vibrierte in ihr.

Sie erinnerte sich an eine alte Redensart: Angeblich war die Nacht kurz vor der Morgendämmerung besonders dunkel. *Hier ist das zweifellos der Fall,* dachte Katherine.

»Belastet Sie etwas, Doktor?« fragte jemand.

Kate drehte sich erschrocken um und sah Data, der in einer finsteren Ecke des Unterstands saß. Seine gelben Augen glühten in der Finsternis.

»Eigentlich sollten *Sie* beunruhigt sein«, erwiderte Pulaski und rang sich ein Lächeln ab. »Man hat auf Sie geschossen, nicht auf mich.«

»Allerdings glaubte Fenton Lewis, es mit Allmächtiger Töter zu tun zu haben«, sagte der Androide.

»Die Maske der Weisheit ist wie ein rotes Tuch.« Kate achtete darauf, möglichst leise zu sprechen. »Meiner Ansicht nach ist das Leben von Allmächtiger Töter keinen Pfifferling mehr wert. Wenn er weiterhin das Zeichen der Macht trägt, wird er früher oder später sterben.«

»Das finde ich bedauerlich«, sagte Data und überlegte. »Soweit ich weiß, gehören Pfifferlinge zur Spezies der Pilze.«

Pulaski rollte mit den Augen. »Ja. Es war nur eine Redewendung. Ich wollte damit zum Ausdruck bringen, daß Allmächtiger Töter nur geringe Überlebenschancen hat.«

»Offenbar braucht er ein größeres Gefolge«, erwiderte Data. »Wir können ihm nur begrenzte Hilfe anbieten.«

Zweige knackten über ihnen, und die Ärztin sah nach oben. Reba löste ihren langen Greifschwanz von einem Ast und kletterte träge herab. Sie krümmte ihren Rücken wie eine Katze, streckte dann nacheinander die langen Beine.

Kate Pulaski hätte die Werjun gern gestreichelt — wenn

ihr Fell nicht so schmutzig gewesen wäre. *Nun, wir sehen nicht viel besser aus*, dachte sie, als sie an sich selbst hinabblickte.

»Glauben Sie, daß Tagesfleiß — Allmächtiger Töter, meine ich — wirklich mit diesem Wesen kommunizieren kann?«

»Ich weiß es nicht«, antwortete der Androide. »Wie wär's mit einem kleinen Experiment?«

»Was haben Sie vor?«

Data wandte sich dem faultierartigen Geschöpf zu und fragte ernst: »Was ißt du am liebsten?«

»Fisch«, entgegnete Reba.

»Na bitte«, sagte der Androide zufrieden. Dann blinzelte er überrascht und sah auf die Werjun hinab.

»Er ... er spricht«, brachte Pulaski verblüfft hervor.

»*Sie*«, korrigierte Data.

Kate versuchte, ihre Aufregung im Zaum zu halten. »Der ... äh, *die* Werjun hat gesprochen. Stellen Sie ihr eine andere Frage.« Die Ärztin beugte sich interessiert vor.

»Nun gut.« Data sah wieder Reba an. »Was für eine Art Tier bist du?

»Fisch.«

Der Androide zuckte mit den Schultern, und Dr. Pulaski lehnte sich enttäuscht zurück. »Ich dachte schon, wir könnten uns mit ihr unterhalten«, sagte sie und seufzte.

Die Werjun strich einige Blätter und Nadeln beiseite, fand einen Fischrest, stopfte ihn in den Mund und kaute zufrieden. Doch sie kam nicht mehr dazu, nach weiteren Brocken zu suchen. Ruckartig sah sie auf, drehte den Kopf und lauschte.

»Was ist denn jetzt?« fragte Kate.

Data horchte. »Sie hat etwas gehört. Anhaltendes Rascheln. Und Stimmen.«

»Wo?« Pulaski hielt unwillkürlich den Atem an, und die letzten Reste der Müdigkeit wichen aus ihr.

»Dort drüben.« Data deutete in die entsprechende Richtung, erhob sich und verließ den Unterstand. Die Ärztin folgte ihm, blieb neben dem Androiden stehen und beobachtete die dunkle Straße. Sie glaubte, eine Art Fata Morgana zu sehen, als sie plötzlich mattes Licht im Wald bemerkte. Es schwebte hin und her, entriß der Dunkelheit hohe Bäume und wurde allmählich heller. Der kühle Wind trug leise Stimmen heran.

»Sollen wir die anderen wecken?« flüsterte Katherine.

Data lauschte noch immer. »Vielleicht wird das gar nicht nötig, Doktor. Es ist mir ein Rätsel, warum jene Leute auch während der Nacht reisen, aber ganz offensichtlich versuchen sie nicht, sich heimlich zu nähern. Wahrscheinlich haben sie keine Ahnung, daß wir hier sind. Ich schlage vor, wir lassen unsere Kameraden ruhen und gehen den Fremden entgegen, um sie zu begrüßen.«

Kate setzte ihre Kräutersammler-Maske auf und verknotete die Halteschnüre. »Also los«, sagte sie.

Lieutenant Commander Data und Dr. Pulaski schritten vorsichtig über die Straße, wichen Zweigen und unergründlich tiefen Schatten aus. Der Androide konnte weitaus besser sehen als seine menschliche Begleiterin, und deshalb kam er schneller voran. Ab und zu verharrte er kurz, damit Katherine zu ihm aufschließen konnte. Die Stimmen wurden immer deutlicher und lauter, und in dem etwa dreißig Meter weiter vorn zitternden Halo zeigten sich seltsame Konturen.

»Ponys«, raunte Data.

Kate griff nach seinem Arm. »Räuber?« fragte sie besorgt.

»Das läßt sich noch nicht feststellen«, erwiderte der Androide. »Vielleicht sollten Sie zurückkehren.«

Pulaski schüttelte den Kopf. »Nein, ich bleibe bei Ihnen. Wir müssen herausfinden, wer die Reisenden sind und was sie wollen. Wenn sie die Maske der Weisheit sehen ...«

»Ich verstehe«, murmelte Data und rückte seine Lehrer-Maske zurecht. »Nun, die Erste Direktive verbietet uns nicht, Fragen zu stellen.«

»Da haben Sie verdammt recht«, bestätigte Kate. Sie betrachtete die Maske des Androiden. Wie ihre eigene bestand sie aus Metall, das man mit neuer Farbe versehen hatte. Doch der elfenbeinfarbene Glanz, die sonderbaren Zeichen und das sanfte Lächeln verliehen dem Symbol des Lehrers eine besondere Attraktivität. »Wissen Sie, Data... Mit dem Ding sehen Sie fast wie ein Mensch aus.«

Kurz darauf traten sie entschlossen in den Lampenschein, und Katherine Pulaski beobachtete erstaunt die prächtigen Masken der Reiter. Eine stolze Frau führte die Kolonne an, und das Artefakt vor ihrem Gesicht wies eine gewisse Ähnlichkeit mit dem Symbol des Botschafters auf. Aber dann sah Pulaski eine noch eindrucksvollere Maske, deren Darstellungen denen ihrer eigenen Maske glichen. Sie wirkten noch kunstvoller: Die Schlagen waren nicht etwa aufgemalt – Dutzende von Edelsteinen und Kristallen formten sie. Es fiel der Ärztin schwer, den Blick von dieser wunderschönen Maske abzuwenden.

»Hallo«, wandte sich Data freundlich an die Lorcaner. »Man sollte meinen, die Nacht sei zu dunkel für einen Spaziergang.«

»Von einem Spaziergang kann keine Rede sein«, erwiderte Kalter Engel, der Picards häßliche Tiermaske trug.

Die Anführerin beugte sich vor. »Gehört ihr zu Allmächtiger Töters Gruppe? Belügt mich nicht!«

Dr. Pulaski warf Data einen warnenden Blick zu, aber unglücklicherweise war der Androide darauf programmiert, immer die Wahrheit zu sagen. »Ja. Woher weißt du das?«

Die Lorcanerin winkte ab. »Sagt eurem Herrn, er soll sich darauf vorbereiten, mich zu empfangen.«

»Und wen dürfen wir melden?« erkundigte sich Data.

Scharfe Klinge straffte die Schultern, und ihre Stimme klang gebieterisch, als sie antwortete. »Teilt Allmächtiger Töter mit, seine Tochter sei zu ihm unterwegs.«

# KAPITEL 14

Picard, Worf und Deanna hockten etwa dreißig Meter entfernt in einem Versteck und beobachteten, wie Scharfe Klinge und ihre Gruppe zwei anderen Lorcanern begegneten. Einer der Fremden war hochgewachsen, kräftig gebaut und trug eine helle Maske. Das Gesicht der Frau an seiner Seite verbarg sich hinter einer schlichten Version der Kräutersammler-Maske. Sie wirkten wie zwei kluge, gefährliche Gegner, und Picards Respekt dem König gegenüber wuchs. Die Entfernung war zu groß, um das Gespräch zu hören, aber Scharfe Klinge hob ihre Stimme, als sie verkündete, Allmächtiger Töters Tochter zu sein.

Picard blinzelte überrascht und sah Deanna an. »Was soll man davon halten?«

»Masken werden nicht vererbt«, erwiderte die Counselor. »Man muß sie durch persönliche Verdienste oder im Duell erwerben. Dem Geburtsrecht kommt in diesem Zusammenhang keine Bedeutung zu. Nur wer die Maske besitzt, bekommt ihren Status.«

»Das erklärt vielleicht, warum Scharfe Klinge mit solcher Entschlossenheit nach dem Symbol der Macht gesucht hat«, sagte Worf.

Picard seufzte. »Sie würde in jedem Fall Anspruch darauf erheben.«

Die beiden lorcanischen Fremden drehten sich um und gingen in die Richtung, aus der sie gekommen waren. Der Himmel war jetzt etwas heller als noch vor einer Stunde, doch hohe Bäume und dichte Wolken hielten das Grau des beginnenden Morgens fern. *Wenigstens sorgen die Wipfel dafür, daß nur wenig vulkanische Asche bis auf den Boden sinkt,* dachte Picard.

Er beobachtete, wie die beiden Lorcaner im Wald verschwanden. »Haben Sie einen Eindruck von Ihnen gewonnen, Counselor?«

Die Betazoidin nickte. »Sie erscheinen mir irgendwie vertraut.«

Picard schürzte die Lippen. »Seltsam: offenbar gehört zu jeder Gruppe ein Heiler.«

»Kein Wunder«, brummte Worf. »Immerhin machen die Lorcaner dauernd von ihren Schwertern Gebrauch, und dabei bleiben Verletzungen sicher nicht aus. Übrigens: Jene weiße Maske wirkte sehr stabil und stellt sicher einen guten Schutz dar.«

Der Captain nickte. »Das trifft auch auf die andere zu. Wir dürfen die Fremden nicht unterschätzen. Seien Sie vorsichtig.«

Scharfe Klinge gab den beiden Gefährten von Allmächtiger Töter einen kurzen Vorsprung und winkte dann, woraufhin sich die Kolonne wieder in Bewegung setzte. Die Pagen räumten weitere Äste von der Straße, und das Licht ihrer Öllampe trübte sich schon nach kurzer Zeit, wurde von der Dunkelheit verschlungen.

»Wir folgen ihnen«, sagte der Captain, stand auf und schlich an den Bäumen vorbei. Worf und Deanna blieben dicht hinter ihm.

Lieutenant Commander Data und Dr. Pulaski warfen einen Blick über die Schulter. Sie wußten, daß sich die lorcanischen Krieger dem Lager näherten, aber offenbar hatten sie es nicht sonderlich eilig. Data versuchte, seine Reaktionen auf die Begegnung zu analysieren: Zufriedenheit darüber, als Mensch akzeptiert worden zu sein — aber auch ein bohrendes Schuldgefühl angesichts der vorwurfsvollen Worte, die der Erste Offizier Riker nach dem Zwischenfall mit Fenton Lewis an ihn gerichtet hatte. *Ist es wirklich nicht meine Aufgabe, den lorcanischen König zu schützen?* überlegte er betroffen. *Bin ich gezwungen, tatenlos zuzusehen, wie Allmächtiger Töter stirbt?*

»Doktor...« sagte er, während sie über die Straße gingen und dicken Ästen auswichen. »Die Mission der *Enter-*

*prise* besteht darin, neue Welten zu finden und fremdes Leben zu erforschen.«

Pulaski sah den Androiden an, und deutlich spürte Data die Verwirrung der Ärztin. »Ja, natürlich. Aber wie kommen Sie jetzt ausgerechnet darauf?«

»Fremdes Leben zu erforschen«, wiederholte Data. »Ist es nicht auch unsere Aufgabe, es vor Unheil zu bewahren und Hilfe anzubieten?«

»Sie denken an Fenton Lewis und seinen Versuch, die Maske der Weisheit zu stehlen.« Kate seufzte. »Und wahrscheinlich machen Sie sich auch darüber Gedanken, was nun geschehen könnte.«

Der Androide nickte. »Sie *sind* ein bioloischer Organismus, Doktor, und deshalb wissen Sie vielleicht nicht die Einzigartigkeit einer derartigen Existenz zu schätzen. Wenn Allmächtiger Töter zu einem Duell herausgefordert wird, wenn ihm der Tod droht ... Ich weiß nicht, ob ich in einem solchen Fall passiv bleiben kann.«

»Mir ergeht es ähnlich«, gestand Katherine ein.

»Sie sind also bereit, die Erste Direktive zu verletzen?«

Pulaski zuckte mit den Schultern. »Das weiß ich erst, wenn es soweit ist. Zunächst beschränke ich mich darauf, einfach abzuwarten.«

Data neigte einmal mehr den Kopf zur Seite. »Diese Einstellung erscheint mir ... verantwortungslos.«

»Tut mir leid«, sagte Kate. »Es ist eine typisch menschliche Verhaltensweise. Manchmal zögern wir, Entscheidungen zu treffen, weil es uns schwer fällt, zwischen Richtig und Falsch zu unterscheiden.«

»Dann ist meine Verwirrung nicht ungewöhnlich?«

»Nein, Data«, bestätigte Dr. Pulaski. »Irgendwann hört man auf, Vorschriften und Regeln als ehernes Gebot zu erachten, sieht nurmehr Richtlinien in ihnen. Letztendlich muß man sich auf sein eigenes Urteilsvermögen verlassen. Zumindest gilt das für Menschen.«

»Also läßt sich die Erste Direktive nicht immer und überall anwenden?«

»Oh, sie behält ihre Gültigkeit«, sagte Kate fest.»Aber gelegentlich wird sie auf verschiedene Art und Weise interpretiert.« Sie sah sich um. »Wo ist der Baum mit dem Unterstand?«

Data deutete zurück. »Zehn Meter hinter uns.

Dr. Pulaski schüttelte den Kopf, erstaunt von Datas unerschütterlicher Aufmerksamkeit. »Ich wecke Commander Riker sowie Fähnrich Greenblatt und gebe ihnen Bescheid. Informieren Sie Allmächtiger Töter.«

»Ja, Doktor.«

Der lorcanische König schlief friedlich neben der Feuerstelle, trug noch immer die Maske mit dem veränderlichen Mosaik. Das kurzlebige Licht aufstiebender Funken glitt darüber hinweg und hüllte das Artefakt in eine geheimnisvolle Aura. Auf der anderen Seite des Baumes kniete Dr. Pulaski neben Commander Riker und berührte ihn an der Schulter. Data beugte sich zu Allmächtiger Töter hinab.

»Wach auf«, sagte er leise.

Der Lorcaner rollte sich auf den Rücken und sah zu Data empor. »Was ist denn, Freund?«

»Deine Tochter kommt hierher.«

»*Wie* bitte?« entfuhr es Allmächtiger Töter, und von einer Sekunde zur anderen war er hellwach. Seine laute Stimme brachte auch Riker und Fähnrich Greenblatt auf die Beine.

»Was geht hier vor?« fragte der Erste Offizier.

Dr. Pulaski deutete auf die Straße. In der Ferne glomm bereits das Licht der Öllampen. »Gleich treffen Besucher ein, die von Allmächtiger Töter und seiner Maske der Weisheit wissen.«

»Wie können sie davon erfahren haben?« fragte Riker. Dann nickte er langsam.

»Oh, ich weiß — Fenton Lewis.«

Allmächtiger Töter stapfte wütend am Lagerfeuer vorbei und rammte sein Schwert in den Boden. »*Ich habe keine Tochter.* Jetzt hat sie einmal zuviel behauptet, ich sei ihr Vater. Ich werde sie mit meiner Klinge aufspießen!« Er zog seine Waffe wieder aus der weichen Lehmmasse und schlug damit nach einem imaginären Gegner.

Commander Riker trat von dem großen Baum fort und blickte zu der Gruppe, die sich ihnen näherte. In dem matten Halo zeichneten sich erste vage Konturen ab. »Wie viele sind es?«

»Drei Reiter«, sagte Data. »Und zwei zu Fuß.«

»Kein Problem für uns«, behauptete Allmächtiger Töter und drehte sich zu Fähnrich Greenblatt um. »Bogenschütze, halte deine Feuerpfeile bereit.«

»Nein«, widersprach Riker. »Wie ich schon sagte: Wir dürfen uns nicht in eure inneren Angelegenheiten einmischen.«

Der Lorcaner schnaufte. »Meine *inneren Angelegenheiten* liegen hier bald auf dem Boden verstreut, wenn ihr mir nicht helft. Früher hätte ich Scharfe Klinge in einem Duell besiegen können, aber inzwischen bin ich zu alt.«

»Du kennst die Frau also?« fragte Pulaski. »Ist sie wirklich deine Tochter?«

Der König schlug mit der Faust auf seine Maske und bewies damit deren Stabilität. »Ob Tochter oder nicht, sie hat es nur auf eins abgesehen — das Symbol der Macht.« Er richtete einen bittenden Blick auf seine Begleiter. »Ohne eure Hilfe habe ich überhaupt keine Chance.«

»Wir könnten fliehen und uns irgendwo verstecken«, schlug Greenblatt vor.

»Fliehen?« jammerte Allmächtiger Töter. »Was für Freunde seid ihr? Warum tötet ihr mich nicht und erhebt selbst Anspruch auf die Maske?«

Riker ballte verärgert die Fäuste. »Wie würdest du dich verhalten, wenn wir nicht hier wären?«

Der König ließ die Schultern hängen. »Dann trüge ich die Maske eines reisenden Händlers und hätte überhaupt nichts zu befürchten.«

Daraufhin sahen Kräutersammlerin, Lehrer, Bogenschütze und Edelmann betreten zu Boden, versuchten stumm, mit ihren gemischten Gefühlen fertig zu werden.

Die *Enterprise*, Starfleet, der Weltraum — das alles schien weit entfernt zu sein. Die Realität bestand aus dem Atem, der vor ihren Lippen kondensierte, aus den Ascheflocken in ihrem Haar, den Würmern im roten Lehmboden, aus den Kriegern, die sich ihnen durch einen dunklen Wald näherten, umgeben von einem gespenstischen Halo.

»Phaser auf Betäubung justieren«, sagte Riker. »Aber zeigen Sie die Waffen nicht. Wir versuchen erst, das Problem ohne Gewaltanwendung zu lösen. Vielleicht genügen einige freundliche Worte.«

»Ich habe keinen Strahler mehr, Commander«, ließ sich Greenblatt vernehmen. »Fenton Lewis hat ihn mir gestohlen.«

»Ja, ich erinnere mich.« Der Erste Offizier sah die Ärztin an. »Würden Sie Ihre Waffe dem Fähnrich überlassen?«

»Sehr gern«, erwiderte Pulaski und gab ihren Phaser der jungen Sicherheitsbeamtin. »Erlauben Sir mir bitte, in Ihrer Nähe zu bleiben, Commander.«

»Ich weiß nicht, ob das klug von Ihnen wäre«, sagte Riker und tastete nach seiner Wald-Maske. »Vielleicht fordert man auch mich zu einem Duell heraus.«

»Gruß dir, Allmächtiger Töter!« ertönte eine Stimme aus dem Wald. »Bereite dich darauf vor, Lady Scharfe Klinge zu empfangen.«

Die lorcanischen Pagen hielten ihre mit Fischöl gefüllten Lampen so hoch wie möglich, und das Licht fiel auf eine kleine, aber würdevolle Prozession. Sie verließ den Wald, erreichte den von tiefen Furchen durchzogenen Weg. Allmächtiger Töter trat ihr entgegen, hob stolz den Kopf und stemmte die Hände in die Hüften. Kate Pulaski schob sich etwas näher an Commander Riker heran.

Die drei Reiter erstaunten den Ersten Offizier — es waren die eindrucksvollsten Lorcaner, die er bisher gesehen hatte. Die Frau zeichnete sich durch eine atemberaubende Figur aus, und zwei Männer verharrten rechts und links neben ihr. Der erste wirkte stämmig und trug eine häßliche Tiermaske, und der zweite schien ein Heiler zu sein, hielt ein fast zwei Meter langes Schwert in der Hand. Die Pagen stellten vorsichtig ihre Lampen ab und blieben dann vor den drei Ponys stehen.

Die Frau schüttelte den Kopf, und ein leises Lachen erklang hinter ihrer glänzenden Maske. »Nun, Vater, offenbar hast du beschlossen, in die Welt der Lebenden zurückzukehren.«

»Bezeichne mich meinetwegen als stinkenden Wurm, aber nenn mich nicht Vater«, erwiderte Allmächtiger Töter zornig.

»Na schön.« Scharfe Klinge nickte. »Frauen sind nur Spielzeug für dich, so wie meine arme Mutter. Bist du noch immer nicht bereit zuzugeben, daß zumindest ein Teil deiner vom Wind fortgetragenen Saat fruchtbaren Boden fand?«

»Deine Mutter war ein Bauernmädchen«, erwiderte der König. »Damals hatte ich viele solche Frauen.«

»Ja, das stimmt«, zischte die Kriegerin und beugte sich im Sattel vor. »Aber meine Mutter blieb sieben Zyklen lang bei dir, und sie starb sogar für dich, als dein Wagen in einen Hinterhalt geriet. Bringst du ihr nicht einmal genug Respekt entgegen, um mich als Tochter anzuerkennen?«

Allmächtiger Töter senkte den Kopf und schwieg.

Scharfe Klinge lehnte sich wieder zurück und straffte die Schultern. »Jahrelang mußten wir dich von Lager zu Lager begleiten, und ständig fanden Kämpfe statt. Ich habe beobachtet, wie Dutzende von tapferen Kriegern für dich ihr Leben ließen. Du hast dich mit Dutzenden von Frauen vergnügt – um sie anschließend einfach im Stich zu lassen. Immerzu war die Maske der Weisheit präsent, und dadurch schien alles richtig und angemessen zu sein. Seit dreißig Jahren mißbrauchst du das Symbol der Macht. Es wird höchste Zeit, daß du dich davon trennst.«

»Inzwischen habe ich mich verändert«, wandte der König mit leiser, kaum hörbarer Stimme ein.

Scharfe Klinge achtete nicht darauf, zog ihr Kurzschwert und richtete die Spitze auf den alten Lorcaner.

»Allmächtiger Töter, beim Odem des Drachen: Ich stelle dein Recht in Frage, die uralte und heilige Maske der Weisheit zu tragen, das Zeichen des Herrschers.«

Sie kniff die Augen zusammen. »Gib sie mir – oder stirb durch die Hand deiner Tochter.«

Während der König zögerte, trat Data an Rikers Seite und deutete nach links. »Das ist nicht die ganze Gruppe«, flüsterte er. »Vier weitere Personen verstecken sich im Wald, drei dort drüben und eine hinter den Ponys.«

»Was für eine vertrackte Situation«, murmelte der Erste Offizier. »Ich möchte nicht, daß unser lorcanischer Freund gegen die Frau kämpft, aber mir sind die Hände gebunden. Wir dürfen uns auf keinen Fall in einen Kampf verwickeln lassen. Die Maske der Weisheit gehört Allmächtiger Töter, und er muß sie allein verteidigen.«

Doch der alte Mann dachte anders darüber. Er deutete zuversichtlich auf Fähnrich Greenblatt, die ihre dunkle Bogenschützen-Maske trug. »Ihre Pfeile bestehen aus Feuer und brennen sich auch durch dicke Kettenhemden. Sie wird an meiner Stelle kämpfen.«

»Willst du erneut tapfere Krieger für dich sterben lassen?« stöhnte Scharfe Klinge. »Lernst du es denn nie? In diesem Land wimmelt es von Fremden wie den Ferengi, die unsere Traditionen nicht achten. Unschuldige Dorfbewohner werden von den Räuberbanden überfallen und hingemetzelt. Wann begreifst du endlich, daß du versagt hast und Lorca einen neuen Herrscher braucht?«

»Wenn ich tot bin«, knurrte Allmächtiger Töter und winkte Greenblatt zu. »Zeig deinen flammenden Pfeil, Bogenschütze.«

Die junge Sicherheitsbeamtin zögerte kurz, ließ dann die Arme sinken und machte keine Anstalten, den Phaser zu ziehen. »Nein, ich kann nicht.«

Der alte Lorcaner wirbelte herum und sah Data an. »Schütze mich, Freund. So wie gestern abend.«

Der Androide trat einen Schritt vor. »Ich respektiere dich sehr, aber du bist lange genug König gewesen. Deine

Tochter hat recht. Du solltest die Maske der Weisheit einem jüngeren Herrscher überlassen, der bereit ist, alle seine Pflichten wahrzunehmen.«

Allmächtiger Töter schüttelte traurig den Kopf und wandte sich an den Edelmann. »Willst du mir helfen, oder dient deine Wald-Maske nur zur Zierde?«

»Gib Scharfe Klinge das Symbol der Macht«, sagte Riker. »Verbring deinen Lebensabend in Frieden und Beschaulichkeit.«

»Seltsam«, kommentierte Worf, der zusammen mit Picard und Deanna Troi hinter einer Bambusstaude hockte. »Das Gefolge des Allmächtigen Töters scheint nicht bereit zu sein, ihn zu verteidigen.«

»Ja, Sie haben recht«, bestätigte die Counselor. »Ein derartiges Gebaren steht im krassen Gegensatz zu den üblichen Verhaltensmustern der Lorcaner.«

Picard deutete auf die Gefolgsleute des Mannes mit der Maske der Weisheit. »Sie erscheinen mir irgendwie sonderbar.«

»Wie heißt es bei euch Menschen?« brummte Worf. »Sie ›verschaukeln‹ den König, lassen ihn im Stich.«

Das Licht der aufgegangenen Sonne durchdrang die Wolkendecke und hohen Baumwipfel, schickte einige rosarote Strahlen zum Waldboden. Einer traf die Maske der Weisheit, schien das wogende Mosaik in brodelnde Lava zu verwandeln. Hinter den Augenöffnungen blitzte es in zwei dunklen Pupillen.

Allmächtiger Töter zog sein Schwert. »Vor langer Zeit habe ich geschworen, die Maske der Weisheit mit meinem Leben zu schützen, und diesen Eid achte ich auch jetzt. Vielleicht bist du wirklich meine Tochter, Scharfe Klinge – aber nach unserem Duell habe ich keine Kinder mehr.«

»Nach dem Kampf bin ich ohne Vater«, sagte die Kriegerin, stieg ab und hob ihre Waffe. »Ich werde dafür sorgen, daß du einen schnellen Tod stirbst.«

Die beiden Kontrahenten holten aus, und ihre Schwerter prallten aufeinander, blockierten sich gegenseitig am Heft.

Scharfe Klinge war größer und stärker, nutzte diesen Vorteil und drückte ihren Vater langsam auf die Knie hinab. Doch der drahtige alte Mann gab sich nicht so einfach geschlagen und zerrte ruckartig am linken Bein der Frau. Die Kriegerin taumelte zurück und fand gerade ihr Gleichgewicht wieder, als Allmächtiger Töter sie am Schlüsselbein traf. Eine tiefe Wunde entstand.

Picard wollte aufspringen, aber jemand hielt ihn sanft fest. Er drehte sich um und sah Deanna Troi, die den Kopf schüttelte.

»Es ist nicht unser Kampf, Captain«, sagte sie voller Mitgefühl.

Jean-Luc duckte sich wieder hinter die hohe Staude und sah zu Boden. Er konnte es nicht mehr ertragen, das Duell zu beobachten.

Rotes Blut strömte aus der Schulterwunde und tropfte über den Brustharnisch, aber Scharfe Klinge focht weiter. Sie gab ihre anfängliche Tollkühnheit auf, begnügte sich nun damit, die Hiebe ihres Gegners zu parieren. Der alte Mann schlug immer wieder kraftvoll zu, in der Hoffnung, einen raschen Sieg zu erringen, aber die Kriegerin wartete nur darauf, daß er ermüdete und sich eine Blöße gab.

Allmächtiger Töter hob seine Waffe und schwang sie in einem weiten, spektakulären Bogen herum, um den Schädel seiner Widersacherin zu spalten. Aber die Frau wehrte den Schlag ab, lenkte das Schwert ihres Vaters zur Seite. Data sah deutlich, daß Scharfe Klinge jedesmal auf die Reaktionszeit des alten Mannes achtete: Es dauerte immer etwas länger, bis Allmächtiger Töter zu einem neuerlichen Hieb ausholte. *Bestimmt geht die Kriegerin bald zum Gegenangriff über, und dann ist es um ihn geschehen,* dachte der Androide.

Der König wich zurück und schnappte nach Luft. Das Mosaik der Maske glitzerte und funkelte, veränderte sich ständig und verlieh dem alten Mann eine übernatürliche Aura. Doch Scharfe Klinge ließ sich davon nicht ablenken: Sie sprang vor, schlitzte ihrem Vater den Oberschenkel auf.

Jetzt waren sie beide verwundet. Allmächtiger Töter holte tief Luft und lachte. »Schlaues Biest! Du bist genau wie deine Mutter. Sie verstand sich darauf, bei einem Mann das Blut in Wallung zu bringen – aber nur im Bett.«

»Gib mir die Maske, du alter Werjun.«

»Meinen Stiefel kannst du haben«, knurrte Allmächtiger Töter und trat nach dem Schienbein seiner Tochter. Sie schlug mit solcher Kraft zu, daß sich einige Edelsteine von der Weisheits-Maske lösten. Der König sank benommen zu Boden und tastete nach dem prächtigen Artefakt vor seinem Gesicht. Einen Sekundenbruchteil später versuchte er, wieder aufzustehen, doch plötzlich spürte er Scharfe Klinges Schwertspitze an der Kehle.

Bevor sie ihm das scharfe Metall in den Hals stoßen konnte, eilte der Androide über die Straße und hielt sie am Arm fest.

»Data!« rief Riker. »Verletzen Sie die Kriegerin nicht!«

»Das liegt mir fern.«

Kalter Engel und Medizinmacher zogen ihre Schwerter, trieben ihre Ponys an – und verharrten abrupt, als sie eine laute Stimme vernahmen.

»Halt!« rief Deanna Troi. »Das sind unsere Freunde! Will Riker?«

»Ja!« Der Erste Offizier riß sich die Maske vom Gesicht und warf sie zu Boden. Deanna kam hinter der Bambusstaude hervor, lief auf ihn zu und ließ unterwegs ihre eigene Maske fallen.

Auch Dr. Pulaski, Data und Fähnrich Greenblatt legten die lorcanischen Artefakte ab, hinter denen sich bisher ihre Züge verborgen hatten. Worf und Picard folgten ihrem Beispiel, traten ins Licht.

Die Lorcaner sahen mehrere nackte Gesichter und erschraken so sehr, daß sie sich umwandten und die Augen zukniffen. Doch als sie nur freudige Stimmen hörten, drehten sie sich langsam wieder um und staunten wortlos.

»Captain!« rief Riker und packte seinen Vorgesetzten an den Schultern. »Sie leben?«

»In der Tat«, erwiderte Picard. »Wie lange suchen Sie schon nach uns?«

»Seit Ihrem Verschwinden.«

»Bitte entschuldigen Sie meine Unverschämtheit«, sagte der Klingone, »aber ich halte Ihre nackten Gesichter für einen herrlichen Anblick.«

»Unverschämtheit akzeptiert.« Kate Pulaski lächelte.

Lieutenant Commander Data ließ den Schwertarm der Kriegerin los. »Tut mir leid. Dir gehört jetzt die Maske der Weisheit, aber du wirst Allmächtiger Töter am Leben lassen.«

»Ich hatte gar nicht die Absicht, ihn umzubringen«, schnaufte Scharfe Klinge und massierte sich das Handgelenk. »Ihr kommt alle vom gleichen Ort — von dem Schiff im Himmel?«

»Ja.« Der Androide nickte und sah nicht, daß sich der Mann mit der Federmaske an den König heranschlich. Allmächtiger Töter lag noch immer benommen auf der Lehmstraße.

Fenton Lewis riß dem alten Lorcaner die Maske vom Kopf, und ein blasses, faltiges Gesicht kam zum Vorschein. Grauer Bart bedeckte Kinn und Wangen. Fähnrich Greenblatt stand in unmittelbarer Nähe und versuchte, den Botschafter aufzuhalten. Aber dieser hatte seinen gestohlenen Phaser auf tödliche Emissionen justiert: Ein roter Strahl blitzte und durchbohrte die junge Sicherheitsbeamtin. Greenblatt zuckte kurz, bevor sie tot zu Boden sank — der größte Teil ihres Oberkörpers war verbrannt.

Verwirrung verwandelte sich in Entsetzen, als Lewis in den noch immer dunklen Wald lief. Worf, Riker und Picard zogen ihre eigenen Strahler und begannen mit der Verfolgung. Doch der Botschafter hütete sich davor, seine Position zu verraten, indem er auf die Starfleet-Offiziere schoß. Er hatte das Symbol der Macht sowie einen guten Vorsprung — und die Finsternis erwies sich als ein nützlicher Verbündeter.

»Ausschwärmen«, flüsterte Picard. Er winkte Riker und

Worf nach rechts und links. »Aber bleiben Sie in Sichtweite, damit wir uns mit Zeichen verständigen können. Ich möchte den Kerl lebend erwischen.«

»Verstanden, Captain«, erwiderte der Klingone mit grimmiger Entschlossenheit.

»Achten Sie darauf, die Maske nicht zu beschädigen«, sagte Riker.

Die drei Männer drangen durch den Wald vor und wußten, daß sie ein erhebliches Risiko eingingen. Wenn Fenton Lewis irgendwo lauerte und auch auf sie zielte... Das Licht der Öllampen erhellte einen Teil der Straße, doch jenseits davon herrschte noch immer die Schwärze der Nacht. Will Riker setzte behutsam einen Fuß vor den anderen, stolperte mehrmals über Wurzeln, Ranken und heruntergefallene Äste. Er verfluchte die dichten Aschewolken, die noch immer das Licht der aufgegangenen Sonne schluckten. Mit nur mäßigem Erfolg versuchte er, sich in der Dunkelheit zu orientieren. Nach einer Weile drehte er den Kopf und sah einen vagen Schemen — der Captain. Riker winkte kurz, und Picard erwiderte die Geste.

Sie hatten die Gefahren noch nicht überstanden, aber wenigstens waren sie jetzt wieder zusammen.

Kate Pulaski kniete neben Greenblatts Leiche und sah auf, als Data und Counselor Troi näher traten. Bedrückt schüttelte sie den Kopf, schloß die Lider der jungen Sicherheitsbeamtin und holte ihren Insignienkomunikator hervor. »Dr. Pulaski an *Enterprise*«, sagte sie.

»Hier *Enterprise*«, antwortete Geordi. »Lieutenant La-Forge. Der Empfang ist nicht besonders gut. Bitte sprechen Sie etwas lauter, Doktor.«

»Gute Nachrichten für Sie«, begann Katherine und versuchte, den Kummer zu verdrängen. »Wir haben Captain Picard, Counselor Troi und Lieutenant Worf gefunden. Sie sind wohlauf.«

Die Ärztin hörte den Jubel auf der Brücke des Raumschiffs und lächelte kurz. Dann starrte sie traurig auf den Leichnam. »Es muß jemand an Bord gebeamt werden.«

»Botschafter Lewis?« fragte Geordi.

»Nein, leider nicht.« Pulaski zögerte kurz. »Fähnrich Greenblatt.«

Einige Sekunden lang herrschte Stille. Dann sagte LaForge: »Die Wolken sind noch immer sehr dicht, und deshalb dürfte es schwer sein, einen genauen Transferfokus auszurichten.«

»Greenblatt ist erschossen worden, Geordi«, sagte Kate und strich der Toten eine blonde Strähne aus der Stirn. »Selbst wenn es beim Transport Schwierigkeiten gibt – sie kann keine Schmerzen mehr empfinden. Peilen Sie mein Signal an.« Pulaski legte das kleine Gerät auf die verbrannte Brust der Toten.

»In Ordnung«, sagte LaForge langsam. »Anpeilung erfolgt.«

Kate bedachte die tapfere Frau mit einem letzten Lächeln, bevor sie nach dem Kommunikator griff und zurückwich.

Die Lorcaner schnappten erstaunt nach Luft, als sich der Leichnam in einem bunten Schillern auflöste und verschwand. Eine kleine Mulde blieb im Boden zurück.

»Zauberei«, murmelte Kalter Engel.

»Nein«, widersprach Deanna Troi. »Eine Technik, die schon eure Vorfahren beherrschten. Ihr habt sie vergessen.«

Scharfe Klinge bückte sich, hob die Botschafter-Maske auf und reichte sie ihrem Vater, der am Wegesrand hockte. »Hier, bedeck dein Gesicht. Du verdienst sie weitaus mehr als die Außenweltler. *Sie* haben nun die Maske der Weisheit.«

»Fenton Lewis ist auch unser Feind«, erklärte Kate Pulaski. »Glaubst du etwa, daß wir eine Gefährtin geopfert haben, um euch zu täuschen?«

Medizinmacher sprang vom Pony herunter, kam näher und hob sein langes Schwert. »Ein Leben ist ein geringer Preis für die Maske der Weisheit.«

Deanna Troi trat vor ihn und griff nach dem Heft seiner Waffe. »Bitte vertrau uns«, sagte sie eindringlich. »Wir denken anders als ihr. Für uns ist ein Leben mehr wert als alle eure Masken zusammen.«

Der Heiler blickte in das anmutige Gesicht der Betazoidin, und sein Zorn verflüchtigte sich. Mit einem Ruck schob er das Schwert in die Scheide zurück. »Dann verzichtet darauf, unsere Masken zu tragen. Zeigt eure wahre Identität.«

»Einverstanden«, erwiderte die Counselor.

Allmächtiger Töter stand auf und rückte das Zeichen des Botschafters zurecht. Die glatten Wölbungen und kühnen Farben des glänzenden Artefakts paßten zu seiner drahtigen Statur, und er errang sofort die Aufmerksamkeit der anderen Lorcaner. »Ich habe viele Tage mit diesen Leuten verbracht«, sagte er. »Daher weiß ich, daß sie die Maske der Weisheit nicht für sich selbst wollen. Darüber hinaus bestätige ich hiermit, daß sie dem Mann namens Fenton Lewis von Anfang an mißtrauten. Er hat schon einmal versucht, das Symbol der Macht zu stehlen, aber Data hinderte ihn daran.«

Scharfe Klinge senkte den Kopf und preßte ihre Faust an die immer noch blutende Schulter. »Die Schuld trifft mich. Ich ließ mich von dem Boten dazu verleiten hierherzukommen. Picard warnte mich, aber ich hörte nicht auf ihn, weil ich dich unbedingt zu einem Duell herausfordern wollte, Vater.«

Allmächtiger Töter ignorierte den tiefen Schnitt im Oberschenkel, hinkte zu seiner Tochter und legte ihr den Arm um die Schultern. »Ich habe immer gewußt, daß wir uns eines Tages im Kampf begegnen würden, und meine Niederlage überrascht mich nicht.«

»Wie närrisch von uns«, antwortete die Kriegerin bitter. »Jetzt ist die Maske der Weisheit verloren.«

Kate Pulaski sah den großen Heiler mit seiner edelsteinbesetzten Kräutersammler-Maske an. Er nickte, und gemeinsam gingen sie zu Vater und Tochter, begannen damit, ihre Wunden zu behandeln.

»Wir haben Fenton Lewis hierhergebracht«, sagte die Ärztin und riß das Hosenbein des ehemaligen Königs auf. »Daher übernehmen wir die volle Verantwortung für sein Handeln. Ich bin sicher, Captain Picard, Commander Riker und Lieutenant Worf gelingt es, Lewis zu stellen. Bestimmt kommen sie bald mit der Maske zurück.«

»Ich hoffe für dich, daß du recht hast«, knurrte Kalter Engel und zog sein Schwert.

»Denn bis dahin seid ihr unsere Gefangenen.«

# KAPITEL 15

Fenton Lewis hastete wie ein gejagtes Tier durch den Wald. Er scherte sich nicht darum, ob ihn die Verfolger hörten. Wichtig war nur, daß sie ihn nicht sahen. Er wollte eine möglichst große Entfernung zwischen sich und die Starfleet-Offiziere bringen, bevor es hell wurde. Bisher hatte er nicht auf sie geschossen, aber er war fest entschlossen, von der Waffe Gebrauch zu machen, wenn Picard und seine Begleiter näher kamen.

Tief in seinem Innnern bedauerte er den Tod der jungen Sicherheitsbeamtin. Aber ihre skrupellose Ermordung gereichte Lewis zum Vorteil; sie hatte die übrigen Anwesenden schockiert und ihm Gelegenheit gegeben, die Maske zu ergreifen und zu fliehen. Von den Lorcanern ging zumindest derzeit keine Gefahr aus. Der Anblick so vieler nackter Gesichter hatte sie so sehr verwirrt, daß sie überhaupt nicht reagierten. Fenton Lewis lächelte zufrieden unter seiner Boten-Maske und drückte das Symbol der Macht noch fester an sich.

Die Maske der Weisheit gehörte jetzt ihm. *Ich bin der neue König dieses Planeten.*

Doch selbst wenn es ihm gelang, seine Verfolger abzuschütteln – es dauerte noch eine Weile, bis er Anspruch auf den Thron erheben konnte. Es genügte nicht, nur die prächtige Maske zu tragen. Um sie zu behalten, brauchte er die Hilfe einer schlagkräftigen Streitmacht. Nun, in der Galaxis gab es genug Söldner, die sich auf dem Markt der Gewalt verkauften. Die dummen und einfältigen Dorfbewohner würden ihn wohl kaum herausfordern – ganz im Gegensatz zum stolzen lorcanischen Adel. Aber es gab eine einfache Möglichkeit, dieses Problem zu lösen. *Ich warte nicht, bis die Edelleute kommen, um mein Recht auf die Maske in Frage zu stellen,* dachte Lewis. *Ich mache mich sofort auf die Suche nach ihnen, um jeden Widerstand im Keim zu ersticken.*

Er schloß die Hand fester um den Kolben des Phasers. Bis er eine königliche Leibgarde zusammenstellen konnte, mußte er sich mit dem Strahler begnügen. Er reichte völlig aus, soweit es die Lorcaner betraf, aber gegen habgierige Ferengi und Föderationshäscher konnte er damit nicht viel ausrichten. Andererseits: Sobald ihn die Lorcaner als König akzeptierten, mußten auch die Ferengi und die Föderation ihn als rechtmäßigen Herrscher Lorcas anerkennen. Lewis lächelte erneut. *Hier genügt es, die richtige Maske zu tragen,* überlegte er und strich mit den Fingerkuppen über die Kristalle und Edelsteine am Rande des erbeuteten Artefakts.

Ein Energiestrahl verbrannte zwanzig Meter entfernt einige Äste. *Wahrscheinlich der hitzköpfige Klingone — er versucht, mir einen Schrecken einzujagen.* Lewis verzichtete darauf, das Feuer zu erwidern — so leicht wollte er es seinen Verfolgern nicht machen.

Trotzdem gab er sich Mühe, leise zu sein. Er sprang nicht mehr über niedrige Büsche und heruntergefallene Äste hinweg, sondern wich ihnen aus. Der Botschafter hatte kein bestimmtes Ziel, achtete nur darauf, daß sein Weg eine mehr oder weniger gerade Linie beschrieb. Er mußte es auf jeden Fall vermeiden, zur Straße zurückzukehren und dort womöglich Scharfe Klinge zu begegnen. *Was für eine Frau,* dachte er bewundernd. *Vielleicht lasse ich sie am Leben, wenn ich die Herrschaft über diese Welt angetreten habe. Ja, ich mache sie zu meiner Gemahlin. Die Tochter von Allmächtiger Töter als neue Königin, die mir gehorchen muß — damit zementiere ich meine Macht.*

Lorca bot ein perfektes Exil: ein unabhängiger Planet, nur dünn besiedelt, von einem Despoten regiert. Lewis nahm sich vor, ein gutmütiger Despot zu sein, der die wichtigsten Wünsche seines Volkes erfüllte, es jedoch in Unwissenheit hielt. Auf dem illegalen Kunstmarkt gab es eine große Nachfrage nach lorcanischen Masken — was bedeutete, daß er als König mit einem regelmäßigen Einkommen rechnen konnte. Außerdem würden die Artefakte dafür sorgen, daß Lorca immer bekannter wurde, und mit interstellarem Tourismus ließ sich viel Geld verdienen.

Doch Fenton Lewis bekam nur dann Gelegenheit, seine Pläne zu verwirklichen, wenn er die nächsten Stunden überlebte. Er blieb kurz stehen und lauschte, hörte erneut die Verfolger. In der Wildnis war er ihnen zweifellos überlegen, aber sie konnten auf das ganze Potential der *Enterprise* zurückgreifen. Wenn sie sich mit dem Raumschiff in Verbindung setzten und weitere Suchgruppen auf den Planeten beamten, mußte er früher oder später damit rechnen, gefaßt zu werden. Woraus folgte: Er mußte sich irgendwo verstecken, bis die *Enterprise* aufgab und den lorcanischen Orbit verließ.

Aber welcher Ort bot ihm genug Sicherheit und gleichzeitig die Möglichkeit, eine Streitmacht zusammenzustellen, um die Einheimischen zu unterwerfen? Der Markt kam dafür sicher nicht in Frage — dort erregte die Maske der Weisheit zuviel Aufmerksamkeit. Eins der abgelegenen Dörfer, wie die Siedlung, in der Riker und seine Gruppe mit neuen Masken geehrt worden waren? Fenton Lewis hatte die entsprechende Zeremonie vom Waldrand aus beobachtet und zweifelte nicht daran, daß er den fast fanatischen Traditionalismus der Lorcaner zu seinem Vorteil nutzen konnte. Immerhin besaß er die beste aller Masken — wenn ihm selbst einige abergläubische Bauern Respekt und Anerkennung versagten, so hatte er das Zeichen der Macht nicht verdient.

Das Schicksal schien seinen Überlegungen gelauscht zu haben und zeigte Fenton Lewis trübes Licht; es glühte weiter vorn im Wald. Scharfe Klinge und ihre Krieger? Vielleicht. Vielleicht auch nicht. Der Botschafter setzte seinen Weg langsam fort, die Nerven bis zum Zerreißen gespannt. Er mußte ein Risiko eingehen, denn die Starfleet-Offiziere waren ihm noch immer auf den Fersen. Wenn das Licht auf ein lorcanisches Lager oder ein Dorf hinwies, so mochte die Maske genügen, um Hilfe zu bekommen. Und wenn sich die Einheimischen weigerten, sich ihm zu fügen

— mit dem Phaser fiel es ihm sicher nicht schwer, allen seinen Forderungen Nachdruck zu verleihen.

Einige Sekunden später bemerkte auch Picard das Licht. Er wußte nicht, wie lange sie schon durch den Wald eilten und welche Richtung sie eingeschlagen hatten. Näherten sie sich wieder der Straße? Stammte das Schimmern vor ihnen von den Öllampen der beiden lorcanischen Pagen, die zu Scharfe Klinges Gruppe gehörten? Nein, wohl kaum. Das Glühen war viel zu beständig und regelmäßig. Jean-Luc fragte sich, ob Fenton Lewis dem Licht auswich oder genau darauf zuhielt.

Die einzigen Geräusche stammten von Worf und Riker, die zu beiden Seiten des Captains durch den Wald stapften. Sie versuchten, leise zu sein, doch bei jedem Schritt knackten Zweige. Picard verharrte und winkte seine Gefährten zu sich.

Widerstrebend gaben sie die Verfolgung auf. »Ich bin sicher, daß der Abstand zu Lewis geschrumpft ist«, brachte Riker keuchend hervor.

»Ich nicht«, erwiderte der Captain und atmete mehrmals tief durch. Er deutete zum Licht. »Vielleicht befindet sich ein Dorf vor uns. Wir müssen unbedingt vermeiden, auf unschuldige Lorcaner zu schießen, und wenn wir uns an die Siedlung heranschleichen, könnte man uns für Räuber halten.«

»Funktioniert Ihr Kommunikator, Commander Riker?« fragte Worf. Er schien kaum außer Atem zu sein.

Will nickte. »Ich trage ihn in der Innentasche des Parkas.«

»Wir sind leider nicht so vorsichtig gewesen«, murmelte Picard.

Der Klingone überlegte kurz. »Wir sollten einen Kontakt zu der *Enterprise* herstellen und Verstärkung anfordern. Mit weiteren Suchgruppen wäre es ganz einfach, dieses Gebiet zu umstellen und den Botschafter aufzustöbern.«

»Negativ«, erwiderte Picard. »Solche Maßnahmen sind erst dann möglich, wenn es hell geworden ist. Lewis hat einen Phaser, und wir wissen, daß er nicht davor zurückschreckt, die Waffe zu benutzen. Es besteht die Gefahr, daß es zu einem Blutbad kommt, wenn Lorcaner oder unsere eigenen Leute ins Kreuzfeuer geraten.«

»Ich glaube, er flieht zu dem Licht«, sagte Riker.

Captain Picard sah ihn an, erleichtert darüber, daß er nun wieder auf die Hilfe seines Ersten Offiziers zurückgreifen konnte. »Was veranlaßt Sie zu dieser Annahme, Nummer Eins?«

»Er hat die Maske der Weisheit. Und bestimmt ist er ehrgeizig genug, um festzustellen, welche Wirkung er damit erzielt.«

»Ganz meiner Meinung«, brummte Worf. »Angesichts seines Phasers braucht Lewis keine Herausforderungen zum Duell zu fürchten.«

Der Captain nickte. »Nun gut. Wir gehen ebenfalls zu dem hellen Bereich dort drüben. Aber seien Sie vorsichtig.«

Er winkte, und die drei Starfleet-Offiziere setzten sich wieder in Bewegung, folgten dem gewissenlosen Botschafter.

Dr. Pulaski empfing medizinische Ausrüstungsmaterialien von der *Enterprise* und behandelte die Schwertwunden der beiden Duellanten. Glücklicherweise waren keine wichtigen Blutgefäße verletzt. Medizinmacher beobachtete die Ärztin und schüttelte verwundert den Kopf.

»Wie hast du die Blutung so rasch gestillt?« fragte er. »Was für ein Instrument benutzt du? Wird die Wunde von der glühenden Spitze kauterisiert?«

»Du wirst Antworten auf deine Fragen bekommen — irgendwann.« Die Ärztin lächelte geheimnisvoll, als sie sich Scharfe Klinge zuwandte und einen Verband anlegte. In der Krankenstation wäre das nicht nötig gewesen, aber man konnte Lorca nicht gerade als keimfrei bezeichnen.

Allmächtiger Töter saß in der Nähe und strich mit einem schmutzigen Finger über den elastischen Stoff an seinem

Oberschenkel. »Ich bin von den besten Heilern zusammengeflickt worden, Pulaski«, sagte er. »Aber du übertriffst sie alle. Du solltest weiterhin die Kräutersammler-Maske tragen.«

»Nein, danke«, erwiderte Kate und stützte den Arm der Kriegerin mit einer Schlinge. »Eure Masken sind wundervoll, aber sie geben uns eine andere Identität.«

Sie prüfte Schlinge und Verband, nickte zufrieden, wischte sich die Hände ab und stand auf. »Für mindestens eine Woche mußt du auf Duelle verzichten, Scharfe Klinge.«

Die stolze Lorcanerin schüttelte den Kopf. »Das kann ich dir nicht versprechen. Ich finde erst dann Ruhe, wenn ich weiß, daß die Maske der Weisheit in Sicherheit ist.«

Dr. Pulaski zuckte mit den Achseln. »Dann solltest du dich ständig von einem Heiler begleiten lassen. Wenn du kämpfst, öffnet sich die Wunde wieder.«

Scharfe Klinge erhob sich ruckartig, riß einem aufsässigen Kind gleich die Schlinge beiseite. »Wir dürfen nicht wie alte und faule Werjun herumsitzen. Es geht darum, das Symbol der Macht zu finden.«

»Ja, da hast du völlig recht«, pflichtete ihr Kalter Engel bei, der schon seit einer ganzen Weile unruhig umhermarschierte. »Ich vertraue den Leuten vom Himmel nicht. Der Dieb gehört zu *ihnen*.«

Kate Pulaski richtete einen hilflosen Blick auf Data und Counselor Troi. Niemand wußte, wie sie auf den Vorwurf des Lorcaners reagieren sollten. Sie konnten nicht leugnen, daß sie Fenton Lewis auf den Planeten gebracht hatten, einen Mann, in dem das Feuer gnadenlosen Ehrgeizes brannte. Er war wie ein Krebsgeschwür, das zu wuchern begonnen hatte und die lorcanische Gesellschaft mit Metastasen bedrohte.

Deanna Troi fühlte sich dafür mitverantwortlich. Und sie spürte eine subtile Veränderung in ihren Beziehungen zu den Lorcanern, seit sie keine Masken mehr trugen. Bis vor kurzer Zeit hatten sie zu zwei verschiedenen Gruppen gehört, doch jetzt waren sie Außenweltler, durch eine unsichtbare Barriere von den Bewohnern des Planeten getrennt. *Es mußte so kommen,* dachte die Counselor. *Wir dürfen nicht versuchen, Lorca vom Rest des Universums abzuschirmen. Die Masken werden bereits überall in der Galaxis bewundert, und selbst die dichtesten Aschewolken können diese bemerkenswerte Kultur nicht länger isolieren.*

Außerdem: Die Lorcaner brauchten den Völkerbund, um ihren wilden Planeten zu zähmen. *Aber dies ist nicht der richtige Zeitpunkt für entsprechende Erklärungen,* fügte Deanna in Gedanken hinzu. *Wir müssen sofort etwas unternehmen, um das Vertrauen der Kriegerin und ihrer Gefährten zurückzugewinnen.*

»Ich bin bereit, als Geisel die sichere Rückkehr der Maske zu garantieren«, erklärte sie laut.

»Nein!« entfuhr es Katherine Pulaski. Sie wandte sich an Allmächtiger Töter, der noch immer auf dem Boden saß und seine neue Botschafter-Maske betastete. »Bürge für uns«, sagte die Ärztin. »Sag ihnen, daß uns keine Schuld trifft.«

»Ich habe bereits deutlich darauf hingewiesen«, erwiderte der alte Mann. »Aber ich kann jetzt keinen Anspruch mehr auf die Maske der Weisheit erheben, und deshalb spielt meine Meinung kaum eine Rolle.« Er sah seine Tochter an, die mit gemischten Gefühlen auf ihn herabblickte. Selbst der empathischen Deanna gelang es nicht, ihre Empfindungen zu analysieren. »Meine Tochter hat mich besiegt – und unmittelbar darauf das Symbol der Macht verloren. Eine höchst unangenehme Erfahrung.«

Allmächtiger Töter versuchte aufzustehen, und Data eilte herbei, um ihm zu helfen. Er nickte dem lächelnden Androiden dankbar zu. »Vielleicht sollte sich Scharfe Klinge daran erinnern, daß die Maske ihren Träger wählt – nicht umgekehrt«, sagte Data. »Wenn es ihr bestimmt ist, Königin zu werden, so kehrt das Zeichen der Macht zu ihr zurück.«

»Abergläubischer Unsinn«, knurrte Kalter Engel. »Die Maske der Weisheit gebührt demjenigen, der mit dem Schwert besser umzugehen versteht als alle anderen. Nur auf diese Weise hast du sie viele Zyklen lang behalten, alter Mann.«

»Das stimmt.« Allmächtiger Töter nickte. »Aber weißt du auch, wie ich sie bekam.«

Scharfe Klinge seufzte. »Diese Geschichte kenne ich bereits.«

»Trotzdem wirst du sie dir noch einmal anhören«, erwiderte der Lorcaner und stützte sich auf Data. »Ich war damals ein unerfahrener Page. Oh, ich konnte schon mit dem Schwert umgehen und genoß den Vorteil, jung und kräftig zu sein, aber ich hoffte nicht, irgendwann einmal die Maske der Weisheit zu tragen. Ich gehörte zu Sausender Pfeils Gruppe, und wir suchten den alten König ebenso entschlossen, wie du nach mir gesucht hast, Scharfe Klinge. Doch Brennende Wolke war schlau und durchtrieben. Als wir ihn schließlich fanden, zeigte er uns sein nacktes Gesicht und meinte, er habe das Symbol der Macht vergraben, um es niemandem zu überlassen.

Ich bin nicht stolz darauf, daß wir Brennende Wolke damals zu Tode folterten. Trotz der Qualen verriet er uns nicht, wo er die Maske versteckt hatte. Sausender Pfeil wies uns an, den Spuren des Königs zu folgen und überall dort zu graben, wo wir die Maske vermuteten. Wochenlang schufteten wir, drehten jeden einzelnen Stein um und gruben Hunderte von Löchern. Viele gaben auf und machten sich auf den Weg in ihre Heimatdörfer, doch ich wollte nicht zum Bauernhof zurückkehren, fürchtete mich davor, als Leibeigener ans Land gefesselt zu sein. Statt dessen beschloß ich, weiterhin Ausschau zu halten.«

Mit Datas Hilfe richtete sich Allmächtiger Töter zu seiner vollen Größe auf und deutete zu den dunklen Wolken empor. »Es geschah an einem Morgen, der noch finsterer war. Meine Kameraden schliefen, und als das erste Licht des neuen Tages die Nacht verdrängte, sah ich einen Werjun, der in einem alten Baum hockte. Er schien überhaupt keine Angst vor mir zu haben, knabberte in aller Seelenruhe an einer Frucht. Nach einer Weile verließ er seinen Platz, schwang sich von Ast zu Ast. Ich folgte ihm und gewann den Eindruck, daß er mir etwas zeigen wollte.

Eine Zeitlang marschierte ich durch den Wald und verlor den Werjun dabei aus den Augen. Als ich ihn wiederfand, saß er auf einem Baumstumpf, schnatterte seltsam und sprang umher. Dann griff er in einen breiten Riß im halb vermoderten Holz und versuchte, etwas herauszuziehen. Ganz gleich, um was es sich auch handelte: Das Objekt war offenbar zu schwer für das Tier. Ich trat näher, um einen Blick in das Loch zu werfen. Oh, stellt euch meine Verblüffung vor, als ich das Glitzern roter Kristalle sah. Vorsichtig zog ich die uralte Maske aus ihrem Versteck, während mich der Werjun von einem hohen Ast aus beobachtete. Er hatte mir das Symbol der Macht gezeigt, und ich begriff plötzlich, daß ich vom Schicksal bestimmt war, als neuer König über Lorca zu herrschen.

Ohne zu zögern warf ich das bronzene Oval des Pagen beiseite und setzte die Maske der Weisheit auf. Ich mußte viele Krieger töten, unter ihnen auch Sausender Pfeil, um sie zu behalten, aber dreißig Winter und dreißig Sommer lang verteidigte ich sie mit Erfolg — bis heute. Seit damals verbindet mich ein unzerreißbares Band der Freundschaft mit den Werjun. Nun, Scharfe Klinge, es hat keinen Sinn, Vorwürfe gegen die Besucher aus dem Land unserer Vorfahren zu erheben. Du brauchst nur ganz sicher zu sein, daß die Maske dir gehört, daß du ihrer würdig bist.«

Der alte Mann schwankte und ließ den Kopf hängen. »Laß mich jetzt wieder auf den Boden hinab, Freund. Ich habe es verdient, mich auszuruhen.«

Der Androide kam der Bitte von Allmächtiger Töter nach, sah dann Scharfe Klinge an. »Ich glaube nicht an irgendwelche übernatürlichen Kräfte der Maske«, sagte er. »Aber ich bin davon überzeugt, daß Geduld notwendig ist, um sie zu bekommen. Du solltest eigentlich in der Lage sein, auf die Rückkehr unserer Kameraden zu warten.«

»Na schön«, zischte die Kriegerin und wechselte einen kurzen Blick mit Kalter Engel. »Wir warten — bis die Sonne über die Baumwipfel gestiegen ist.«

Picard, Riker und Worf krochen vorsichtig auf Händen und Knien, strichen Zweige beiseite, um verräterischem Knacken vorzubeugen. Einige Sonnenstrahlen erreichten nun den Waldboden, und in ihrem Schein beobachteten sie, wie Fenton Lewis das Lager betrat. Sofort wandten sich ihm einige rotmaskierte Wächter zu.

Die drei Starfleet-Offiziere schoben sich noch etwas näher heran, bis sie Stimmen hören und Einzelheiten des Camps erkennen konnten. Das Licht stammte von einer glitzernden Ergkugel: Sie schwebte über drei geodätischen Hütten, die ganz offensichtlich von Außenwelt stammten. Als die Wächter mit den roten Masken Fenton Lewis ins Zentrum des Lagers eskortierten, blitzte die Kugel kurz auf und glühte dann in einem orangefarbenen Ton. Einige Sekunden später traten zwei Ferengi mit silbernen Masken aus einer Hütte.

Picard und seine beiden Begleiter rutschten noch etwas weiter nach vorn, bis der Captain Riker und Worf bedeutete, still liegenzubleiben. Er wollte das gerade beginnende Gespräch hören.

»Wen haben wir denn hier?« fragte ein Ferengi und ging langsam um Lewis herum. »Ein Lorcaner, der mit einem Föderationsphaser bewaffnet ist?«

Der Botschafter versuchte, beide galaktischen Händler gleichzeitig im Auge zu behalten. »Seien Sie auf der Hut. Ich kann mit dieser Waffe umgehen.«

Die Ferengi forderten ihre rotmaskierten Verbündeten mit einem Wink auf, dem Mann nicht zu nahe zu kommen. Ein Räuber schnappte nach Luft und sank vor Lewis auf die Knie. »Er trägt die Maske der Weisheit«, sagte er ehrfürchtig.

»Was für eine Ehre«, brummte ein Ferengi und verneigte sich kurz. »Wenn Sie Captain Picard sind, so darf ich Ihnen versichern, daß wir unsere Übereinkunft achten und Ihnen eine Rückkehr zu Ihrem Schiff ermöglichen werden.«

»Nein, ich bin nicht Picard«, erwiderte Lewis. »Aber wahrscheinlich ist er dicht hinter mir.«

»Wer sind Sie?« fragte der andere Ferengi mißtrauisch.

»Mein Name spielt keine Rolle«, antwortete Fenton Lewis. Hochmütig neigte er den Kopf zurück, damit alle ganz deutlich das veränderliche Mosaik sehen konnten. »Wichtig ist nur, daß ich der neue König bin. Ich habe das Symbol der Macht.«

»Aber du bist allein. Und ganz offensichtlich auf der Flucht.«

Der langhaarige Mensch neigte den Kopf ein wenig zur Seite und starrte die beiden Humanoiden an. Ihre großen Ohren ragten unter den silbernen Masken hervor. »Nein, ich bin *nicht* allein«, sagte Lewis. »Dieser Freund hier begleitet mich.« Er hob den Phaser. »Ich bin gern bereit, Ihre Hilfe in Anspruch zu nehmen und Geschäfte mit Ihnen abzuschließen, aber geben Sie sich keinen Illusionen hin: Ich komme auch ohne Sie zurecht. Sie wollen gar nicht über diesen Planeten herrschen — es geht Ihnen nur darum, Profit zu erzielen. Ich denke genauso wie Sie und biete Ihnen meine Unterstützung an. Es würde sich bestimmt für Sie lohnen, mit mir als Souverän dieser Welt zusammenzuarbeiten.«

Einer der beiden Ferengi nickte nachdenklich. »Sie sprechen von der Zukunft. Ich nehme an, Sie erwarten schon jetzt eine Gegenleistung.«

»Nun...« Lewis warf einen Blick über die Schulter. »Ich wäre Ihnen sehr dankbar, wenn Sie meine Verfolger irgendwie aufhalten würden. Ich weiß nicht, wie viele es sind, aber sie haben ebenfalls Phaser.«

»Vermutlich die Personen, denen Sie die Maske stahlen.«

»Hören Sie ...« Fenton Lewis richtete seinen Strahler auf den nächsten Ferengi. »Ich verlange nicht viel. Es genügt völlig, daß Sie mich passieren lassen. Ihre Präsenz dürfte ausreichen, um mir einen großen Vorsprung zu verschaffen. Später treffen wir uns wieder und vereinbaren ein Handelsabkommen: Masken für Waffen und Geräte.«

»Das klingt alles sehr gut«, sagte ein Ferengi und strich wie beiläufig über den Griff der Peitsche, die er in einer bunten Schärpe trug. »Ich schlage vor, wir beginnen gleich mit dem Handel. Wir interessieren uns für die Maske der Weisheit.«

»Nennen Sie ihren Preis«, sagte der andere Außenweltler.

Lewis schüttelte den Kopf. »Sie hören überhaupt nicht richtig zu, oder? Ich habe nicht die Absicht, das Symbol der Macht zu verkaufen. Wenn Sie mir jetzt helfen, so werde ich später dafür bezahlen, mit Masken, Aluminium oder anderen Dingen.«

»Aber die Maske der Weisheit ist *hier*«, lautete die Antwort. »Im Gegensatz zu den anderen lorcanischen Artefakten, die Sie uns anbieten.«

»Ja«, brummte der zweite Ferengi. »Geben Sie uns Ihre Maske. Anschließend sorgen wir dafür, daß die Verfolger keine Gefahr mehr für Sie darstellen.«

»Wir gewähren Ihnen sogar eine kostenlose Passage an Bord unseres Schiffes, mit allem Luxus. Und Sie können ein beliebiges Ziel in der Galaxis wählen.«

Lewis winkte mit seinem Phaser. »Ich bin nicht hierhergekommen, um zu feilschen. Die Maske der Weisheit gehört *mir*, und ich bin fest entschlossen, sie zu behalten. Treten Sie nun zur Seite, damit ich Ihr Lager durchqueren kann. Wir setzen unser Gespräch bei einer anderen Gelegenheit fort.«

Doch die beiden Ferengi rührten sich nicht von der Stelle. Einer von ihnen breitete die Arme aus, woraufhin sich die Räuber näherten. »Leider dürfen wir Sie nicht einfach gehen lassen. Wir geben Ihnen noch etwas Zeit, um Ihre Meinung zu ändern.«

Der andere Fremde zog seine Peitsche aus der Schärpe. »Ich rate Ihnen, mehr Kooperationsbereitschaft zu zeigen.«

»Kommen Sie mir damit nicht zu nahe«, erwiderte Lewis, duckte sich und schwang seinen Phaser in einem drohenden Bogen.

Die Ferengi traten an den Menschen heran, und daraufhin faßten auch die Rotmaskierten Mut. Einer von ihnen hob einen langen Speer, richtete ihn auf Lewis. Der Botschafter wich an die Wand der Hütte zurück, legte an und betätigte den Auslöser seiner Waffe. Ein gebündelter Energiestrahl raste aus dem Lauf, doch nach einigen Zentimetern wurde der Blitz von irgend etwas abgelenkt und knisterte über einen mehrere Dutzend Meter entfernten Baumstamm.

Fenton Lewis starrte erschrocken auf seinen Phaser und schoß noch einmal. Doch auch diesmal traf die Entladung auf ein unsichtbares Hindernis.

»Ein Kraftfeld«, erklärte einer der beiden Ferengi und deutete auf die nun pulsierende orangefarbene Kugel. »Sehr wirksam gegen Föderationswaffen.«

Fenton Lewis stieß sich von der Wand in seinem Rücken ab und lief zum Wald, aber drei große Rotmaskierte versperrten ihm den Weg. Sie packten den Botschafter am langen Haar und zerrten ihn zu den Ferengi zurück. Lewis trat und schlug um sich, aber die Räuber ließen ihn nicht los. Nur die Maske verlieh ihm einen Rest Würde.

Die fast zwergenhaften Humanoiden stellten sich auf die Zehenspitzen, um nach dem Symbol der Macht zu greifen, während starke Arme den Menschen festhielten, seinen Kopf nach unten zwangen. »Mal sehen, wer Sie sind«, krächzte ein Ferengi und nahm Lewis die Maske der Weisheit ab.

Die Lorcaner schnappten unwillkürlich nach Luft, als sie das nackte Gesicht des Botschafters sahen, und einige von ihnen streckten schützend die Hände nach dem Zeichen der Macht aus. Doch sie brauchten sich keine Sorgen darum zu machen – ihre Verbündeten mit den silbernen Masken behandelten das prächtige Artefakt wie einen kostbaren Schatz.

»Gib sie mir«, kreischte einer der beiden Ferengi.

»Nein, laß sie mir.« Der dickere Außenweltler drückte die Maske an sich. »Überprüf *du* die Identität des Menschen. Wenn er derjenige ist, den wir suchen, bekommen wir einen *noch* höheren Bonus.«

Fenton Lewis riß sich plötzlich los, aber er kam nur einige wenige Meter weit, bevor ihn einer der Räuber zu Fall brachte. Zwei Rotmaskierte hoben ihn an den Füßen hoch, und die anderen schlugen erbarmungslos auf ihn ein. Als Lewis keinen Widerstand mehr leistete, ließen sie ihn auf den Lehmboden fallen und traten auf sein langes Haar, so daß er nicht aufstehen konnte. Blut strömte ihm aus Mund und Nase. »Ich bin ein Botschafter der Föderation«, brachte er hervor und sah den Ferengi an, der sich über ihn beugte. »Deshalb verlange ich, wie ein Diplomat behandelt zu werden. Ich will mit Ihrem Vorgesetzten sprechen!«

Der Ferengi drehte sich um und klatschte in die Hände. »Ich glaube, wir haben Glück.«

»Vergewissere dich.«

»Ja.« Der dünnere galaktische Händler sah zu der Ergkugel hoch. »Vergleiche den Menschen mit bekannten Verbrechern.«

Violetter Glanz sank von der glühenden Sphäre herab und umhüllte Lewis. Er gab einen schmerzerfüllten Schrei von sich, als ihn die Räuber losließen und furchtsam zurückwichen. Der Scannerfokus sondierte jedes einzelne Molekül, analysierte die DNA, beschleunigte den Pulsschlag und drang anschließend ins Hirn vor. Fenton Lewis war nicht tot, als die energetische Abtastung endete, aber er bewegte sich auch nicht – abgesehen davon, daß er blutigen Schleim hustete.

»Föderationsbotschafter Fenton Lewis«, erklang eine schrille Stimme. »Wegen der Ermordung von zwei Ferengi zum Tode verurteilt. Lebend: 900 Verrechnungseinheiten Bonus. Tot: 900 Verrechnungseinheiten Bonus.«

»Kein Unterschied«, sagte ein Außenweltler.

»Ich halte nichts davon, einen Menschen an Bord zu bringen«, erwiderte der andere. »Zumindest keinen *lebenden.*«

»Wenn er entkommt, verlieren wir unseren Bonus.«

»Es ist zu riskant, ihn am Leben zu lassen.« Der Ferengi wandte sich an den Räuber mit dem Speer, ließ keinen Zweifel daran, was er von ihm erwartete.

Riker stemmte sich hinter einem dichten Gebüsch in die Höhe, aber Picard zog ihn zurück. »Unsere Phaser nützen uns dort nichts«, flüsterte er.

»Aber primitive Waffen funktionieren einwandfrei«, raunte Worf und biß die Zähne zusammen, als er beobachtete, wie der Rotmaskierte seinen Speer hob und in Fenton Lewis' Körper rammte. Der Botschafter erzitterte kurz — und rührte sich nicht mehr.

Einer der beiden Ferengi wandte sich erneut an die leuchtende Kugel. »Benachrichtige den Transporter. Die Leiche eines menschlichen Verbrechers namens Fenton Lewis soll an Bord gebeamt werden. Fordere den uns zustehenden Leistungsbonus an.«

»Jawohl, Euer Lordschaft«, bestätigte die künstliche Stimme.

Der andere Ferengi gesellte sich dem ersten hinzu. »Was ist mit der Maske der Weisheit?«

Beide Außenweltler betrachteten das hypnotische Wogen des Mosaiks. »Wir nehmen sie zum Markt mit. Bestimmt hilft sie uns, weitere Masken zu bekommen.«

»Auf dem Weg hierher ist die Gruppe unserer Verbündeten immer kleiner geworden. Viele sind bei Überfällen gestorben. Wir brauchen eine größere Streitmacht.«

Der zweite Ferengi nickte kurz. »Na schön. Wir bleiben noch eine Nacht hier. Sicher schließen sich uns weitere Rotmaskierte an.« Erneut blickte er auf die erhabene Maske. »Vielleicht wird dies unsere mit Abstand erfolgreichste Reise.«

»Gibst du mir das Artefakt? Ich möchte es ebenfalls berühren. Bitte.«

»Meinetwegen.« Das lorcanische Kunstwerk wechselte den Besitzer.

Die beiden Ferengi wandten den Blick nicht davon ab, als bläuliches Licht auf das Lager herabstrahlte. Doch ihre Verbündeten mit den roten Masken beobachteten voller Ehrfurcht, wie sich Fenton Lewis' Leiche in Myriaden glühender Funken verwandelte und verschwand.

»Verdoppelt die Wachen!« befahl ein Ferengi. »Vielleicht befinden sich die Verfolger des Botschafters in der Nähe.« Er betrat eine der Hütten, und der zweite galaktische Händler folgte ihm.

Die Räuber blickten argwöhnisch zum Waldrand, und Picard streckte die Hand aus, berührte Riker und Worf an den Schultern. Sie drehten sich leise um und krochen in die Richtung, aus der sie kamen. Worf bildete den Abschluß, hielt seinen Phaser bereit und sah mehrmals zu den Rotmaskierten. Doch die Lorcaner schienen nicht besonders versessen darauf zu sein, das schützende Glühen der Ergkugel zu verlassen.

Als das Licht des Ferengi-Lagers hinter ihnen verblaßte, stand der Captain auf und strich Lehmbrocken von seiner Kleidung. Darunter kam nur weiterer Schmutz zum Vorschein.

Riker und Worf erhoben sich ebenfalls. »Damit ist das Fenton Lewis-Problem gelöst, und zwar für immer«, sagte der Erste Offizier.

»Aber das Problem der Maske bleibt«, erwiderte Picard. »Wir müssen sie irgendwie zurückbekommen.«

»Für Scharfe Klinge oder Allmächtiger Töter?« fragte Riker.

Der Captain zuckte mit den Schultern. »Das klären wir später.« Er sah Worf an. »Wie schätzen Sie die Situation ein, Lieutenant?«

Der Klingone knurrte dumpf. »Im Camp sind unsere Phaser völlig wirkungslos. Wenn wir angreifen wollen, müssen wir entweder das Schutzfeld desaktivieren oder lorcanische Waffen benutzen. Möglich wäre auch ein Hinterhalt im Bereich der Straße.«

Picard schüttelte andeutungsweise den Kopf. »Ich möchte den Planeten nicht in ein Schlachtfeld verwandeln. Andererseits: Verhandlungen mit den galaktischen Händlern wären reine Zeitverschwendung. Sie würden vermutlich unser Raumschiff im Austausch gegen die Maske der Weisheit verlangen.«

Commander Riker zupfte an seinem Bart und lächelte plötzlich. »Ich glaube, ich habe eine Lösung gefunden. Abgesehen von meinem Artefakt und dem Exemplar, das Allmächtiger Töter jetzt trägt, stammen alle unsere Masken von Räubern und wurden nur neu bemalt. Wenn wir wieder rote Farbe auftragen, können wir einfach so ins Lager marschieren. Wir haben ja gehört, daß die Ferengi noch eine Nacht bleiben wollen, um ihre Gruppe zu vergrößern.«

»Eine ausgezeichnete Idee«, kommentierte Worf. »Anschließend warten wir ab, bis sich eine Gelegenheit ergibt, die Maske der Weisheit zu stehlen. Wenn wir geschickt vorgehen, erfährt niemand, *wer* sie entwendet hat. Ich melde mich freiwillig.«

»Ich auch«, sagte Riker.

Picard lächelte und klopfte seinen Offizieren auf die Schulter. »Ein guter Vorschlag — und ich schätze Ihren Enthusiasmus. Aber es ist ein sehr gefährlicher Plan. Keiner von Ihnen weiß, auf welche Verhaltensweisen es ankommt. Sie hätten nur dann eine Chance, wenn Kalter Engel oder ein anderer Lorcaner an dieser Mission teilnimmt.«

# KAPITEL 16

»Ich kenne jenen Ort«, sagte Kalter Engel und nickte langsam. »Ein alter Treffpunkt für Räuber.« Er hob wie abwehrend die Hände. »Fragt mich jetzt bloß nicht, woher ich das weiß.«

Die lorcanischen Krieger hatten ihr Mißtrauen gegenüber den Besuchern vom Himmel aufgegeben, und beide Gruppen bildeten nun eine geschlossene Gemeinschaft, der insgesamt zwölf Personen angehörten. Hier sechs Masken, dort sechs nackte Gesichter. Riker griff nach den drei metallenen Masken, mit denen sie nach dem Kampf im Dorf ausgezeichnet worden waren, legte sie zu Boden.

»Damit verschaffen wir uns Zugang zum Lager«, sagte er und deutete auf die Symbole des Lehrers, Bogenschützen und Kräutersammlers.»Bis vor wenigen Tagen gehörten diese Masken Räubern. Wir haben gehört, daß die Ferengi noch eine Nacht in ihrem Camp bleiben wollen, um weitere Helfer zu rekrutieren. Daher schlage ich folgendes vor: Wir bemalen diese Artefakte mit roter Farbe, schließen uns den Rotmaskierten an und warten auf eine günstige Gelegenheit, um das Symbol der Macht zu stehlen.«

Kalter Engel wandte sich an Scharfe Klinge. »Es könnte klappen, Lady. Wir schnappen uns die Maske der Weisheit und machen uns sofort aus dem Staub.«

Die Kriegerin sah Picard an, der neben ihr stand, die Stirn runzelte und sich das Kinn rieb. »Ihr Plan hat gewisse Erfolgschancen, Nummer Eins, aber das ändert nichts an seiner Gefährlichkeit. Was ist mit den Elektropeitschen der Ferengi? Und wie wollen Sie sich verteidigen? Das Schutzfeld lenkt alle Phaserstrahlen ab. Sie müßten Schwerter einsetzen, um sich einen Weg freizukämpfen.«

»Ja«, bestätigte Scharfe Klinge und fügte betont würdevoll hinzu: »Aus diesem Grund werden Kalter Engel, Medizinmacher und ich aufbrechen.«

»Einen Augenblick«, warf der Klingone enttäuscht ein. »Es ist *unser* Plan.«

»In der Tat«, sagte Riker. »Außerdem haben wir noch eine Schuld zu begleichen. *Wir* brachten Fenton Lewis hierher.«

»Er hat für seinen Verrat gebüßt«, erwiderte die stolze Kriegerin und richtete ihren Blick auf den Captain. »Ich entschuldige mich dafür, daß wir Vorwürfe gegen dich und deine Gefährten erhoben haben. Du hast mir einen großen Dienst erwiesen: Wir wissen jetzt, wo sich die Maske der Weisheit befindet, und der von euch entwickelte Plan gibt uns die Möglichkeit, sie zurückzubekommen. Überlaßt uns den Rest.«

Bevor Picard antworten konnte, trat Medizinmacher vor und verbeugte sich. »Ich bitte um Verzeihung, Lady, aber du kannst unmöglich in die Rolle eines Räubers schlüpfen. Man würde dich auf den ersten Blick erkennen. Du hast gewisse ... Merkmale, die sich hinter keiner Maske verbergen lassen.«

Der Captain konnte nicht feststellen, ob Scharfe Klinge errötete. Ihm fiel nur auf, daß sie schwieg.

»Darüber hinaus braucht Lorca einen lebenden Herrscher, keinen toten Helden«, fügte der lorcanische Heiler hinzu.

»Ich entscheide, wer zum Lager geht«, sagte Allmächtiger Töter und rückte damit ins Zentrum der allgemeinen Aufmerksamkeit. Der alte Mann humpelte näher. »Riker, Kalter Engel und ich machen uns auf den Weg. Kalter Engel und ich kennen die Räuber, und Riker scheint einiges über die Ferengi zu wissen.« Er berührte den Verband an seinem Oberschenkel. »Mit dieser verdammten Wunde wirkt alles noch echter.«

»Eine sehr nützliche Kombination«, verkündete Data und trat an die Seite des ehemaligen Königs. »Allmächtiger Töter und Kalter Engel sind Lorcaner und wissen also, wie sich Räuber verhalten. Außerdem haben sie den großen Vorteil, daß Commander Riker bei ihnen ist: Sobald sie die Maske haben, kann er die *Enterprise* anweisen, einen unverzüglichen Transfer durchzuführen – die Flucht stellt also kein Problem dar.«

Picard drehte sich zu der Kriegerin um und wechselte einen melancholischen Blick mit ihr. »Nun gut«, sagte der Captain. »Wenn Lady Scharfe Klinge damit einverstanden ist, so bin ich es ebenfalls. Wir sind verpflichtet, den Lorcanern dabei zu helfen, ihren Anspruch auf die Maske geltend zu machen. Nummer Eins, Sie begleiten Kalter Engel und Allmächtiger Töter – unter der Bedingung, daß Sie sich an Datas Vorschlag halten. Er kann Ihren Kommunikator sicher so verändern, daß er nur noch ein Peilsignal sendet.«

Riker nickte. »Wir müssen auch Kalter Engel und Allmächtiger Töter mit Kommunikatoren ausrüsten, um es Data zu ermöglichen, ihre Koordinaten zu erfassen.«

Der alte Lorcaner rieb sich aufgeregt die Hände. »Ich bereite rote Farbe vor.«

Dr. Pulaski sah zum heller werdenden Himmel empor. »Sind die neuen Masken bis heute abend fertig?«

»Ja«, sagte Allmächtiger Töter. »Deshalb haben sich die Räuber für Rot entschieden. Man gewinnt den Farbstoff ganz einfach aus Lehm, und er trocknet schnell – man kann also praktisch jederzeit zu einem Räuber werden. Wenn mir deine beiden Pagen helfen würden, Scharfe Klinge...«

»Selbstverständlich, Vater.« Sie winkte kurz, und die beiden Lorcaner mit den bronzenen Ovalen folgten Allmächtiger Töter. Als sie davonschritten, begannen Data, Riker und Kalter Engel mit einer Einsatzbesprechung. Scharfe Klinge drehte langsam den Kopf und sah den Captain an. »Was hast du vor, Jean-Luc Picard?«

»Ich muß zu meinem Schiff zurückkehren. Die Besatzung ist wie dein Volk: ohne einen Anführer. Sie braucht mich.«

Scharfe Klinge seufzte. »Wenn ich an all die Frauen denke, die dein nacktes Gesicht sehen, während mir ein solcher Anblick verwehrt bleibt...«

»Du wirst mir ebenfalls fehlen«, murmelte Picard.

Sie kamen nicht mehr dazu, sich zu umarmen — Data sprach den Captain an. »Ich setze mich jetzt mit der *Enterprise* in Verbindung. Soll ich Geordi anweisen, Sie an Bord zu beamen?«

»Ja. Mich, Dr. Pulaski und Counselor Troi. Sie und Lieutenant Worf folgen, wenn hier alle Vorbereitungen abgeschlossen sind.«

»Ja, Sir.« Data nickte und holte seinen Insignienkommunikator hervor.

Picard achtete gar nicht auf den Androiden und sein Gespräch mit Geordi LaForge. Er musterte Scharfe Klinge und versuchte, sich jeden Quadratzentimeter ihrer Gestalt fest ins Gedächtnis einzuprägen.

»Wenn du mich weiterhin so ansiehst, lasse ich dich vielleicht nicht gehen«, sagte sie leise.

»Falls du eine Entschuldigung dafür erwartest, muß ich dich enttäuschen.« Der Captain lächelte. »Vielleicht dauert es Jahre, bis ich erneut Gelegenheit erhalte, Lorca zu besuchen. Und es gibt vieles, an das ich mich erinnern möchte.«

»Kehr zu mir zurück, Picard«, hauchte Scharfe Klinge und griff nach seiner Hand. »Dann gebe ich dir noch mehr Erinnerungen.«

Er holte tief Luft. »Sei eine weise Herrscherin.«

»Captain«, sagte Data, »es ist soweit. Geordi sitzt an den Transporterkontrollen.«

»Leb wohl«, verabschiedete sich Picard und wich nur widerstrebend von der Kriegerin zurück. Dr. Pulaski und Counselor Troi gesellten sich ihm hinzu.

»Mir gefällt dieser Planet.« Deanna sah zu den von Wolken umschmiegten Baumwipfeln auf. »Eine majestätische, erhabene Welt.«

»Ja.« Kate Pulaski schnitt eine Grimasse und streckte sich betont vorsichtig, um darauf hinzuweisen, wie sehr ihre Muskeln schmerzten. »Aber sicher ist es angenehm, wieder in einem Bett zu schlafen.«

Picard nickte Data zu, und der Androide hob seinen Kommunikator an die Lippen, sprach einige Worte. Jean-Luc beobachtete Scharfe Klinge, bis sich sein Körper im Transferfokus auflöste. Eine kaum meßbare Zeitspanne später rematerialisierte er im Transporterraum.

»Captain!« Geordi LaForge strahlte übers ganze Gesicht, als die drei Offiziere von der Plattform traten. »Es freut mich, daß Sie zurück sind. Was natürlich auch für Sie gilt, Counselor Troi und Dr. Pulaski.«

Der Captain rang sich ein müdes Lächeln ab. »Danke, Lieutenant. Wie steht's mit dem Schiff?«

»Alles bestens«, erwiderte Geordi und grinste noch immer. »Sie können sich gleich mit den Daten befassen, die wir bisher ermittelt haben.«

Picard hob die Hand. »Oh, ich würde sie mir gern ansehen, aber möchte jetzt erst einmal duschen. Dr. Pulaski und Counselor Troi geht es sicher ebenso. Schicken Sie Data und Commander Riker alle benötigten Materialien. In einer halben Stunde treffen wir uns auf der Brücke.«

»Ja, Sir«, sagte Geordi LaForge und lächelte nach wie vor.

Data befestigte den Insignienkommunikator an Allmächtiger Töters Jacke, knöpfte sie wieder zu und zog das Kettenhemd darüber. Der alte König blickte skeptisch an sich hinab. »Was soll ich mit dem Ding machen?«

»Nichts«, erwiderte der Androide. »Das Gerät teilt uns nur mit, wo du dich befindest. Auf diese Weise können wir dich zur *Enterprise* beamen, wenn es soweit ist.«

»Tut das weh?« erkundigte sich der alte Krieger.

Data hob die Schultern. »Das weiß ich nicht genau. Manche Leute meinen, es prickelt ein wenig.«

»Du bist wirklich kein Mensch, oder?« fragte Allmächtiger Töter. »Ich kann es kaum glauben.«

»Danke«, sagte Data. »Du siehst nicht viele Gesichter. Sonst fiele dir sofort auf, wie sehr sich meins von den anderen unterscheidet.«

»Ich bin kein König mehr.« Der alte Lorcaner seufzte. »Daher kann ich nicht viel versprechen. Aber ich werde immer eine Maske für dich bereithalten, Data – falls du es irgendwann einmal satt hast, im Himmel zu leben.«

»Danke«, erwiderte der Androide, und in seinen blassen Augen glühte es. »Ich werde mir immer die Erinnerung an Lorca bewahren, denn auf dieser Welt bin ich ebenso menschlich wie alle anderen.«

»Autsch!« entfuhr es Kalter Engel, als Worf ungeschickt einen Kommunikator an die Innenseite seines Hemds steckte.

»Möge dir dies zum Sieg zu helfen«, sagte der Klingone.

Der Dresseur schüttelte verwundert den Kopf. »Mit einem solchen Gesicht, Worf ... Möchtest du nicht lieber hierbleiben, wo du eine Maske tragen kannst?«

»Nein«, entgegnete der Sicherheitsoffizier. »Ich kehre zur *Enterprise* zurück. Dort brauche ich es nur mit den mehr oder weniger ästhetischen Aspekten unmaskierter Menschen aufzunehmen.«

Commander Riker setzte die Räuber-Maske auf und verknotete die Halteschnüre. »Wie sehe ich aus?«

»Wie ein Schurke«, antwortete Allmächtiger Töter. »Ich wollte dich noch etwas fragen, Riker. Was hast du mit der Wald-Maske vor?«

»Nun, äh ... Darüber habe ich noch nicht nachgedacht.«

»Nimm sie mit«, sagte der ehemalige König. »Sie symbolisiert deinen Mut, deinen hohen Rang. Du hast sie dir redlich verdient.«

Lieutenant Worf hob Rikers glänzende Holzmaske vom Boden auf und betrachtete die von Edelsteinen gesäumten Augenöffnungen. Scharfe Klinge war bereits mit den Ponys vorausgegangen, um an einem Treffpunkt zu warten. Sie hatte alle Masken mitgenommen – bis auf diese. »Ich bewahre dieses Artefakt für Sie auf, Commander«, bot sich der Klingone an. »Als Andenken, das Sie immer an den Kampf erinnert.«

Zwischendurch: [redacted] Kein Wunder, daß Picard und seine Begleiter nach diesem Abenteuer erst einmal duschen möchten – denn schon eine halbe Stunde später treffen sie sich wieder auf der Brücke der Enterprise. [redacted] Ob für die Abenteurer nicht jetzt auch eine kleine Mahlzeit für zwischendurch richtig wäre? Für solche Fälle gibt es – schon in unserer Zeit – etwas, das im Handumdrehen fertig zubereitet ist: die… [redacted]

Will nickte. »Danke«, sagte er, und die metallene Räuber-Maske verlieh seiner Stimme einen dumpfen Klang. »Mir fällt die Vorstellung schwer, daß wir Lorca bald verlassen.«

»Commander?« ließ sich Data vernehmen. »Sollen wir dem Captain irgend etwas ausrichten? Denken Sie daran: Ihr Kommunikator sendet nur noch ein Peilsignal und ermöglicht keine Verständigung mehr. Sobald Sie Druck auf ihn ausüben, werden Sie und Ihre beiden Begleiter zur *Enterprise* gebeamt.«

Der Androide berührte seinen eigenen Insignienkommunikator, der daraufhin leise piepte. »Data an Transporterraum. Holen Sie mich und Lieutenant Worf zurück.«

»Aye, Sir«, lautete die Antwort.

»Lebt wohl«, wandte sich Data an die Lorcaner, als er und Worf von den anderen zurückwichen. Einige Sekunden später lösten sich ihre Gestalten in phosphoreszierendem Funkeln auf.

Allmächtiger Töter streckte zögernd die Hand aus und berührte nur leere Luft. »Und es ist wirklich völlig schmerzlos?«

»Ja«, versicherte Riker dem alten Mann und klopfte ihm auf die Schulter. Allmächtiger Töter, Kalter Engel und der Erste Offizier standen nun allein im majestätischen Wald. Die anderen hatten sich entweder zur *Enterprise* gebeamt oder waren zum Treffpunkt vorausgegangen. Will sah zu den dunkler werdenden Wolken hoch. »Wir sollten uns jetzt besser auf den Weg machen, wenn wir das Ferengi-Lager bei Einbruch der Nacht erreichen wollen.«

Allmächtiger Töter drehte sich um und legte ihm die Hand auf die Schulter. »Danke dafür, daß du uns hilfst, Freund.«

»Kommt!« sagte Kalter Engel. Er verließ die Straße, trat an hohen Bäumen vorbei und winkte seinen beiden Gefährten zu. Riker und der alte Lorcaner folgten ihm, hielten dabei die Schwerthefte fest, damit diese sich nicht im Dickicht verfingen.

Als die Schatten länger wurden und Allmächtiger Töter immer mehr an seiner Verwundung litt, gingen die drei scheinbaren Räuber langsamer. Kalter Engel konzentrierte sich auf einen Pfad, den er seit vielen Jahren nicht mehr beschritten hatte, und Riker behielt den alten Krieger im Auge, stellte sich sein schmerzerfülltes Gesicht hinter der roten Maske vor.

»Wie geht es dir?« fragte er voller Mitgefühl.

»Mach dir keine Sorgen um mich«, erwiderte der ehemalige König. »Ich versuche nur, mit meinen Kräften hauszuhalten.«

»Erwarte bloß nicht von uns, daß wir dich tragen«, sagte Kalter Engel scherzhaft.

»Allein mein Schwert wäre eine viel zu große Belastung für dich«, brummte der alte Krieger spöttisch.

Riker schüttelte den Kopf. »Wir hätten uns von der *Enterprise* in die unmittelbare Nähe des Lagers beamen lassen können. Dann wäre kein so langer Marsch nötig gewesen.«

»Beamen«, murmelte Allmächtiger Töter. »So nennt ihr das seltsame Verschwinden und Erscheinen?«

»Ja«, bestätigte der Erste Offizier. »Es ist eine vollkommen ungefährliche Methode, von einem Ort zum anderen zu gelangen.«

»Und wenn schon.« Der alte Lorcaner griff unter sein Kettenhemd, holte den Insignienkommunikator hervor, zuckte kurz mit den Achseln und warf ihn fort.

»Was machst du da?« platzte es aus Riker heraus. Er trat einige Schritte zur Seite und begann mit der Suche nach dem kleinen Gerät, gab sie aber schon nach kurzer Zeit auf — inzwischen war es so dunkel, daß er kaum drei Meter weit sehen konnte.

»Ich weiß, daß du es gut meinst«, sagte Allmächtiger Töter. »Aber ich kämpfe lieber, anstatt mich in eine Wolke aus brennender Asche zu verwandeln.«

»Das gilt auch für mich«, fügte Kalter Engel hinzu und schleuderte seinen Kommunikator ebenfalls davon. »Du kannst dich ruhig fortbeamen lassen, Riker. Wir Lorcaner bleiben bei den Dingen, die wir kennen.«

»Genau«, bestätigte der alte Krieger.

Riker schüttelte den Kopf. »Der lorcanische Weg ist nie der einfache, oder?«

Schweigend gingen sie weiter, während sich um sie herum die Dunkelheit verdichtete. Riker hoffte, daß sie das Ferengi-Lager bald fanden, denn dort brauchten sie bestimmt ihre ganze Kraft. *Wie sollen wir vorgehen?* überlegte er. *Wie wäre es, wenn wir die Ferengi in ihren Hütten angreifen? Oder ist es besser zu warten, bis sie aufbrechen, um nach Heimwiese zu reisen? Und wenn wir sie irgendwie ablenken?* Will lächelte unwillkürlich, als er sich an das letzte Ablenkungsmanöver erinnerte. Er hielt es für besser, zunächst die Situation einzuschätzen und dann eine Entscheidung zu treffen. Zunächst einmal kam es darauf an, als Räuber akzeptiert und in die Gruppe aufgenommen zu werden.

Schließlich bemerkten sie ein trübes Glühen im Wald vor ihnen. Inzwischen herrschte völlige Finsternis, und es erleichterte sie alle, das Ziel zu sehen. Zwar war es recht kalt, aber Riker begann zu schwitzen; sein Pulsschlag beschleunigte sich, als sie etwas schneller gingen und sich dem gespenstischen Halo näherten.

»Überlaß das Reden Kalter Engel«, wandte sich Allmächtiger Töter an den Ersten Offizier. »Ich beklage mich über meine Wunde und lasse mir irgendeine Geschichte einfallen, mit der ich die Verletzung erkläre. Du kannst dich stumm stellen, wenn du möchtest.«

»Ich improvisiere«, erwiderte Will und schluckte nervös. Phaser nützten nichts, und das an seiner Seite baumelnde Schwert war zu fremdartig, um ihm Trost zu gewähren.

Als die Entfernung zum Lager schrumpfte, kniff Riker argwöhnisch die Augen zusammen. Seit dem Morgen schien sich das Licht verändert zu haben. Er erinnerte sich an eine Ergkugel, die mehrere Meter über dem Boden schwebte, doch jetzt ruhte sie auf dem Boden, flackerte wie die Flammen eines Lagerfeuers.

»Wartet«, flüsterte er. Kalter Engel und Allmächtiger Töter blieben sofort stehen. »Ich glaube, wir sind am falschen Ort.«

»Er ist genau richtig«, widersprach Kalter Engel und gestikulierte ungeduldig. »Kommt.«

Plötzlich wehte ihnen der Wind entgegen, und sie nahmen den fauligen Gestank des Todes wahr. Die drei Männer wechselten besorgte Blicke; Allmächtiger Töter und Kalter Engel zogen ihre Schwerter. Kalter Engel ging noch immer an der Spitze, und er hob widerstrebend die Hand, forderte seine Begleiter auf, sich wieder in Bewegung zu setzen. Riker tastete instinktiv nach seinem Insignienkommunikator.

Der Gestank wurde fast unerträglich, doch der Anblick im Lager war noch schlimmer. Die beiden Ferengi hingen nackt und mit dem Kopf nach unten am hohen Ast eines Baums.

Riker hielt entsetzt den Atem an und starrte zu Boden. Sechs Räuber lagen in seltsamen Positionen auf dem Lehm und rührten sich nicht mehr - tot. Mattes Licht glitt über die Leichen, stammte von der Ergkugel. Sie pulsierte in einem langsamen Rhythmus, und der Erste Offizier bemerkte einen Speer, der sie durchbohrt hatte.

Will drehte den Kopf, und sein Blick fiel auf die reglose Gestalt eines Rotmaskierten, der die Maske der Weisheit trug.

Kalter Engel bückte sich und stieß die Körper mit seinem Schwert an. »Alle tot. Offenbar haben sie erst die Ferengi angegriffen und sich dann gegenseitig umgebracht.«

Der ehemalige König nickte betroffen, drehte einen Leichnam auf den Rücken und nahm die lange Klinge des Räubers. »Ich habe so etwas häufig beobachtet, wenn es um eine besonders wertvolle Maske ging. Sie forderten sich immer wieder zum Duell heraus — bis der letzte starb. Der Gewinner war gerade noch kräftig genug, um das Symbol der Macht aufzusetzen, bevor er sein Leben aushauchte.«

»Herrscher für einen Tag«, murmelte Kalter Engel, beugte sich vor und löste die Maske der Weisheit vorsichtig vom Gesicht einer blutverkrusteten Leiche. Riker wandte rasch den Blick ab — Würmer krochen aus der Nase und den Augenhöhlen des Toten.

Der junge Krieger reinigte das prachtvolle Artefakt. »Weißt du, Allmächtiger Töter, vielleicht habe ich mich geirrt. Vielleicht wählt die Maske *wirklich* ihren Träger. Möglicherweise ist es *kein* Aberglaube.«

Der alte Lorcaner nickte weise und sah Riker an. »Sag es Data. Auch er wollte nicht daran glauben.«

Der Erste Offizier ließ den Blick über das Gemetzel schweifen und war dankbar dafür, daß er eine Maske trug. Gerade jetzt wollte er nicht, daß jemand sein Gesicht sah.

Kalter Engel wickelte die Maske der Weisheit in Ölhaut und versuchte, sie sich auf den Rücken zu binden. »Könntest du mir bitte helfen, Allmächtiger Töter?«

»Natürlich«, erwiderte der alte Mann und trat auf seinen jüngeren Gefährten zu. Riker zwang seine Gedanken in eine andere Richtung. »Was hast du jetzt vor?« fragte er den ehemaligen König. »Auf welche Weise willst du Scharfe Klinge zur Königin machen?«

Allmächtiger Töter breitete die Arme aus. »Sie wird die Maske tragen, und wir geben allen Leuten zu verstehen, daß sie ein Recht darauf hat. Vielleicht hört man auf sie, vielleicht auch nicht. Ich glaube jedoch, daß man sie anerkennt. Möglicherweise muß sie das eine oder andere Duell führen, aber sie gewinnt bestimmt. Wenn sie weise regiert, so gereicht das ganz Lorca zum Vorteil. Was mich betrifft... Ich werde die Botschafter-Maske tragen und Verhandlungen mit Außenweltlern führen.«

Kalter Engel schnaubte leise, um sich von dem Gestank zu befreien. »Gehen wir.« Er hob sich das kostbare Artefakt auf die muskulösen Schultern und marschierte los.

»Ich wünsche dir viel Glück«, sagte Riker und drückte den Arm des Allmächtigen Töters. »Ich hoffe, wir können bald hierher zurückkehren.«

»Besucht den Markt«, erwiderte der alte Krieger und hob stolz den Kopf. »Beobachtet dort, wie meine Tochter zur Königin gekrönt wird.«

»Wenn sich eine Gelegenheit bietet, nehme ich deine Einladung gern an,« meinte Riker.

Er sah den beiden Lorcanern nach, bis sie im dunklen Wald verschwanden, lauschte eine Zeitlang dem dumpfen Knirschen ihrer Schritte. Eine sonderbare Melancholie erfaßte den Ersten Offizier, als er in die Tasche griff und den Insignienkommunikator berührte. Er ließ sich an Bord der *Enterprise* beamen, und seine Aufmachung als Räuber verwirrte mehrere Transportertechniker. Der Commander nahm rasch die rote Maske ab und hielt das Schwert fest, damit es nicht mehr hin und her baumelte. Plötzlich wurde ihm klar, daß er die Mission mit mehreren bemerkenswerten Souvenirs beendet hatte. Zu ihnen gehört auch die Wald-Maske, die sich inzwischen an Bord befand.

»Entschuldigung.« Will nickte den anwesenden Besatzungsmitgliedern zu. »Gute Arbeit.« Etwas lauter sagte er: »Riker an Brücke.«

»Ich habe Sie nicht so früh zurückerwartet, Nummer Eins«, ertönte Captain Picards zufrieden klingende Stimme. »Allem Anschein nach stellten die Ferengi kaum ein Problem dar.«

»Sie konnten uns überhaupt nicht in einen Kampf verwickeln«, brummte der Erste Offizier. »Sie waren bereits tot, als wir das Lager erreichten. Die Räuber fielen über sie her, und anschließend brachten sie sich gegenseitig um. Eine Leiche trug die Maske der Weisheit.«

»Ich verstehe«, entgegnete der Captain nachdenklich. »Kein Wunder, daß der Kommandant des Ferengi-Schiffes so gereizt war. Es fehlte nicht viel, und er hätte uns die Entführung seiner Landegruppe vorgeworfen. Lassen Sie sich ruhig Zeit mit dem Umziehen, Nummer Eins. Kommen Sie anschließend zur Brücke. Ich überlege mir unterdessen, wie ich den Ferengi den Tod ihrer beiden Artgenossen erklären soll.«

»Ja, Sir.« Riker richtete einen verlegenen Blick auf die breit grinsenden Transportertechniker und verließ den Raum. Lehmbrocken hafteten an seinem Parka, und bei jedem Schritt klapperte das Schwert in der Scheide.

Als Commander Riker etwas später die Brücke betrat, begrüßten ihn Deanna Troi, Wesley Crusher und Data mit einem Lächeln. Doch Worf und Captain Picard blieben ernst. Sie sahen auf den großen Wandschirm, der die Miene eines zornigen Ferengi zeigte.

»Ich möchte noch einmal betonen, daß wir die Föderation für das verantwortlich machen, was mit unserer Landegruppe geschehen ist«, knurrte der aufgebrachte Humanoide. »Wir verlangen Schadenersatz, besonders in Hinsicht auf eine sehr wertvolle Maske, die sich jetzt in unserem Besitz finden sollte.«

Picard hob die Hand. »Einen Augenblick. Commander Riker ist gerade von Lorca zurückgekehrt und kann Ihnen sicher die besonderen Umstände schildern.«

Der Erste Offizier trat vor und nickte. »Ich habe nicht gesehen, was passiert ist, aber es deutet alles darauf hin, daß Ihre Leute von den lorcanischen Räubern umgebracht wurden, mit denen sie unterwegs waren. Beim nächstenmal sollten Sie verläßlichere Verbündete wählen.«

Der kleine Humanoide beugte sich vor, und seine großen Ohren zuckten. »Was ist mit der Maske?«

Riker setzte eine Unschuldsmiene auf. »Was für eine meinen Sie?« fragte er. »Auf Lorca gibt es viele Masken.«

Der Ferengi grollte kehlig. »Wir kehren jetzt zu unserer Basis zurück. Aber diese Sache wird ein Nachspiel haben.«

»Da fällt mir ein...« sagte Picard. »Wenn sich Lorca als Protektorat der Föderation anschließt — und davon gehe ich aus —, so ist Ihnen hier nur dann der Handel gestattet, wenn Sie die entsprechenden Föderationsvorschriften achten. Falls Sie dazu nicht bereit sind, sollten Sie sich besser von dem Planeten fernhalten.«

Der Ferengi schnitt eine wütende Grimasse und unterbrach die Verbindung. Riker lächelte und wandte sich an den Captain. »Der letzte Hinweis gefiel ihm nicht sonderlich. Wie dem auch sei: Wer führt die Verhandlungen mit den Lorcanern? Wir haben keinen Botschafter mehr.«

»Wie wär's mit Ihnen, Nummer Eins? Starfleet hat uns die Erlaubnis gegeben, noch einige weitere Tage im Orbit zu bleiben. Ich dachte, Data und Sie fänden vielleicht Gefallen daran, den Markt zu besuchen. Sie können dort mit Scharfe Klinge sprechen und sie fragen, ob sie der Föderation beitreten möchte.«

»Sir?« Riker senkte die Stimme. »Möchten Sie das wirklich mir überlassen, Sir?«

Picard nickte langsam, und ein wehmütiges Lächeln umspielte seine Lippen. »Ja. Ich verzichte lieber darauf, mich noch einmal von Scharfe Klinge zu verabschieden.«

»Ich verstehe, Captain.«

»Außerdem...« fügte Picard mit gespieltem Ernst hinzu. »Wenn ich mich recht entsinne, hat jemand darauf hingewiesen, die Landegruppen sollten vom Ersten Offizier geleitet werden.«

Riker schmunzelte. »Unter anderen Umständen wäre Lorca ideal für einen Landurlaub.«

»Aber leider ist der Planet zu gefährlich«, sagte Picard und sah kurz zu Boden. »Was mich an etwas erinnert, Nummer Eins. Fähnrich Greenblatts Bestattung findet um zwanzig Uhr Bordzeit statt. Im Anschluß daran möchte ich im Gesellschaftsraum einen Toast auf sie ausbringen.«

Riker und Data traten auf die Transporterplattform und überprüften ihre Ausrüstung. Will führte zwei Insignienkommunikatoren bei sich: Den einen trug er in der Parkatasche, den anderen auf der Brust. Data hatte das zweite Gerät so modifiziert, daß es ein kontinuierliches Peilsignal sendete – falls ein rascher Retransfer zur *Enterprise* erforderlich werden sollte. Immerhin wußten sie nicht genau, was sie in Heimwiese erwartete. Der Androide nahm nur eine kleine Aktentasche mit, die alle Gesetze und Verordnungen der Föderation enthielt; die Lorcaner sollten Gelegenheit erhalten, sich gründlich damit zu befassen, bevor sie über einen Beitritt zum Völkerbund entschieden.

Diesmal verzichteten sie auf Phaser und Masken. Sie kamen in Frieden und mit ihrer eigenen Identität.

»Ist mit den Koordinaten alles in Ordnung?« fragte Riker.

»Auf dem Planeten entsteht allmählich eine kleine Stadt«, erwiderte der Androide. »Die Bewölkung über der entsprechenden Region ist nur gering, was uns in die Lage versetzte, die Entwicklung zu beobachten. Ich glaube, etwas Außergewöhnliches geschieht auf Lorca.«

»Das werden wir gleich feststellen.« Riker nickte dem Transportertechniker zu. »Energie.«

Ihr plötzliches Erscheinen auf dem Planeten blieb unbemerkt. Der Erste Offizier und sein Begleiter rematerialisierten direkt hinter einer Bühne, auf der ein Zauberkünstler Hunderte von Zuschauern mit geschickten Tricks verblüffte. Die beiden Männer hörten den Applaus des Publikums, spähten hinter der bunt bemalten Markise hervor und beobachteten eine tuchumhüllte Gestalt, die einige Meter über dem Boden schwebte. Nur der Kopf und die Füße waren zu sehen.

»Wie ist das möglich?« fragte Data verwundert.

»Tut mir leid, daß ich Sie enttäuschen muß«, flüsterte Riker. »Bei den Beinen handelt es sich wahrscheinlich um Attrappen. Außerdem schwebt der Mann nicht etwa, sondern steht unter dem Tuch.«

»Oh«, machte Data.

»Meine Herren!« erklang eine mißbilligende Stimme. Riker und der Androide drehten sich um, bemerkten einen alten Mann, dessen Maske einem menschlichen Gesicht nachempfunden war.

»Geschickte Hand!« entfuhr es dem Ersten Offizier. »Erkennst du uns nicht? Wir haben dein Dorf besucht.«

»Ja, ich weiß.« Der Künstler nickte. »Aber wo sind eure Masken? Wo ist die Wald-Maske?«

»In Sicherheit«, versicherte Riker. »Wir haben beschlossen, sie diesmal nicht zu tragen und uns sofort als Außenweltler zu zeigen.«

»Ich verstehe«, sagte Geschickte Hand und griff nach ihren Armen. »Nun, aus diesem Grund hat die Königin nach mir geschickt – damit ich besondere Masken für die Leute vom Himmel anfertige. Dann könnt ihr das Gesicht bedecken und trotzdem ihr selbst sein.«

Riker richtete den Blick auf Data und lächelte.

»Kommt«, sagte Geschickte Hand und führte sie fort. »Es ist nicht weit zu meinem Stand. Wenn ihr ohne Masken herumlauft, seid ihr eine größere Attraktion als der Scharlatan dort drüben.«

Will Riker, Data und der Künstler gingen hinter den bunten Buden und Planen, um keine Aufmerksamkeit zu erregen. Sie hörten fröhliches Feilschen, auf Aluminium herabpochende Hämmer, ein leises Sirren, mit dem sich Töpferscheiben drehten. Sie rochen bratendes Fleisch und Fisch, der an Spießen über offenen Feuern röstete. Die Aromen von Duftöl und brennendem Weihrauch kamen hinzu. Kinder quiekten vergnügt, während sie Jongleuren und Akrobaten zusahen.

»Du hast eben die Königin erwähnt«, sagte Data. »Ist Scharfe Klinge bereits als Herrscherin akzeptiert worden?«

»Ja, von den meisten«, antwortete Geschickte Hand. »Es treffen noch immer Leute ein – noch nie zuvor haben sich so viele Lorcaner an einem Ort eingefunden –, und am Tor weist man sie sofort auf den neuen Träger der Maske der Weisheit hin. Scharfe Klinge empfängt dauernd Besucher und stellt dabei große Überzeugungskraft unter Beweis. Sie hat bereits mit vielen Leuten aller Stände gesprochen.«

»Wurde sie zu Duellen herausgefordert?« fragte Riker.

Der Künstler hob die krummen Schultern. »Von einigen besonders hartnäckigen Edelmännern, ja. Nun, das ließ sich auch gar nicht vermeiden. Sie hat alle Kämpfe bis zur Heilung ihrer Wunde verschoben, und wir hoffen, daß es sich die Herausforderer bis dahin anders überlegen.«

Geschickte Hand deutete auf ein Zelt. »Ah, das sind wir ja. Dies ist mein bescheidener Stand.« Er löste einen Strick, strich die hintere Zugangsplane beiseite und ließ seine beiden Begleiter eintreten. Das neue Heim des lorcanischen Künstlers war alles andere als bescheiden. An den Wänden hingen prächtige Masken, mit Edelsteinen, Federn und anderen exotischen Materialien geschmückt. Ein Fischhaken hielt die eindrucksvollste Blitz-Maske.

Der Erste Offizier glaubte zu sehen, wie die Augen der menschlich wirkenden Maske blinzelten. »Bestimmt fallen euch viele Artefakte auf, die nicht von mir stammen. Nun, mit Hilfe meines neuen Partners konnte ich mein Angebot beträchtlich erweitern.«

Schritte näherten sich über den staubigen Pfad vor dem Zelt, und kurz darauf sah die glänzende Botschafter-Maske zu ihnen herein. »Wurde auch Zeit, daß du zurück bist«, erklang es. Dann hob der Mann erstaunt den Kopf. »Riker, Data, was für eine angenehme Überraschung!«

Allmächtiger Töter humpelte ins Zelt und drückte die Arme der beiden Außenweltler, die den Gruß lächelnd erwiderten.

»Wir sollten ihnen ihre neuen Masken zeigen«, krächzte der alte Krieger. Der Künstler hatte sie bereits geholt und stand hinter Riker und Data. In seinen Händen funkelten zwei identische lachsfarbene Aluminiummasken, von deren Augenöffnungen rubinrote Streifen ausgingen. Ganz offensichtlich stellten sie den lorcanischen Himmel mit seiner häufig furchteinflößenden Unberechenbarkeit dar. Schwarze Kristalle zierten Nase und Mund. Riker bemerkte die vielen Ähnlichkeiten mit der Botschafter-Maske.

»Wir nennen sie Föderationsmaske«, sagte Geschickte Hand stolz.

Will und Data nahmen die beiden Kunstgegenstände respektvoll entgegen. »Es ist uns eine Ehre«, sagte Riker. »Wir behalten sie für immer an Bord unseres Raumschiffes, in der Hoffnung, irgendwann einmal hierher zurückzukehren.«

»Ich sorge dafür, daß ihr Erscheinungsbild im Computer gespeichert wird, so daß alle Besucher von der Föderation die richtige Maske tragen«, fügte Data hinzu.

Der ehemalige König klatschte in die Hände. »Laßt uns jetzt zur Königin gehen. Es wird sie sicher freuen, euch mit euren Masken zu sehen.« Er zögerte kurz. »Zuerst aber sollten wir uns etwas zu essen besorgen. Ich habe eine Ewigkeit lang auf die Rückkehr dieses faulen Streuners gewartet.« Er zeigte auf Geschickte Hand, der ganz und gar keinen zerknirschten Eindruck erweckte.

»Entschuldige bitte«, sagte Data.

»Ja, tapferer Freund?«

»Wo ist Reba? Wie geht es ihr?«

Hinter der schimmernden Maske wirkten die Augen des Allmächtigen Töters etwas älter. »Sie weilt nun wieder bei ihren Artgenossen. Vermutlich weiß sie, daß ich kein König mehr bin. Nun, ich glaube, mein Pakt mit den Werjun ist erfüllt. Während meiner Herrschaft habe ich sie gut behandelt, und ich glaube, die neue Königin wird diesem Beispiel folgen.«

»Vielleicht finden wir eines Tages heraus, wie intelligent die Werjun sind«, murmelte Data nachdenklich.

»Ja. Aber jetzt stellen wir fest, wieviel wir essen können.«

Ihre Mahlzeit bestand aus gekochten Wurzeln, die Riker an Süßkartoffeln erinnerten, grünem Brei und Fisch, der weitaus besser schmeckte als er aussah. Anschließend machten sie sich auf den Weg zu Scharfe Klinges Zelt. Auf Schritt und Tritt wurden sie vom allgemeinen Marktgeschehen abgelenkt: Akrobaten sprangen umher, und Zauberkünstler bewiesen ihr magisches Geschick. Auf einer Bühne standen mehrere Schauspieler, wechselten unglaublich schnell ihre Masken und verspotteten das Gebaren bestimmter Berufe. Eine andere zeigte Tänzer, die nur Masken und halbdurchsichtige, seidenartige Gewänder trugen. Handwerker arbeiteten in kleinen Unterständen, und manche von ihnen boten Fischhautplanen in auffallenden bunten Farben an. Andere stellten Masken und Töpfe her, Beinlinge und Stiefel, Schwerter und Dolche. Überall wurden Mahlzeiten zubereitet, und ihr appetitanregender Duft wehte über die Menge.

Die Stadt wuchs noch immer, breitete sich ohne Plan auf einer baumlosen Wiese aus; offenbar hatte sich hier einst ein See erstreckt, der inzwischen ausgetrocknet war. Trotz des heillosen Durcheinanders fiel es nicht sonderlich schwer, das Zelt der Königin zu finden: Viele Leute warteten davor, hofften wahrscheinlich, von Scharfe Klinge empfangen zu werden. Riker entnahm einigen Gesprächsfetzen, daß die meisten Leute nur einen Blick auf die legendäre Maske der Weisheit werfen wollten und keineswegs beabsichtigten, die Tochter von Allmächtiger Töter zu einem Duell herauszufordern. Mehrere Männer und Frauen verneigten sich ehrfurchtsvoll, als sie den alten Krieger sahen. Vor der Zugangsplane traten dem ehemaligen König und seiner Gruppe vier Pagen entgegen; mit großem Eifer und Pflichtbewußtsein nahmen sie die Aufgabe wahr, Besucher für Scharfe Klinge auszuwählen. Allmächtiger Töter wechselte einige Worte mit ihnen, und daraufhin gewährte man ihm und seinen Begleitern sofort Einlaß.

Es war dunkel und kühl im Innern des Zelts, und allem Anschein nach hatte man sich Mühe gegeben, eine majestätische und gleichzeitig entspannende Atmosphäre zu schaffen. Riker hielt vergeblich nach Waffen Ausschau – nichts lenkte den Blick von der hochgewachsenen Königin ab. Scharfe Klinge trug ein schlichtes purpurnes Gewand, braune Beinlinge und eine braune Schlinge. Ihre Schönheit wirkte noch beeindruckender als die Maske der Weisheit, doch von dem wogenden Mosaik und der rubinroten Mähne ging eine fast greifbare Aura der Autorität aus.

Scharfe Klinge nickte den Neuankömmlingen zu und setzte das Gespräch mit zwei schmutzigen, zwölf oder dreizehn Jahre alten Jungen fort. Sie hätten Brüder sein können. Einfache Tonmasken bedeckten ihre Gesichter, doch die aufgeregten Gesten deuteten darauf hin, welche Begeisterung die neue Königin in ihnen weckte.

»Bitte nimm uns in deine Dienste«, beharrte der kleinere Junge. »Wir sind alt genug, um für dich zu kämpfen!«

»Durch die Arbeit auf dem Bauernhof sind wir stark geworden«, behauptete der andere. Nervosität vibrierte in seiner Stimme. »Wir möchten so gern Pagen-Masken tragen.«

»Das wundert mich nicht«, antwortete Scharfe Klinge. »Aber bevor ich euch aufnehmen kann, müßt ihr erst einmal einen Beruf erlernen. Was nützt ihr mir, wenn ihr gar kein Handwerk beherrscht?«

Die beiden Jungen wechselten einen kurzen Blick. »Wir wissen, wie man das Land bestellt«, brachte einer von ihnen kleinlaut hervor.

»Dann kehrt heim und baut Getreide an, damit alle Leute genug zu essen haben. Wenn euch das nicht gefällt, so geht bei einem Kaufmann oder Handwerker in die Lehre. Anschließend könnt ihr zu mir zurückkommen und eure Bitte wiederholen. Aber ich brauche keine Kämpfer, denn es liegt mir nichts daran, ein Heer zusammenzustellen.«

Einer der Pagen winkte, und daraufhin verneigten sich die Jungen. »Vielen Dank, Euer Hoheit. Wir kehren zurück, ganz bestimmt.«

Die beiden unsicheren Knaben stießen gegen Riker und Data, entschuldigten sich halblaut und verließen das Zelt. Scharfe Klinge stand leger auf, näherte sich den Besuchern und reichte ihnen die Hand. Der Erste Offizier griff danach und schüttelte sie, erstaunt darüber, wie sehr sich Scharfe Klinge und Lorca in den letzten Tagen verändert hatten. Allmächtiger Töters Tochter und auch die lorcanische Gesellschaft erschienen wesentlich reifer. *Dafür gibt es ein Schlüsselereignis,* dachte der Erste Offizier. *Die Maske der Weisheit hat den Besitzer gewechselt.*

»Mein Vater war sicher, daß ihr hierherkommt«, sagte die Königin. »Er hat sich als ein sehr guter Ratgeber erwiesen.«

Riker vollführte eine umfassende Geste. »Der Markt ist ebenso bemerkenswert wie die Tatsache, daß du deine Macht schon nach so kurzer Zeit sichern konntest. Du hast allen Grund, zufrieden zu sein.«

»Ja, ich bin nun die offizielle Herrscherin«, bestätigte Scharfe Klinge und tastete mit den Fingerkuppen über das rätselhafte Mosaik ihrer Maske. »Wie gefallen euch die Föderationsmasken?«

»Sie sind wunderschön«, antwortete Riker. »Sie ehren sowohl uns als auch die Föderation.«

Die Königin sah an ihm vorbei nach draußen. »Seid nur ihr beide gekommen? Jean-Luc hat euch nicht begleitet?«

»Nein«, erwiderte der Erste Offizier. »Wie du hat er eine große Verantwortung wahrzunehmen.«

»Ich werde ihn schon bald wiedersehen«, prophezeite Scharfe Klinge und unterstrich ihre Worte mit einem knappen Nicken. »Es dauert nicht mehr lange, bis Lorca sicher genug ist, daß uns weitere Leute vom Himmel besuchen können. Allen Räubern, die ihre Waffen niederlegen, wurde inzwischen Straferlaß angeboten, und wir schließen keine Geschäfte mehr mit den Ferengi ab. Ich habe mit meinem Vater und Medizinmacher gesprochen, und sie sehen ebenfalls keinen Grund, warum wir die Männer und Frauen vom Himmel nicht als Brüder und Schwestern empfangen sollten. Der Drache hat uns einst voneinander getrennt, doch jetzt sind wir wieder zusammen — dafür sind wir sehr dankbar.«

Allmächtiger Töter umarmte seine Tochter. »Auch ich bin dankbar«, sagte er. »Für eine weise Tochter und ein wenig Weisheit an meinem Lebensabend. Außerdem: Ich glaube, diese Welt ist schon jetzt sicher genug, um unsere Vorfahren zu empfangen.«

Der Erste Offizier berührte seinen Insignienkommunikator. »Riker an Brücke.«

»Hier Picard«, antwortete der Captain. »Wie sieht's bei Ihnen aus?«

Scharfe Klinge beugte sich mit großem Interesse vor und

betrachtete das kleine Gerät, aus dem Jean-Lucs Stimme erklang. »Captain«, sagte Riker, »Sie glauben gar nicht, wie wundervoll und friedlich der lorcanische Markt ist. Ich bin hier bei der Königin und ihrem Vater, dem edlen Botschafter, und sie versichern uns beide, daß auf dem Planeten keine Gefahr mehr besteht. Sie haben eine spezielle Maske für Besucher aus der Föderation geschaffen. Ich schlage vor, wir bleiben noch einige Tage und geben allen Besatzungsmitgliedern Landurlaub, Sie eingeschlossen.«

»Freut mich, das zu hören«, erwiderte der Captain. »Bitte übermitteln Sie der Königin und ihrem Vater meine besten Grüße. Sagen Sie ihnen, daß wir uns darauf freuen, Lorca noch etwas besser kennenzulernen.«

Vielleicht bildete es sich Will Riker nur ein, aber er glaubte, die Maske der Weisheit lächeln zu sehen.